纪念老舍诞辰115周年、从事文学创作
90周年暨寓居青岛80周年

我的经验中有你：我想起自己，必须想起来你，朋友！

——礼物 老舍

老舍

老舍青岛文集

《老舍青岛文集》编委会 编

【第二卷】

◎ 骆驼祥子
◎ 其他长篇小说
　　文博士
　　天书代存
　　小人物自述

文物出版社

老舍在青岛，1936年

青山碧海，绿树红瓦
舒乙为《老舍青岛文集》绘，2014年8月

祥子过前门以后将去向哪里
初剑为《老舍青岛文集》绘，2014年9月

老舍《骆驼祥子》片段
张伟为《老舍青岛文集》书，2014年12月

第二卷目录

老舍青岛文集◎第二卷

骆驼祥子

骆驼祥子

最大的损失是被雨水激病。他们连孩子带大人都一天到晚在街上找生意，而夏天的暴雨随时能浇在他们的头上。他们都是卖力气挣钱，老是一身热汗，而北方的暴雨是那么急，那么凉，有时夹着核桃大的冰雹；冰凉的雨点，打在那开张着的汗毛眼上，至少教他们躺在炕上，发一两天烧。孩子病了，没钱买药；一场雨，催高了田中的老玉米与高粱，可是也能浇死不少城里的贫苦儿女。大人们病了，就更了不得；雨后，诗人们吟咏着荷珠与双虹；穷人家，大人病了，便全家挨了饿。一场雨，也许多添几个妓女或小贼，多有些人下到监狱去；大人病了，儿女们作贼作娼也比饿着强！雨下给富人，也下给穷人；下给义人，也下给不义的人。其实，雨并不公道，因为下落在一个没有公道的世界上。

《骆驼祥子》是老舍的长篇小说代表作，也是中国现代文学的一个里程碑。1936年写于青岛黄县路寓所。1936年9月16日开始在上海《宇宙风》第25期连载，至1937年10月1日第48期续毕。1939年3月，人间书屋首度出版单行本。本篇依据舒乙捐赠给青岛骆驼祥子博物馆的手稿复印件录入和校勘。

小说缘起于1936年春天的一次聊天，一位山大同事来家中作客，闲谈中说起两个车夫的经历。对此，老舍在《我怎样写〈骆驼祥子〉》中予以记载，说其中一个"自己买了车，又卖掉，曾如此三起三落，到末了还是受穷。"另一个"被军队抓了去，哪知道，转祸为福，他乘着军队移动之际，偷偷的牵回三匹骆驼回来。"于是，老舍决定写一部以车夫奋斗为主题的小说，为此而进行了几个月的主题构思与素材准备。当年七月，他辞去教职，成为"职业写家"，开始将祥子的故事落在纸上。20世纪20年代的中国，满目疮痍，农村日益凋敝，城市混乱不堪，文化矛盾重重。作品就是以这一时期北平的底层市民生活为背景而展开的，充满了小人物与大社会、小人物与大背景的历史性对称。小说的主人公祥子带着新生活的希望走进城市，满心指望着做一个"自由的洋车夫"，依靠自己勤奋诚实的劳动换来好日子，然而却在命运的一重重打击之中堕入了人间地狱。小说写的就是祥子的奋斗史与堕落史，如作者所言："要由车夫的内心状态观察到地狱究竟是什么样子。"对导致祥子堕落的社会原因和个人原因进行了深刻的批判，从而呼唤全社会和每一个个体生命的道德自觉。从这意义上看，《骆驼祥子》就是一部人生启示录。它在中国现代文学史上占有重要地位，主要价值表现在：其一，开辟了新文学深度描写城市贫民的先河，作品有效拓展了新文学的表现领域，成功塑造了祥子、虎妞、小福子等一批鲜活的人物形象，给出了一部城市贫民的生活史和心灵史。在这一点上，老舍与英国作家狄更斯和俄国作家陀思妥耶夫斯基一样具有路标性的作用。其二，在国民性与城市化的深刻交织中揭示近现代背景上的人性善恶，表现个人命运与社会命运的同构。作品展示了一个破产农民成为市民以后的无常的生活轨迹，他在无法控制的命运逻辑中被抛入流氓无产者，由此我们看到了一幅在集体无意识中染上"文明病"的城市化图景，在主题深刻性与时代感方面表现得十分突出。其三，呈现出多声部艺术风格，融自然主义、批判现实主义和象征主义于一炉，语言上炉火纯青，对北平古都气象和风土民情有着精彩的描写，洋溢着丰富的地域精神。在《大时代与写家》一文中，他如是说："伟大文艺中必有一颗伟大的心，必有一个伟大的人格。这伟大的心田与人格来自写家对他的社会的伟大的同情与深刻的了解。除了写家实际的去牺牲，他不会懂得什么叫作同情；他个人所受的苦难越大，他的同情心也越大。"他是大写家，精神光辉以深沉而持久的方式闪烁，一如其名，"舍予"而济世，"老舍"而永存。作品见证了一颗"伟大的心"是如何与作品及人物命运相互创造的，一个"伟大的人格"是如何在书写的过程中炼成的。老舍以苍生为念，悲悯心怀投射在作品中。

一

我们所要介绍的是祥子，不是骆驼[1]，因为"骆驼"只是个外号；那么，我们就先说祥子，随手儿把骆驼与祥子那点关系说过去，也就算了。

北平的洋车夫有许多派：年轻力壮，腿脚灵利的，讲究赁漂亮的车，拉"整天儿"，爱什么时候出车与收车都有自由；拉出车来，在固定的"车口"[2]或宅门放，专等坐快车的主儿；弄好了，也许一下子弄个一块两块的；碰巧了，也许白耗一天，连"车份儿"也没着落，但也不在乎。这 一派可儿们的希望大概有两个：或是拉包车；或是自己买上辆车，有了自己的车，再去拉包月或散座就没大关系了，反正车是自己的。

比这一派岁数稍大的，或因身体的关系而跑得稍差点劲的，或因家庭的关系而不敢白耗一天的，大概就多数的拉八成新的车；人与车都有相当的漂亮，所以在要价儿的时候也还能保持住相当的尊严。这派的车夫，也许拉"整天"，也许拉"半天"。在后者的情形下，因为还有相当的精气神，所以无论冬天夏天总是"拉晚儿"[3]。夜间，当然比白天需要更多的留神与本事；钱自然也多挣一些。

年纪在四十以上，二十以下的，恐怕就不易在前两派里有个地位了。他们的车破，又不敢"拉晚儿"，所以只能早早的出车，希望能从清晨转到午后三四点钟，拉出"车份儿"和自己的嚼谷。他们的车破，跑得慢，所以得多走路，少要钱。到瓜市，果市，菜市，去拉货物，都是他们；钱少，可是无须快跑呢。

在这里，二十岁以下的——有的从十一二岁就干这行儿——很少能到二十岁以后改变成漂亮的车夫的，因为在幼年受了伤，很难健壮起来。他们也许拉一辈子洋车，而一辈子连拉车也没出过风头。那四十以上的人，有的是已拉了十年八年的车，筋肉的衰损使他们甘居人后，他们渐渐知道早晚是一个跟头会死在马路上。他们的拉车姿式，讲价时的随机应变，走路的抄近绕远，都足以使他们想起过去的光荣，而用鼻翅儿搧着那些后起之辈。可是这点光荣丝毫不能减少将来的黑暗，他们自己也因此在擦着汗的时节常常微叹。不过，以他们比较另一些四十上下岁的车夫，他们还似乎没有苦到了家。这一些是以前决没想到自己能与洋车发生关系，而到了生和死的界限已经不甚分明，才抄起车把来的。被撤差的巡警或校役，把本钱吃光的小贩，或是失业的工匠，到了卖无可卖，当无可当的时候，咬着牙，含着泪，上了这条到死亡之路。这些人，生命最鲜壮的时期已经卖掉，现在再把窝窝头变成的血汗滴在马路上。没有力气，没有经验，没有朋友，就是在同行的当中也得不到好气儿。他们拉最破的车，皮带不定一天泄多少次气；一边拉着人还得一边儿央求人家原谅，虽然十五个大铜子儿已经算是甜买卖。

此外，因环境与知识的特异，又使一部分车夫另成派别。生于西苑海甸的自然以走西山，燕京[4]，清华[5]，较比方便；同样，在安定门[6]外的走清河，北苑；在永定门[7]外的走南苑……这是跑长趟的，不愿拉零座；因为拉一趟便是一趟，不屑于三五个铜子的穷凑了。可是他们还不如东交民巷的车夫的气儿长，这些专拉洋买卖[8]的讲究一气儿由东交民巷拉到玉泉山[9]，颐和园[10]或西山[11]。气长也还算小事，一般车夫万不能争这项生意的原因，大半还是因为这些吃洋饭的有点与众不同的知识，他们会说外国话。英国兵，法国兵，所说的万寿山[12]，雍和宫[13]，"八大胡同"[14]，他们都晓得。他们自己有一套外国话，不传授给别人。他们的跑法也特别，四六步儿不快不慢，低着头，目不旁视的，贴着马路边儿走，带出与世无争，而自有专长的神气。因为拉着洋人，他们可以不穿号坎，而一律的是长袖小白褂，白的或黑的裤子，裤筒特别肥，脚腕上系着细带；脚上是宽双脸千层底青布鞋；干净，利落，神气。一见这样的服装，别的车夫不会再过来争座与赛车，他们似乎是属于另一行业的。

有了这点简单的分析，我们再说祥子的地位，就像说——我们希望——一盘机器上的某种钉子那么准确了。祥子，在与"骆驼"这个外号发生关系以前，是个较比有自由的洋车夫，这就是说，他是属于年轻力壮，而且自己有车的那一类：自己的车，自己的生活，都在自己手里，高等车夫。

这可绝不是件容易的事。一年，二年，至少有三四年；一滴汗，两滴汗，不知道多少万滴汗，才挣出那辆车。从风里雨里的咬牙，从饭里茶里的自苦，才赚出那辆车。那辆车是他的一切挣扎与困苦的总结果与报酬，像身经百战的武士的一颗徽章。在他赁人家的车的时候，他从早到晚，由东到西，由南到北，像被人家抽着转的陀螺；他没有自己。可是在这种旋转之中，他的眼并没有花，心并没有乱，他老想着远远的一辆车，可以使他自由，独立，像自己的手脚的那么一辆车。有了自己的车，他可以不再受拴车的人们的气，也无须敷衍别人；有自己的力气与洋车，睁开眼就可以有饭吃。

他不怕吃苦，也没有一般洋车夫的可以原谅而不便效法的恶习，他的聪明和努力都足以使他的志愿成为事实。假若他的环境好一些，或多受着点教育，他一定不会落在"胶皮团"[15]里，而且无论是干什么，他总不会辜负了他的机会。不幸，他必须拉洋车；好，在这个营生里他也证明出他的能力与聪明。他彷佛就是在地狱里也能作个好鬼似的。生长在乡间，失了父母与几亩薄田，十八岁的时候便跑到城里来。带着乡间小伙子的足壮与诚实，凡是以卖力气就能吃饭的事他几乎全作过了。可是，不久他就看出来，拉车是件更容易挣钱的事；作别的苦工，收入是有限的；拉车多着一些变化与机会，不知道在什么时候与地点就会遇到一些多于所希望的报酬。自然，他也晓得这样的机遇不完全出于偶然，而必须人与车都得漂亮精神，有货可卖才能遇到识货的人。想了一想，他相信自己有那个资格：他有力气，年纪正轻；所差的是他还没有跑过，与不敢一上手就拉漂亮的车。但这不是不能胜过的困难，有他的身体与力气作基础，他只要试验个十天半月的，就一定能跑得有个样子，然后去赁辆新车，说不定很快的就能拉上包车，然后省吃俭用的一年二年，即使是二四年，他必能自己打上一辆车，顶漂亮的车！看着自己的青年的肌肉，他以为这只是时间的问题，这是必能达到的一个志愿与目的，绝不是梦想！

他的身量与筋肉都发展到年岁前边去；二十来的岁，他已经很大很高，虽然肢体还没被年月铸成一定的格局，可是已经像个成人了——一个脸上身上都带出天真淘气的样子的大人。看着那高等的车夫，他计划着怎样杀进他的腰去，好更显出他的铁扇面似的胸，与直硬的背；扭头看看自己的肩，多么宽，多么威严！杀好了腰，再穿上肥腿的白裤，裤角用鸡肠子带儿系住，露出那对"出号"的大脚！是的，他无疑的可以成为最出色的车夫；傻子似的他自己笑了。

他没有什么模样，使他可爱的是脸上的精神。头不很大，圆眼，肉鼻子，两条眉很短很粗，头上永远剃得发亮。腮上没有多余的肉，脖子可是几乎与头一边儿[16]粗；脸上永远红扑扑的，特别亮的是颧骨与右耳之间一块不小的疤——小时候在树下睡觉，被驴啃了一口。他不甚注意他的模样，他爱自己的脸正如同他爱自己的身体，都那么结实硬棒；他把脸彷佛算在四肢之内，只要硬棒就好。是的，到城里以后，他还能头朝下，倒着立半天。这样立着，他觉得，他就很像一棵树，上下没有一个地方不挺脱的。

他确乎有点像棵树，坚壮，沉默，而又有生气。他有自己的打算，有些心眼，但不好向别人讲论。在洋车夫里，个人的委屈与困难是公众的话料，"车口儿"上，小茶馆中，大杂院里，每人报告着形容着或吵嚷着自己的事，而后这些事成为大家的财产，像民歌似的由一处传到一处。祥子是乡下人，口齿没有城里人那么灵便；设若口齿灵利是出于天才，他天生来的不愿多说话，所以也不愿学着城里人的贫嘴恶舌。他的事他知道，不喜欢和别人讨论。因为嘴常闲着，所以他有工夫去思想，他的眼彷佛是老看着自己的心。只要他的主意打定，他便随着心中所开开的那条路儿走；假若走不通的话，他能一两天不出一声，咬着牙，好似咬着自己的心！

他决定去拉车，就拉车去了。赁了辆破车，他先练练腿。第一天没拉着什么钱。第二天的生意不错，可是躺了两天，他的脚脖子肿得像两条瓠子似的，再也抬不起来。他忍受着，不管是怎样的疼痛。他知道这是不可避免的事，这是拉车必须经过的一关。非过了这一关，他不能放胆的去跑。

脚好了之后，他敢跑了。这使他非常的痛快，因为别的没有什么可怕的了：地名他很熟习，即使有时候绕点远也没大关系，好在自己有的是力气。拉车的方法，以他干过的那些推，拉，扛，挑的经验来领会，也不算十分难。况且他有他的主意：多留神，少争胜，大概总不会出了毛病。至于讲价争座，他的嘴慢气盛，弄不过那些老油子们。知道这个短处，他干脆不大到"车口儿"上去；哪里没车，他放在哪里。在这僻静的地点，他可以从容的讲价，而且有时候不肯要价，只说声："坐上吧，瞧着给！"他的样子是那么诚实，脸上是那么简单可爱，人们好像只好信任他，不敢想这个傻大个子是会敲人的。即使人们疑心，也只能怀疑他是新到城里来的乡下老儿，大概不认识路，所以讲不出价钱来。及至人们问到，"认识呀？"他就又像装傻，又像耍俏的那么一笑，使人们不知怎样才好。

两三个星期的工夫，他把腿溜出来了。他晓得自己的跑法很好看。跑法是车夫的能力与资格的证据。那撇着脚，像一对蒲扇在地上搧忽的，无疑的是刚由乡间上来的新手。那头低得很深，双脚蹭地，跑和走的速度差不多，而颇有跑的表示的，是那些五十岁以上的老者们。那经验十足而没什么力气的却另有一种方法：胸向内含，度数很深；腿抬得很高；一走一探头；这样，他们就带出跑得很用力的样子，而在事实上一点也不比别人快；他们仗着"作派"去维持自己的尊严。祥子当然决不采取这几种姿态。他的腿长步大，腰里非常的稳，跑起来没有多少响声，步步似乎有些伸缩，车把不动，使座儿觉到安全，舒服。说站住，不论在跑得多么快的时候，大脚在地上轻蹭两蹭，就站住了；他的力气似乎能达到车的各部分。脊背微俯，双手松松拢住车把，他活动，利落，准确；看不出急促而跑得很快，快而没有危险。就是在拉包车的里面，这也得算很名贵的。

他换了新车。从一换车那天，他就打听明白了，像他赁的那辆——弓子软，铜活地道，雨布大帘，双灯，细脖大铜喇叭——值一百出头；若是漆工与铜活含忽一点呢，一百元便可以打住。大概的说吧，他只要有一百块钱，就能弄一辆车。猛然一想，一天要是能剩一角的话，一百元就是一千天，一千天！把一千天堆到一块，他几乎算不过来这该有多么远。但是，他下了决心，一千天，一万天也好，他得买车！第一步他应当，他想好了，去拉包车。遇上交际多，饭局多的主儿[17]，平均一月有上十来个饭局，他就可以白落两三块的车饭钱。加上他每月再省出个块儿八角的，也许是三头五块的，一年就能剩出五六十块！这样，他的希望就近便多多了。他不吃烟，不喝酒，不赌钱，没有任何嗜好，没有家庭的累赘，只要他自己肯咬牙，事儿就没有个不成。他对自己起下了誓，一年半的工夫，他——祥子——非打成自己的车不可！是现打的，不要旧车见过新的。

他真拉上了包月。可是，事实并不完全帮助希望。不错，他确是咬了牙，但是到了一年半他并没还上那个誓愿。包车确是拉上了，而且谨慎小心的看着事情；不幸，世上的事并不是一面儿的。他自管小心他的，东家并不因此就不辞他；不定是三两个月，还是十天八天，吹了；他得另去找事。自然，他得一边儿找事，还得一边儿拉散座；骑马找马，他不能闲起来。在这种时节，他常常闹错儿。他还强打着精神，不专为混一天的嚼谷，而且要继续着积储买车的钱。可是强打精神永远不是件妥当的事：拉起车来，他不能专心一志的跑，好像老想着些什么，越想便越害怕，越气不平。假若老这么下去，几时才能买上车呢？为什么这样呢？难道自己还算个不要强的？在这么乱想的时候，他忘了素日的谨慎。皮轮子上了碎铜烂磁片，放了炮；只好收车。更严重一些的，有时候碰了行人，甚至有一次因急于挤过去而把车轴盖碰丢了。设若他是拉着包车，这些错儿绝不能发生；一搁下了事，他心中不痛快，便有点楞头磕脑的。碰坏了车，自然要赔钱；这更使他焦躁，火上加了油；为怕惹出更大的祸，他有时候懊睡一整天。及至睁开眼，一天的工夫已白白过去，他又后悔，自恨。还有呢，在这种时期，他越着急便越自苦，吃喝越没规则；他以为自己是铁作的，可是敢情他也会病。病了，他舍不得钱去买药，自己硬挺着；结果，病越来越重，不但得买药，而且得一气儿休息好几天。这些个困难，使他更咬牙努力，可是买车的钱数一点不因此而加快的凑足。

整整的三年，他凑足了一百块钱！

他不能再等了。原来的计划是买辆最完全最新式最可心的车，现在只好按着一百块钱说了。不能再等；万一出点什么事再丢失几块呢！恰巧有辆刚打好的车——定作而没钱取货的——跟他所期望的车差不甚多；本来值一百多，可是因为定钱放弃了，车铺愿意少要一点。祥子的脸通红，手哆嗦着，拍出九十六块钱来："我要这辆车！"铺主打算挤到个整数，说了不知多少话，把他的车拉出去又拉进来，支开棚子，又放下，按按喇叭，每一个动作都伴着一大串最好的形容词；最后还在钢轮条上踢了两脚："听听声儿吧，铃铛似的！拉去吧，你就是把车拉碎了，要是钢条软了一根，你拿回来，把它摔在我脸上！一百块，少一分咱们吹！"祥子把钱又数了一遍：

"我要这辆车，九十六！"铺主知道是遇见了一个心眼的人，看看钱，看看祥子，叹了口气："交个朋友，车算你的了；保六个月：除非你把大箱碰碎，我都白给修理；保单，拿着！"

祥子的手哆嗦得更厉害了，揣起保单，拉起车，几乎要哭出来。拉到个僻静地方，细细端详自己的车，在漆板上试着照照自己的脸！越看越可爱，就是那不尽合自己的理想的地方也都可以原谅了，因为已经是自己的车了。把车看得似乎暂时可以休息会儿了，他坐在了水簸箕[18]的新脚垫儿上，看着车把上的发亮的黄铜喇叭。他忽然想起来，今年是二十二岁。因为父母死得早，他忘了生日是在哪一天。自从到城里来，他没过一次生日。好吧，今天买上了新车，就算是生日吧，人的也是车的，好记，而且车既是自己的心血，简直没什么不可以把人与车算在一块的地方。

怎样过这个"双寿"呢？祥子有主意：头一个买卖必须拉个穿得体面的人，绝对不能是个女的。最好是拉到前门[19]，其次是东安市场[20]。拉到了，他应当在最好的饭摊上吃顿饭，如热烧饼夹爆羊肉之类的东西。吃完，有好买卖呢就再拉一两个；没有呢，就收车；这是生日！

自从有了这辆车，他的生活过得越来越起劲了。拉包月也好，拉散座也好，他天天用不着为"车份儿"着急，拉多少钱全是自己的。心里舒服，对人就更和气，买卖也就更顺心。拉了半年，他的希望更大了：照这样下去，干上二年，至多二年，他就又可以买辆车，一辆，两辆……他也可以开车厂子了！

可是，希望多半落空，祥子的也非例外。

二

因为高兴，胆子也就大起来；自从买了车，祥子跑得更快了。自己的车，当然格外小心，可是他看看自己，再看看自己的车，就觉得有些不是味儿，假若不快跑的话。

他自己，自从到城里来，又长高了一寸多。他自己觉出来，彷佛还得往高里长呢。不错，他的皮肤与模样都更硬棒与固定了一些，而且上唇上已有了小小的胡子；可是他以为还应当再长高一些。当他走到个小屋门或街门而必须大低头才能进去的时候，他虽不说什么，可是心中暗自喜欢，因为他已经是这么高大，而觉得还正在发长，他似乎既是个成人，又是个孩子，非常有趣。

这么大的人，拉上那么美的车，他自己的车，弓子软得颤悠悠的，连车把都微微的动弹；车箱是那么亮，垫子是那么白，喇叭是那么响；跑得不快怎能对得起自己呢，怎能对得起那辆车呢？这一点不是虚荣心，而似乎是一种责任，非快跑，飞跑，不足以充分发挥自己的力量与车的优美。那辆车也真是可爱，拉过了半年来的，彷佛处处都有了知觉与感情，祥子的一扭腰，一蹲腿，或一直脊背，它都就马上应合着，给祥子以最顺心的帮助，他与它之间没有一点隔膜别扭的地方。赶到遇上地平人少的地方，祥子可以用一只手拢着把，微微轻响的皮轮像阵利飕的小风似的催着他跑，飞快而平稳。拉到了地点，祥子的衣裤都拧得出汗来，哗哗的，像刚从水盆里捞出来的。他感到疲乏，可是很痛快的，值得骄傲的，一种疲乏，如同骑着名马跑了几十里那样。

假若胆壮不就是大意，祥子在放胆跑的时候可并不大意。不快跑若是对不起人，快跑而碰伤了车便对不起自己。车是他的命，他知道怎样的小心。小心与大胆放在一处，他便越来越能自信，他深信自己与车都是铁作的。

因此，他不但敢放胆的跑，对于什么时候出车也不大去考虑。他觉得用力拉车去挣口饭吃，是天下最有骨气的事；他愿意出去，没人可以拦住他。外面的谣言他不大往心里听，什么西苑又来了兵，什么长辛店又打上了仗，什么西直门外又在拉伕，什么齐化门已经关了半天，他都不大注意。自然，街上铺户已都上了门，而马路上站满了武装警察与保安队，他也不便故意去找不自在，也和别人一样急忙收了车。可是，谣言，他不信。他知道怎样谨慎，特别因为车是自己的，但是他究竟是乡下人，不像城里人那样听见风便是雨。再说，他的身体使他相信，即使不幸赶到"点儿"上，他必定有办法，不至于吃很大的亏；他不是容易欺侮的，那么大的个子，那么宽的肩膀！

战争的消息与谣言几乎每年随着春麦一块儿往起长，麦穗与刺刀可以算作北方人的希望与忧惧的象征。祥子的新车刚交半岁的时候，正是麦子需要春雨的时节。春雨不一定顺着人民的盼望而降落，可是战争不管有没有人盼望总会来到。谣言吧，真事儿吧，祥子似乎忘了他曾经作过庄稼活；他不大关心战争怎样的毁坏田地，也不大注意春雨的有无。他只关心他的车，他的车能产生烙饼与一切吃食，它是块万能的田地，很驯顺的随着他走，一块活地，宝地。因为缺雨，因为战争的消息，粮食都长了价钱；这个，祥子知道。可是他和城里人一样的只会抱怨粮食贵，而一点主意没有；粮食贵，贵吧，谁有法儿教它贱呢？这种态度使他只顾自己的生活，把一切祸患灾难都放在脑后。

设若城里的人对于一切都没有办法，他们会造谣言——有时完全无中生有，有时把一分真事说成十分——以便显出他们并不愚傻与不作事。他们像些小鱼，闲着的时候把嘴放在水皮上，吐出几个完全没用的水泡儿也怪得意。在谣言里，最有意思是关于战争的。别种谣言往往始终是谣言，好像谈鬼说狐那样，不会说着说着就真见了鬼。关于战争的，正是因为根本没有正确消息，谣言反倒能立竿见影。在小节目上也许与真事有很大的出入，可是对于战争本身的有无，十之八九是正确的。"要打仗了！"这句话一经出口，早晚准会打仗；至于谁和谁打，与怎么打，那就一个人一个说法了。祥子并不是不知道这个。不过，干苦工的人们——拉车的也在内——虽然不会欢迎战争，可是碰到了它也不一定就准倒霉。每逢战争一来，最着慌的是阔人们。他们一听见风声不好，赶快就想逃避；钱使他们来得快，也跑得快。他们自己可是不会跑，因为腿脚被钱坠的太沉重。他们得雇许多人作他们的腿，箱子得有人抬，老幼男女得有车拉；在这个时候，专卖手脚的哥儿们的手与脚就一律贵起来："前门，东车站！""哪儿？""东——车——站！""呕，干脆就给一块四毛钱！不用驳回，兵荒马乱的！"

就是在这个情形下，祥子把车拉出城去。谣言已经有十来天了，东西已都长了价，可是战事似乎是在老远，一时半会儿不会打到北平来。祥子还照常拉出车，并不因为谣言而偷点懒。有一天，拉到了西城，他看出点棱缝来。在护国寺[21]街西口和新街口没有一个招呼"西苑哪？清华呀？"的。在新街口附近他转悠了一会儿，听说车已经都不敢出城，西直门[22]外正在抓车，大车小车骡车洋车一齐抓。他想喝碗茶就往南放车；车口的冷静露出真的危险，他有相当的胆子，但是不便故意的走死路。正在这个接骨眼儿，从南来了两辆车，车上坐着的好像是学生。拉车的一边走，一边儿喊："有上清华的没有？嘿，清华！"

车门上的几辆车没有人答碴儿，大家有的看着那两辆车淡而不厌的微笑，有的叼着小烟袋坐着，连头也不抬。那两辆车还继续的喊："都哑吧了？清华！"

"两块钱吧，我去！"一个年轻光头的矮子看别人不出声，开玩笑似的答应了这么一句。

"拉过来！再找一辆！"那两辆车停住了。

年轻光头的楞了一会儿，似乎不知怎样好了。别人还都不动。祥子看出来，出城一定有危险，要不然两块钱清华——平常只是二三毛钱的事儿——为什么会没人抢呢？他也不想去。可是那个光头的小伙子似乎打定了主意，要是有人陪他跑一趟的话，他就豁出去了；他一眼看中了祥子："大个子，你怎样？"

"大个子"三个字把祥子招笑了，这是一种赞美。他心中打开了转儿：凭这样的赞美，似乎也应当捧那身矮胆大的光头一场；再说呢，两块钱是两块钱，这不是天天能遇到的事。危险？难道就那么巧？况且，前两天还有人说天坛[23]住满了兵；他亲眼看见的，那里连个兵毛儿也没有。这么一想，他把车拉过去了。

拉到了西直门，城洞里几乎没有什么行人。祥子的心凉了一些。光头子也看出不妙，可是还笑着说："招呼吧[24]，伙计！是福不是祸[25]，今儿个就是今儿个[26]啦！"祥子知道事情要坏，可是在街面上混了这几年了，不能说了不算，不能耍老娘们脾气！

出了西直门，真的连一辆车也没遇上；祥子低下头去，不敢再看马路的左右。他的心好像直顶他的肋条。到了高亮桥，他向四围打了一眼，并没有一个兵，他又放了点心。两块钱到底是两块钱，他盘算着，没点胆子哪能找到这么俏的事。他平常很不喜欢说话，可是这阵儿他愿意跟光头的矮子说几句，街上清静得真可怕。"抄土道走吧？马路上——"

"那还用说，"矮子猜到他的意思，"自要一上了便道，咱们就算有点底儿了！"

还没拉到便道上，祥子和光头的矮子连车带人都被十来个兵捉了去！

虽然已到妙峰山[27]开庙进香的时节，夜里的寒气可还不是一件单衫所能挡得住的。祥子的身上没有任何累赘，除了一件灰色单军服上身，和一条蓝布军裤，都被汗沤得奇臭——自从还没到他身上的时候已经如此。由这身破军衣，他想起自己原来穿着的白布小褂与那套阴丹士林蓝的夹裤褂；那是多么干净体面！是的，世界上还有许多比阴丹士林蓝[28]更体面的东西，可是祥子知道自己混到那么干净利落已经是怎样的不容易。闻着现在身上的臭汗味，他把以前的挣扎与成功看得分外光荣，比原来的光荣放大了十倍。他越想着过去便越恨那些兵们。他的衣服鞋帽，洋车，甚至于系腰的布带，都被他们抢了去；只留给他青一块紫一块的一身伤，和满脚的疱！不过，衣服，算不了什么；身上的伤，不久就会好的。他的车，几年的血汗挣出来的那辆车，没了！自从一拉到营盘里就不见了！以前的一切辛苦困难都可一眨眼忘掉，可是他忘不了这辆车！

吃苦，他不怕；可是再弄上一车辆不是随便一说就行的事；至少还得几年的工夫！过去的成功全算白饶，他得重打鼓另开张打头儿来！祥子落了泪！他不但恨那些兵，而且恨世上的一切了。凭什么把人欺侮到这个地步呢？凭什么？"凭什么？"他喊了出来。

这一喊——虽然痛快了些——马上使他想起危险来。别的先不去管吧，逃命要紧！

他在哪里呢？他自己也不能正确的回答出。这些日子了，他随着兵们跑，汗从头上一直流到脚后跟。走，得扛着拉着或推着兵们的东西；站住，他得去挑水烧火喂牲口。他一天到晚只知道怎样把最后的力气放在手上脚上，心中成了块空白。到了夜晚，头一挨地他便像死了过去，而永远不再睁眼也并非一定是件坏事。

最初，他似乎记得兵们是往妙峰山一带退却。及至到了后山，他只顾得爬山了，而时时想到不定哪时他会一交跌到山涧里，把骨肉被野鹰们啄尽，不顾得别的。在山中绕了许多天，忽然有一天山路越来越少，当太阳在他背后的时候，他远远的看见了平地。晚饭的号声把出营的兵丁唤回，有几个扛着枪的牵来几匹骆驼。

骆驼！祥子的心一动，忽然的他会思想了，好像迷了路的人忽然找到一个熟识的标记，把一切都极快的想了起来。骆驼不会过山，他一定是来到了平地。在他的知识里，他晓得京西一带，像八里庄，黄村，北辛安，磨石口，五里屯，三家店，都有养骆驼的。难道绕来绕去，绕到磨石口来了吗？这是什么战略——假如这群只会跑路与抢劫的兵们也会有战略——他不晓得。可是他确知道，假如这真是磨石口的话，兵们必是绕不出山去，而想到山下来找个活路。磨石口是个好地方，往东北可以回到西山；往南可以奔长辛店，或丰台；一直出口子往西也是条出路。他为兵们这么盘算，心中也就为自己画出一条道儿来：这到了他逃走的时候了。万一兵们再退回乱山里去，他就是逃出兵的手，也还有饿死的危险。要逃，就得乘这个机会。由这里一跑，他相信，一步就能跑回海甸！虽然中间隔着那么多地方，可是他都知道呀；一闭眼，他就有了个地图：这里是磨石口——老天爷，这必须是磨石口！——他往东北拐，过金顶山，礼王坟，就是八大处；从四平台往东奔杏子口，就到了南辛庄。为是有些遮隐，他顶好还顺着山走，从北辛庄，往北，过魏家村；往北，过南河滩；再往北，到红山头，杰王府；静宜园了！找到静宜园，闭着眼他也可以摸到海甸去！他的心要跳出来！这些日子，他的血似乎全流到四肢上去；这一刻，彷佛全归到心上来；心中发热，四肢反倒冷起来；热望使他混身发颤！

一直到半夜，他还合不上眼。希望使他快活，恐惧使他惊惶，他想睡，但睡不着，四肢像散了似的在一些干草上放着。什么响动也没有，只有天上的星伴着自己的心跳。骆驼忽然哀叫了两声，离他不远。他喜欢这个声音，像夜间忽然听到鸡鸣那样使人悲哀，又觉得有些安慰。

远处有了炮声，很远，但清清楚楚的是炮声。他不敢动，可是马上营里乱起来。他闭住了气，机会到了！他准知道，兵们又得退却，而且一定是往山中去。这些日子的经验使他知道，这些兵的打仗方法和困在屋中的蜜蜂一样，只会到处乱撞。有了炮声，兵们一定得跑，那么，他自己也该精神着点了。他慢慢的，闭着气，在地上爬，目的是在找到那几匹骆驼。他明知道骆驼不会帮助他什么，但他和它们既同是俘虏，好像必须有些同情。军营里更乱了，他找到了骆驼——几块土岗似的在黑暗中爬伏着，除了粗大的呼吸，一点动静也没有，似乎天下都很太平。这个，教他壮起点胆子来。他伏在骆驼旁边，像兵丁藏在沙口袋后面那样。极快的他想出个道理来：炮声是由南边来的，即使不是真心作战，至少也是个"此路不通"的警告。那么，这些兵还得逃回山中去。真要是上山，他们不能带着骆驼。这样，骆驼的命运也就是他的命运。他们要是不放弃这几个牲口呢，他也跟着完事；他们忘记了骆驼，他就可以逃走。把耳朵贴在地上，他听着有没有脚步声儿来，心跳得极快。

不知等了多久，始终没人来拉骆驼。他大着胆子坐起来，从骆驼的双峰间望过去，什么也看不见，四外极黑。逃吧！不管是吉是凶，逃！

三

祥子已经跑出二三十步去，可又不肯跑了，他舍不得那几匹骆驼。他在世界上的财产，现在，只剩下了自己的一条命。就是地上的一根麻绳，他也乐意拾起来，即使没用，还能稍微安慰他一下，至少他手中有条麻绳，不完全是空的。逃命是要紧的，可是赤裸裸的一条命有什么用呢？他得带走这几匹牲口，虽然还没想起骆驼能有什么用处，可是总得算是几件东西，而且是块儿不小的东西。

他把骆驼拉了起来。对待骆驼的方法，他不大晓得，可是他不怕它们，因为来自乡间，他敢挨近牲口们。骆驼们很慢很慢的立起来，他顾不得细调查它们是不是都在一块儿拴着，觉到可以拉着走了，他便迈开了步，不管是拉起来一个，还是全"把儿"。

一迈步，他后悔了。骆驼——在口内载重惯了的——是走不快的。不但是得慢走，还须极小心的慢走，骆驼怕滑；一汪儿水，一片儿泥，都可以教它们劈了腿，或折扭了膝。骆驼的价值全在四条腿上；腿一完，全完！而祥子是想逃命呀！

可是，他不肯再放下它们。一切都交给天了，白得来的骆驼是不能放手的！

因拉惯了车，祥子很有些辨别方向的能力。虽然如此，他现在心中可有点乱。当他找到骆驼们的时候，他的心似乎全放在它们身上了；及至把它们拉起来，他弄不清哪儿是哪儿了，天是那么黑，心中是那么急，即使他会看看星，调一调方向，他也不敢从容的去这么办；星星们——在他眼中——好似比他还着急，你碰我，我碰你的在黑空中乱动。祥子不敢再看天上。他低着头，心里急而脚步不敢放快的往前走。他想起了这个：既是拉着骆驼，便须顺着大道走，不能再沿着山坡儿。由磨石口——假如这是磨石口——到黄村，是条直路。这既是走骆驼的大路，而且一点不绕远儿。"不绕远儿"在一个洋车夫心里有很大的价值。不过，这条路上没有遮掩！万一再遇上兵呢？即使遇不上大兵，他自己那身破军衣，脸上的泥，与那一脑袋的长头发，能使人相信他是个拉骆驼的吗？不像，绝不像个拉骆驼的！倒很像个逃兵！逃兵！被官中拿去还倒是小事；教村中的人们捉住，至少是活埋！想到这儿，他哆嗦起来，背后骆驼蹄子噗噗轻响猛然吓了他一跳。他要打算逃命，还是得放弃这几个累赘。可是到底不肯撒手骆驼鼻子上的那条绳子。走吧，走，走到哪里算哪里，遇见什么说什么；活了呢，赚几条牲口；死了呢，认命！

可是，他把军衣脱下来：一把，将领子扯掉；那对还肯负责任的铜钮也被揪下来，扔在黑暗中，连个响声也没发。然后，他把这件无领无钮的单衣斜搭在身上，把两条袖子在胸前结成个结子，像背包袱那样。这个，他以为可以减少些败兵的嫌疑；裤子也挽高起来一块。他知道这还不十分像拉骆驼的，可是至少也不完全像个逃兵了。加上他脸上的泥，身上的汗，大概也够个"煤黑子"的谱儿[29]了。他的思想很慢，可是想得很周到，而且想起来马上就去执行。夜黑天里，没人看见他；他本来无须乎立刻这样办；可是他等不得。他不知道时间，也许忽然就会天亮。既没顺着山路走，他白天没有可以隐藏起来的机会；要打算白天也照样赶路的话，他必须使人相信他是个"煤黑子"。想到了这个，也马上这么办了，他心中痛快了些，好似危险已过，而眼前就是北平了。他必须稳稳当当的快到城里，因为他身上没有一个钱，没有一点干粮，不能再多耗时间。想到这里，他想骑上骆驼，省些力气可以多挨一会儿饥饿。可是不敢去骑，即使很稳当，也得先教骆驼跪下，他才能上去；时间是值钱的，不能再麻烦。况且，他要是上了那么高，便更不容易看清脚底下，骆驼若是摔倒，他也得陪着。不，就这样走吧。

大概的他觉出是顺着大路走呢；方向，地点，都有些茫然。夜深了，多日的疲乏，与逃走的惊惧，使他身心全不舒服。及至走出来一些路，脚步是那么平匀，缓慢，他渐渐的彷佛困倦起来。夜还很黑，空中有些湿冷的雾气，心中更觉得渺茫。用力看着地，地上老像有一岗一岗的、及至放下脚去，却是平坦的。这种小心与受骗教他更不安静，几乎有些烦躁。爽性不去管地上了，眼往平里看，脚擦着地走。四外什么也看不见，就好像全世界的黑暗都在等着他似的，由黑暗中迈步，再走入黑暗中；身后跟着那不声不响的骆驼。

外面的黑暗渐渐习惯了，心中似乎停止了活动，他的眼不由的闭上了。不知道是往前走呢，还是已经站住了，心中只觉得一浪一浪的波动，似一片波动的黑海，黑暗与心接成一气，都渺茫，都起落，都恍忽。忽然心中一动，像想起一些什么，又似乎是听见了一些声响，说不清；可是又睁开了眼。他确是还往前走呢，忘了刚才是想起什么来，四外也并没有什么动静。心跳了一阵，渐渐又平静下来。他嘱咐自己不要再闭上眼，也不要再乱想；快快的到城里是第一件要紧的事。可是心中不想事，眼睛就很容易再闭上，他必须想念着点儿什么，必须醒着。他知道一旦倒下，他可以一气睡三天。想什么呢？他的头有些发晕，身上潮渌渌的难过，头发里发痒，两脚发酸，口中又干又涩。他想不起别的，只想可怜自己。可是，连自己的事也不大能详细的想了，他的头是那么虚空昏涨，彷彿刚想起自己，就又把自己忘记了，像将要灭的蜡烛，连自己也不能照明白了似的。再加上四围的黑暗，使他觉得像在一团黑气里浮荡，虽然知道自己还存在着，还往前迈步，可是没有别的东西来证明他准是在哪里走，就很像独自在荒海里浮着那样不敢相信自己。他永远没尝受过这种惊疑不定的难过，与绝对的寂闷。平日，他虽不大喜欢交朋友，可是一个人在日光下，有太阳照着他的四肢，有各样东西呈现在目前，他不至于害怕。现在，他还不害怕，只是不能确定一切，使他受不了。设若骆驼们要是像骡马那样不老实，也许倒能教他打起精神去注意它们，而骆驼偏偏是这么驯顺，驯顺得使他不耐烦；在心神最恍惚的时候，他忽然怀疑骆驼是否还在他的背后，教他吓一跳；他似乎很相信这几个大牲口会轻轻的钻入黑暗的岔路中去，而他一点也不晓得，像拉着块冰那样能渐渐的化尽。

不知道在什么时候，他坐下了。若是他就是这么死去，就是死后有知，他也不会记得自己是怎么坐下的，和为什么坐下的。坐了五分钟，也许是一点钟，他不晓得。他也不知道他是先坐下而后睡着，还是先睡着而后坐下的。大概他是先睡着了而后坐下的，因为他的疲乏已经能使他立着睡去的。

他忽然醒了。不是那种自自然然的由睡而醒，而是猛的一吓，像由一个世界跳到另一个世界，都在一睁眼的工夫里。看见的还是黑暗，可是很清楚的听见一声鸡鸣，是那么清楚，好像有个坚硬的东西在他脑中划了一下。他完全清醒过来。骆驼呢？他顾不得想别的。绳子还在他手中，骆驼也还在他旁边。他心中安静了。懒得起来。身上酸懒，他不想起来，可也不敢再睡。他得想，细细的想，好主意。就是在这个时候，他想起他的车，而喊出"凭什么？"

"凭什么？"但是空喊是一点用处没有的。他去摸摸骆驼，他始终还不知自己拉来几匹。摸清楚了，一共三匹。他不觉得这是太多，还是太少；他把思想集中到这三匹身上，虽然还没想妥一定怎么办，可是他渺茫的想到，他的将来全仗着这三个牲口。

"为什么不去卖了它们，再买上一辆车呢？"他几乎要跳起来了！可是他没动，好像因为先前没想到这样最自然最省事的办法而觉得应当惭愧似的。喜悦胜过了惭愧，他打定了主意：刚才不是听到鸡鸣么？即使鸡有时候在夜间一两点钟就打鸣，反正离天亮也不甚远了。有鸡鸣就必有村庄，说不定也许是北辛安吧？那里有养骆驼的，他得赶快的走，能在天亮的时候赶到，把骆驼出了手，他可以一进城就买上一辆车。兵慌马乱的期间，车必定便宜一些；他只顾了想买车，好似卖骆驼是件毫无困难的事。

想到骆驼与洋车的关系，他的精神壮了起来，身上好似一向没什么不舒服的地方。假若他想到拿这三匹骆驼能买到一百亩地，或是可以换几颗珍珠，他也不会这样高兴。他极快的立起来，扯起骆驼就走。他不晓得现在骆驼有什么行市，只听说过在老年间，没有火车的时候，一条骆驼要值一个大宝，因为骆驼力气大，而吃得比骡马还省。他不希望得三个大宝[30]，只盼望换个百儿八十的，恰好够买一辆车的。

越走天越亮了；不错，亮处是在前面，他确是朝东走呢。即使他走错了路，方向可是不差；山在西，城在东，他晓得这个。四外由一致的漆黑，渐渐能分出深浅，虽然还辨不出颜色，可是田亩远树已都在普遍的灰暗中有了形状。星们渐稀，天上罩着一层似云又似雾的灰气，暗淡，可是比以前高起许多去。祥子彷彿敢抬起头来了。他也开始闻见路旁的草味，也听见几声鸟鸣；因为看见了渺茫的物形，他的耳目口鼻好似都恢复了应有的作用。他也能看到自己身上的一切，虽然是那么破烂狼狈，可是能以相信自己确是还活着呢；好像噩梦初醒时那样觉得生命是何等的可爱。看完了他自己，他回头看了看骆驼——和他一样的难看，也一样的可爱。正是牲口脱毛的时候，骆驼身上已经都露出那灰红的皮，只有东一缕西一块的挂着些零散的，没力量的，随时可以脱掉的，长毛，像些兽中的庞大的乞丐。顶可怜的是那长而无毛的脖子，那么长，那么秃，弯弯的，愚笨的，伸出老远，像条失意的瘦龙。可是祥子不憎嫌它们，不管它们是怎样的不体面，到底是些活东西。他承认自己是世上最有运气的人，上天送给他三条足以换一辆洋车的活宝贝；这不是天天能遇到的事。他忍不住的笑了出来。

灰天上透出些红色，地与远树显着更黑了；红色渐渐的与灰色融调起来，有的地方成为灰紫的，有的地方特别的红，而大部分的天色是葡萄灰的。又待了一会儿，红中透出明亮的金黄来，各种颜色都露出些光；忽然，一切东西都非常的清楚了。跟着，东方的早霞变成一片深红，头上的天显出蓝色。红霞碎开，金光一道一道的射出，横的是霞，直的是光，在天的东南角织成一部极伟大光华的蛛网：绿的田，树，野草，都由暗绿变为发光的翡翠。老松的干上染上了金红，飞鸟的翅儿闪起金光，一切的东西带出些笑意。祥子对着那片红光要大喊几声，自从一被大兵拉去，他似乎没看见过太阳，心中老在咒骂，头老低着，忘了还有日月，忘了老天。现在，他自由的走着路，越走越光明，太阳给草叶的露珠一点儿金光，也照亮了祥子的眉发，照暖了他的心。他忘了一切困苦，一切危险，一切疼痛；不管身上是怎样褴褛污浊，太阳的光明与热力并没将他除外，他是生活在一个有光有热力的宇宙里；他高兴，他想欢呼！

看看身上的破衣，再看看身后的三匹脱毛的骆驼，他笑了笑。就凭四条这么不体面的人与牲口，他想，居然能逃出危险，能又朝着太阳走路，真透着奇怪！不必再想谁是谁非了，一切都是天意，他以为。他放了心，缓缓的走着，自要老天保佑他，什么也不必怕。走到什么地方了？不想问了，虽然田间已有男女来作工。走吧，就是一时卖不出骆驼去，似乎也没大关系；先到城里再说，他渴想再看见城市，虽然那里没有父母亲戚，没有任何财产，可是那到底是他的家，全个的城都是他的家，一到那里他就有办法。远处有个村子，不小的一个村子，村外的柳树像一排高而绿的护兵，低头看着那些矮矮的房屋，屋上浮着些炊烟。远远的听到村犬的吠声，非常的好听。他一直奔了村子去，不想能遇到什么俏事，彷彿只是表示他什么也不怕，他是好人，当然不怕村里的良民；现在人人都是在光明和平的阳光下。假若可能的话，他想要一点水喝；就是要不到水也没关系；他既没死在山中，多渴一会儿算得了什么呢？！

村犬向他叫，他没大注意；妇女和小孩儿们的注视他，使他不大自在了。他必定是个很奇怪的拉骆驼的，他想，要不然，大家为什么这样呆呆的看着他呢？他觉得非常的难堪：兵们不拿他当个人，现在来到村子里，大家又看他像个怪物！他不晓得怎样好了。他的身量，力气，一向使他自尊自傲，可是在过去的这些日子，无缘无故的他受尽了委屈与困苦。他从一家的屋脊上看过去，又看见了那光明的太阳，可是太阳似乎不像刚才那样可爱了！

村中的唯一的一条大道上，猪尿马尿与污水汇成好些个发臭的小湖，祥子唯恐把骆驼滑倒，很想休息一下。道儿北有个较比阔气的人家，后边是瓦房，大门可是只拦着个木栅，没有木门，没有门楼。祥子心中一动；瓦房——财主；木栅而没门楼——养骆驼的主儿！好吧，他就在这儿休息会儿吧，万一有个好机会把骆驼打发出去呢！

"色！色！色！"祥子叫骆驼们跪下；对于调动骆驼的口号，他只晓"色，色，"是表示跪下；他很得意的应用出来，特意教村人们明白他并非是外行。骆驼们真跪下了，他自己也大大方方的坐在一株小柳树下。大家看他，他也看大家；他知道只有这样才足以减少村人的怀疑。

坐了一会儿，院中出来个老者，蓝布小褂敞着怀，脸上很亮，一看便知道是乡下的财主。祥子打定了主意：

"老者，水现成吧？喝碗！"

"啊！"老者的手在胸前搓着泥卷，打量了祥子一眼，细细看了看三匹骆驼。"有水！哪儿来的？"

"西边！"祥子不敢说地名，因为不准知道。

"西边有兵呀？"老者的眼盯住祥子的军裤。

"教大兵裹了去，刚逃出来。"

"啊！骆驼出西口没什么险啦吧？"

"兵都入了山，路上很平安。"

"嗯！"老者慢慢点着头。"你等等，我给你拿水去。"

祥子跟了进去。到了院中，他看见了四匹骆驼。

"老者，留下我的三匹，凑一把儿吧？"

"哼！一把儿？倒退三十年的话，我有过三把儿！年头儿变了，谁还喂得起骆驼？！"老头儿立住，呆呆的看着那四匹牲口。待了半天："前几天本想和街坊搭伙，把它们送到口外去放青[31]。东也闹兵，西也闹兵，谁敢走啊！在家里拉夏吧，看着就焦心，看着就焦心，瞧这些苍蝇！赶明儿天大热起来，再加上蚊子，眼看着好好的牲口活活受罪，真！"老者连连的点头，似乎有无限的感慨与牢骚。

"老者，留下我的三匹，凑成一把儿到口外去放青。欢蹦乱跳的牲口，一夏天在这儿，准教苍蝇蚊子给拿个半死！"祥子几乎是央求了。

"可是，谁有钱买呢？这年头不是养骆驼的年头了！"

"留下吧，给多少是多少，我把它们出了手，好到城里去谋生！"

老者又细细看了祥子一番，觉得他绝不是个匪类。然后回头看了看门外的牲口，心中似乎是真喜欢那三匹骆驼——明知买到手中并没好处，可是爱书的人见书就想买，养马的见了马就舍不得，有过三把儿骆驼的也是如此。况且祥子说可以贱卖呢；懂行的人得到个便宜，就容易忘掉东西买到手中有没有好处。

"小伙子，我要是钱富裕的话，真想留下！"老者说了实话。

"干脆就留下吧，瞧着办得了！"祥子是那么诚恳，弄得老头子有点不好意思了。

"说真的，小伙子；倒退三十年，这值三个大宝；现在的年头，又搭上兵马乱，我——你还是到别处吆喝吆喝去吧！"

"给多少是多少！"祥子想不出别的话。他明白老者的话很实在，可是不愿意满世界去卖骆驼——卖不出去，也许还出了别的毛病。

"你看，你看，二三十块钱真不好说出口来，可是还真不容易往外拿呢；这个年头，没法子！"

祥子心中也凉了些；二三十块？离买车还差得远呢！可是，第一他愿脆快办完，第二他不相信能这么巧再遇上个买主儿。"老者，给多少是多少！"

"你是干什么的，小伙子；看得出，你不是干这一行的！"

祥子说了实话。

"呕，你是拿命换出来的这些牲口！"老者很同情于祥子，而且放了心，这不是偷出来的；虽然和偷也差不远，可是究竟中间还隔着层大兵。兵灾之后，什么事儿都不能按着常理儿说。

"这么着吧，伙计，我给三十五块钱吧；我要说这不是个便宜，我是小狗子；我要是能再多拿一块，也是个小狗子！我六十多了；哼，还教我说什么好呢！"

祥子没了主意。对于钱，他向来是不肯放松一个的。可是，在军队里这些日子，忽然听到老者这番诚恳而带有感情的话，他不好意思再争论了。况且，可以拿到手的三十五块现洋似乎比希望中的一万块更可靠，虽然一条命只换来三十五块钱的确是少一些！就单说三条大活骆驼，也不能，绝不能，只值三十五块大洋！可是，有什么法儿呢！

"骆驼算你的了，老者！我就再求一件事，给我找件小褂，和一点吃的！"

"那行！"

祥子喝了一气凉水，然后拿着三十五块很亮的现洋，两个棒子面饼子，穿着将护到胸际的一件破白小褂，要一步迈到城里去！

四

祥子在海甸的一家小店里躺了三天，身上忽冷忽热，心中迷迷忽忽，牙床上起了一溜紫泡，只想喝水，不想吃什么。饿了三天，火气降下去，身上软得像皮糖似的。恐怕就是在这三天里，他与三匹骆驼的关系由梦话或胡话中被人家听了去。一清醒过来，他已经是"骆驼祥子"了[32]。

自从一到城里来，他就是"祥子"，彷佛根本没有个姓；如今，"骆驼"摆在"祥子"之上，就更没有人关心他到底姓什么了。有姓无姓，他自己也并不在乎。不过，三条牲口才换了那么几块钱，而自己倒落了个外号，他觉得有点不大上算。

刚能扎挣着立起来，他想出去看看。没想到自己的腿能会这样的不吃力，走到小店门口他一软就坐在了地上，昏昏沉沉的坐了好大半天，头上见了凉汗。又忍了一会儿，他睁开了眼，肚中响了一阵，觉出点饿来。极慢的立起来，找到了个馄饨挑儿。要了碗馄饨，他仍然坐在地上。呷了口汤，觉得恶心，在口中含了半天，勉强的咽下去；不想再喝。可是，待了一会儿，热汤像股线似的一直通到腹部，打了两个响膈（嗝）。他知道自己又有了命。

肚中有了点食，他顾得看看自己了。身上瘦了许多，那条破裤已经脏得不能再脏。他懒得动，可是要马上恢复他的干净利落，他不肯就这么神头鬼脸的进城去。不过，要干净利落就得花钱，剃剃头，换换衣服，买鞋袜，都要钱。手中的三十五元钱应当一个不动，连一个不动还离买车的数儿很远呢！可是，他可怜了自己。虽然被兵们拉去不多的日子，到现在一想，一切都像个噩梦。这个噩梦使他老了许多，好像他忽然的一气增多了好几岁。看着自己的大手大脚，明明是自己的，可是又像忽然由什么地方找到的。他非常的难过。他不敢想过去的那些委屈与危险，虽然不去想，可依然的存在，就好像连阴天的时候，不去看天也知道天是黑的。他觉得自己的身体是特别的可爱，不应当再太自苦了。他立起来，明知道身上还很软，可是刻不容缓的想去打扮打扮，彷佛只要剃剃头，换件衣服，他就能立刻强壮起来似的。

打扮好了，一共才花了两块二毛钱。近似搪布[33]的一身本色粗布裤褂一元，青布鞋八毛，线披儿织成的袜子一毛五，还有顶二毛五的草帽。脱下来的破东西，换了两包火柴。

拿着两包火柴，顺着大道他往西直门走。没走出多远，他就觉出软弱疲乏来了。可是他咬上了牙。他不能坐车，从哪方面看也不能坐车：一个乡下人拿十里八里还能当作道儿吗，况且自己是拉车的。这且不提，以自己的身量力气而被这小小的一点病拿住，笑话；除非一交栽倒，再也爬不起来，他满地滚也得滚进城去，决不服软！今天要是走不进城去，他想，祥子便算完了；他只相信自己的身体，不管有什么病！

晃晃悠悠的他放开了步。走出海甸不远，他眼前起了金星。扶着棵柳树，他定了半天神，天旋地转的闹慌了会儿，他始终没肯坐下。天地的旋转慢慢的平静起来，他的心好似由老远的又落到自己的心口中，擦擦头上的汗，他又迈开了步。已经剃了头，已经换上新衣新鞋，他以为这就十分对得起自己了；那么，腿得尽它的责任，走！一气他走到了关厢。看见了人马的忙乱，听见了复杂刺耳的声音，闻见了干臭的味道，踩上了细软污浊的灰土，祥子想爬下去吻一吻那个灰臭的地，可爱的地，生长洋钱的地！没有父母兄弟，没有本家亲戚，他的唯一的朋友是这座古城。这座城给了他一切，就是在这里饿着也比乡下可爱，这里有的看，有的听，到处是光色，到处是声音；自己只要卖力气，这里还有数不清的钱，吃不尽穿不完的万样好东西。在这里，要饭也能要到荤汤腊水的，乡下只有棒子面。绕到高亮桥西边，他坐在河岸上，落了几点热泪！

太阳平西了，河上的老柳歪歪着，梢头挂着点金光。河里没有多少水，可是长着不少的绿藻，像一条油腻的长绿带子，窄长，深绿，发出些微腥的潮味。河岸北的麦子已吐了芒，矮小枯干，叶上落了一层灰土。河南的荷塘的绿叶细小无力的浮在水面上，叶子左右时时放起些细碎的小水泡。东边的桥上，来往的人与车过来过去，在斜阳中特别显着匆忙，仿佛都感到暮色将近的一种不安。这些，在祥子的眼中耳中都非常的有趣与可爱。只有这样的小河仿佛才能算是河；这样的树，麦子，荷叶，桥梁，才能算是树，麦子，荷叶，与桥梁。因为它们都属于北平。

坐在那里，他不忙了。眼前的一切都是熟习的，可爱的，就是坐着死去，他仿佛也很乐意。歇了老大半天，他到桥头吃了碗老豆腐：醋，酱油，花椒油，韭菜末，被热的雪白的豆腐一烫，发出点顶香美的味儿，香得使祥子要闭住气；捧着碗，看着那深绿的韭菜末儿，他的手不住的哆嗦。吃了一口，豆腐把身里烫开一条路；他自己下手又加了两小勺辣椒油。一碗吃完，他的汗已湿透了裤腰。半闭着眼，把碗递出去："再来一碗！"

站起来，他觉出他又像个人了。太阳还在西边的最低处，河水被晚霞照得有些微红，他痛快得要喊叫出来。摸了摸脸上那块平滑的疤，摸了摸袋中的钱，又看了一眼角楼上的阳光，他硬把病忘了，把一切都忘了，好似有点什么心愿，他决定走进城去。

城门洞里挤着各样的车，各样的人，谁也不敢快走，谁可都想快快过去，鞭声，喊声，骂声，喇叭声，铃声，笑声，都被门洞儿——像一架放大音机似的——嗡嗡的联成一片，彷佛人人都发点声音，都嗡嗡的响。祥子的大脚东插一步，西跨一步，两手左右的拨落，像条瘦长的大鱼，随浪欢跃那样，挤进了城。一眼便看到新街口，道路是那么宽，那么直，他的眼发了光，和东边的屋顶上的反光一样亮。他点了点头。

他的铺盖还在西安门大街人和车厂呢，自然他想奔那里去。因为没有家小，他一向是住在车厂里，虽然并不永远拉厂子里的车。人和的老板刘四爷是已快七十岁的人了；人老，心可不老实。年轻的时候他当过库兵，设过赌场，买卖过人口，放过阎王账。十这些营生所应有的资格与本领——力气，心路，手段，交际，字号等等——刘四爷都有。在前清的时候，打过群架，抢过良家妇女，跪过铁索。跪上铁索，刘四并没皱一皱眉，没说一个饶命。官司教他硬挺了过来，这叫作"字号"。出了狱，恰巧入了民国，巡警的势力越来越大，刘四爷看出地面上的英雄已成了过去的事儿，即使李逵武松再世也不会有多少机会了。他开了个洋车厂子。土混混出身，他晓得怎样对付穷人，什么时候该紧一把儿，哪里该松一步儿，他有善于调动的天才。车夫们没有敢跟他耍骨头[34]的。他一瞪眼，和他哈哈一笑，能把人弄得迷迷忽忽的，彷佛一脚登在天堂，一脚登在地狱，只好听他摆弄。到现在，他有六十多辆车，至坏的也是七八成新的，他不存破车。车租，他的比别家的大，可是到三节他比别家多放着两天的份儿。人和厂有地方住，拉他的车的光棍儿，都可以白住——可是得交上车份儿，交不上账而和他苦腻的，他扣下铺盖，把人当个破水壶似的扔出门外。大家若是有个急事急病，只须告诉他一声，他不含忽，水里火里他都热心的帮忙，这叫作"字号"。

刘四爷是虎相。快七十了，腰板不弯，拿起腿还走个十里二十里的。两只大圆眼，大鼻头，方嘴，一对大虎牙，一张口就像个老虎。个子几乎与祥子一边儿高，头剃得很亮，没留胡子。他自居老虎，可惜没有儿子，只有个三十七八岁的虎女——知道刘四爷的就必也知道虎妞。她也长得虎头虎脑，因此吓住了男人，帮助父亲办事是把好手，可是没人敢娶她作太太。她什么都和男人一样，连骂人也有男人的爽快，有时候更多一些花样。刘四爷打外，虎妞打内，父女把人和车厂治理得铁筒一般。人和厂成了洋车界的威权，刘家父女的办法常常在车夫与车主的口上，如读书人的引经据典。

在买上自己的车以前，祥子拉过人和厂的车。他的积蓄就交给刘四爷给存着。把钱凑够了数，他要过来，买上了那辆新车。

"刘四爷，看看我的车！"祥子把新车拉到人和厂去。

老头子看了车一眼，点了点头："不离！"

"我可还得在这儿住，多咱我拉上包月，才去住宅门！"祥子颇自傲的说。

"行！"刘四爷又点了点头。

于是，祥子找到了包月，就去住宅门；掉了事而又去拉散座，便住在人和厂。

不拉刘四爷的车，而能住在人和厂，据别的车夫看，是件少有的事。因此，甚至有人猜测，祥子必和刘老头子是亲戚；更有人说，刘老头子大概是看上了祥子，而想给虎妞弄个招门纳婿的"小人"。这种猜想里虽然怀着点妒羡，可是万一要真是这么回事呢，将来刘四爷一死，人和厂就一定归了祥子。这个，教他们只敢胡猜，而不敢在祥子面前说什么不受听的。其实呢，刘老头子的优待祥子是另有笔账儿。祥子是这样的一个人：在新的环境里还能保持着旧的习惯。假若他去当了兵，他决不会一穿上那套虎皮，马上就不傻装傻的去欺侮人。在车厂子里，他不闲着，把汗一落下去，他就找点事儿作。他去擦车，打气，晒雨布，抹油……用不着谁指使，他自己愿意干，干得高高兴兴，彷佛是一种极好的娱乐。厂子里靠常总住着二十来个车夫；收了车，大家不是坐着闲谈，便是蒙头大睡；祥子，只有祥子的手不闲着。初上来，大家以为他是向刘四爷献殷勤，狗事巴结人；过了几天，他们看出来他一点没有卖好讨俏的意思，他是那么真诚自然，也就无话可说了。刘老头子没有夸奖过他一句，没有格外多看过他一眼；老头子心里有数儿。他晓得祥子是把好手，即使不拉他的车子，他也还愿意祥子在厂子里。有祥子在这儿，先不提别的，院子与门口永远扫得干干净净。虎妞更喜欢这个傻大个儿，她说什么，祥子老用心听着，不和她争辩；别的车夫，因为受尽苦楚，说话总是横着来；她一点不怕他们，可是也不愿多搭理他们；她的话，所以，都留给祥子听。当祥子去拉包月的时候，刘家父女都彷佛失去一个朋友。赶到他一回来，连老头子骂人也似乎更痛快而慈善一些。

祥子拿着两包火柴，进了人和厂。天还没黑，刘家父女正在吃晚饭。看见他进来，虎妞把筷子放下了：

"祥子！你让狼叼了去，还是上非洲挖金矿去了？"

"哼！"祥子没说出什么来。

刘四爷的大圆眼在祥子身上绕了绕，什么也没说。

祥子戴着新草帽，坐在他们对面。

"你要是还没吃了的话，一块儿吧！"虎妞彷佛是招待个好朋友。

祥子没动，心中忽然感觉到一点说不出来的亲热。一向他拿人和厂当作家：拉包月，主人常换；拉散座，座儿一会儿一改；只有这里老让他住，老有人跟他说些闲话儿。现在，刚逃出命来，又回到熟人这里来，还让他吃饭，他几乎要怀疑他们是否要欺弄他，可是也几乎落下泪来。

"刚吃了两碗老豆腐！"他表示出一点礼让。

"你干什么去了？"刘四爷的大圆眼还盯着祥子。"车呢？"

"车？"祥子啐了口叶沫。

"过来先吃碗饭！毒不死你！两碗老豆腐管什么事？！"虎妞一把将他扯过去，好像老嫂子疼爱小叔那样。

祥子没去端碗，先把钱掏了出来："四爷，先给我拿着，三十块。"把点零钱又放在衣袋里。

刘四爷用眉毛梢儿问了句，"哪儿来的？"

祥子一边吃，一边把被兵拉去的事说了一遍。

"哼，你这个傻小子！"刘四爷听完，摇了摇头。"拉进城来，卖给汤锅，也值十儿多块一头；要是冬天驼毛齐全的时候，三匹得卖六十块！"

祥子早就有点后悔，一听这个，更难过了。可是，继而一想，把三只活活的牲口卖给汤锅去挨刀，有点缺德；他和骆驼都是逃出来的，就都该活着。什么也没说，他心中平静了下去。

虎姑娘把家伙撤下去，刘四爷仰着头似乎是想起点来什么。忽然一笑，露出两个越老越结实的虎牙："傻子，你说病在了海甸？为什么不由黄村大道一直回来？"

"还是绕西山回来的，怕走大道教人追上，万一村子里的人想过味儿来，还拿我当逃兵呢！"

刘四爷笑了笑，眼珠往心里转了两转。他怕祥子的话有鬼病，万一那三十块钱是抢了来的呢，他不便代人存着赃物。他自己年轻的时候，什么没王法的事儿也干过；现在，他自居是改邪归正，不能不小心，而且知道怎样的小心。祥子的叙述只有这么个缝子，可是祥子一点没发毛咕的解释开，老头子放了心。

"怎么办呢？"老头子指着那些钱说。

"听你的！"

"再买辆车？"老头子又露出虎牙，似乎是说："自己买上车，还白住我的地方？！"

"不够！买就得买新的！"祥子没看刘四爷的牙，只顾得看自己的心。

"借给你？一分利，别人借是二分五！"

祥子摇了摇头。

"跟车铺打印子还不如给我一分利呢！"

　　"我也不打印子，"祥子出着神说："我慢慢的省，够了数，现钱买现货！"

　　老头子看着祥子，好像是看着个什么奇怪的字似的，可恶，而没法儿生气。待了会儿，他把钱拿起来："三十？别打马虎眼！"

　　"没错！"祥子立起来："睡觉去。送给你老人家一包洋火！"他放在桌子上一包火柴，又楞了楞："甭对别人说，骆驼的事！"

五

刘老头子的确没替祥子宣传，可是骆驼的故事很快的由海甸传进城里来。以前，大家虽找不出祥子的毛病，但是以他那股子干倔的劲儿，他们多少以为他不大合群，别扭。自从"骆驼祥子"传开了以后，祥子虽然还是闷着头儿干，不大和气，大家对他却有点另眼看待了。有人说他拾了个金表，有人说他白弄了三百块大洋，那白信知道得最详确的才点着头说，他从西山拉回三十匹骆驼！说法虽然不同，结论是一样的 祥子发了邪财！对于发邪财的人，不管这家伙是怎样的"不得哥儿们"[35]，大家照例是要敬重的。卖力气挣钱既是那么不容易，人人盼望发点邪财；邪财既是那么千载难遇，所以有些彩气的必定是与众不同，福大命大。因此，祥子的沉默与不合群，一变变成了贵人语迟；他应当这样，而他们理该赶着他去拉拢。"得了，祥子！说说，说说你怎么发的财？"这样的话，祥子天天听到。他一声不响。直到逼急了，他的那块疤有点发红了，才说，"发财，妈的我的车哪儿去了？"

是呀，这是真的，他的车哪里去了？大家开始思索。但是替别人忧虑总不如替人家喜欢，大家于是忘记了祥子的车，而专想着他的好运气。过了些日子，大伙儿看祥子仍然拉车，并没改了行当，或买了房子置了地，也就对他冷淡了一些，而提到骆驼祥子的时候，也不再追问为什么他偏偏是"骆驼"，仿佛他根本就应当叫作这个似的。

祥子自己可并没轻描淡写的随便忘了这件事。他恨不得马上就能再买上辆新车，越着急便越想着原来的那辆。一天到晚他认（任）劳认（任）怨的去干，可是干着干着，他便想起那回事。一想起来，他心中就觉得发堵，不由的想到，要强又怎样呢，这个世界并不因为自己要强而公道一些，凭着什么把他的车白白抢去呢？即使马上再弄来一辆，焉知不再遇上那样的事呢？他觉得过去的事像个噩梦，使他几乎不敢再希望将来。有时候他看别人喝酒吃烟跑土窑子，几乎感到一点羡慕。要强既是没用，何不乐乐眼前呢？他们是对的。他，即使先不跑土窑子，也该喝两盅酒，自在自在。烟，酒，现在彷佛对他有种特别的诱力，他觉得这两样东西是花钱不多，而必定足以安慰他；使他依然能往前苦奔，而同时能忘了过去的苦痛。

可是，他还是不敢去动它们。他必须能多剩一个就去多剩一个，非这样不能早早买上自己的车。即使今天买上，明天就丢了，他也得去买。这是他的志愿，希望，甚至是宗教。不拉着自己的车，他简直像是白活。他想不到作官，发财，置买产业；他的能力只能拉车，他的最可靠的希望是买车；非买上车不能对得起自己。他一天到晚思索这回事，计算他的钱；设若一旦忘了这件事，他便忘了自己，而觉得自己只是个会跑路的畜牲，没有一点起色与人味。无论是多么好的车，要是赁来的，他拉着总不起劲，好像背着块石头那么不自然。就是赁来的车，他也不偷懒，永远给人家收拾得干干净净，永远不去胡碰乱撞；可是这只是一些小心谨慎，不是一种快乐。是的，收拾自己的车，就如同数着自己的钱，才是真快乐。他还是得不吃烟不喝酒，爽性连包好茶叶也不便于喝。在茶馆里，像他那么体面的车夫，在飞跑过一气以后，讲究喝十个子儿一包的茶叶，加上两包白糖，为是补气散火。当他跑得顺"耳唇"往下滴汗，胸口觉得有点发辣，他真想也这么办；这绝对不是习气，作派，而是真需要这么两碗茶压一压。只是想到了，他还是喝那一个子儿一包的碎末。有时候他真想责骂自己，为什么这样自苦；可是，一个车夫而想月间剩下俩钱，不这么办怎成呢？他狠了心。买上车再说，买上车再说！有了车就足以抵得一切！

对花钱是这样一把死拿，对挣钱祥子更不放松一步。没有包月，他就拉整天，出车早，回来的晚，他非拉过一定的钱数不收车，不管时间，不管两腿；有时他硬连下去，拉一天一夜。从前，他不肯抢别人的买卖，特别是对于那些老弱残兵；以他的身体，以他的车，去和他们争座儿，还能有他们的份儿？现在，他不大管这个了，他只看见钱，多一个是一个，不管买卖的苦甜，不管是和谁抢生意；他只管拉上买卖，不管别的，像一只饿疯的野兽。拉上就跑，他心中舒服一些，觉得只有老不站住脚，才能有买上车的希望。一来二去的骆驼祥子的名誉远不及单是祥子的时候了。有许多次，他抢上买卖就跑，背后跟着一片骂声。他不回口，低着头飞跑，心里说："我要不是为买车，决不能这么不要脸！"他好像是用这句话求大家的原谅，可是不肯对大家这么直说。在车口儿上，或茶馆里，他看大家瞪他；本想对大家解释一下，及至看到大家是那么冷淡，又搭上他平日不和他们一块喝酒，赌钱，下棋，或聊天，他的话只能圈在肚子里，无从往外说。难堪渐渐变为羞恼，他的火也上来了；他们瞪他，他也瞪他们。想起乍由山上逃回来的时候，大家对他是怎样的敬重，现在会这样的被人轻看，他更觉得难过了。独自抱着壶茶，假若是赶上在茶馆里，或独自数着刚挣到的铜子，设若是在车口上，他用尽力量把怒气纳下去。他不想打架，虽然不怕打架。大家呢，本不怕打架，可是和祥子动手是该当想想的事儿，他们谁也不是他的对手，而大家打一个又是不大光明的。勉强压住气，他想不出别的方法，只有忍耐一时，等到买上车就好办了。有了自己的车，每天先不用为车租着急，他自然可以大大方方的，不再因抢生意而得罪人。这样想好，他看大家一眼，彷佛是说：咱们走着瞧吧！

论他个人，他不该这样拚命。逃回城里之后，他并没等病好利落了就把车拉起来，虽然一点不服软，可是他时常觉出疲乏。疲乏，他可不敢休息，他总以为多跑出几身汗来就会减去酸懒的。对于饮食，他不敢缺着嘴，可也不敢多吃些好的。他看出来自己是瘦了好多，但是身量还是那么高大，筋骨还那么硬棒，他放了心。他老以为他的个子比别人高大，就一定比别人能多受些苦，似乎永没想到身量大，受累多，应当需要更多的滋养。虎姑娘已经嘱咐他好几回了："你这家伙要是这么干，吐了血可是你自己的事！"

他很明白这是好话，可是因为事不顺心，身体又欠保养，他有点肝火盛。稍微棱棱着点眼："不这么奔，几儿能买卜车呢？"

要是别人这么一棱棱眼睛，虎姐至少得骂半天街；对祥子，她真是一百一的客气，爱护。她只撇了撇嘴："买车也得悠停着来，当是你是铁作的哪！你应当好好的歇三天！"看祥子听不进去这个："好吧，你有你的老主意，死了可别怨我！"

刘四爷也有点看不上祥子：祥子的拚命，早出晚归，当然是不利于他的车的。虽然说租整天的车是没有时间的限制，爱什么时候出车收车都可以，若是人人都像祥子这样死啃，一辆车至少也得早坏半年，多么结实的东西也架不住钉着坑儿使！再说呢，祥子只顾死奔，就不大匀得出工夫来帮忙给擦车什么的，又是一项损失。老头心中有点不痛快。他可是没说什么，拉整天不限定时间，是一般的规矩；帮忙收拾车辆是交情，并不是义务；凭他的人物字号，他不能自讨无趣的对祥子有什么表示。他只能从眼角唇边显出点不满的神气，而把嘴闭得紧紧的。有时候他颇想把祥子撵出去；看看女儿，他不敢这么办。他一点没有把祥子当作候补女婿的意思，不过，女儿既是喜爱这个楞小子，他就不便于多事。他只有这么一个姑娘，眼看是没有出嫁的希望了，他不能再把她这个朋友赶了走。说真的，虎姐是这么有用，他实在不愿她出嫁；这点私心使他觉得有点怪对不住她的，因此他多少有点怕她。老头子一辈子天不怕地不怕，到了老年反倒怕起自己的女儿来，他自己在不大好意思之中想出点道理来：只要他怕个人，就是他并非完全是无法无天的人的证明。有了这个事实，或者他不至于到快死的时候遭了恶报。好，他自己承认了应当怕女儿，也就不肯赶出祥子去。这自然不是说，他可以随便由着女儿胡闹，以至于嫁给祥子。不是。他看出来女儿未必没那个意思，可是祥子并没敢往上巴结。那么，他留点神就是了，犯不上先招女儿不痛快。

祥子并没注意老头子的神气，他顾不得留神这些闲盘儿。假若他也有愿意离开人和厂的心意，那决不是为赌闲气，而是盼望着拉上包月。他已有点讨厌拉散座儿了，一来是因为抢买卖而被大家看不起，二来是因为每天的收入没有定数，今天多，明天少，不能预定到几时才把钱凑足，够上买车的数儿。他愿意心中有个准头，哪怕是剩的少，只要靠准每月能剩下个死数，他才觉得有希望，才能放心。他是愿意一个萝卜一个坑的人。

他拉上了包月。哼，和拉散座儿一样的不顺心！这回是在杨宅。杨先生是上海人，杨太太是天津人，杨二太太是苏州人。一位先生，两位太太，南腔北调的生了不知有多少孩子。头一天上工，祥子就差点发了昏。一清早，大太太坐车上市去买菜。回来，分头送少爷小姐们上学，有上初中的，有上小学的，有上幼稚园的；学校不同，年纪不同，长相不同，可是都一样的讨厌，特别是坐在车上，至老实的也比猴子多着两手儿。把孩子们都送走，杨先生上衙门。送到衙门，赶紧回来，拉二太太上东安市场或去看亲友。回来，接学生回家吃午饭。吃完，再送走。送学生回来，祥子以为可以吃饭了，大太太扯着天津腔，叫他去挑水。杨宅的甜水有人送，洗衣裳的苦水归车夫去挑。这个工作在条件之外，祥子为对付事情，没敢争论，一声没响的给挑满了缸。放下水桶，刚要去端饭碗，二太太叫他去给买东西。大太太与二太太一向是不和的，可是在家政上，二位的政见倒一致，其中的一项是不准仆人闲一会儿，另一项是不肯看仆人吃饭。祥子不晓得这个，只当是头一天恰巧赶上宅里这么忙，于是又没说什么，而自己掏腰包买了几个烧饼。他爱钱如命，可是为维持事情，不得不狠了心。

买东西回来，大太太叫他打扫院子。杨宅的先生，太太，二太太，当出门的时候都打扮得极漂亮，可是屋里院里整个的像个大垃圾堆。祥子看着院子直犯恶心，所以只顾了去打扫，而忘了车夫并不兼管打杂儿。院子打扫清爽，二太太叫他顺手儿也给屋中扫一扫。祥子也没驳回，使他惊异的倒是凭两位太太的体面漂亮，怎能屋里脏得下不去脚！把屋子也收拾利落了，二太太把个刚到一周岁的小泥鬼交给了他。他没了办法。卖力气的事儿他都在行，他可是没抱过孩子。他双手托着这位小少爷，不使劲吧，怕滑溜下去，用力吧，又怕给伤了筋骨，他出了汗。他想把这个宝贝去交给张妈——一个江北的大脚婆子。找到她，劈面就被她骂了顿好的。杨宅用人，向来是三五天一换的，先生与太太们总以为仆人就是家奴，非把穷人的命要了，不足以对得起那点工钱。只有这个张妈，已经跟了他们五六年，唯一的原因是她敢破口就骂，不论先生，哪管太太，招恼了她就是一顿。以杨先生的海式咒骂的毒辣，以杨太太的天津口的雄壮，以二太太的苏州调的流利，他们素来是所向无敌的；及至遇到张妈的蛮悍，他们开始感到一种礼尚往来，英雄遇上了好汉的意味，所以颇能赏识她，把她收作了亲军。

　　祥子生在北方的乡间，最忌讳随便骂街。可是他不敢打张妈，因为好汉不和女斗；也不愿还口。他只瞪了她一眼。张妈不再出声了，彷佛看出点什么危险来。正在这个工夫，大太太喊祥子去接学生。他把泥娃娃赶紧给二太太送了回去。二太太以为他这是存心轻看她，冲口而出的把他骂了个花瓜。大太太的意思本来也是不乐意祥子替二太太抱孩子，听见二太太骂他，她也扯开一条油光水滑的嗓子骂，骂的也是他；祥子成了挨骂的藤牌。他急忙拉起车走出去，连生气似乎也忘了，因为他一向没见过这样的事，忽然遇到头上，他简直有点发晕。

　　一批批的把孩子们都接回来，院中比市场还要热闹，三个妇女的骂声，一群孩子的哭声，好像大栅栏在散戏时那样乱，而且乱得莫名其妙。好在他还得去接杨先生，所以急忙的又跑出去，大街上的人喊马叫似乎还比宅里的乱法好受一些。

　　一直转转到十二点，祥子才找到叹口气的工夫。他不止于觉着身上疲乏，脑子里也老嗡嗡的响；杨家的老少确是已经都睡了，可是他耳朵里还似乎有先生与太太们的叫骂，像三盘不同的留声机在他心中乱转，使他闹得慌。顾不得再想什么，他想睡觉。一进他那间小屋，他心中一凉，又不困了。一间门房，开了两个门，中间隔着一层木板。张妈住一边，他住一边。屋中没有灯，靠街的墙上有个二尺来宽的小窗户，恰好在一支街灯底下，给屋里一点亮。屋里又潮又臭，地上的土有个铜板厚。靠墙放着份铺板，没有别的东西。他摸了摸床板，知道他要是把头放下，就得把脚蹬在墙上；把脚放平，就得半坐起来。他不会睡元宝式的觉。想了半天，他把铺板往斜里拉好，这样两头对着屋角，他就可以把头放平，腿搭拉着点先将就一夜。

　　从门洞中把铺盖搬进来，马马虎虎的铺好，躺下了。腿悬空，不惯，他睡不着。强闭上眼，安慰自己：睡吧，明天还得早起呢！什么罪都受过，何必单忍不了这个！别看吃喝不好，活儿太累，也许时常打牌，请客，有饭局；咱们出来为的是什么，祥子？还不是为钱？只要多进钱，什么也得受着！这样一想，他心中舒服了许多，闻了闻屋中，也不像先前那么臭了，慢慢的入了梦；迷迷忽忽的觉得有臭虫，可是没顾得去拿。

　　过了两天，祥子的心已经凉到底。可是在第四天上，来了女客，张妈忙着摆牌桌。他的心好像冻实了的小湖，忽然来了一阵春风。太太们打起牌来，把孩子们就通通交给了仆人；张妈既是得伺候着烟茶手巾把，那群小猴自然全归祥子统辖。他讨厌这群猴子，可是偷偷往屋中撩了一眼，大太太管着头儿钱，像是很认真的样子。他心里说：别看这个大娘们厉害，也许并不胡涂，知道乘这种时候给仆人们多弄三毛五毛的。他对猴子们特别的拿出耐心法儿，看在头钱的面上，他得把这群猴崽子当作少爷小姐看待。

牌局散了，太太叫他把客人送回家。两位女客急于要同时走，所以得另雇一辆车。祥子喊来一辆，大太太撩袍拖带的混身找钱，预备着代付客人的车资；客人谦让了两句，大太太彷佛要拚命似的喊：

"你这是怎么了，老妹子！到了我这儿啦，还没个车钱吗！老妹子！坐上啦！"她到这时候，才摸出来一毛钱。

祥子看得清清楚楚，递过那一毛钱的时候，太太的手有点哆嗦。

送完了客，帮着张妈把牌桌什么的收拾好，祥子看了太太一眼。太太叫张妈去拿点开水，等张妈出了屋门，她拿出一毛钱来："拿去，别拿眼紧扫搭着我！"

祥子的脸忽然紫了，挺了挺腰，好像头要顶住房梁，一把抓起那张毛票，摔在太太的胖脸上："给我四天的工钱！"

"怎吗扎？"太太说完这个，又看了祥子一眼，不言语了，把四天的工钱给了他。拉着铺盖刚一出街门，他听见院里破口骂上了。

六

初秋的夜晚，星光叶影里阵阵的小风，祥子抬起头，看着高远的天河，叹了口气。这么凉爽的天，他的胸脯又是那么宽，可是他觉到空气彷佛不够，胸中非常憋闷。他想坐下痛哭一场。以自己的体格，以自己的忍性，以自己的要强，会让人当作猪狗，会维持不住一个事情，他不只怨恨杨家那一伙人，而渺茫的觉到一种尤望，恐怕自己一辈子不会再有什么起色了。拉着铺盖卷，他越走越慢，好像自己已经不是拿起腿就能跑个十里八里的祥子了。

到了大街上，行人已少，可是街灯很亮，他更觉得空旷渺茫，不知道往哪里去好了。上哪儿？自然是回人和厂。心中又有些难过。作买卖的，卖力气的，不怕没有生意，倒怕有了照顾主儿而没作成买卖，像饭铺理发馆进来客人，看了一眼，又走出去那样。祥子明知道上工辞工是常有的事，此处不留爷，自有留爷处。可是，他是低声下气的维持事情，舍着脸为是买上车，而结果还是三天半的事儿，跟那些串惯宅门的老油子一个样，他觉着伤心。他几乎觉得没脸再进人和厂，而给大家当笑话说："瞧瞧，骆驼祥子敢情也是三天半就吹呀，哼！"

不上人和厂，又上哪里去呢？为免得再为这个事思索，他一直走向西安门大街去。人和厂的前脸是三间铺面房，当中的一间作为柜房，只许车夫们进来交账或交涉事情，并不准随便来回打穿堂儿，因为东间与西间是刘家父女的卧室。西间的旁边有个车门，两扇绿漆大门，上面弯着一根粗铁条，悬着一盏极亮的，没有罩子的电灯，灯下横悬着铁片涂金的四个字——"人和车厂"。车夫们出车收车和随时往来都走这个门。门上的漆深绿，配着上面的金字，都被那支白亮亮的电灯照得发光；出来进去的又都是漂亮的车，黑漆的黄漆的都一样的油汪汪发光，配着雪白的垫套，连车夫们都感到一些骄傲，彷佛都自居为车夫中的贵族。由大门进去，拐过前脸的西间，才是个四四方方的大院子，中间有棵老槐。东西房全是敞脸的，是存车的所在；南房和南房后面小院里的几间小屋，全是车夫的宿舍。

大概有十一点多了，祥子看见了人和厂那盏极明而怪孤单的灯。柜房和东间没有灯光，西间可是还亮着。他知道虎姑娘还没睡。他想轻手蹑脚的进去，别教虎姑娘看见；正因为她平日很看得起他，所以不愿头一个就被她看见他的失败。他刚把车拉到她的窗下，虎妞由车门里出来了：

"哟，祥子？怎——"她刚要往下问，一看祥子垂头丧气的样子，车上拉着铺盖卷，把话咽了回去。

怕什么有什么，祥子心里的惭愧与气闷凝成一团，登时立住了脚，呆在了那里。说不出话来，他傻看着虎姑娘。她今天也异样，不知是电灯照的，还是擦了粉，脸上比平日白了许多；脸上白了些，就掩去好多她的凶气。嘴唇上的确是抹着点胭脂，使虎妞也带出些媚气；祥子看到这里，觉得非常的奇怪，心中更加慌乱，因为平日没拿她当过女人看待，骤然看到这红唇，心中忽然感到点不好意思。她上身穿着件浅绿的绸子小夹袄，下面一条青洋绉肥腿的单裤。绿袄在电灯下闪出些柔软而微带凄惨的丝光，因为短小，还露出一点点白裤腰来，使绿色更加明显素净。下面的肥黑裤被小风吹得微动，像一些什么阴森的气儿，想要摆脱开那贼亮的灯光，而与黑夜联成一气。祥子不敢再看了，茫然的低下头去，心中还存着个小小的带光的绿袄。虎姑娘一向，他晓得，不这样打扮。以刘家的财力说，她满可以天天穿着绸缎，可是终日与车夫们打交待，她总是布衣布裤，即使有些花色，在布上也就不大惹眼。祥子好似看见一个非常新异的东西，既熟识，又新异，所以心中有点发乱。

心中原本苦恼，又在极强的灯光下遇见这新异的活东西，他没有了主意。自己既不肯动，他倒希望虎姑娘快快进屋去，或是命令他干点什么，简直受不了这样的折磨，一种什么也不像而非常难过的折磨。

"嗨！"她往前凑了一步，声音不高的说："别楞着！去，把车放下，赶紧回来，有话跟你说。屋里见。"

平日帮她办惯了事，他只好服从。但是今天她和往日不同，他很想要思索一下；楞在那里去想，又怪僵得慌；他没主意，把车拉了进去。看看南屋，没有灯光，大概是都睡了；或者还有没收车的。把车放好，他折回到她的门前。忽然，他的心跳起来。

"进来呀，有话跟你说！"她探出头来，半笑半恼的说。

他慢慢走了进去。

桌上有几个还不甚熟的白梨，皮儿还发青。一把酒壶，三个白磁酒盅。一个头号大盘子，摆着半只酱鸡，和些熏肝酱肚之类的吃食。

"你瞧，"虎姑娘指给他一个椅子，看他坐下了，才说："你瞧，我今天吃犒劳，你也吃点！"说着，她给他斟上一杯酒；白干酒的辣味，混合上熏酱肉味，显着特别的浓厚沉重。"喝吧，吃了这个鸡；我已早吃过了，不必让！我刚才用骨牌打了一卦，准知道你回来，灵不灵？"

“我不喝酒！”祥子看着酒盅出神。

“不喝就滚出去；好心好意，不领情是怎着？你个傻骆驼！辣不死你！连我还能喝四两呢。不信，你看着！”她把酒盅端起来，灌了多半盅，一闭眼，哈了一声。举着盅儿：“你喝！要不我揪耳朵灌你！”

祥子一肚子的怨气，无处发泄；遇到这种戏弄，真想和她瞪眼。可是他知道，虎姑娘一向对他不错，而且她对谁都是那么直爽，他不应当得罪她。既然不肯得罪她，再一想，就爽性和她诉诉委屈吧。自己素来不大爱说话，可是今天似乎有千言万语在心中憋闷着，非说说不痛快。这么一想，他觉得虎姑娘不是戏弄他，而是坦白的爱护他。他把酒盅接过来，喝干。一股辣气慢慢的，准确的，有力的，往下走，他伸长了脖子，挺直了胸，打了两个不十分便利的嗝儿。

虎妞笑起来。他好容易把这口酒调动下去，听到这个笑声，赶紧向东间那边看了看。

“没人，”她把笑声收了，脸上可还留着笑容。“老头子给姑妈作寿去了，得有两二天的耽误呢；姑妈在南苑住。”一边说，一边又给他倒满了盅。

听到这个，他心中转了个弯，觉出在哪儿似乎有些不对的地方。同时，他又舍不得出去；她的脸是离他那么近，她的衣裳是那么干净光滑，她的唇是那么红，都使他觉到一种新的刺激。她还是那么老丑，可是比往常添加了一些活力，好似她忽然变成另一个人，还是她，但多了一些什么。他不敢对这点新的什么去详细的思索，一时又不敢随便的接受，可也不忍得拒绝。他的脸红起来。好像为是壮壮自己的胆气，他又喝了口酒。刚才他想对她诉诉委屈，此刻又忘了。红着脸，他不由的多看了她几眼。越看，他心中越乱；她越来越显出他所不明白的那点什么，越来越有一点什么热辣辣的力量传递过来，渐渐的她变成一个抽象的什么东西。他警告着自己，须要小心；可是他又要大胆。他连喝了三盅酒，忘了什么叫作小心。迷迷忽忽的看着她，他不知为什么觉得非常痛快，大胆；极勇敢的要马上抓到一种新的经验与快乐。平日，他有点怕她；现在，她没有一点可怕的地方了。他自己反倒变成了有威严与力气的，似乎能把她当作个猫似的，拿到手中。

屋内火了灯。天上很黑。小时有一两个星刺入了银河，或划进黑暗中，带着发红或发白的光尾，轻飘的或硬挺的，直坠或横扫着，有时也点动着，颤抖着，给天上一些光热的动荡，给黑暗一些闪烁的爆裂。有时一两个星，有时好几个星，同时飞落，使静寂的秋空微颤，使万星一时迷乱起来。有时一个单独的巨星横刺入天角，光尾极长，放射着星花；红，渐黄；在最后的挺进，忽然狂悦似的把天角照白了一条，好像刺开万重的黑暗，透进并逗留一些乳白的光。余光散尽，黑暗似幌动了几下，又包合起来，静静的懒懒的群星又复了原位，在秋风上微笑。地上飞着些寻求情侣的秋萤，也作着星样的游戏。

第二天，祥子起得很早，拉起车就出去了。头与喉中都有点发痛，这是因为第一次喝酒，他倒没去注意。坐在一个小胡同口上，清晨的小风吹着他的头，他知道这点头疼不久就会过去。可是他心中另有一些事儿，使他憋闷得慌，而且一时没有方法去开脱。昨天夜里的事教他疑惑，羞愧，难过，并且觉着有点危险。

他不明白虎姑娘是怎么回事。她已早不是处女，祥子在几点钟前才知道。他一向很敬重她，而且没有听说过她有什么不规矩的地方；虽然她对大家很随便爽快，可是大家没在背地里讲论过她；即使车夫中有说她坏话的，也是说她厉害，没有别的。那么，为什么有昨夜那一场呢？

这个既显着胡涂，祥子也怀疑了昨晚的事儿。她知道他没在车厂里，怎能是一心一意的等着他？假若是随便哪个都可以的话……祥子把头低下去。他来自乡间，虽然一向没有想到娶亲的事，可是心中并非没个算计；假若他有了自己的车，生活舒服了一些，而且愿意娶亲的话，他必定到乡下娶个年轻力壮，吃得苦，能洗能作的姑娘。像他那个岁数的小伙子们，即使有人管着，哪个不偷偷的跑"白房子"[36]？祥子始终不肯随和，一来他自居为要强的人，不能把钱花在娘儿们身上；二来他亲眼得见那些花冤钱的傻子们——有的才十八九岁——在厕所里头顶着墙还撒不出尿来。最后，他必须规规矩矩，才能对得起将来的老婆，因为一旦要娶，就必娶个一清二白的姑娘，所以自己也得像那么回事儿。可是现在，现在……想起虎妞，设若当个朋友看，她确是不错；当个娘们看，她丑，老，厉害，不要脸！就是想起抢去他的车，而且几乎要了他的命的那些大兵，也没有像想起她这么可恨可厌！她把他由乡间带来的那点清凉劲儿毁尽了，他现在成了个偷娘们的人！

再说，这个事要是吵嚷开，被刘四知道了呢？刘四晓得不晓得他女儿是个破货呢？假若不知道，祥子岂不独自背上黑锅？假若早就知道而不愿意管束女儿，那么他们父女是什么东西呢？他和这样人搀合着，他自己又是什么东西呢？就是他们父女都愿意，他也不能要她；不管刘老头子是有六十辆车，还是六百辆，六千辆！他得马上离开人和厂，跟他们一刀两断。祥子有祥子的本事，凭着自己的本事买上车，娶上老婆，这才正大光明！想到这里，他抬起头来，觉得自己是个好汉子，没有可怕的，没有可虑的，只要自己好好的干，就必定成功。

让了两次座儿，都没能拉上。那点别扭劲儿又忽然回来了。不愿再思索，可是心中堵得慌。这回事似乎与其他的事全不同，即使有了解决的办法，也不易随便的忘掉。不但身上好像粘上了点什么，心中也彷佛多了一个黑点儿，永远不能再洗去。不管怎样的忿恨，怎样的讨厌她，她似乎老抓住了他的心，越不愿再想，她越忽然的从他心中跳出来，一个赤裸裸的她，把一切丑陋与美好一下子，整个的都交给了他，像买了一堆破烂那样，碎铜烂铁之中也有一二发光的有色的小物件，使人不忍得拒绝。他没和任何人这样亲密过，虽然是突乎其来，虽然是个骗诱，到底这样的关系不能随便的忘记，就是想把它放在一旁，它自自然然会在心中盘旋，像生了根似的。这对他不仅是个经验，而也是一种什么形容不出来的扰乱，使他不知如何是好。他对她，对自己，对现在与将来，都没办法，彷彿是碰在蛛网上的一个小虫，想挣扎已来不及了。

迷迷糊糊的他拉了几个买卖。就是在奔跑的时节，他的心中也没忘了这件事，并非清清楚楚的，有头有尾的想起来，而是时时想到一个什么意思，或一点什么滋味，或一些什么感情，都是渺茫，而又亲切。他很想独自去喝酒，喝得人事不知，他也许能痛快一些，不能再受这个折磨！可是他不敢去喝。他不能为这件事毁坏了自己。他又想起买车的事来。但是他不能专心的去想，老有一点什么拦阻着他的心思；还没想到车，这点东西已经偷偷的溜出来，占住他的心，像块黑云遮住了太阳，把光明打断。到了晚间，打算收车，他更难过了。他必须回车厂，可是真怕回去。假如遇上她呢，怎办？他拉着空车在街上绕，两三次已离车厂不远，又转回头来往别处走，很像初次逃学的孩子不敢进家门那样。

奇怪的是，他越想躲避她，同时也越想遇到她，天越黑，这个想头越来得厉害。一种明知不妥，而很愿试试的大胆与迷惑紧紧的捉住他的心，小的时候去用竿子敲马蜂窝就是这样，害怕，可是心中跳着要去试试，像有什么邪气催着自己似的。渺茫的他觉到一种比自己还更有力气的劲头儿，把他要揉成一个圆球，抛到一团烈火里去；他没法阻止住自己的前进。

他又绕回西安门来，这次他不想再迟疑，要直入公堂的找她去。她已不是任何人，她只是个女子。他的全身都热起来。刚走到门脸上，灯光下走来个四十多岁的男人，他似乎认识这个人的面貌态度，可是不敢去招呼。几乎是本能的，他说了声："车吗？"那个人楞了一楞："祥子？"

"是呀，"祥子笑了。"曹先生？"

曹先生笑着点了点头。"我说祥子，你要是没在宅门里的话，还上我那儿来吧？我现在用着的人太懒，他老不管擦车，虽然跑得也怪马力（麻利）的；你来不来？"

"还能不来，先生！"祥子似乎连怎样笑都忘了，用小毛巾不住的擦脸。"先生，我几儿上工呢？"

"那什么，"曹先生想了想，"后天吧。"

"是了，先生！"祥子也想了想："先生，我送回你去吧？"

"不用；我不是到上海去了一程子[37]吗，回来以后，我不在老地方住了。现今住在北长街；我晚上出来走走。后天见吧。"曹先生告诉了祥子门牌号数，又找补了一句："还是用我自己的车。"

祥子痛快得要飞起来，这些日子的苦恼全忽然一齐铲净，像大雨冲过的白石路。曹先生是他的旧主人，虽然在一块没有多少日子，可是感情顶好；曹先生是非常和气的人，而且家中人口不多，只有一位太太，和一个小男孩。

他拉着车一直奔了人和厂去。虎姑娘屋中的灯还亮着呢。一见这个灯亮，祥子猛的木在那里。

立了好久，他决定进去见她；告诉她他又找到了包月；把这两天的车份儿交上；要出他的储蓄；从此一刀两断——这自然不便明说，她总会明白的。

他进去先把车放好，而后回来大着胆叫了声刘姑娘。

"进来！"

他推开门，她正在床上斜着呢，穿着平常的衣裤，赤着脚。依旧斜着身，她说："怎样？吃出甜头来了是怎着？"

祥子的脸红得像生小孩时送人的鸡蛋。愣了半天，他迟迟顿顿的说："我又找好了事，后天上工。人家自己有车……"

她把话接了过来："你这小子不懂好歹！"她坐起来，半笑半恼的指着他："这儿有你的吃，有你的穿；非去出臭汗不过瘾是怎着？老头子管不了我，我不能守一辈子儿寡！就是老头子真犯牛脖子，我手里也有俩体己，咱俩也能弄上两三辆车，一天进个块儿八毛的，不比你成天满街跑臭腿去强？我哪点不好？除了我比你大一点，也大不了多少！我可是能护着你，疼你呢！"

"我愿意去拉车！"祥子找不到别的辩驳。

"地道窝窝头脑袋！你先坐下，咬不着你！"她说完，笑了笑，露出一对虎牙。

祥子青筋蹦跳的坐下。"我那点钱呢？"

"老头子手里呢；丢不了，甭害怕；你还别跟他要，你知道他的脾气？够买车的数儿，你再要，一个小子儿也短不了你的；现在要，他要不骂出你的魂来才怪！他对你不错！丢不了，短一个我赔你俩！你个乡下脑颏！别让我损你啦！"

祥子又没的说了，低着头掏了半天，把两天的车租掏出来，放在桌上："两天的。"临时想起来："今儿个就算交车，明儿个我歇一天。"他心中一点也不想歇息一天；不过，这样显著干脆；交了车，以后再也不住人和厂。

虎姑娘过来，把钱抓在手中，往他的衣袋里塞："这两天连车带人都白送了！你这小子有点运气！别忘恩负义就得了！"说完，她一转身把门倒锁上。

七

祥子上了曹宅。

对虎姑娘，他觉得有点羞愧。可是事儿既出于她的引诱，况且他又不想贪图她的金钱，他以为从此和她一刀两断也就没有什么十分对不住人的地方了。他所不放心的倒是刘四爷拿着他的那点钱。马上去要，恐怕老头子多心。从此不再去见他们父女，也许虎姑娘一怒，对老头子说几句坏话，而把那点钱"炸了酱"[38]。还继续着托老头子给存钱吧，一到人和厂就得碰上她，又怪难以为情。他想不出妥当的办法，越没办法也就越不放心。

他颇想向曹先生要个主意，可是怎么说呢？对虎姑娘的那一段是对谁也讲不得的。想到这儿，他真后悔了；这件事是，他开始明白过来，不能一刀两断的。这种事是永远洗不清的，像肉上的一块黑瘢。无缘无故的丢了车，无缘无故的又来了这层缠绕，他觉得他这一辈子大概就这么完了，无论自己怎么要强，全算白饶。想来想去，他看出这么点来：大概到最后，他还得舍着脸要虎姑娘；不为要她，还不为要那几辆车么？"当王八的吃俩炒肉"！他不能忍受，可是到了时候还许非此不可！只好还往前干吧，干着好的，等着坏的；他不敢再像从前那样自信了。他的身量，力气，心胸，都算不了一回事；命是自己的，可是教别人管着；教些什么顶混账的东西管着。

按理说，他应当很痛快，因为曹宅是，在他所混过的宅门里，顶可爱的。曹宅的工钱并不比别处多，除了三节的赏钱也没有很多的零钱，可是曹先生与曹太太都非常的和气，拿谁也当个人对待。祥子愿意多挣钱，拚命的挣钱，但是他也愿意有个像间屋子的住处，和可以吃得饱的饭食。曹宅处处很干净，连卜房也是如此；曹宅的饭食不苦，而且决不给下人臭东西吃。自己有间宽绰的屋子，又可以逍逍停停的吃三顿饭，再加上主人很客气，祥子，连祥子，也不肯专在钱上站着了。况且吃住都合适，工作又不累，把身体养得好好的也不是吃亏的事。自己掏钱吃饭，他决不会吃得这么好，现在既有现成的菜饭，而且吃了不会由脊梁骨下去，他为什么不往饱里吃呢；饭也是钱买来的，这笔账他算得很清楚。吃得好，睡得好，自己可以干干净净像个人似的，是不容易找到的事。况且，虽然曹家不打牌，不常请客，没什么零钱，可是作点什么临时的工作也都能得个一毛两毛的。比如太太叫他给小孩儿去买丸药，她必多给他一毛钱，叫他坐车去，虽然明知道他比谁也跑的快。这点钱不算什么，可是使他觉到一种人情，一种体谅，使人心中痛快。祥子遇见过的主人也不算少了，十个倒有九个是能晚给一天工钱，就晚给一天，表示出顶好是白用人，而且仆人根本是猫狗，或者还不如猫狗。曹家的人是个例外，所以他喜欢在这儿。他去收拾院子，浇花，都不等他们吩咐他，而他们每见到他作这些事也必说些好听的话，更乘着这种时节，他们找出些破旧的东西，教他去换洋火，虽然那些东西还都可以用，而他也就自己留下。在这里，他觉出点人味儿。

在祥子眼里，刘四爷可以算作黄天霸，虽然厉害，可是讲面子，叫字号，决不一面儿黑。他心中的体面人物，除了黄天霸，就得算是那位孔圣人。他莫名其妙孔圣人到底是怎样的人物，不过据说是认识许多的字，还挺讲理。在他所混过的宅门里，有文的也有武的；武的里，连一个能赶上刘四爷的还没有；文的中，虽然有在大学堂教书的先生，也有在衙门里当好差事的，字当然认识不少了，可是没遇到一个讲理的。就是先生讲点理，太太小姐们也很难伺候。只有曹先生既认识字，又讲理，而且曹太太也规规矩矩的得人心。所以曹先生必是孔圣人；假若祥子想不起孔圣人是什么模样，那就必当应像曹先生，不管孔圣人愿意不愿意。

其实呢，曹先生并不怎么高明。他只是个有时候教点书，有时候也作些别的事的一个中等人物。他自居为社会主义者，同时也是个唯美主义者，很受了维廉·莫利司[39]一点儿影响。在政治上，艺术上，他都并没有高深的见解；不过他有一点好处：他所信仰的那一点点，都能在生活中的小事件上实行出来。他似乎看出来，自己并没有惊人的才力，能够作出些惊天动地的事业，所以就按着自己的理想来布置自己的工作与家庭；虽然无补于社会，可是至少也愿言行一致，不落个假冒为善。因此，在小的事情上他都很注意，彷佛是说只要把小小的家庭整理得美好，那么社会怎样满可以随便。这有时使他自愧，有时也使他自喜，似乎看得明明白白，他的家庭是沙漠中的一个小绿洲，只能供给来到此地的一些清水与食物，没有更大的意义。

祥子恰好来到了这个小绿洲；在沙漠中走了这么多日子，他以为这是个奇迹。他一向没遇到过像曹先生这样的人，所以他把这个人看成圣贤。这也许是他的经验少，也许是世界上连这样的人也不多见。拉着曹先生出去，曹先生的服装是那么淡雅，人是那么活泼大方，他自己是那么干净利落，魁梧雄壮，他就跑得分外高兴，好像只有他才配拉着曹先生似的。在家里呢，处处又是那么清洁，永远是那么安静，使他觉得舒服安定。当在乡间的时候，他常看到老人们在冬日或秋月下，叼着竹管烟袋一声不响的坐着，他虽年岁还小，不能学这些老人，可是他爱看他们这样静静的坐着，必是——他揣磨着——有点什么滋味。现在，他虽是在城里，可是曹宅的清静足以让他想起乡间来，他真愿抽上个烟管，呷抹着一点什么滋味。

不幸，那个女的和那点钱教他不能安心；他的心像一个绿叶，被个虫儿用丝给缠起来，预备作茧。为这点事，他自己放不下心；对别人，甚至是对曹先生，时时发楞，所答非所问。这使他非常的难过。曹宅睡得很早，到晚间九点多钟就可以没事了，他独自坐在屋中或院里，翻来覆去的想，想的是这两件事。他甚至想起马上就去娶亲，这样必定能够断了虎妞的念头。可是凭着拉车怎能养家呢？他晓得大杂院中的苦哥儿们，男的拉车，女的缝穷，孩子们捡煤核，夏天在土堆上拾西瓜皮唒，冬天全去赶粥厂。祥子不能受这个。再说呢，假若他娶了亲，刘老头子手里那点钱就必定要不回来；虎妞岂肯轻饶了他呢！他不能舍了那点钱，那是用命换来的！

他自己的那辆车是去年秋初买的。一年多了，他现在什么也没有，只有要不出来的三十多块钱，和一些缠绕！他越想越不高兴。

中秋节后十多天了，天气慢慢凉上来。他算计着得添两件穿的。又是钱！买了衣裳就不能同时把钱还剩下，买车的希望，简直不敢再希望了！即使老拉包月，这一辈子又算怎回事呢？

一天晚间，曹先生由东城回来的晚一点。祥子为是小心，由天安门[40]前全走马路。敞平的路，没有什么人，微微的凉风，静静的灯光，他跑上了劲来。许多日子心中的蹩（憋）闷，暂时忘记了，听着自己的脚步，和车弓子的轻响，他忘了一切。解开了钮扣，凉风飕飕的吹着胸，他觉到痛快，好像就这么跑下去，一直跑到不知什么地方，跑死也倒干脆。越跑越快，前面有一辆，他"开"一辆，一会儿就过了天安门。他的脚似乎是两个弹簧，几乎是微一着地便弹起来；后面的车轮转得已经看不出条来，皮轮彷佛已经离开了地；连人带车都像被阵急风吹起来了似的。曹先生被凉风一飕，大概是半睡着了，要不然他必会阻止祥子这样的飞跑。祥子是跑开了腿，心中渺茫的想到，出一身透汗，今天可以睡痛快觉了，不至于再思虑什么。

已离北长街不远，马路的北半，被红墙外的槐林遮得很黑。祥子刚想收步，脚已碰到一些高起来的东西。脚到，车轮也到了。祥子栽了出去。咯喳，车把断了。"怎么了？"曹先生随着自己的话跌出来。祥子没出一声，就地爬起。曹先生也轻快的坐起来。"怎么了？"

新卸的一堆补路的石块，可是没有放红灯。

"摔着没有？"祥子问。

"没有；我走回去吧，你拉着车。"曹先生还镇定，在石块上摸了摸有没有落下来的东西。

祥子摸着了已断的一截车把："没折多少，先生还坐上，能拉！"说着，他一把将车从石头中扯出来。"坐上，先生！"

曹先生不想再坐，可是听出祥子的话带着哭音，他只好上去了。

到了北长街口的电灯下面，曹先生看见自己的右手擦去一块皮。"祥子你站住！"

祥子一回头，脸上满是血。

曹先生害了怕，想不起说什么好，"你快，快——"

祥子莫名其妙，以为是教他快跑呢，他一拿腰，一气跑到了家。

放下车，他看见曹先生手上有血，急忙往院里跑，想去和太太要药。

"别管我，先看你自己吧！"曹先生跑了进去。

祥子看了看自己，开始觉出疼痛，双膝，右肘全破了；脸蛋上，他以为流的是汗，原来是血。不顾得干什么，想什么，他坐在门洞的石阶上，呆呆的看着断了把的车。崭新黑漆的车，把头折了一段，秃碴碴的露着两块白木碴儿，非常的不调和，难看，像糊好的漂亮纸人还没有安上脚，光出溜的插着两根秫秸秆那样。祥子呆呆的看着这两块白木碴儿。

"祥子！"曹家的女仆高妈响亮的叫，"祥子！你在哪儿呢？"

他坐着没动，不错眼珠的钉着那破车把，那两块白木碴儿好似插到他的心里。

"你是怎个碴儿呀？一声不出，藏在这儿；你瞧，吓我一跳！先生叫你哪！"高妈的话永远是把事情与感情都搀合起来，显着既复杂又动人。她是三十二三岁的寡妇，干净，爽快，作事马力（麻利）又仔细。在别处，有人嫌她太张道，主意多，时常有些神眉鬼道儿的。曹家喜欢用干净瞭亮的人，而又不大注意那些小过节儿[41]，所以她跟了他们已经二三年，就是曹家全家到别处去也老带着她。"先生叫你哪！"她又重了一句。及至祥子立起来，她看明他脸上的血："可吓死我了，我的妈！这是怎么了？你还不动换哪，得了破伤风还了得！快走！先生那儿有药！"

祥子在前边走，高妈在后边叨唠，一同进了书房。曹太太也在这里，正给先生裹手上药，见祥子进来，她也"哟"了一声。

"太太，他这下子可是摔得够瞧的。"高妈唯恐太太看不出来，忙着往脸盆里倒凉水，更忙着说话："我就早知道吗，他一跑起来就不顾命，早晚是得出点岔儿。果不其然！还不快洗洗哪？！洗完好上点药，真！"

祥子托着右肘，不动。书房里是那么干净雅趣，立着他这个满脸血的大汉，非常的不像样，大家似乎都觉出有点什么不对的地方，连高妈也没了话。

"先生，"祥子低着头，声音很低，可是很有力："先生另找人吧！这个月的工钱，你留着收拾车吧；车把断了，左边的灯碎了块玻璃；别处倒都好好的呢。"

"先洗洗，上点药，再说别的。"曹先生看着自己的手说，太太正给慢慢的往上缠纱布。

"先洗洗！"高妈也又想起话来。"先生并没说什么呀，你别先倒打一瓦！"

祥子还不动。"不用洗，一会儿就好！一个拉包月的，摔了人，碰了车，没脸再……"他的话不够帮助说完全了他的意思，可是他的感情已经发泄净尽，只差着放声哭了。辞事，让工钱，在祥子看就差不多等于自杀。可是责任，脸面，在这时候似乎比命还重要，因为摔的不是别人，而是曹先生。假若他把那位杨太太摔了，摔了就摔了，活该！对杨太太，他可以拿出街面上的蛮横劲儿，因为她不拿人待他，他也不便客气；钱是一切，说不着什么脸面，哪叫规矩。曹先生根本不是那样的人，他得牺牲了钱，好保住脸面。他顾不得恨谁，只恨自己的命，他差不多想到：从曹家出去，他就永不再拉车；自己的命即使不值钱，可以拚上；人家的命呢？真要摔死一口子，怎办呢？以前他没想到过这个，因为这次是把曹先生摔伤，所以悟过这个理儿来。好吧，工钱可以不要，从此改行，不再干这背着人命的事。拉车是他理想的职业，搁下这个就等于放弃了希望。他觉得他的一生就得窝窝囊囊的混过去了，连成个好拉车的也不用再想，空长了那么大的身量！在外面拉散座的时候，他曾毫不客气的"抄"[42]买卖，被大家嘲骂，可是这样的不要脸正是因为自己要强，想买上车，他可以原谅自己。拉包月而惹了祸，自己有什么可说的呢？这要被人知道了，祥子摔了人，碰坏了车；哪道拉包车的，什么玩艺！祥子没了出路！他不能等曹先生辞他，只好自己先滚吧！

"祥子，"曹先生的手已裹好，"你洗洗！先不用说什么辞工。不是你的错儿，放石头就应当放个红灯。算了吧，洗洗，上点药。"

"是呀，先生，"高妈又想起话来，"祥子是磨不开；本来吗，把先生摔得这个样！可是，先生既说不是你的错儿，你也甭再蹩（别）扭啦！瞧他这样，身大力不亏的，还和小孩一样呢，倒是真着急！太太说一句，叫他放心吧！"高妈的话很像留声机片，是转着圆圈说的，把人家都说在里边，而没有起承转合的痕迹。

"快洗洗吧，我怕！"曹太太只说了这么一句。

祥子的心中很乱，末了听到太太说怕血，他似找到了一件可以安慰她的事；把脸盆搬出来，在书房门口洗了几把。高妈拿着药瓶在门内等着他。

"胳臂和腿上呢？"高妈给他脸上涂抹了一气。

祥子摇了摇头，"不要紧！"

曹氏夫妇去休息。高妈拿着药瓶，跟出祥子来。到了他屋中，她把药瓶放下，立在屋门口里："待会儿你自己抹抹吧。我说，为这点事不必那么吃心。当初，有我老头子活着的日子，我也是常辞工。一来是，我在外头受累，他不要强，教我生气。二来是，年轻气儿粗，一句话不投缘，散！卖力气挣钱，不是奴才；你有你的臭钱，我泥人也有个土性儿；老太太有个伺候不着！现在我可好多了，老头子一死，我没什么挂念的了，脾气也就好了点。这儿呢——我在这儿小三年子了；可不是，九月九上的工——零钱太少，可是他们对人还不错。咱们卖的是力气，为的是钱；净说好的当不了一回事。可是话又得这么说，把事情看长远了也有好处：三天两头的散工，一年倒歇上六个月，也不上算；莫若遇上个和气的主儿，架不住干日子多了，零钱就是少点，可是靠常儿混下去也能剩俩钱。今儿个的事，先生既没说什么，算了就算了，何必呢。也不是我攀个大，你还是小兄弟呢，容易挂火。一点也不必，火气壮当不了吃饭。像你这么老实巴焦的，安安顿顿的在这儿混些日子，总比满天打油飞[43]去强。我一点也不是向着他们说话，我是为你，在一块儿都怪好的！"她喘了口气："得，明儿见；甭犯牛劲，我是直心眼，有一句说一句！"

　　祥子的右肘很疼，半夜也没睡着。颠算了七开八得，他觉得高妈的话有理。什么也是假的，只有钱是真的。省钱，买车；挂火当不了吃饭！想到这儿，来了一点平安的睡意。

八

曹先生把车收拾好，并没扣祥子的工钱。曹太太给他两丸"三黄宝蜡"，他也没吃。他没再提辞工的事。虽然好几天总觉得不大好意思，可是高妈的话得到最后的胜利。过了些日子，生活又合了辙，他把这件事渐渐忘掉，一切的希望又重新发了芽。独坐在屋中的时候，他的眼发着亮光，去盘算怎样省钱，怎样买车，嘴里还不住的嘟囔，像有点心病似的。他的算法很不高明，可是心中和嘴上常常念着"六六三十六"；这并与他的钱数没多少关系，不过是这么念道，心中好像是充实一些，真像有一本账似的。

他对高妈有相当的佩服，觉得这个女人比一般的男子还有心路与能力，她的话是抄着根儿来的。他不敢赶上她去闲谈，但在院中或门口她，她若有工夫说几句，他就很愿意听她说。她每说一套，总够他思索半天的，所以每逢遇上她，他会傻傻忽忽的一笑，使她明白他是佩服她的话，她也就觉到点得意，即使没有工夫，也得扯上几句。

不过，对于钱的处置方法，他可不敢冒儿咕冬的就随着她的主意走。她的主意，他以为，实在不算坏；可是多少有点冒险。他很愿意听她说，好多学些招数，心里显着宽绰；在实行上，他还是那个老主意——不轻易撒手钱。

不错，高妈的确有办法：自从她守了寡，她就把月间所能剩下的一点钱放出去，一块也是一笔，两块也是一笔，放给作仆人的，当二三等巡警的，和作小买卖的，利钱至少是三分。这些人时常为一块钱急得红着眼转磨，就是有人借给他们一块而当两块算，他们也得伸手接着。除了这样，钱就不会教他们看见；他们所看见的钱上有毒，接过来便会抽干他们的血，但是他们还得接着。凡是能使他们缓一口气的，他们就有胆子拿起来；生命就是且缓一口气再讲，明天再说明天的。高妈，在她丈夫活着的时候，就曾经受着这个毒。她的丈夫喝醉来找她，非有一块钱不能打发；没有，他就在宅门外醉闹；她没办法，不管多大的利息也得马上借到这块钱。由这种经验，她学来这种方法，并不是想报复，而是拿它当作合理的，几乎是救急的慈善事。有急等用钱的，有愿意借出去的，周瑜打黄盖，愿打愿挨！

在宗旨上，她既以为这没有什么下不去的地方，那么在方法上她就得厉害一点，不能拿钱打水上飘；干什么说什么。这需要眼光，手段，小心，泼辣，好不至都放了鹰[144]。她比银行经理并不少费心血，因为她需要更多的小心谨慎。资本有大小，主义是一样，因为这是资本主义的社会，像一个极细极大的筛子，一点一点的从上面往下筛钱，越往下钱越少；同时，也往下筛主义，可是上下一边儿多，因为主义不像钱那样怕筛眼小，它是无形体的，随便由什么极小的孔中也能溜下来。大家都说高妈厉害，她自己也这么承认；她的厉害是由困苦中折磨中锻炼出来的。一想起过去的苦处，连自己的丈夫都那样的无情无理，她就咬上了牙。她可以很和气，也可以很毒辣，她知道非如此不能在这个世界上活着。

她也劝祥子把钱放出去，完全出于善意；假若他愿意的话，她可以帮他的忙：

"告诉你，祥子，搁在兜儿里，一个子永远是一个子！放出去呢，钱就会下钱！没错儿，咱们的眼睛是干什么的？瞧准了再放手钱，不能放秃尾巴鹰。当巡警的到时候不给利，或是不归本，找他的巡官去！一句话，他的差事得搁下，敢！打听明白他们放饷的日子，堵窝掏；不还钱，新新[145]！将一比十，放给谁，咱都得有个老底；好，放出去，海里摸锅，那还行吗？你听我的，准保没错！"

祥子用不着说什么，他的神气已足表示他很佩服高妈的话。及至独自一盘算，他觉得钱在自己手里比什么也稳当。不错，这么着是死的，钱不会下钱；可是丢不了也是真的。把这两三个月剩下的几块钱——都是现洋——轻轻的拿出来，一块一块的翻弄，怕出响声；现洋是那么白亮，厚实，起眼，他更觉得万不可撒手，除非是拿去买车。各人有各人的办法，他不便全随着高妈。

原先在一家姓方的家里，主人全家大小，连仆人，都在邮局有个储金折子。方太太也劝过祥子："一块钱就可以立折子，你怎么不立一个呢？俗言说得好，常将有日思无日，莫到无时盼有时；年轻轻的，不乘着年轻力壮剩下几个，一年三百六十天不能天天是晴天大日头。这又不费事，又牢靠，又有利钱，哪时弊（憋）住还可以提点儿用，还要怎么方便呢？！去，去要个单子来，你不会写，我给你填上，一片好心！"

祥子知道她是好心，而且知道厨子王六和奶妈子秦妈都有折子，他真想试一试。可是有一天方大小姐叫他去给放进十块钱，他细细看了看那个小折子，上面有字，有小红印；通共，哼，也就有一小打手纸那么沉吧。把钱交进去，人家又在折子上画了几个字，打上了个小印。他觉得这不是骗局，也得是骗局；白花花的现洋放进去，凭人家三画五画就算完事，祥子不上这个当。他怀疑方家是跟邮局这个买卖——他总以为邮局是个到处有分号的买卖，大概字号还很老，至少也和瑞蚨祥，鸿记差不多——有关系，所以才这样热心给拉生意。即使事实不是这样，现钱在手里到底比在小折子上强，强的多！折子上的钱只是几个字！

对于银行银号，他只知道那是出"座儿"的地方，假若巡警不阻止在那儿搁车的话，准能拉上"买卖"。至于里面作些什么事，他猜不透。不错，这里必是有很多的钱；但是为什么单到这里来鼓逗[46]钱，他不明白；他自己反正不容易与它们发生关系，那么也就不便操心去想了。城里有许多许多的事他不明白，听朋友们在茶馆里议论更使他发胡涂，因为一人一个说法，而且都说的不到家。他不愿再去听，也不愿去多想，他知道假若去打抢的话，顶好是抢银行；既然不想去作土匪，那么自己拿着自己的钱好了，不用管别的。他以为这是最老到的办法。

高妈知道他是红着心想买车，又给他出了主意：

"祥子，我知道你不肯放账，为是好早早买上自己的车，也是个主意！我要是个男的，要是也拉车，我就得拉自己的车；白拉白唱，万事不求人！能这么着，给我个知县我也不换！拉车是苦事，可是我要是男的，有把子力气，我楞拉车也不去当巡警；冬夏常青，老在街上站着，一月才挣那俩钱，没个外钱，没个自由；　留胡子还是就吹，简直的没一点起色。我是说，对了，你要是想快快买上车的话，我给你个好主意：起上一只会，十来个人，至多二十个人，一月每人两块钱，你使头一会；这不是马上就有四十来的块？你横是[47]多少也有个积蓄，凑吧凑吧就弄辆车拉拉，干脆大局！车到了手，你干上一只黑签儿会[48]，又不出利，又是体面事，准得对你的心路！你真要请会的话，我来一只，决不含忽！怎样？"

这真让祥子的心跳得快了些！真要凑上三四十块，再加上刘四爷手里那三十多，和自己现在有的那几块，岂不就是八十来的？虽然不够买十成新的车，八成新的总可以办到了！况且这么一来，他就可以去向刘四爷把钱要回，省得老这么搁着，不像回事儿。八成新就八成新吧，好歹的拉着，等有了富余再换。

可是，上哪里找这么二十位人去呢？即使能凑上，这是个面子事，自己等钱用么就请会，赶明儿人家也约自己来呢？起会，在这个穷年月，常有哗啦[49]了的时候！好汉不求人；干脆，自己有命买得上车，买；不求人！

看祥子没动静，高妈真想俏皮他一顿，可是一想他的直诚劲儿，又不大好意思了："你真行！小胡同赶猪——，直来直去；也好！"

祥子没说什么，等高妈走了，对自己点了点头，似乎是承认自己的一把死拿值得佩服，心中怪高兴的。

已经是初冬天气，晚上胡同里叫卖糖炒栗子，落花生之外，加上了低悲的"夜壶"。夜壶挑子上带着瓦的闷葫芦罐儿，祥子买了个大号。头一号买卖，卖夜壶的找不开钱，祥子心中一活便，看那个顶小的小绿夜壶非常有趣，绿汪汪的，也撅着小嘴，"不用找钱了，我来这么一个！"

放下闷葫芦罐，他把小绿夜壶送到里边去："少爷没睡哪？送你个好玩艺！"

大家都正看着小文——曹家的小男孩——洗澡呢，一见这个玩艺都憋（憋）不住的笑了。曹氏夫妇没说什么，大概觉得这个玩艺虽然蠢一些，可是祥子的善意是应当领受的，所以都向他笑着表示谢意。高妈的嘴可不会闲着：

"你看，真是的，祥子！这么大个子了，会出这么高明的主意；多么不顺眼！"

小文很喜欢这个玩艺，登时用手捧澡盆里的水往小壶里灌："这小茶壶，嘴大！"

大家笑得更加了劲。祥子整着身子——因为一得意就不知怎么好了——走出来。他很高兴，这是向来没有经验过的事，大家的笑脸全朝着他自己，彷佛他是个很重要的人似的。微笑着，又把那几块现洋搬运出来，轻轻的一块一块往闷葫芦罐里放，心里说：这比什么都牢靠！多咱够了数，多咱往墙上一碰；拍喳，现洋比瓦片还得多！

他决定不再求任何人。就是刘四爷那么可靠，究竟有时候显着憋（别）扭；钱是丢不了哇，在刘四爷手里，不过总有点不放心。钱这个东西像戒指，总是在自己手上好。这个决定使他痛快，觉得好像自己的腰带又杀紧了一扣，使胸口能挺得更直更硬。

天是越来越冷了，祥子似乎没觉到。心中有了一定的主意，眼前便增多了光明；在光明中不会觉得寒冷。地上初见冰凌，连便道上的土都凝固起来，处处显出干燥，结实，黑土的颜色已微微发些黄，像已把潮气散尽。特别是在一清早，被大火车轧起的土棱上镶着几条霜边，小风尖溜溜的把早霞吹散，露出极高极蓝极爽快的天；祥子愿意早早的拉车跑一趟，凉风飕进他的袖口，使他全身像洗冷水澡似的一哆嗦，一痛快。有时候起了狂风，把他打得出不来气，可是他低着头，咬着牙，向前钻，像一条浮着逆水的大鱼；风越大，他的抵抗也越大，似乎是和狂风决一死战。猛的一股风顶得他透不出气，闭住口，半天，打出一个嗝，彷佛是在水里扎了一个猛子。打出这个嗝，他继续往前奔走，往前冲进，没有任何东西能阻止住这个巨人；他全身的筋肉没有一处松懈，像被蚂蚁围攻的绿虫，全身摇动着抵御。这一身汗！等到放下车，直一直腰，吐出一口长气，抹去嘴角的黄沙，他觉得他是无敌的；看着那裹着灰沙的风从他面前扫过去，他点点头。风吹弯了路旁的树木，撕碎了店户的布幌，揭净了墙上的报单，遮昏了太阳，唱着，叫着，吼着，回荡着；忽然直驰，像惊狂了的大精灵，扯天扯地的疾走；忽然慌乱，四面八方的乱卷，像不知怎好而决定乱撞的恶魔；忽然横扫，乘其不备的袭击着地上的一切，扭折了树枝，吹掀了屋瓦，撞断了电线；可是，祥子在那里看着；他刚从风里出来，风并没能把他怎样了！胜利是祥子的！及至遇上顺风，他只须拿稳了车把，自己不用跑，风会替他推转了车轮，像个很好的朋友。

自然，他既不瞎，必定也看见了那些老弱的车夫。他们穿着一阵小风就打透的，一阵大风就吹碎了的，破衣；脚上不知绑了些什么。在车口上，他们哆嗦着，眼睛像贼似的溜着，不论从什么地方钻出个人来，他们都争着问"车？！"拉上个买卖，他们暖和起来，汗湿透了那点薄而破的衣裳。一停住，他们的汗在背上结成了冰。遇上风，他们一步也不能抬，而生生的要曳着车走；风从上面砸下来，他们要把头低到胸口里去；风从下面来，他们的脚便找不着了地；风从前面来，手一扬就要放风筝；风从后边来，他们没法管束住车与自己。但是他们设尽了方法，用尽了力气，死曳活曳得把车拉到了地方，为几个铜子得破出一条命。一趟车拉下来，灰土被汗合成了泥，糊在脸上，只露着眼与嘴三个冻红了的圈。天是那么短，那么冷，街上没有多少人；这样苦奔一天，未必就能挣上一顿饱饭；可是年老的，家里还有老婆孩子；年小的，有父母弟妹！冬天，他们整个的是在地狱里，比鬼多了一口活气，而没有鬼那样清闲自在；鬼没有他们这么多的吃累！像条狗似的死在街头，是他们最大的平安自在；冻死鬼，据说，脸上有些笑容！

祥子怎能没看见这些呢。但是他没工夫为他们忧虑思索。他们的罪孽也就是他的，不过他正在年轻力壮，受得起辛苦，不怕冷，不怕风；晚间有个干净的住处，白天有件整齐的衣裳；所以他觉得自己与他们并不能相提并论，他现在虽是与他们一同受苦，可是受苦的程度到底不完全一样；现在他少受着罪，将来他还可以从这里逃出去；他想自己要是到了老年，决不至于还拉着辆破车去挨饿受冻。他相信现在的优越可以保障将来的胜利。正如在饭馆或宅门外遇上驶汽车的，他们不肯在一块儿闲谈；驶汽车的觉得有失身分，要是和洋车夫们有什么来往。汽车夫对洋车夫的态度，正有点像祥子的对那些老弱残兵；同是在地狱里，可是层次不同。他们想不到大家须立在一块儿，而是各走各的路，个人的希望与努力蒙住了各个人的眼，每个人都觉得赤手空拳可以成家立业，在黑暗中各自去摸索个人的路。祥子不想别人，不管别人，他只想着自己的钱与将来的成功。

街上慢慢有些年下的气象了[30]。在晴明无风的时候，天气虽是干冷，可是路旁增多了颜色：年画，纱灯，红素蜡烛，绢制的头花，大小蜜供，都陈列出来，使人心中显着快活，可又有点不安；因为无论谁对年节都想到快乐几天，可是大小也都有些困难。祥子的眼增加了亮光，看见路旁的年货，他想到曹家必定该送礼了；送一份总有他几毛酒钱。节赏固定的是两块钱，不多；可是来了贺年的，他去送一送，每一趟也得弄个两毛三毛的。凑到一块就是个数儿；不怕少，只要零碎的进手；他的闷葫芦罐是不会冤人的！晚间无事的时候，他钉坑儿看着这个只会吃钱而不愿吐出来的瓦朋友，低声的劝告："多多的吃，多多的吃，伙计！多咱你吃够了，我也就行了！"

年节越来越近了，一恍儿已是腊八[51]。欢喜或忧惧强迫着人去计画，布置；还是二十四小时一天，可是这些天与往常不同，它们不许任何人随便的度过，必定要作些什么，而且都得朝着年节去作，好像时间忽然有了知觉，有了感情，使人们随着它思索，随着它忙碌。祥子是立在高兴那一面的，街上的热闹，叫卖的声音，节赏与零钱的希冀，新年的休息，好饭食的想象……都使他像个小孩子似的欢喜，盼望。他想好，破出块儿八毛的，得给刘四爷买点礼物送去。礼轻人物重，他必须拿着点东西去，一来为是道歉，他这些日子没能去看老头儿，因为宅里很忙；二来可以就手要出那三十多块钱来。破费一块来钱而能要回那一笔款，是上算的事。这么想好，他轻轻的摇了摇那个扑满，想象着再加进三十多块去应当响得多么沉重好听。是的，只要一索回那笔款来，他就没有不放心的事了！

一天晚上，他正要再摇一摇那个聚宝盆，高妈喊了他一声："祥子！门口有位小姐找你；我正从街上回来，她跟我直打听你。"等祥子出来，她低声找补了句："她像个大黑塔！怪怕人的！"

祥子的脸忽然红得像包着一团火，他知道事情要坏！

九

祥子几乎没有力量迈出大门坎去。昏头打脑的，脚还在门坎内，借着街上的灯光，已看见了刘姑娘。她的脸上大概又擦了粉，被灯光照得显出点灰绿色，像黑枯了的树叶上挂着层霜。祥子直不敢正眼看她。

虎妞脸上的神情很复杂．眼中带出些渴望看到他的光儿；嘴可是张着点，露出点儿冷笑；鼻子纵起些纹缕，折叠着些不屑与急切；眉棱棱着，在一脸的怪粉上显出妖媚而霸道。看见祥子出来，她的嘴唇撇了几撇，脸上的各种神情一时找不到个适当的归束。她咽了口吐沫，把复杂的神气与情感似乎镇押下去，拿出点由刘四爷得来的外场劲儿，半恼半笑，假装不甚在乎的样子打了句哈哈：

"你可倒好！肉包子打狗，一去不回头啊！"她的嗓门很高，和平日在车厂与车夫们吵嘴时一样。说出这两句来，她脸上的笑意一点也没有了，忽然的彷佛感到一种羞愧与下贱，她咬上了嘴唇。

"别嚷！"祥子似乎把全身的力量都放在唇上，爆裂出这两个字，音很小，可是极有力。

"哼！我才怕呢！"她恶意的笑了，可是不由她自己似的把声音稍放低了些。"怨不得你躲着我呢，敢情这儿有个小妖精似的小老妈儿；我早就知道你不是玩艺，别看傻大黑粗的，鞑子拔烟袋，不傻假充傻！"她的声音又高了起去。

"别嚷！"祥子唯恐怕高妈在门里偷着听话儿。"别嚷！这边来！"他一边说一边往马路上走。

"上哪边我也不怕呀，我就是这么大嗓儿！"嘴里反抗着，她可是跟了过来。

过了马路，来到东便道上，贴着公园的红墙，祥子——还没忘了在乡间的习惯——蹲下了。"你干吗来了？"

"我？哼，事儿可多了！"她左手插在腰间，肚子弩出些来。低头看了他一眼，想了会儿，彷佛是发了些善心，可怜他了："祥子！我找你有事，要紧的事！"

这声低柔的"祥子"把他的怒气打散了好些，他抬起头来，看着她，她还是没有什么可爱的地方，可是那声"祥子"在他心中还微微的响着，带着温柔亲切，似乎在哪儿曾经听见过，唤起些无可否认的，欲断难断的，情分。他还是低声的，但是温和了些："什么事？"

"祥子！"她往近凑了凑："我有啦！"

"有了什么？"他一时猛（蒙）住了。

"这个！"她指了指肚子。"你打主意吧！"

楞头磕脑的，他"啊"了一声，忽然全明白了。一万样他没想到过的事都奔了心中去，来得是这么多，这么急，这么乱，心中反猛的成了块空白，像电影片忽然断了那样。街上非常的清静，天上有些灰云遮住了月，地上时时有些小风，吹动着残枝枯叶，远处有几声尖锐的猫叫。祥子的心里由乱而空白，连这些声音也没听见；手托住腮下，呆呆的看着地，把地看得似乎要动；想不出什么，也不愿想什么；只觉得自己越来越小，可又不能完全缩入地中去，整个的生命似乎都立在这点难受上；别的，什么也没有！他这才觉出冷来，连嘴唇都微微的颤着。

"别紧自蹲着，说话呀！你起来！"她似乎也觉出冷来，愿意活动几步。

他僵不吃的立起来，随着她往北走，还是找不到话说，混身都有些发木，像刚被冻醒了似的。

"你没主意呀？"她瞭了祥子一眼，眼中带出怜爱他的神气。

他没话可说。

"赶到二十七呀，老头子的生日，你得来一趟。"

"忙，年底下！"祥子在极乱的心中还没忘了自己的事。

"我知道你这小子吃硬不吃软，跟你说好的算白饶！"她的嗓门又高起去，街上的冷静使她的声音显着特别的清亮，使祥子特别的难堪。"你当我怕谁是怎着？你打算怎样？你要是不愿意听我的，我正没工夫跟你费吐沫玩！说翻了的话，我会堵着你的宅门骂三天三夜！你上哪儿我也找得着！我还是不论秧子[52]！"

"别嚷行不行？"祥子躲开她一步。

"怕嚷啊，当初别贪便宜呀！你是了昧[53]啦，教我一个人背黑锅，你也不捋开死××皮看看我是谁！"

"你慢慢说，我听！"祥子本来觉得很冷，被这一顿骂骂得忽然发了热，热气要顶开冻僵巴的皮肤，混身有些发痒痒，头皮上特别的刺闹得慌。

"这不结啦！甭找不自在！"她撇开嘴，露出两个虎牙来。"不屈心，我真疼你，你也别不知好歹！跟我犯牛脖子，没你的好儿，告诉你！"

"不……"祥子想说"不用打一巴掌揉三揉"，可是没有想齐全；对北平的俏皮话儿，他知道不少，只是说不利落；别人说，他懂得，他自己说不上来。

“不什么？”

“说你的！”

“我给你个好主意，”虎姑娘立住了，面对面的对他说：“你看，你要是托个媒人去说，老头子一定不答应。他是拴车的，你是拉车的，他不肯往下走亲戚。我不论，我喜欢你，喜欢就得了吗，管它娘的别的干什么！谁给我说媒也不行，一去提亲，老头子就当是算计着他那几十辆车呢；比你高着一等的人物都不行。这个事非我自己办不可，我就挑上了你，咱们是先斩后奏；反正我已经有了，咱们俩谁也跑不了啦！可是，咱们就这么直入公堂的去说，还是不行。老头子越老越胡涂，咱俩一露风声，他会去娶个小媳妇，把我楞撵出来。老头子棒之呢，别看快七十岁了，真要娶个小媳妇，多了不敢说，我敢保还能弄出两三个小孩来，你爱信不信！”

“走着说，”祥子看站岗的巡警已经往这边走了两趟，觉得不是劲儿。

“就在这儿说，谁管得了！”她顺着祥子的眼光也看见了那个巡警：“你又没拉着车，怕他干吗？他还能无因白故的把谁的××咬下来？那才透着邪行呢！咱们说咱们的！你看，我这么想：赶二十七老头子生日那天，你去给他磕三个头。等一转过年来，你再去拜个年，讨他个喜欢。我看他一喜欢，就弄点酒什么的，让他喝个痛快。看他喝到七八成了，就热儿打铁，你干脆认他作干爹。日后，我再慢慢的教他知道我身子不方便了。他必审问我，我给他个徐庶入曹营……一语不发。等他真急了的时候，我才说出个人来，就说是新近死了的那个乔二——咱们东边杠房的二掌柜的。他无亲无故的，已经埋在了东直门外义地里，老头子由哪儿究根儿去？老头子没了主意，咱们再慢慢的吹风儿，顶好把我给了你，本来是干儿子，再作女婿，反正差不很多；顺水推舟，省得大家出丑。你说我想的好不好？”

祥子没言语。

觉得把话说到了一个段落，虎妞开始往北走，低着点头，既像欣赏着自己的那片话，又彷佛给祥子个机会思索思索。这时，风把灰云吹裂开一块，露出月光，二人已来到街的北头。御河的水久已冻好，静静的，灰亮的，坦平的，坚固的，托着那禁城[54]的红墙。禁城内一点声响也没有，那玲珑的角楼，金碧的牌坊，丹砯的城门，景山[55]上的亭阁，都静悄悄的好似听着一些很难再听到的声音。小风吹过，似一种悲叹，轻轻的在楼台殿阁之间穿过，像要道出一点历史的消息。虎妞往西走，祥子跟到了金鳌玉栋[56]。桥上几乎没有了行人，微明的月光冷寂的照着桥左右的两大幅冰场，远处亭阁暗淡的带着些黑影，静静的似冻在湖上，只有顶上的黄瓦闪着点儿微光。树木微动，月色更显得微茫；白塔[57]却高耸到云间，傻白傻白的把一切都带得冷寂萧索，整个的三海在人工的雕琢中显出北地的荒寒。到了桥头上，两面冰上的冷气使祥子哆嗦了一下，他不愿再走。平日，他拉着车过桥，把精神全放在脚下，唯恐出了错，一点也顾不得向左右看。现在，他可以自由的看一眼了，可是他心中觉得这个景色有些可怕：那些灰冷的冰，微动的树影，惨白的高塔，都寂寞的似乎要忽然的狂喊一声，或狂走起来！就是脚下这座大白石桥，也显着异常的空寂，特别的白净，连灯光都有点凄凉。他不愿再走，不愿再看，更不愿再陪着她；他真想一下子跳下去，头朝下，砸破了冰，沉下去，像个死鱼似的冻在冰里。

"明儿个见了！"他忽然转身往回走。

"祥子！就那么办啦；二十七见！"她朝着祥子的宽直的脊背说。说完，她瞭了白塔一眼，叹了口气，向西走去。

祥子连头也没回，像有鬼跟着似的，几出溜便到了团城，走得太慌，几乎碰在了城墙上。一手扶住了墙，他不由的要哭出来。楞了会儿，桥上叫："祥子！祥子！这儿来！祥子！"虎妞的声音！

他极慢的向桥上挪了两步，虎妞仰着点身儿正往下走，嘴张着点儿："我说祥子，你这儿来；给你！"他还没挪动几步，她已经到了身前："给你，你存的三十多块钱；有几毛钱的零儿，我给你补足了一块。给你！不为别的，就为表表我的心，我惦念着你，疼你，护着你！别的都甭说，你别忘恩负义就得了！给你！好好拿着，丢了可别赖我！"

祥子把钱——一打儿钞票——接过来，楞了会儿，找不到话说。

"得，咱们二十七见！不见不散！"她笑了笑。"便宜是你的，你自己细细的算算得了！"她转身往回走。

他攥着那打儿票子，呆呆的看着她，一直到桥背把她的头遮下去。灰云又把月光掩住；灯更亮了，桥上分外的白，空，冷。他转身，放开步，往回走，疯了似的；走到了街门，心中还存着那个惨白冷落的桥影，彷佛只隔了一眨眼的工夫似的。

到屋中，他先数了数那几张票子；数了两三遍，手心的汗把票子攥得发粘，总数不利落。数完，放在了闷葫芦罐儿里。坐在床沿上，呆呆的看着这个瓦器，他打算什么也不去想；有钱便有办法，他很相信这个扑满会替他解决一切，不必再想什么。御河，景山，白塔，大桥，虎妞，肚子……都是梦；梦醒了，扑满里却多了三十几块钱，真的！

看够了，他把扑满[58]藏好，打算睡大觉，天大的困难也能睡过去，明天再说！

躺下，他闭不上眼！那些事就像一窝蜂似的，你出来，我进去，每个肚子尖上都有个刺！

不愿意去想，也实在因为没法儿想，虎妞已把道儿都堵住，他没法脱逃。

最好是跺脚一走。祥子不能走。就是让他去看守北海[59]的白塔去，他也乐意；就是不能下乡！上别的都市？他想不出比北平再好的地方。他不能走，他愿死在这儿。

　　既然不想走，别的就不用再费精神去思索了。虎妞说得出来，就行得出来；不依着她的道儿走，她真会老跟着他闹哄；只要他在北平，她就会找得着！跟她，得说真的，不必打算耍滑。把她招急了，她还会抬出刘四爷来，刘四爷要是买出一两个人——不用往多里说——在哪个僻静的地方也能要祥子的命！

　　把虎妞的话从头至尾想了一遍，他觉得像掉在个陷穽里，手脚而且全被夹子夹住，决没法儿跑。他不能一个个的去批评她的主意，所以就找不出她的缝子来，他只感到她撒的是绝户网，连个寸大的小鱼也逃不出去！既不能一一的细想，他便把这一切作成个整个的，像千斤闸那样的压迫，全压到他的头上来。在这个无可抵御的压迫下，他觉出一个车夫的终身的气运是包括在两个字里——倒霉！一个车夫，既是一个车夫，便什么也不要作，连娘儿们也不要去粘一粘；一粘就会出天大的错儿。刘四爷仗着几十辆车，虎妞会仗着个臭×，来欺侮他！他不用细想什么了；假若打算认命，好吧，去磕头认干爹，而后等着娶那个臭妖怪。不认命，就得破出命去！

　　想到这儿，他把虎妞和虎妞的话都放在一边去；不，这不是她的厉害，而是洋车夫的命当如此，就如同一条狗必定挨打受气，连小孩子也会无缘无故的打它两棍子。这样的一条命，要它干吗呢？豁上就豁上吧！

　　他不睡了，一脚踢开了被子，他坐了起来。他决定去打些酒，喝个大醉；什么叫事情，哪个叫规矩，×你们的姥姥！喝醉，睡！二十七？二十八也不去磕头，看谁怎样得了祥子！披上大棉袄，端起那个当茶碗用的小饭碗，他跑出去。

　　风更大了些，天上的灰云已经散开，月很小，散着寒光。祥子刚从热被窝里出来，不住的吸溜气儿。街上简直已没了行人，路旁还只有一两辆洋车，车夫的手捂在耳朵上，在车旁跺着脚取暖。祥子一气跑到南边的小铺，铺中为保存暖气，已经上了门，由个小窗洞收钱递货。祥子要了四两白干，三个大子儿的落花生。平端着酒碗，不敢跑，而像轿夫似的疾走，回到屋中。急忙钻入被窝里去，上下牙磕打了一阵，不愿再坐起来。酒在桌上发着辛辣的味儿，他不很爱闻，就是对那些花生似乎也没心程去动。这一阵寒气彷彿是一盆冷水把他浇醒，他的手懒得伸出来，他的心也不再那么热。

　　躺了半天，他的眼在被子边上又看了看桌上的酒碗。不，他不能为那点缠绕而毁坏了自己，不能从此破了酒戒。事情的确是不好办，但是总有个缝子使他钻过去。即使完全无可脱逃，他也不应当先自己往泥塘里滚；他得睁着眼，清清楚楚的看着，到底怎样被别人把他推下去。

　　灭了灯，把头完全盖在被子里，他想就这么睡去。还是睡不着，掀开被看看，窗纸被院中的月光映得发青，像天要亮的样子。鼻尖觉到屋中的寒冷，寒气中带着些酒味。他猛的坐起来，摸住酒碗，吞了一大口！

十

个别的解决，祥子没那么聪明。全盘的清算，他没那个魄力。于是，一点儿办法没有，整天际圈着满肚子委屈。正和一切的生命同样，受了损害之后，无可如何的只想由自己去收拾残局。那斗落了大腿的蟋蟀，还想用那些小腿儿爬。祥子没有一定的主意，只想慢慢的一天天，一件件的挨过去，爬到哪儿算哪儿，根本不想往起跳了。

离二十七还有十多天，他完全注意到这一天上去，心里想的，口中念道的，梦中梦见的，全是二十七。彷佛一过了二十七，他就有了解决一切的办法，虽然明知道这是欺骗自己。有时候他也往远处想，譬如拿着手里的几十块钱到天津去；到了那里，碰巧还许改了行，不再拉车。虎妞还能追到他天津去？在他的心里，凡是坐火车去的地方必是很远，无论怎样她也追不了去。想得很好，可是他自己良心上知道这只是万不得已的办法，再分能在北平，还是在北平！这样一来，他就又想到二十七那一天，还是这样想近便省事，只要混过这一关，就许可以全局不动而把事儿闯过去；即使不能干脆的都摆脱清楚，到底过了一关是一关。

怎样混过这一关呢？他有两个主意：一个是不理她那回事，干脆不去拜寿。另一个是按照她所嘱咐的去办。这两个主意虽然不同，可是结果一样：不去呢，她必不会善罢甘休；去呢，她也不会饶了他。他还记得初拉车的时候，摹仿着别人，见小巷就钻，为是抄点近儿，而误入了罗圈胡同；绕了个圈儿，又绕回到原处。现在他又入了这样的小胡同，彷佛是：无论走哪一头儿，结果是一样的。

在没办法之中，他试着往好里想，就干脆要了她，又有什么不可以呢？可是，无论从哪方面想，他都觉着彆（憋）气。想想她的模样，他只能摇头。不管模样吧，想想她的行为；哼！就凭自己这样要强，这样规矩，而娶那么个破货，他不能再见人，连死后都没脸见父母！谁准知道她肚子里的小孩是他的不是呢？！不错，她会带过几辆车来；能保准吗？刘四爷并非是好惹的人！即使一切顺利，他也受不了，他能干得过虎妞？她只须伸出个小指，就能把他支使的头晕眼花，不认识了东西南北。他晓得她的厉害！要成家，根本不能要她，没有别的可说的！要了她，便没了他，而他又不是看不起自己的人！没办法！

没方法处置她，他转过来恨自己，很想脆脆的抽自己几个嘴巴子。可是，说真的，自己并没有什么过错。一切都是她布置好的，单等他来上套儿。毛病似乎是在他太老实，老实就必定吃亏，没有情理可讲！

更让他难过的是没地方去诉诉委屈。他没有父母兄弟，没有朋友。平日，他觉得自己是头顶着天，脚踩着地，无牵无挂的一条好汉。现在，他才明白过来，悔悟过来，人是不能独自活着的。特别是对那些同行的，现在都似乎有点可爱。假若他平日交下几个——他想——像他自己一样的大汉，再多有个虎妞，他也不怕；他们会给他出主意，会替他拔创卖力气。可是，他始终是一个人；临时想抓朋友是不大容易的！他感到一点向来没有过的恐惧。照这么下去，谁也会欺侮他；独自一个是顶不住天的！

这点恐惧使他开始怀疑自己。在冬天，遇上主人有饭局，或听戏，他照例是把电石灯的水筒儿揣在怀里；因为放在车上就会冻上。刚跑了一身的热汗，把那个冰凉的小水筒往胸前一贴，让他立刻哆嗦一下，不定有多大时候，那个水筒才会有点热和劲儿。可是，在平日，他并不觉得这有什么说不过去；有时候揣上它，他还觉得这是一种优越，那些拉破车的根本就用不上电石灯。现在，他似乎看出来，一月只挣那么些钱，而把所有的苦处都得受过来，连个小水筒也不许冻上，而必得在胸前抱着，自己的胸脯——多么宽——彷佛还没有个小筒儿值钱。原先，他以为拉车是他最理想的事，由拉车他可以成家立业。现在他暗暗摇头了。不怪虎妞欺侮他，他原来不过是个连小水筒也不如的人！

在虎妞找他的第三天上，曹先生同着朋友去看夜场电影，祥子在个小茶馆里等着，胸前揣有那像块冰凉的小筒。天极冷，小茶馆里的门窗都关得严严的，充满了煤气，汗味，与贱臭的烟卷的干烟；饶这么样，窗上还冻着一层冰花。喝茶的几乎都是拉包月车的，有的把头靠在墙上，借着屋中的暖和气儿，闭上眼打盹。有的拿着碗白干酒，让让大家，而后慢慢的喝，喝完一口，上面咂着嘴，下面很响的放凉气。有的攥着卷儿大饼，一口咬下半截，把脖子撑得又粗又红。有的绷着脸，普遍的向大家抱怨，他怎么由一清早到如今，还没停过脚，身上已经湿了又干，干了又湿，不知有多少回！其余的人多数是彼此谈着闲话，听到这两句，马上都静了一会儿，而后像鸟儿炸了巢似的都想起一日间的委屈，都想讲给大家听。连那个吃着大饼的也把口中匀出能调动舌头的空隙，一边儿咽饼，一边儿说话，连头上的筋都跳了起来："你当他妈的拉包月的就不蘑菇哪？！我打他妈的——膈！——两点起到现在还水米没打牙！竟说前门到平则门——膈！——我拉他妈的三个来回了！这个天，把屁眼都他妈的冻裂了，一劲的放气！"转圈看了大家一眼，点了点头，又咬了一截饼。

这，把大家的话又都转到天气上去，以天气为中心各自道出辛苦。祥子始终一语未发，可是很留心他们说了什么。大家的话，虽然口气，音调，事实，各有不同，但都是咒骂与不平。这些话，碰到他自己心上的委屈，就像一些雨点儿落在干透了的土上，全都吃了进去。他没法，也不会，把自己的话有头有尾的说给大家听；他只能由别人的话中吸收些生命的苦味，大家都苦恼，他也不是例外；认识了自己，也想同情于大家。大家说到悲苦的地方，他皱上眉；说到可笑的地方，他也撇撇嘴。这样，他觉得他是和他们打成一气，大家都是苦朋友，虽然他一言不发，也没大关系。从前，他以为大家是贫嘴恶舌，凭他们一天到晚穷说，就发不了财。今天彷佛是头一次觉到，他们并不是穷说，而是替他说呢，说出他与一切车夫的苦处。

大家正说得热闹中间，门忽然开了，进来一阵冷气。大家几乎都怒目的往外看，看谁这么不得人心，把门推开。大家越着急，门外的人越慢，似乎故意的磨烦[60]。茶馆的伙计半急半笑的喊：“快着点吧，我一个人的大叔！别给点热气儿都给放了！”

这话还没说完，门外的人进来了，也是个拉车的。看样子已有五十多岁，穿着件短不够短，长不够长，莲蓬篓儿似的棉袄，襟上肘上已都露了棉花。脸似乎有许多日子没洗过，看不出肉色，只有两个耳朵冻得通红，红得像要落下来的果子。惨白的头发在一顶破小帽下杂乱的髟髟着；眉上，短须上，都挂着些冰珠。一进来，摸住条板凳便坐下了，扎挣着说了句：“沏一壶。”

这个茶馆一向是包月车夫的聚处，像这个老车夫，在平日，是决不会进来的。

大家看着他，都好像感到比刚才所说的更加深刻的一点什么意思，谁也不想再开口。在平日，总会有一两个不很懂事的少年，找几句俏皮话来拿这样的茶客取取笑，今天没有一个出声的。

茶还没有沏来，老车夫的头慢慢的往下低，低着低着，全身都出溜下去。

大家马上都立了起来：“怎啦？怎啦？”说着，都想往前跑。

“别动！”茶馆掌柜的有经验，拦住了大家。他独自过去，把老车夫的脖领解开，就地扶起来，用把椅子戗在背后，用手勒着双肩：“白糖水，快！”说完，他在老车夫的脖子那溜儿听了听，自言自语的：“不是痰！”

大家谁也没动，可谁也没再坐下，都在那满屋子的烟中，眨巴着眼，向门儿这边看。大家好似都不约而同的心里说：“这就是咱们的榜样！到头发惨白了的时候，谁也有一个跟头摔死的行市！”

糖水刚放在老车夫的嘴边上，他哼哼了两声。还闭着眼，抬起右手——手黑得发亮，像漆过了似的——用手背抹了下儿嘴。

“喝点水！”掌柜的对着他耳朵说。

"啊？"老车夫睁开了眼。看见自己是坐在地上，腿拳了拳，想立起来。

"先喝点水，不用忙。"掌柜的说，松开了手。

大家几乎都跑了过来。

"哎！哎！"老车夫向四围看了一眼，双手捧定了茶碗，一口口的吸糖水。

慢慢的把糖水喝完，他又看了大家一眼："哎，劳诸位的驾！"说得非常的温柔亲切，绝不像是由那个胡子拉碴的口中说出来的。说完，他又想往起立，过去三四个人忙着往起搀他。他脸上有了点笑意，又那么温和的说："行，行，不碍！我是又冷又饿，一阵儿发晕！不要紧！"他脸上虽然是那么厚的泥，可是那点笑意教大家仿佛看到一个温善白净的脸。

大家似乎全动了心。那个拿着碗酒的中年人，已经把酒喝净，眼珠子通红，而且此刻带着些泪。"来，来二两！"等酒来到，老车夫已坐在靠墙的一把椅子上，他有一点醉意，可是规规矩矩的把酒放在老车夫面前："我的请，您喝吧！我也四十望外了，不瞒您说，拉包月就是凑合事，一年是一年的事，腿知道！再过二三年，我也得跟您一样！您横是快六十了吧？"

"还小呢，五十五！"老车夫喝了口酒。"天冷，拉不上座儿。我呀，哎，肚子空；就有几个子儿，我都喝了酒，好暖和点呀！走在这儿，我可实在撑不住了，想进来取个暖。屋里太热，我又没食，横是晕过去了。不要紧，不要紧！劳诸位哥儿们的驾！"

这时候，老者的干草似的灰发，脸上的泥，炭条似的手，和那个破帽头与棉袄，都像发着点纯洁的光，如同破庙里的神像似的，虽然破碎，依然尊严。大家看着他，仿佛唯恐他走了。祥子始终没言语，呆呆的立在那里。听到老车夫说肚子里空，他猛的跑出去，飞也似又跑回来，手里用块白菜叶儿托着十个羊肉馅的包子。一直送到老者的眼前，说了声：吃吧！然后，坐在原位，低下头去，仿佛非常疲倦。

"哎！"老者像是乐，又像是哭，向大家点着头。"到底是哥儿们哪！拉座儿，给他卖多大的力气，临完多要一个子儿都怪难的！"说着，他立了起来，要往外走。

"吃呀！"大家几乎是一齐的喊出来。

"我叫小马儿去，我的小孙子，在外面看着车呢！"

"我去，您坐下！"那个中年的车夫说，"在这儿丢不了车，您自管放心；对过儿就是巡警阁子。"他开开了点门缝："小马儿！小马儿！你爷爷叫你哪！把车放在这儿来！"

老者用手摸了好几回包子，始终没往起拿。小马儿刚一进门，他拿起来一个："小马儿，乖乖，给你！"

小马儿也就是十二三岁,脸上挺瘦,身上可是穿得很圆,鼻子冻得通红,挂着两条白鼻定,耳朵上戴着一对破耳帽儿。立在老者的身旁,右手接过包子来,左手又自动的拿起来一个,一个上咬了一口。

"哎!慢慢的!"老者一手扶在孙子的头上,一手拿起个包子,慢慢的往口中送。"爷爷吃两个就够,都是你的!吃完了,咱们收车回家,不拉啦。明儿个要是不这么冷呀,咱们早着点出车。对不对,小马儿?"

小马儿对着包子点了点头,吸溜了一下鼻子:"爷爷吃三个吧,剩下都是我的。我回头把爷爷拉回家去!"

"不用!"老者得意的向大家一笑:"回头咱们还是走着,坐在车上冷啊。"

"老者吃完自己的份儿,把杯中的酒喝干,等着小马儿吃净了包子。掏出块破布来,擦了擦嘴,他又向大家点了点头:"儿子当兵去了,一去不回头;媳妇——"

"别说那个!"小马儿的腮撑得像俩小桃,连吃带说的拦阻爷爷。

"说说不要紧!都不是外人!"然后向大家低声的:"孩子心重,甭提多么要强啦!媳妇也走了。我们爷儿俩就吃这辆车;车破,可是我们自己的,就仗着天天不必为车份儿着急。挣多挣少,我们爷儿俩苦混,无法!无法!"

"爷爷,"小马儿把包子吃得差不离了,拉了拉老者的袖子,"咱们还得拉一趟,明儿个早上还没钱买煤呢!都是你,刚才二十子儿拉后门,依着我,就拉,你偏不去!明儿早上没有煤,看你怎样办!"

"有法子,爷爷会去赊五斤煤球。"

"还饶点劈柴?"

"对呀!好小子,吃吧;吃完,咱们该蹓跶着了!"说着,老者立起来,绕着圈儿向大家说:"劳诸位哥儿们的驾啦!"伸手去拉小马儿,小马儿把未吃完的一个包子整个的塞在口中。

大家有的坐着没动,有的跟出来。祥子头一个跟出来,他要看看那辆车。

一辆极破的车,扶车板上的漆已经裂了口,车把上已经磨得露出木纹,一只唏哩哗啷响的破灯,车棚子的支棍儿用麻绳儿绑着。小马儿在耳朵帽里找出根洋火,在鞋底儿上划着,用两只小黑手捧着,点着了灯。老者往手心上吐了口唾沫,哎了一声,抄起车把来,"明儿见啦,哥儿们!"

祥子呆呆的立在门外,看着这一老一少和那辆破车。老者一边走还一边说话,语声时高时低;路上的灯光与黑影,时明时暗。祥子听着,看着,心中感到一种向来没有过的难受。在小马儿身上,他似乎看见了自己的过去;在老者身上,似乎看到了自己的将来!他向来没有轻易撒手过一个钱,现在他觉得很痛快,为这一老一少买了十个包子。直到已看不见了他们，他才又进到屋中。大家又说笑起来，他觉得发乱，会了茶钱，又走了出来，把车拉到电影园门外去等候曹先生。

天真冷。空中浮着些灰沙，风似乎是在上面疾走，星星看不甚真，只有那几个大的，在空中微颤。地上并没有风，可是四下里发着寒气，车辙上已有几条冻裂的长缝子、十色灰白、和冰一样凉，一样坚硬。祥子在电影园外立了一会儿，已经觉出冷来，可是不愿再回到茶馆去。他要静静的独自想一想。那一老一少似乎把他的最大希望给打破——老者的车是自己的呀！自从他头一天拉车，他就决定买上自己的车，现在还是为这个志愿整天的苦奔；有了自己的车，他以为，就有了一切。哼，看看那个老头子！

他不肯要虎妞，还不是因为自己有买车的愿望？买上车，省下钱，然后一清二白的娶个老婆，哼，看看小马儿！自己有了儿了，未必不就是那样。

这样一想，对虎妞的要胁，似乎不必反抗了；反正自己跳不出圈儿去，什么样的娘们不可以要呢？况且她还许带过几辆车来呢，干吗不享儿天现成的福！看透了自己，便无须小看别人，虎妞就是虎妞吧，什么也甭说了！

电影散了，他急忙的把小水筒安好，点着了灯。连小棉袄也脱了，只剩了件小褂，他想飞跑一气，跑忘了一切，摔死也没多大关系！

十一

一想到那个老者与小马儿，祥子就把一切的希望都要放下，而想乐一天是一天吧，干吗成天际咬着牙跟自己过不去呢？！穷人的命，他似乎看明白了，是枣核儿两头尖：幼小的时候能不饿死，万幸；到老了能不饿死，很难。只有中间的一段，年轻力壮，不怕饥饱劳碌，还能像个人儿似的。在这一段里，该快活快活的时候还不敢去干，地道的傻子；过了这村便没了这店！这么一想，他连虎妞的那回事儿都不想发愁了。

及至看到那个闷葫芦罐儿，他的心思又转过来。不，不能随便；只差几十块钱就能买上车了，不能前功尽弃；至少也不能把罐儿里那点积蓄瞎扔了，那么不容易省下来的！还是得往正路走，一定！可是，虎妞呢？还是没办法，还是得为那个可恨的二十七发愁。

愁到了无可如何，他抱着那个瓦罐儿自言自语的嘀咕：爱怎样怎样，反正这点钱是我的！谁也抢不了去！有这点钱，祥子什么也不怕！招急了我，我会跺脚一跑；有钱，腿就会活动！

街上越来越热闹了，祭灶[61]的糖瓜[62]摆满了街，走到哪里也可以听到"抚糖来，抚糖"的声音。祥子本来盼着过年，现在可是一点也不起劲，街上越乱，他的心越紧，那可怕的二十七就在眼前了！他的眼陷下去，连脸上那块疤都有些发暗。拉着车，街上是那么乱，地上是那么滑，他得分外的小心。心事和留神两气夹攻，他觉得精神不够用的了，想着这个便忘了那个，时常忽然一惊，身上痒刺刺的像小孩儿在夏天炸了痱子似的。

祭灶那天下午，溜溜的东风带来一天黑云。天气忽然暖了一些。到快掌灯的时候，风更小了些，天上落着稀疏的雪花。卖糖瓜的都着了急，天暖，再加上雪花，大家一劲儿往糖上撒白土子，还怕都粘在一处。雪花落了不多，变成了小雪粒，刷刷的轻响，落白了地。七点以后，铺户与人家开始祭灶，香光炮影之中夹着密密的小雪，热闹中带出点阴森的气象。街上的人都显出点惊急的样子，步行的，坐车的，都急于回家祭神，可是地上湿滑，又不敢放开步走。卖糖的小贩急丁把应节的货物措出去，上气不接下气的喊叫，听着怪镇心的。

　　大概有九点钟了，祥子拉着曹先生由西城回家。过了西单牌楼那一段热闹街市，往东入了长安街，人马渐渐稀少起来。坦平的柏油马路上铺着一层薄雪，被街灯照得有点闪眼。偶尔过来辆汽车，灯光远射，小雪粒在灯光里带着点黄亮，像洒着万颗金砂。快到新华门那一带，路本来极宽，加上薄雪，更教人眼宽神爽，而且一切都彷彿更严肃了些。"长安牌楼"，新华门的门楼，南海的红墙，都戴上了素冠，配着硃柱红墙，静静的在灯光下展示着故都的尊严。此时此地，令人感到北平彷彿并没有居民，真是一片琼宫玉宇，只有些老松默默的接着雪花。^[63]祥子没工夫看这些美景，一看眼前的"玉路"，他只想一步便跑到家中；那直，白，冷静的大路似乎使他的心眼中一直的看到家门。可是他不能快跑，地上的雪虽不厚，但是拿脚，一会儿鞋底上就黏成一一厚层；跺下去，一会儿又黏上了。霰粒非常的小，可是沉重有分量，既拿脚，又迷眼，他不能飞快的跑。雪粒打在身上也不容易化，他的衣肩上已积了薄薄的一层，虽然不算什么，可是湿漉漉的使他觉得别扭。这一带没有什么铺户，可是远处的炮声还继续不断，时时的在黑空中射起个双响或五鬼闹判儿。火花散落，空中越发显著黑，黑得几乎可怕。他听着炮声，看见空中的火花与黑暗，他想立刻到家。可是他不敢放开了腿，别扭！

　　更使他不痛快的是由西城起，他就觉得后面有辆自行车儿跟着他。到了西长安街，街上清静了些，更觉出后面的追随——车轮轧着薄雪，虽然声音不大，可是觉得出来。祥子，和别的车夫一样，最讨厌自行车。汽车可恶，但是它的声响大，老远的便可躲开。自行车是见缝子就钻，而且东摇西摆，看着就眼晕。外带着还是别出错儿，出了错儿总是洋车夫不对，巡警们心中的算盘是无论如何洋车夫总比骑车的好对付，所以先派洋车夫的不是。好几次，祥子很想抽冷子闸住车，摔后头这小子一交。但是他不敢，拉车的得到处忍气。每当要跺一跺鞋底儿的时候，他得喊声："闸住！"到了南海前门，街道是那么宽，那辆脚踏车还紧紧的跟在后面。祥子更上了火，他故意的把车停住了，掸了掸身上的雪。他立住，那辆自行车从车旁蹭了过去。车上的人还回头看了看。祥子故意的磨烦，等自行车走出老远才抄起车把来，骂了句："讨厌！"

　　曹先生的人道主义使他不肯安那御风的棉车棚子，就是那帆布车棚也非到赶上大雨不准支上，为是教车夫省点力气。这点小雪，他以为没有支起车棚的必要，况且他还贪图着看看夜间的雪景呢。他也注意到这辆自行车，等祥子骂完，他低声的说，"要是他老跟着，到家门口别停住，上黄化门左先生那里去；别慌！"

　　祥子有点慌。他只知道骑自行车的讨厌，还不晓得其中还有可怕的——既然曹先生都不敢家去，这个傢伙一定来历不小！他跑了几十步，便追上了那个人；故意的等着他与曹先生呢。自行车把祥子让过去，祥子看了车上的人一眼。一眼便看明白了，侦缉队上的。他常在茶馆里碰到队里的人，虽然没说过话儿，可是晓得他们的神气与打扮。这个的打扮，他看着眼熟：青大袄，呢帽，帽子戴得很低。

到了南长街口上，祥子乘着拐湾儿的机会，向后溜了一眼，那个人还跟着呢。他几乎忘了地上的雪，脚底下加了劲。直长而白亮的路，只有些冷冷的灯光，背后追着个侦探！祥子没有过这种经验，他冒了汗。到了公园后门，他回了回头，还跟着呢！到了家门口，他不敢站住，又有点舍不得走；曹先生一声也不响，他只好继续往北跑。一气跑到北口，自行车还跟着呢！他进了小胡同，还跟着！出了胡同，还跟着！上黄化门去，本不应当进小胡同，直到他走到胡同的北口才明白过来，他承认自己是有点迷头，也就更生气。

跑到景山背后，自行车往北向后门去了。祥子擦了把汗。雪小了些，可是雪粒中又有了几片雪花。祥子似乎喜爱雪花，大大方方的在空中飞舞，不像雪粒那么使人憋（憋）气。他回头问了声："上哪儿，先生？"

"还到左宅。有人跟你打听我，你说不认识！"

"是啦！"祥子心中打开了鼓，可是不便细问。

到了左家，曹先生叫祥子把车拉进去，赶紧关上门。曹先生还很镇定，可是神色不大好看。嘱咐完了祥子，他走进去。祥子刚把车拉进门洞来，放好，曹先生又出来了，同着左先生；祥子认识，并且知道左先生是宅上的好朋友。

"祥子，"曹先生的嘴动得很快，"你坐汽车回去。告诉太太我在这儿呢。教她们也来，坐汽车来，另叫一辆，不必教你坐去的这辆等着。明白？好！告诉太太带着应用的东西，和书房里那几张画儿。听明白了？我这就给太太打电话，为是再告诉你一声，怕她一着急，把我的话忘了，你好提醒她一声。"

"我去好不好？"左先生问了声。

"不必！刚才那个人未必一定是侦探，不过我心里有那回事儿，不能不防备一下。你先叫辆汽车来好不好？"

左先生去打电话叫车。曹先生又嘱咐了祥子一遍："汽车来到，我这给了钱。教太太快收拾东西；别的都不要紧，就是千万带着小孩子的东西，和书房里那几张画，那几张画！等太太收拾好，教高妈打电要辆车，上这儿来。这都明白了？等她们走后，你把大门锁好，搬到书房去睡，那里有电话。你会打电？"

"不会往外打，会接。"其实祥子连接电话也不大喜欢，不过不愿教曹先生着急，只好这么答应下。

"那就行！"曹先生接着往下说，说得还是很快："万一有个动静，你别去开门！我们都走了，剩下你一个，他们决不放手你！见事不好的话，你灭了灯，打后院跳到王家去。王家的人你认得？对！在王家藏会儿再走。我的东西，你自己的东西都不用管，跳墙就走，省得把你拿了去！你若丢了东西，将来我赔上。先给你这五块钱拿着。好，我去给太太打电话，回头你再对她说一遍。不必说拿人，刚才那个骑车的也许是侦探，也许不是；你也先别着慌！"

祥子心中很乱，好象有许多要问的话，可是因急于记住曹先生所嘱咐的，不敢再问。

汽车来了，祥子楞头磕脑的坐进去。雪不大不小的落着，车外边的东西看不大真，他直挺着腰板坐着，头几乎顶住车棚。他要思索一番，可是眼睛只顾看车前的红箭头，红得那么鲜灵可爱。驶车的面前的那把小刷了，自动的左右摆着，刷去玻璃上的哈气，也颇有趣。刚似乎把这看腻了，车已到了家门，心中怪不得劲的下了车。

刚要按街门的电铃，像从墙里钻出个人来似的，拗住他的腕子。祥子本能的想往出夺手，可是已经看清那个人，他不动，正是刚才骑自行车的那个侦探。

"祥子，你不认识我了？"侦探笑着松了手。

祥子咽了口气，不知说什么好。

"你不记得当初你教我们拉到西山去？我就是那个孙排长。想起来了吧？"

"啊，孙排长！"祥子想不起来。他被大兵们拉到山上去的时候，顾不得看谁是排长，还是连长。

"你不记得我，我可记得你；你脸上那块疤是个好记号。我刚才跟了你半天，起初也有点不敢认你，左看右看，这块疤不能有错！"

"有事吗？"祥子又要去按电铃。

"自然是有事，并且是要紧的事！咱们进去说好不好！"孙排长——现在是侦探——伸手按了铃。

"我有事！"祥子的头上忽然冒了汗，心里发着狠儿说："躲他还不行呢，怎能往里请呢！"

"你不用着急，我来是为你好！"侦探露出点狡猾的笑意。赶到高妈把门开开，他一脚迈进去："劳驾劳驾！"没等祥子和高妈过一句话，扯着他便往里走，指着门房："你在这儿住？"进了屋，他四下里看了一眼："小屋还怪干净呢！你的事儿不坏！"

"有事吗？我忙！"祥子不能再听这些闲盘儿。

"没告诉你吗，有要紧的事！"孙侦探还笑着，可是语气非常的严厉。"干脆对你说吧，姓曹的是乱党，拿住就枪毙，他还是跑不了！咱们总算有一面之交，在兵营里你伺候过我；再说咱们又都是街面上的人，所以我担着好大的处分来给你送个信！你要是晚跑一步，回来是堵窝儿掏，谁也跑不了。咱们卖力气吃饭，跟他们打哪门子挂误官司？这话对不对？"

"对不起人呀！"祥子还想着曹先生所嘱托的话。

"对不起谁呀？"孙侦探的嘴角上带笑，而眼角棱棱着。"祸是他们自己创的，你对不起谁呀？他们敢作敢当，咱们跟着受罪，才合不着！不用说别的，把你圈上三个月，你野鸟似的惯了，楞教你坐黑屋子，你受得了受不了？再说，他们下狱，有钱打点，受不了罪；你呀，我的好兄弟，手里没硬的，准拴在尿桶上！这还算小事，碰巧了他们花钱一运动，闹个几年徒刑；官面上交待不下去，要不把你垫了背才怪。咱们不招谁不惹谁的，临完上天桥[64]吃黑枣，冤不冤？你是明白人，明白人不吃眼前亏。对得起人喽，又！告诉你吧，好兄弟，天下就没有对得起咱们苦哥儿们的事！"

祥子害了怕。想起被大兵拉去的苦处，他会想像到下狱的滋味。"那么我得走，不管他们？"

"你管他们，谁管你呢？！"

祥子没话答对。楞了会儿，连他的良心也点了头："好，我走！"

"就这么走吗？"孙侦探冷笑了一下。

祥子又迷了头。

"祥子，我的好伙计！你太傻了！凭我作侦探的，肯把你放了走？"

"那——"祥子急得不知说什么好了。

"别装傻！"孙侦探的眼钉住祥子的："大概你也有个积蓄，拿出来买条命！我一个月还没你挣的多，得吃得穿得养家，就仗着点外找儿，跟你说知心话！你想想，我能一撒巴掌把你放了不能？哥儿们的交情是交情，没交情我能来劝你吗？可是事情是事情，我不图点什么，难道教我一家子喝西北风？外场人用不着费话，你说真的吧！"

"得多少？"祥子坐在了床上。

"有多少拿多少，没准价儿！"

"我等着坐狱得了！"

"这可是你说的？可别后悔？"孙侦探的手伸入棉袍中，"看这个，祥子！我马上就可以拿你，你要拒捕的话，我开枪！我要马上把你带走，不要说钱呀，连你这身衣裳都一进狱门就得剥下来。你是明白人，自己合计合计得了！"

"有工夫挤我，干吗不挤挤曹先生？"祥子哽吃了半天才说出来。

"那是正犯，拿住呢有点赏，拿不住担'不是'。你，你呀，我的傻兄弟，把你放了像放个屁；把你杀了像抹个臭虫！拿钱呢，你走你的；不拿，好，天桥见！别磨烦，来干脆的，这么大的人！再说，这点钱也不能我一个人独吞了，伙计们都得沾补点儿，不定分上几个子儿呢。这么便宜买条命还不干，我可就没了法！你有多少钱？"

祥子立起来，脑筋跳起多高，攥上了拳头。

"动手没你的，我先告诉你，外边还有一大帮人呢！快着，拿钱！我看面子，你别不知好歹！"孙侦探的眼神非常的难看了。

"我招谁惹谁了？！"祥子带着哭音，说完又坐在床沿上。

"你谁也没招；就是碰在点儿上了！人就是得胎里富，咱们都是底儿上的。什么也甭再说了！"孙侦探摇了摇头，似有无限的感慨。"得了，自当是我委屈了你，别再磨烦了！"

祥子又想了会儿，没办法。他的手哆嗦着，把闷葫芦罐儿从被子里掏了出来。

"我看看！"孙侦探笑了，一把将瓦罐接过来，往墙上一碰。

祥子看着那些钱洒在地上，心要裂开。

"就是这点？"

祥子没出声，只剩了哆嗦。

"算了吧！我不赶尽杀绝，朋友是朋友。你可也得知道，这些钱儿买一条命，便宜事儿！"

祥子还没出声，哆嗦着要往起裹被褥。

"那也别动！"

"这么冷的……"祥子的眼瞪得发了火。

"我告诉你别动，就别动！滚！"

祥子咽了口气，咬了咬嘴唇，推门走出来。

雪已下了寸多厚，祥子低着头走。处处洁白，只有他的身后留着些大黑脚印。

十二

　　祥子想找个地方坐下，把前前后后细想一遍，哪怕想完只能哭一场呢，也好知道哭的是什么；事情变化得太快了，他的脑子已追赶不上。没有地方给他坐，到处是雪。小茶馆们已都上了门，十点多了；就是开着，他也不肯进去，他愿意找个清静地方，他知道自己眼眶中转着的泪随时可以落下来。

　　既没地方坐一坐，只好慢慢的走吧；可是，上哪里去呢？这个银白的世界，没有他坐下的地方，也没有他的去处；白茫茫的一片，只有饿着肚子的小鸟，与走投无路的人，知道什么叫作哀叹。

　　上哪儿去呢？这就成个问题，先不用想到别的了！下小店？不行！凭他这一身衣服，就能半夜里丢失点什么，先不说店里的虱子有多么可怕。上大一点的店？去不起，他手里只有五块钱，而且是他的整部财产。上澡堂子？十二点上门，不能过夜。没地方去。

　　因为没地方去，才越觉得自己的窘迫。在城里混了这几年了，只落得一身衣服，和五块钱；连被褥都混没了！由这个，他想到了明天，明天怎办呢？拉车，还去拉车，哼，拉车的结果只是找不到个住处，只是剩下点钱被人家抢了去！作小买卖，只有五块钱的本钱，而连挑子扁担都得现买，况且哪个买卖准能挣出嚼谷呢？拉车可以平地弄个三毛四毛的，作小买卖既要本钱，而且没有准能赚出三餐的希望。等把本钱都吃进去，再去拉车，还不是脱了裤子放屁，白白赔上五块钱？这五块钱不能轻易放手一角一分，这是最后的指望！当仆人去，不在行：伺候人，不会；洗衣裳作饭，不会！什么也不行，什么也不会，自己只是个傻大黑粗的废物！

　　不知不觉的，他来到了中海。到桥上，左右空旷，一眼望去，全是雪花。他这才似乎知道了雪还没住，摸一摸头上，毛线织的帽子上已经很湿。桥上没人，连岗警也不知躲在哪里去了，只有几盏电灯被雪花打的彷佛不住的眨眼。祥子看看四外的雪，心中茫然。

　　他在桥上立了许久，世界像是已经死去，没一点声音，没一点动静，灰白的雪花似乎得了机会，慌乱的，轻快的，一劲儿往下落，要人不知鬼不觉的把世界埋上。在这种静寂中，祥子听见自己的良心的微语。先不要管自己吧，还是得先回去看看曹家的人。只剩下曹太太与高妈，没一个男人！难道那最后的五块钱不是曹先生给的么？不敢再思索，他拔起腿就往回走，非常的快。

门外有些脚印，路上有两条新印的汽车道儿。难道曹太太已经走了吗？那个姓孙的为什么不拿她呢？

不敢过去推门，恐怕又被人捉住。左右看，没人，他的心跳起来，试试看吧，反正也无家可归，被人逮住就逮住吧。轻轻推了推门，门开着呢。顺着墙根走了两步，看见了自己屋中的灯亮儿，自己的屋子！他要哭出来。弯着腰走过去，到窗外听了听，屋内咳嗽了一声，高妈的声音！他拉开了门。

"谁？哟，你！可吓死我了！"高妈捂着心口，定了定神，坐在了床上。"祥子，怎么回事呀？"

祥子回答不出，只觉得已经有许多年没见着她了似的，心中堵着一团热气。

"这是怎么啦？"高妈也要哭的样子的问："你还没回米，先生打来电，叫我们上左宅，还说你马上就来。你来了，不是我给你开的门吗？我一瞧，你还同着个生人，我就一言没发呀，赶紧进去帮助太太收拾东西。你始终也没进去。黑灯下火的教我和太太瞎抓，少爷已经睡得香香的，生又从热被窝里往外抱。包好了包，又上书房去摘画儿，你是始终不照面儿，你是怎么啦？我问你！糊糊的收拾好了，我出来看你，好，你没影儿啦！太太气得——一半也是急得——直哆嗦。我只好打电叫车吧。可是我们不能就这么'空城计'，全走了哇。好，我跟太太横打了鼻梁[65]，我说太太走吧，我看着。祥子回来呢，我马上赶到左宅夫；不回来呢，我认了命！这是怎会说的！你是怎回事，说呀！"

祥子没的说。

"说话呀！楞着算得了事吗？到底是怎回事？"

"你走吧！"祥子好容易找到了一句话："走吧！"

"你看家？"高妈的气消了点。

"见了先生，你就说，侦探逮住了我，可又，可又，没逮住我！"

"这像什么话呀？"高妈气得几乎要笑。

"你听着！"祥子倒挂了气："告诉先生快跑，侦探说了，准能拿住先生。左宅也不是平安的地方。快跑！你走了，我跳到王家去，睡一夜。我把这块的大门锁上。明天，我去找我的事。对不起曹先生！"

"越说我越胡涂！"高妈叹了口气。"得啦，我走，少爷还许冻着了呢，赶紧看看去！见了先生，我就说祥子说啦，教先生快跑。今个晚上祥子锁上大门，跳到王家去睡；明天他去找事。是这么着不是？"

祥子万分惭愧的点了点头。

高妈走后，祥子锁好大门，回到屋中。破闷葫芦罐还在地上扔着，他拾起块瓦片看了看，照旧扔在地上。床上的铺盖并没有动。奇怪，到底是怎回事呢？难道孙侦探并非真的侦探？不能！曹先生要是没看出点危险来，何至于弃家逃走？不明白！不明白！他不知不觉的坐在了床沿上。刚一坐下，好似惊了似的又立起来。不能在此久停！假若那个姓孙的再回来呢？！心中极快的转了转：对不住曹先生，不过高妈带回信去教他快跑，也总算过得去了。论良心，祥子并没立意欺人，而且自己受着委屈。自己的钱先丢了，没法再管曹先生的。自言自语的，他这样一边叨唠，一边儿往起收拾铺盖。

扛起铺盖，灭了灯，他奔了后院。把铺盖放下，手爬住墙头低声的叫："老程！老程！"老程是王家的车夫。没人答应，祥子下了决心，先跳过去再说。把铺盖扔过去，落在雪上，没有什么声响。他的心跳了一阵。紧跟着又爬上墙头，跳了过去。在雪地上拾起铺盖，轻轻的去找老程。他知道老程的地方。大家好像都已睡了，全院中一点声儿也没有。祥子忽然感到作贼并不是件很难的事，他放了点胆子，脚踏实地的走，雪很磁实，发着一点点响声。找到了老程的屋子，他咳嗽了一声。老程似乎是刚躺下："谁？"

"我，祥子！你开开门！"祥子说得非常的自然，柔和，好像听见了老程的声音，就像听见个亲人的安慰似的。

老程开了灯，披着件破皮袄，开了门："怎么啦？祥子！三更半夜的！"

祥子进去，把铺盖放在地上，就势儿坐在上面，又没了话。

老程有三十多岁，脸上与身上的肉都一疙疸一块的，硬得出棱儿。平日，祥子与他并没有什么交情，不过是见面总点头说话儿。有时候，王太太与曹太太一同出去上街，他俩更有了在一处喝茶与休息的机会。祥子不十分佩服老程，老程跑得很快，可是慌里慌张，而且手老拿不稳车把似的。在为人上，老程虽然怪好的，可是有了这个缺点，祥子总不能完全钦佩他。

今天，祥子觉得老程完全可爱了。坐在那儿，说不出什么来，心中可是感激，亲热。刚才，立在中海的桥上；现在，与个熟人坐在屋里；变动的急剧，使他心中发空；同时也发着些热气。

老程又钻到被窝中去，指着破皮袄说："祥子抽烟吧，兜儿里有，别野的。"别墅牌的烟自从一出世就被车夫们改为"别野"的。

祥子本不吸烟，这次好似不能拒绝，拿了支烟放在唇间吧唧着。

"怎么啦？"老程问："辞了工？"

"没有，"祥子依旧坐在铺盖上，"出了乱子！曹先生一家子全跑啦，我也不敢独自看家！"

"什么乱子？"老程又坐起来。

"说不清呢，反正乱子不小，连高妈也走了！"

"四门大开，没人管？"

"我把大门给锁上了！"

"哼！"老程寻思了半天，"我告诉王先生一声儿去好不好？"说着，就要披衣裳。

"明天再说吧，事情简直说不清！"祥子怕王先生盘问他。

祥子说不清的那点事是这样：曹先生在个大学里教几点钟功课。学校里有个叫阮明的学生，一向跟曹先生不错，时常来找他谈谈。曹先生是个社会主义者，阮明的思想更激烈，所以二人很说得来。不过，年纪与地位使他们有点小冲突：曹先生以教师的立场看，自己应当尽心的教书，而学生应当好好的交待功课，不能因为私人的感情而在成绩上马马虎虎。在阮明看呢，在这种破乱的世界里，一个有志的青年应当作些革命的事业，功课好坏可以暂且不管。他和曹先生来往，一来是为彼此还谈得来，二来是希望因为感情而可以得到够升级的分数，不论自己的考试成绩坏到什么地步。乱世的志士往往有些无赖，历史上有不少这样可原谅的例子。

到考试的时候，曹先生没给阮明及格的分数。阮明的成绩，即使曹先生给他及格，也很富余的够上了停学。可是他特别的恨曹先生。他以为曹先生太不懂面子；面子，在中国是与革命有同等价值的。因为急于作些什么，阮明轻看学问。因为轻看学问，慢慢他习惯于懒惰，想不用任何的劳力而获得大家的钦佩与爱护；无论怎说，自己的思想是前进的呀！曹先生没有给他及格的分数，分明是不了解一个有志的青年；那么，平日可就别彼此套近乎呀！既然平日交情不错，而到考试的时候使人难堪，他以为曹先生为人阴险。成绩是无可补救了；停学也无法反抗，他想在曹先生身上泄泄怒气。既然自己失了学，那么就拉个教员来陪绑。这样，既能有些事作，而且可以表现出自己的厉害，阮明不是什么好惹的！况且，若是能由这回事而打入一个新团体去，也总比没事可作强一些。

他把曹先生在讲堂上所讲的，和平日与他闲谈的，那些关于政治与社会问题的话编辑了一下，到党部去告发——曹先生在青年中宣传过激的思想。

曹先生也有个耳闻，可是他觉得很好笑。他知道自己的那点社会主义是怎样的不澈底，也晓得自己那点传统的美术爱好是怎样的妨碍着激烈的行动。可笑，居然落了个革命的导师的称号！可笑，所以也就不大在意，虽然学生和同事的都告诉他小心一些。镇定并不能——在乱世——保障安全。

寒假是肃清学校的好机会，侦探们开始忙着调查与逮捕。曹先生已有好几次觉得身后有人跟着。身后的人影使他由嬉笑改为严肃。他须想一想了：为造声誉，这是个好机会；下几天狱比放个炸弹省事，稳当，而有同样的价值。下狱是作要人的一个资格。可是，他不肯。他不肯将计就计的为自己造成虚假的名誉。凭着良心，他恨自己不能成个战士；凭着良心，他也不肯作冒牌的战士。他找了左先生去。

左先生有主意："到必要的时候，搬到我这儿来，他们还不至于搜查我来！"左先生认识人；人比法律更有力。"你上这儿来住几天，躲避躲避。总算我们怕了他们。然后再去疏通，也许还得花上俩钱。面子足，钱到手，你再回家也就没事了。"

孙侦探知道曹先生常上左宅去，也知道一追紧了的时候他必定到左宅去。他们不敢得罪左先生，而得吓下嘛就吓嘛曹先生。多咱把他赶到左宅去，他们才有拿钱的希望，而且很够面子。敲祥子，并不在侦探们的计画内，不过既然看见了祥子，带手儿的活，何必不先拾个十头八块的呢？

对了，祥子是遇到"点儿"上，活该。谁都有办法，哪里都有缝子，只有祥子跑不了，因为他是个拉车的。一个拉车的吞的是粗粮，冒出来的是血；他要卖最大的力气，得最低的报酬；要立在人间的最低处，等着一切人一切法一切困苦的击打。

把一支烟烧完，祥子还是想不出道理来，他像被厨子提在手中的鸡，只知道缓一口气就好，没有别的主意。他很愿意和老程谈一谈，可是没话可说，他的话不够表现他的心思的，他领略了一切苦处，他的口张不开，像个哑吧。买车，车丢了；省钱，钱丢了；自己一切的努力只为别人来欺侮！谁也不敢招惹，连条野狗都得躲着，临完还是被人欺侮得出不来气！

先不用想过去的事吧，明天怎样呢？曹宅是不能再回去，上哪里去呢？"我在这儿睡一夜，行吧？"他问了句，好象条野狗找到了个避风的角落，暂且先忍一会儿；不过就是这点事也得要看明白了，看看妨碍别人与否。

"你就在这儿吧，冰天雪地的上哪儿去？地上行吗？上来挤挤也行呀！"

祥子不肯上去挤，地上就很好。

老程睡去，祥子来回的翻腾，始终睡不着。地上的凉气一会儿便把褥子冰得像一张铁，他拳着腿，腿肚子似乎还要转筋。门缝子进来的凉风，像一群小针似的往头上刺。他狠狠的闭着眼，蒙上了头，睡不着。听着老程的呼声，他心中急躁，恨不能立起来打老程一顿才痛快。越来越冷，冻得嗓子中发痒，又怕把老程咳嗽醒了。

睡不着，他真想偷偷的起来，到曹宅再又看看。反正事情是吹了，院中又没有人，何不去拿几件东西呢？自己那么不容易省下的几个钱，被人抢去，为曹宅的事而被人抢去，为什么不可以去偷些东西呢。为曹宅的事丢了钱，再由曹宅给赔上，不是正合适么？这么一想，他的眼亮起来，登时忘记了冷；走哇！那么不容易得到的钱，丢了，再这么容易得回来，走！

已经坐起来，又急忙的躺下去，好像老程看着他呢！心中跳了起来。不，不能当贼，不能！刚才为自己脱干净，没去作到曹先生所嘱咐的，已经对不起人；怎能再去偷他呢？不能去！穷死，不偷！

怎知道别人不去偷呢？那个姓孙的拿走些东西又有谁知道呢？他又坐了起来。远处有个狗叫了几声。他又躺下去。还是不能去，别人去偷，偷吧，自己的良心无愧。自己穷到这样，不能再教心上多个黑点儿！

再说，高妈知道他到王家来，要是夜间丢了东西，是他也得是他，不是他也得是他！他不但不肯去偷了，而且怕别人进去了。真要是在这夜里丢了东西，自己跳到黄河里也洗不清！他不冷了，手心上反倒见了点汗。怎办呢？跳回宅里去看着？不敢。自己的命是拿饭换出来的，不能再白投罗网。不去，万一丢了东西呢？

想不出主意来。他又坐起来，躬着腿坐着，头几乎挨着了膝。头很沉，眼也要闭上，可是不敢睡。夜是那么长，只没有祥子闭一闭眼的时间。

坐了不知多久，主意不知换了多少个。他忽然心中一亮，伸手去推老程："老程！老程！醒醒！"

"干吗？"老程非常的不愿睁开眼："撒尿，床底下有夜壶。"

"你醒醒！开开灯！"

"有贼是怎着？"老程迷迷忽忽的坐起来。

"你醒明白了？"

"嗯！"

"老程，你看看！这是我的铺盖，这是我的衣裳，这是曹先生给的五块钱；没有别的了？"

"没了；干吗？"老程打了个哈欠。

"你醒明白了？我的东西就是这些，我没拿曹家一草一木？"

"没有！咱哥儿们，久吃宅门的，手儿黏贅还行吗？干得着，干；干不着，不干；不能拿人家东西！就是这个事呀？"

"你看明白了？"

老程笑了："没错儿！我说，你不冷呀？"

"行！"

十三

因有雪光，天彷佛亮得早了些。快到年底，不少人家买来鸡喂着，鸡的鸣声比往日多了几倍。处处鸡啼，大有些丰年瑞雪的景况。祥子可是一夜没睡好。到后半夜，他忍了几个盹儿，迷迷糊糊的，似睡不睡的，像浮在水上那样忽起忽落，心中不安。越睡越冷，听到了四外的鸡叫，他实在撑不住了。不愿惊动老程，他拳着腿，用被子堵上嘴咳嗽，还不敢起来。忍着，等着，心中非常的焦躁。好容易等到天亮，街上有了大车的轮声与赶车人的呼叱，他坐了起来。坐着也是冷，他立起来，系好了钮扣，开开一点门缝向外看了看。雪并没有多么厚，大概在半夜里就不下了；天似乎已晴，可是灰渌渌的看不甚清，连雪上也有一层很淡的灰影似的。一眼，他看到昨夜自己留下的大脚印，虽然又被雪埋上，可是一坑坑的还看得很真。

一来为有点事作，二来为消灭痕迹，他一声没出，在屋角摸着把笤帚，去扫雪。雪沉，不甚好扫，一时又找不到大的竹帚，他把腰弯得很低，用力去刮撞；上层的扫去，贴地的还留下一些雪粒，好像已抓住了地皮。直了两回腰，他把整个的外院全扫完，把雪都堆在两株小柳树的底下。他身上见了点汗，暖和，也轻松了一些。跺了跺脚，他吐了口长气，很长很白。

进屋，把笤帚放在原处，他想往起收拾铺盖。老程醒了，打了个哈欠，口还没并好，就手就说了话；"不早啦吧？"说得音调非常的复杂。说完，擦了擦泪，顺手向皮袄袋里摸出支烟来。吸了两口烟，他完全醒明白了。"祥子，你先别走！等我去打点开水，咱们热热的来壶茶喝。这一夜横是够你受的！"

"我去吧？"祥子也递个和气。但是，刚一说出，他便想起昨夜的恐怖，心中忽然堵成了一团。

"不；我去！我还得请请你呢！"说着，老程极快的穿上衣裳，钮扣通体没扣，只将破皮袄上拢了根搭包，叼着烟卷跑出去："喝！院子都扫完了？你真成！请请你！"

祥子稍微痛快了些。

待了会儿，老程回来了，端着两大碗甜浆粥，和不知多少马蹄烧饼与小焦油炸鬼。"没沏茶，先喝点粥吧，来，吃吧；不够，再去买；没钱，咱赊得出来；干苦活儿，就是别缺着嘴，来！"

天完全亮了，屋中冷清清的明亮，二人抱着碗喝起来，声响很大而甜美。谁也没说话，一气把烧饼油鬼吃净。

"怎样？"老程剔着牙上的一个芝麻。

"该走了！"祥子看着地上的铺盖卷。

"你说说，我到底还没明白是怎回子事！"老程递给祥子一支烟，祥子摇了摇头。

想了想，祥子不好意思不都告诉给老程了。结结巴巴的，他把昨夜晚的事说了一遍，虽然很费力，可是说得不算不完全。

老程撇了半天嘴，似乎想过点味儿来。"依我看哪，你还是找曹先生去。事情不能就这么搁下，钱也不能就这么丢了！你刚才不是说，曹先生嘱咐了你，教你看事不好就跑？那么，你一下车就教侦探给堵住，怪谁呢？不是你不忠心哪，是事儿来得太邪，你没法儿不先顾自己的命！教我看，这没有什么对不起人的地方。你去，找曹先生去，把前后的事一五一十都对他实说，我想，他必不能怪你，碰巧还许赔上你的钱！你走吧，把铺盖放在这儿，早早的找他去。天短，一出太阳就得八点，赶紧走你的！"

祥子活了心，还有点觉得对不起曹先生，可是老程说得也很近情理——侦探拿枪堵住自己，怎能还顾得曹家的事呢？

"走吧！"老程又催了句。"我看昨个晚上你是有点绕住了；遇上急事，谁也保不住迷头。我现在给你出的道儿准保不错，我比你岁数大点，总多经过些事儿。走吧，这不是出了太阳？"

朝阳的一点光，借着雪，已照明了全城。蓝的天，白的雪，天上有光，雪上有光，蓝白之间闪起一片金花，使人痛快得睁不开眼！祥子刚要走，有人敲门。老程出去看，在门洞儿里叫："祥子！找你的！"

左宅的王二，鼻子冻得滴着清水，在门洞儿里跺去脚上的雪。老程见祥子出来，让了句："都里边坐！"三个人一同来到屋中。

"那什么，"王二搓着手说，"我来看房，怎么进去呀，大门锁着呢。那什么，雪后寒，真冷！那什么，曹先生，曹太太，都一清早就走了；上天津，也许是上海，我说不清。左先生嘱咐我来看房。那什么，可真冷！"

祥子忽然的想哭一场！刚要依着老程的劝告，去找曹先生，曹先生会走了。楞了半天，他问了句："曹先生没说我什么？"

"那什么，没有。天还没亮，就都起来了，简直顾不得说话了。火车是，那什么，七点四十分就开！那什么，我怎么过那院去？"王二急于要过去。

"跳过去！"祥子看了老程一眼，彷佛是把王二交给了老程，他拾起自己的铺盖卷来。

"你上哪儿？"老程问。

"人和厂子，没有别的地方可去！"这一句话说尽了祥子心中的委屈，羞愧，与无可如何。他没别的办法，只好去投降！一切的路都封上了，他只能在雪白的地上去找那黑塔似的虎妞。他顾体面，要强，忠实，义气；都没一点用处，因为有条"狗"命！

老程接了过来："你走你的吧。这不是当着王二，你一草一木也没动曹宅的！走吧。到这条街上来的时候，进来聊会子，也许我打听出来好事，还给你荐呢。你走后，我把王二送到那边去。有煤呀？"

"煤，劈柴，都在后院小屋里。"祥子扛起来铺盖。

街上的雪已不那么白了，马路上的被车轮轧下去，露出点冰的颜色来。土道上的，被马踏的已经黑一块白一块，怪可惜的。祥子没有想什么，只管扛着铺盖往前走。一气走到了人和车厂。他不敢站住，只要一站住，他知道就没有勇气进去。他一直的走进去，脸上热得发烫。他编好了一句话，要对虎妞说："我来了，瞧着办吧！怎办都好，我没了法儿！"及至见了她，他把这句话在心中转了好几次，始终说不出来，他的嘴没有那么便利。

虎妞刚起来，头发髭髭着，眼胞儿浮肿着些，黑脸上起着一层小白的鸡皮疙疸，像拔去毛的冻鸡。

"哟！你回来啦！"非常的亲热，她的眼中笑得发了些光。

"赁给我辆车！"祥子低着头看鞋头上未化净的一些雪。

"跟老头子说去，"她低声的说，说完向东间一努嘴。

刘四爷正在屋里喝茶呢，面前放着个大白炉子，火苗有半尺多高。见祥子进来，他半恼半笑的说："你这小子还活着哪？！忘了我啦！算算，你有多少天没来了？事情怎样？买上车没有？"

祥子摇了摇头，心中刺着似的疼。"还得给我辆车拉，四爷！"

"哼，事又吹了！好吧，自己去挑一辆！"刘四爷倒了碗茶，"来，先喝一碗。"

祥子端起碗来，立在火炉前面，大口的喝着。茶非常的烫，火非常的热，他觉得有点发困。把碗放下，刚要出来，刘四爷把他叫住了。

"等等走，你忙什么？告诉你：你来得正好。二十七是我的生日，我还要搭个棚呢，请请客。你帮几天忙好了，先不必去拉车。他们，"刘四爷向院中指了指，"都不可靠，我不愿意教他们吊儿啷当的瞎起哄。你帮帮好了。该干什么就干，甭等我说。先去扫扫雪，晌午我请你吃火锅。"

"是了，四爷！"祥子想开了，既然又回到这里，一切就都交给刘家父女吧；他们爱怎么调动他，都好，他认了命！

"我说是不是？"虎姑娘拿着时候[66]进来了，"还是祥子，别人都差点劲儿。"

刘四爷笑了。祥子把头低得更往下了些。

"来，祥子！"虎妞往外叫他，"给你钱，先去买扫帚，要竹子的，好扫雪。得赶紧扫，今天搭棚的就来。"走到她的屋里，她一边给祥子数钱，一边低声的说："精神着点！讨老头子的喜欢！咱们的事有盼望！"

祥子没言语，也没生气。他好像是死了心，什么也不想，给它个混一天是一天。有吃就吃，有喝就喝，有活儿就作，手脚不闲着，几转就是一天，自己顶好学拉磨的驴，一问三不知，只会拉着磨走。

他可也觉出来，自己无论如何也不会很高兴。虽然不肯思索，不肯说话，不肯发脾气，但是心中老堵一块什么，在工作的时候暂时忘掉，只要有会儿闲工夫，他就觉出来这块东西——绵软，可是老那么大；没有什么一定的味道，可是噎得慌，像块海绵似的。心中堵着这块东西，他强打精神去作事，为是把自己累得动也不能动，好去闷睡。把夜里的事交给梦，白天的事交给手脚，他彷佛是个能干活的死人。他扫雪，他买东西，他去定煤气灯，他刷车，他搬桌椅，他吃刘四爷的犒劳饭，他睡觉，他什么也不知道，口里没话，心里没思想，只隐隐的觉到那块海绵似的东西！

地上的雪扫净，房上的雪渐渐化完，棚匠"喊高儿"上了房，支起棚架子。讲好的是可着院子[67]的暖棚，三面挂篷，三面栏杆，三面玻璃窗户。棚里有玻璃隔扇，挂画屏，见木头就包红布。正门旁门一律挂彩子，厨房搭在后院。刘四爷，因为庆九，要热热闹闹的办回事，所以第一要搭个体面的棚。天短，棚匠只扎好了棚身，上了栏杆和布，棚里的花活和门上的彩子，得到第二天早晨来挂。刘四爷为这个和棚匠大发脾气，气得脸上飞红。因为这个，他派祥子去催煤气灯，厨子，千万不要误事。其实这两件绝不会误下，可是老头子不放心。祥子为这个刚跑回来，刘四爷又教他去给借麻雀牌，借三四付，到日子非痛痛快快的赌一下不可。借来牌，又被派走去借留声机，作寿总得有些响声儿。祥子的腿没停住一会儿，一直跑到夜里十一点。拉惯了车，空着手儿走比跑还累得慌；末一趟回来，他，连他，也有点抬不起脚来了。

"好小子！你成！我要有你这么个儿子，少教我活几岁也是好的！歇着去吧，明天还有事呢！"

虎妞在一旁，向祥子挤了挤眼。

第二天早上，棚匠来找补活。彩屏悬上，画的是"三国"里的战景，三战吕布，长板坡，火烧连营等等，大花脸二花脸都骑马持着刀枪。刘老头子仰着头看了一遍，觉得很满意。紧跟着傢伙铺来卸傢伙：棚里放八个座儿，围裙椅垫凳套全是大红绣花的。一份寿堂，放在堂屋，香炉蜡仟都是景泰蓝的，桌前放了四块红毡子。刘老头子马上教祥子去请一堂苹果，虎妞背地里掖给他两块钱，教他去叫寿桃寿面，寿桃上要一份儿八仙人，作为是祥子送的。苹果买到，马上摆好；待了不大会儿，寿桃寿面也来到，放在苹果后面，大寿桃点着红嘴，插着八仙人，非常大气。

"祥子送的，看他多么有心眼！"虎妞堵着爸爸的耳根子吹嘘，刘四爷对祥子笑了笑。

寿堂正中还短着个大寿字，照例是由朋友们赠送，不必自己预备。现在还没有人送来，刘四爷性急，又要发脾气："谁家的红白事，我都跑到前面，到我的事情上了，给我个干撂台，×他妈妈的！"

"明天二十六，才落座儿，忙什么呀？"虎妞喊着劝慰。

"我愿意一下子全摆上；这么零零碎碎的看着揪心！我说祥子，水月灯[68]今天就得安好，要是过四点还不来，我剐了他们！"

"祥子，你再去催！"虎妞故意倚重他，总在爸的面前喊祥子作事。祥子一声不出，把话听明白就走。

"也不是我说，老爷子，"她撇着点嘴说，"要是有儿子，不像我就得像祥子！可惜我错投了胎。那可也无法。其实有祥子这么个干儿子也不坏！看他，一天连个屁也不放，可把事都作了！"

刘四爷没答碴儿，想了想："话匣子呢？唱唱！"

不知道由哪里借来的破留声机，每一个声音都像踩了猫尾巴那么叫得钻心！刘四爷倒不在乎，只要有点声响就好。

到下午，一切都齐备了，只等次日厨子来落座儿。刘四爷各处巡视了一番，处处花红柳绿，自己点了点头。当晚，他去请了天顺煤铺的先生给管账，先生姓冯，山西人，管账最仔细。冯先生马上过来看了看，叫祥子去买两份红账本，和一张顺红笺。把红笺裁开，他写了些寿字，贴在各处。刘四爷觉得冯先生真是心细，当时要再约两手，和冯先生打几圈麻雀。冯先生晓得刘四爷的厉害，没敢接碴儿。

牌没打成，刘四爷挂了点气，找来几个车夫，"开宝，你们有胆子没有？"

大家都愿意来，可是没胆子和刘四爷来，谁不知道他从前开过宝局！

"你们这群玩艺，怎么活着来的！"四爷发了脾气。"我在你们这么大岁数的时候，兜里没一个小钱也敢干，输了再说；来！"

"来铜子儿的？"一个车夫试着步儿问。

"留着你那铜子吧，刘四不哄孩子玩！"老头子一口吞了一杯茶，摸了摸秃脑袋。"算了，请我来也不来了！我说，你们去告诉大伙儿：明天落座儿，晚半天就有亲友来，四点以前都收车，不能出来进去的拉着车乱挤！明天的车份儿不要了，四点收车。白教你们拉一天车，都心里给我多念道点吉祥话儿，别没良心！后天正日子，谁也不准拉车。早八点半，先给你们摆，六大碗，两七寸，四个便碟，一个锅子；对得起你们！都穿上大褂，谁短撅撅的进来把谁踢出去！吃完，都给我滚，我好招待亲友。亲友们吃三个海碗，六个冷荤，六个炒菜，四大碗，一个锅子。我先交待明白了，别看着眼馋。亲友是亲友；我不要你们什么。有人心的给我出｜人枚的礼，我不嫌少；　个了儿不拿，干给我磕三个头，我也接着。就是得规规矩矩，明白了没有？晚上愿意还吃找，六点以后回来，剩多剩少全是你们的；早回来可不行！听明白了没有？"

"明天有拉晚儿的，四爷，"一个中年的车夫问，"怎么四点就收车呢？"

"拉晚的十一点以后再回来！反正就别在棚里有人的时候乱挤！你们拉车，刘四并不和你们同行，明白？"

大家都没的可说了，可是找不到个台阶走出去，立在那里又怪发僵；刘四爷的话使人人心中窝住一点气愤不平。虽然放一天车份是个便宜，可是谁肯白吃一顿，至少还不得出上四十铜子的礼；况且刘四的话是那么难听，仿佛他办寿，他们就得老鼠似的都藏起去。再说，正日子二十七不准大家出车，正赶上年底有买卖的时候，刘四牺牲得起一天的收入，大家陪着"泡"[69]一天可受不住呢！大家敢怒而不敢言的在那里立着，心中并没有给刘四爷念着吉祥话儿。

虎妞扯了祥子一下，祥子跟她走出来。

大家的怒气仿佛忽然找到了出路，都瞪着祥子的后影。这两天了，大家都觉得祥子是刘家的走狗，死命的巴结，认（任）劳认（任）怨的当碎催[70]。祥子一点也不知道这个，帮助刘家作事，为是支走心中的烦恼；晚上没话和大家说，因为本来没话可说。他们不知道他的委屈，而以为他是巴结上了刘四爷，所以不屑于和他们交谈。虎妞的照应样子，在大家心中特别的发着点酸味，想到目前的事，刘四爷不准他们在喜棚里来往，可是祥子一定可以吃一整天好的；同是拉车的，为什么有三六九等呢？看，刘姑娘又把祥子叫出去！大家的眼跟着祥子，腿也想动，都搭讪着走出来。刘姑娘正和祥子在煤气灯底下说话呢，大家彼此点了点头。

十四

刘家的事办得很热闹。刘四爷很满意有这么多人来给他磕头祝寿。更足以自傲的是许多老朋友也赶着来贺喜。由这些老友，他看出自己这场事不但办得热闹，而且"改良"。那些老友的穿戴已经落伍，而四爷的皮袍马褂都是新作的。以职业说，有好几位朋友在当年都比他阔，可是现在——经过这二三十年来的变迁——已越混越低，有的已很难吃上饱饭。看着他们，再看看自己的喜棚，寿堂，画着长板坡的挂屏，与三个海碗的席面，他觉得自己确是高出他们一头，他"改了良"。连赌钱，他都预备下麻牌，比押宝就透着文雅了许多。

可是，在这个热闹的局面中，他也感觉到一点凄凉难过。过惯了独身的生活，他原想在寿日来的人不过是铺户中的掌柜与先生们，和往日交下的外场光棍。没想到会也来了些女客。虽然虎妞能替他招待，可是他忽然感到自家的孤独，没有老伴儿，只有个女儿，而且长得像个男子。假若虎妞是个男子，当然早已成了家，有了小孩，即使自己是个老鳏夫，或者也就不这么孤苦零仃的了。是的，自己什么也不缺，只缺个儿子。自己的寿数越大，有儿子的希望便越小，祝寿本是件喜事，可是又似乎应落泪。不管自己怎样改了良，没人继续自己的事业，一切还不是白饶？

上半天，他非常的喜欢，大家给他祝寿，他大模大样的承受，彷彿觉出自己是傲（鳌）里夺尊的一位老英雄。下半天，他的气儿蹋下点去。看着女客们携来的小孩子们，他又羡慕，又忌妒，又不敢和孩子们亲近，不亲近又觉得自己彆（别）扭。他要闹脾气，又不肯登时发作，他知道自己是外场人，不能在亲友面前出丑。他愿意快快把这一天过去，不再受这个罪。

还有点美中不足的地方，早晨给车夫们摆饭的时节，祥子几乎和人打起来。

八点多就摆了饭，车夫们都有点不愿意。虽然昨天放了一天的车份儿，可是今天谁也没空着手来吃饭，一角也罢，四十子儿也罢，大小都有份儿礼金。平日，大家是苦汉，刘四是厂主；今天，据大家看，他们是客人，不应当受这种待遇。况且，吃完就得走，还不许拉出车去，大年底下的！

祥了准知道自己不在吃完就滚之列，可是他愿意和人家一块儿吃。一来是早吃完好去干事，二来是显著和气。和大家一齐坐下，大家把对刘四的不满意都挪到他身上来。刚一落座，就有人说了："哎，您是贵客呀，怎和我们坐在一处？"祥子傻笑了一下，没有听出来话里的意味。这几天了，他自己没开口说过闲话，所以他的脑子也似乎不大管事了。

大家对刘四不敢发作，只好多吃他一口吧；菜是不能添，酒可是不能有限制，喜酒！他们不约而同的想拿酒杀气。有的闷喝，有的猜开了拳；刘老头子不能拦着他们猜拳。祥子看大家喝，他不便太不随群，也就跟着喝了两盅。喝着喝着，大家的眼睛红起来，嘴不再受管辖。有的就说："祥子，骆驼，你这差事美呀！足吃一天，伺候着老爷小姐！赶明儿你不必拉车了，顶好跟包去！"祥子听出点意思来，也还没往心中去；从他一进人和厂，他就决定不再充什么英雄好汉，一切都听天由命。谁爱说什么，就说什么。他纳住了气。有的又说了："人家祥子是另走一路，咱们凭力气挣钱，人家祥子是内功！"大家全哈哈的笑起来。祥子觉出大家是"咬"他，但是那么大的委屈都受了，何必管这几句闲话呢，他还没出声。邻桌的人看出便宜来，有的伸着脖子叫："祥子，赶明儿你当了厂主，别忘了哥儿们哪！"祥子还没言语，本桌上的人又说了："说话呀，骆驼！"

祥子的脸红起来，低声说了句："我怎能当厂主？！"

"哼，你怎么不能呢，眼看着就咚咚擦[71]啦！"

祥子没绕搭过来，"咚咚嚓"是什么意思，可是直觉的猜到那是指着他与虎妞的关系而言。他的脸慢慢由红而白，把以前所受过的一切委屈都一下子想起来，全堵在心上。几天的容忍缄默似乎不能再维持，像憋（憋）足了的水，遇见个出口就要激冲出去。正当这个工夫，一个车夫又指着他的脸说："祥子，我说你呢，你才真是哑吧（叭）吃扁食，心里有数儿呢。是不是，你自己说，祥子？祥子？"

祥子猛的立了起来，脸上煞白，对着那个人问："出去说，你敢不敢？"

大家全楞住了。他们确是有心"咬"他，撒些闲盘儿，可是并没预备打架。

忽然一静，像林中的啼鸟忽然看见一只老鹰。祥子独自立在那里，比别人都高着许多，他觉出自己的孤立。但是气在心头，他仿佛也深信就是他们大家都动手，也不是他的对手。他钉了一句："有敢出去的没有？"

大家忽然想过味儿来，几乎是一齐的："得了，祥子，逗着你玩呢！"

刘四爷看见了："坐下，祥子！"然后向大家，"别瞧谁老实就欺侮谁，招急了我把你们全踢出去！快吃！"

祥子离了席。大家用眼梢儿撩着刘老头子，都拿起饭来。不大一会儿，又喊喊喳喳的说起来，像危险已过的林鸟，又轻轻的啾啾。

祥子在门口蹲了半天，等着他们。假若他们之中有敢再说闲话的，揍！自己什么都没了，给它个不论秧子吧！

可是大家三五成群的出来，并没再找寻他。虽然没打成，他到底多少出了点气。继而一想，今天这一举，可是得罪了许多人。平日，自己本来就没有知己的朋友，所以才有苦无处去诉；怎能再得罪人呢？他有点后悔。刚吃下去的那点东西在胃中横着，有点发痛。他立起来，管它呢，人家那三天两头打架闹饥荒的不也活得怪有趣吗？老实规矩就一定有好处吗？这么一想，他心中给自己另画出一条路来，在这条路上的祥子，与以前他所希望的完全不同了。这是个见人就交朋友，而处处占便宜，喝别人的茶，吸别人的烟，借了钱不还，见汽车不躲，是个地方就撒尿，成天际和巡警们耍骨头，拉到"区"里去住两三天不算什么。是的，这样的车夫也活着，也快乐，至少是比祥子快乐。好吧，老实，规矩，要强，既然都没用，变成这样的无赖也不错。不但是不错，祥子想，而且是有些英雄好汉的气概，天不怕，地不怕，绝对不低着头吃哑吧亏。对了！应当这么办！坏嘎嘎是好人削成的。

反倒有点后悔，这一架没能打成。好在不忙，从今以后，对谁也不再低头。

刘四爷的眼里不揉沙子。把前前后后所闻所见的都搁在一处，他的心中已明白了八九成。这几天了，姑娘特别的听话，哼，因为祥子回来了！看她的眼，老跟着他。老头子把这点事存在心里，就更觉得凄凉难过。想想看吧，本来就没有儿子，不能火火炽炽的凑起个家庭来；姑娘再跟人一走！自己一辈子算是白费了心机！祥子的确不错，但是提到儿婿两当，还差得多呢；一个臭拉车的！自己奔波了一辈子，打过群架，跪过铁锁，临完教个乡下脑袋连女儿带产业全搬了走？没那个便宜事！就是有，也甭想由刘四这儿得到！刘四自幼便是放屁崩坑儿的人！

下午三四点钟还来了些拜寿的，老头子已觉得索然无味，客人越称赞他硬朗有造化，他越觉得没什么意思。

到了掌灯以后，客人陆续的散去，只有十几位住得近的和交情深的还没走，凑起麻将来。看着院内的空棚，被水月灯照得发青，和撤去围裙的桌子，老头子觉得空寂无聊，仿佛看到自己死了的时候也不过就是这样，不过是把喜棚改作白棚而已。棺材前没有儿孙们穿孝跪灵，只有些不相干的人们打麻将守夜！他真想把现在未走的客人们赶出去；乘着自己有口活气，应当发发威！可是，到底不好意思拿朋友杀气。怒气便拐了湾儿，越看姑娘越不顺眼。祥子在棚里坐着呢，人模狗样的，脸上的疤被灯光照得象块玉石。老头子怎看这一对儿，怎瞥（别）扭！

虎姑娘一向野调无腔惯了，今天头上脚下都打扮着，而且得装模作样的应酬客人，既为讨大家的称赞，也为在祥子面前露一手儿。上半天倒觉得这怪有个意思，赶到过午，因有点疲乏，就觉出讨厌，也颇想找谁叫骂一场。到了晚上，她连半点耐性也没有了，眉毛自己叫着劲，老直立着。

七点多钟了，刘四爷有点发困，可是不服老，还不肯去睡。大家请他加入打几圈儿牌，他不肯说精神来不及，而说打牌不痛快，押宝或牌九才合他的脾味。大家不愿中途改变，他只好在一旁坐着。为打起点精神，他还要再喝几盅，口口声声说自己没吃饱，而且抱怨厨子赚钱太多了，菜并不丰满。由这一点上说起，他把白天所觉到的满意之处，全盘推翻：棚，家伙座儿[72]，厨子，和其他的一切都不值那么些钱，都捉了他的大头，都冤枉！

管账的冯先生，这时候，已把账杀好：进了二十五条寿幛，三堂寿桃寿面，一坛儿寿酒，两对寿烛，和二十来块钱的礼金。号数不少，可是多数的是给四十铜子或一毛大洋。

听到这个报告，刘四爷更火啦。早知道这样，就应该预备"炒菜面"！三个海碗的席吃着，就出一毛钱的人情？这简直是拿老头子当冤大脑袋！从此再也不办事，不能赔这份窝囊钱！不用说，大家连亲带友，全想白吃他一口；六十九岁的人了，反倒聪明一世，胡涂一时，教一群猴儿王八蛋给吃了！老头子越想越气，连白天所感到的满意也算成了自己的胡涂；心里这么想，嘴里就念道着，带着许多街面上已不通行了的咒骂。

朋友们还没走净，虎妞为顾全大家的面子，想拦拦父亲的撒野。可是，一看大家都注意手中的牌，似乎并没理会老头子叨唠什么，她不便于开口，省得反把事儿弄明了。由他叨唠去吧，都给他个装聋，也就过去了。

哪知道，老头子说着说着绕到她身上来。她决定不吃这一套！他办寿，她跟着忙乱了好几天，反倒没落出好儿来，她不能容让！六十九，七十九也不行，也得讲理！她马上还了回去：

"你自己要花钱办事，害着我什么啦？"

老头子遇到了反攻，精神猛然一振。"碍着你什么了？简直的就跟你！你当我的眼睛不管闲事哪？"

"你看见什么啦？我受了一天的累，临完拿我杀气呀，先等等！说吧，你看见了什么？"虎姑娘的疲乏也解了，嘴非常的灵便。

"你甭看着我办事，你眼儿热！看见？我早就全看见了，哼！"

"我干吗眼儿热呀？！"她摇幌着头说。"你到底看见了什么？"

"那不是？！"刘四往棚里一指——祥子正弯着腰扫地呢。

"他呀？"虎妞心里哆嗦了一下，没想到老头的眼睛会这么尖。"哼！他怎样？”

“不用揣着明白的，说胡涂的！”老头子立了起来。“要他没我，要我没他，干脆的告诉你得了。我是你爸爸！我应当管！”

虎妞没想到事情破的这么快，自己的计画才使了不到一半，而老头子已经点破了题！怎办呢？她的脸红起来，黑红，加上半残的粉，与青亮的灯光，好像一块煮老了的猪肝，颜色复杂而难看。她有点疲乏；被这一激，又发着肝火，想不出主意，心中很乱。她不能就这么窝回去，心中乱也得马上有办法。顶不妥当的主意也比没主意好，她向来不在任何人面前服软！好吧，爽性来干脆的吧，好坏都凭这一锤子了！

今儿个都说清了也好，就打算是这么笔账儿吧，你怎样呢？我倒要听听！这可是你自己找病，别说我有心气你！”

打牌的人们似乎听见他们父女吵嘴，可是舍不得分心看别的，为抵抗他们的声音，大家把牌更摔得响了一些，而且嘴里叫唤着红的，碰……

祥子把事儿已听明白，照旧低着头扫地，他心中有了底：说翻了，揍！

“你简直的是气我吗！”老头子的眼已瞪得极圆。“把我气死，你好去倒贴儿？甭打算，我还得活些年呢！”

“甭摆闲盘，你怎办吧？”虎妞心里噗通，嘴里可很硬。

“我怎办？不是说过了，有他没我，有我没他！我不能都便宜了个臭拉车的！”

祥子把笤帚扔了，直起腰来，看准了刘四，问：“你说谁呢？”

刘四狂笑起来：“哈哈，你这小子要造反吗？说你哪，说谁！你给我马上滚！看着你不错，赏你脸，你敢在太岁头上动土，我是干什么的，你也不打听打听！滚！永远别再教我瞧见你，上他妈的这儿找便宜来啦，啊？”

老头子的声音过大了，招出几个车夫来看热闹。打牌的人们以为刘四又和个车夫吵闹，依旧不肯抬头看看。

祥子没有个便利的嘴，想要说的话很多，可是一句也不到舌头上来。他呆呆的立在那里，直着脖子咽吐沫。

“给我滚！快滚！上这儿来找便宜？我往外掏坏的时候还没有你呢，哼！”老头子有点纯为唬嚇祥子而唬嚇了，他心中恨祥子并不像恨女儿那么厉害，就是生着气还觉得祥子的确是个老实人。

“好了，我走！”祥子没话可说，只好赶紧离开这里；无论如何，斗嘴他是斗不过他们的。

车夫们本来是看热闹，看见刘四爷骂祥子，大家还记着早晨那一场，觉得很痛快。及至听到老头子往外赶祥子,他们又向着他了 祥子受了那么多的累,过河拆桥,老头子翻脸不认人,他们替祥子不平。有的赶过来问:"怎么了,祥子?"祥子摇了摇头。

"祥子你等等走!"虎妞心中打了个闪似的,看清楚:自己的计画是没多大用处了,急不如快,得赶紧抓住祥子,别鸡也飞蛋也打了!"咱们俩的事,一条绳拴着两蚂蚱,谁也跑不了!你等等,等我说明白了!"她转过头来,冲着老头子:"干脆说了吧,我已经有了,祥子的!他上哪儿我也上哪儿!你是把我给他呢?还是把我们俩一齐赶出去?听你一句话!"

虎妞没想到事情来得这么快,把最后的一招这么早就拿出来。刘四爷更没想到事情会弄到了这步天地。但是,事已至此,他不能服软,特别是在大家面前。"你真有脸往外说,我这个老脸都替你发烧!"他打了自己个嘴巴。"呸!好不要脸!"

打牌的人们把手停住了,觉出点不大是味来,可是胡里胡涂,不知是怎回事,搭不上嘴;有的立起来,有的呆呆的看着自己的牌。

话都说出来,虎妞反倒痛快了:"我不要脸?别教我往外说你的事儿,你什么屎没拉过?我这才是头一回,还都是你的错儿:男大当娶,女大当聘,你六十九了,白活!这不是当着大众,"她向四下里一指,"咱们弄清楚了顶好,心明眼亮!就着这个喜棚,你再办一通儿事得了!"

"我?"刘四爷的脸由红而白,把当年的光棍劲儿全拿了出来:"我放把火把棚烧了,也不能给你用!"

"好!"虎妞的嘴唇哆嗦上了,声音非常的难听,"我卷起铺盖一走,你给我多少钱?"

"钱是我的,我爱给谁才给!"老头子听女儿说要走,心中有些难过,但是为斗这口气,他狠了心。

"你的钱?我帮你这些年了;没我,你想想,你的钱要不都填给野娘们才怪,咱们凭良心吧!"她的眼又找到祥子,"你说吧!"

祥子直挺挺的立在那里,没有一句话可说。

十五

讲动武，祥子不能打个老人，也不能打个姑娘。他的力量没地方用。耍无赖，只能想想，耍不出。论虎妞这个人，他满可以跺脚一跑。为目前这一场，她既然和父亲闹翻，而且愿意跟他走；骨子里的事没人晓得，表面上她是为祥子而牺牲；当着大家面前，他没法不拿出点英雄气儿来。他没话可说，只能立在那里，等个水落石出；至少他得作到这个，才能像个男子汉。

刘家父女只剩了彼此瞪着，已无话可讲；祥子是闭口无言。车夫们，不管向着谁吧，似乎很难插嘴。打牌的人们不能不说话了，静默得已经很难堪。不过，大家只能浮面皮的敷衍几句，劝双方不必太挂火，慢慢的说，事情没有过不去的。他们只能说这些，不能解决什么，也不想解决什么。见两方面都不肯让步，那么，清官难断家务事，有机会便溜了吧。

没等大家都溜净，虎姑娘抓住了天顺煤厂的冯先生："冯先生，你们铺子里不是有地方吗？先让祥子住两天。我们的事说办就快，不能长占住你们的地方。祥子你跟冯先生去，明天见，商量商量咱们的事。告诉你，我出回门子，还是非坐花轿不出这个门！冯先生，我可把他交给你了，明天跟你要人！"

冯先生直吸气，不愿负这个责任。祥子急于离开这里，说了句："我跑不了！"

虎姑娘瞪了老头子一眼，回到自己屋中，鼟嗓[73]着嗓子哭起来，把屋门从里面锁上。

冯先生们把刘四爷也劝进去，老头子把外场劲儿又拿出来，请大家别走，还得喝几盅："诸位放心，从此她是她，我是我，再也不吵嘴。走她的，只当我没有过这么个丫头。我外场一辈子，脸教她给丢净！倒退二十年，我把她们俩都活劈了！现在，随她去；打算跟我要一个小铜钱，万难！一个子儿不给！不给！看她怎么活着！教她尝尝，她就晓得了，到底是爸爸好，还是野汉子好！别走，再喝一盅！"

大家敷衍了几句，都急于躲避是非。

祥子上了天顺煤厂。

事情果然办得很快。虎妞在毛家湾一个大杂院里租到两间小北房；马上找了裱糊匠糊得四白落地；求冯先生给写了几个喜字，贴在屋中。屋子糊好，她去讲轿子：一乘满天星的轿子，十六个响器，不要金灯，不要执事。一切讲好，她自己赶了身红绸子的上轿衣；在年前赶得，省得不过破五就动针。喜日定的是大年初六，既是好日子，又不用忌门。她自己把这一切都办好，告诉祥子去从头至脚都得买新的："一辈子就这么一回！"

祥子手中只有五块钱！

虎妞又瞪了眼："怎么？我交给你那三十多块呢？"

祥子没法不说实话了，把曹宅的事都告诉了她。她眨巴着眼，似信似疑的："好吧，我没工夫跟你吵嘴，咱们各凭良心吧！给你这十五块！你要是到日子不打扮得像个新人，你可提防着！"

初六，虎妞坐上了花轿。没和父亲过一句话，没有弟兄的护送，没有亲友的祝贺；只有那些锣鼓在新年后的街上响得很热闹，花轿稳稳的走过西安门，西四牌楼，也惹起穿着新衣的人们——特别是铺户中的伙计——一些羡慕，一些感触。

祥子穿着由天桥买来的新衣，红着脸，戴着三角钱一顶的缎小帽。他仿佛忘了自己，而傻傻忽忽的看着一切，听着一切，连自己好似也不认识了。他由一个煤铺迁入裱糊得雪白的新房，不知道是怎回事：以前的事正如煤厂里，一堆堆都是黑的；现在茫然的进到新房，白得闪眼，贴着几个血红的喜字。他觉到一种嘲弄，一种白的，渺茫的，闷气。屋里，摆着虎妞原有的桌椅与床；火炉与菜案却是新的；屋角里插着把五色鸡毛的掸子。他认识那些桌椅，可是对火炉，菜案，与鸡毛掸子，又觉得生疏。新旧的器物合在一处，又使他想起过去，又担心将来。一切任人摆布，他自己既像个旧的，又像是个新的，一个什么摆设，什么奇怪的东西；他不认识了自己。也想不起哭，他想不起笑，他的大手大脚在这小而暖的屋中活动着，像小木笼里一只大兔子，眼睛红红的看着外边，看着里边，空有能飞跑的腿，跑不出去！虎妞穿着红袄，脸上抹着白粉与胭脂，眼睛溜着他。他不敢正眼看她。她也是既旧又新的一个什么奇怪的东西，是姑娘，也是娘们；像女的，又像男的；像人，又像什么凶恶的走兽！这个走兽，穿着红袄，已经捉到他，还预备着细细的收拾他。谁都能收拾他，这个走兽特别的厉害，要一刻不离的守着他，向他瞪眼，向他发笑，而且能紧紧的抱住他，把他所有的力量吸尽。他没法脱逃。他摘了那顶缎小帽，呆呆的看着帽上的红结子，直到看得眼花——一转脸，墙上全是一颗颗的红点，飞旋着，跳动着，中间有一块更大的，红的，脸上发着丑笑的虎妞！

婚夕，祥子才明白：虎妞并没有怀了孕。像变戏法的，她解释给他听："要不这么冤你一下，你怎么会死心踏地的点头呢！我在裤腰上塞了个枕头！哈哈，哈哈！"她笑得流出泪来："你个傻东西！甭提了，反正我对得起你；你是怎个人，我是怎个人？我楞和爸爸吵了，跟着你来，你还不谢天谢地？"

第二天，祥子很早就出去了。多数的铺户已经开了市，可是还有些家关着门。门上的春联依然红艳，黄的挂钱却有被风吹碎了的。街上很冷静，洋车可不少，车夫们也好似比往日精神了一些，差不离的都穿着双新鞋，车背后还有贴着块红纸儿的。祥子很羡慕这些车夫，觉得他们倒有点过年的样子，而自己是在个葫芦里弊（憋）闷了这好几天；他们都安分守己的混着，而他没有一点营生，在大街上闲幌。他不安于游手好闲，可是打算想明天的事，就得去和虎妞——他的老婆——商议；他是在老婆——这么个老婆！——手里讨饭吃。空长了那么高的身量，空有那么大的力气，没用。他第一得先伺候老婆，那个红袄虎牙的东西，吸人精血的东西；他已不是人，而只是一块肉。他没了自己，只在她的牙中挣扎着，像被猫叼住的一个小鼠。他不想跟她去商议，他得走；想好了主意，给她个不辞而别。这没有什么对不起人的地方，她是会拿枕头和他变戏法的女怪！他窝心，他不但想把那身新衣扯碎，也想把自己从内到外放在清水里洗一回，他觉得浑身都黏着些不洁净的，使人恶心的什么东西，教他从心里厌烦。他愿永远不再见她的面！

上哪里去呢？他没有目的地。平日拉车，他的腿随着别人的嘴走；今天，他的腿自由了，心中茫然。顺着西四牌楼一直往南，他出了宣武门：道是那么直，他的心更不会拐湾。出了城门，还往南，他看见个澡堂子。他决定去洗个澡。

脱得光光的，看着自己的肢体，他觉得非常的羞愧。下到池子里去，热水把全身烫得有些发木，他闭上了眼，身上麻麻酥酥的彷佛往外放射着一些积存的污浊。他几乎不敢去摸自己，心中空空的，头上流下大汗珠来。一直到呼吸已有些急促，他才懒懒的爬上来，浑身通红，像个初生下来的婴儿。他似乎不敢就那么走出来，围上条大毛巾，他还觉得自己丑陋；虽然汗珠劈嗒拍嗒的往下落，他还觉得自己不干净——心中那点污秽彷佛永远也洗不掉：在刘四爷眼中，在一切知道他的人眼中，他永远是个偷娘们的人！

汗还没完全落下去，他急忙的穿上衣服，跑了出来。他怕大家看他的赤身！出了澡堂，被凉风一飕，他觉出身上的轻松。街上也比刚才热闹的多了。响晴的天空，给人人脸上一些光华。祥子的心还是揪揪着，不知上哪里去好。往南，往东，再往南，他奔了天桥去。新年后，九点多钟，铺户的徒弟们就已吃完早饭，来到此地。各色的货摊，各样卖艺的场子，都很早的摆好占好。祥子来到，此处已经围上一圈圈的人，里边打着锣鼓。他没心去看任何玩艺，他已经不会笑。

平日，这里的说相声的，耍狗熊的，变戏法的，数来宝的，唱秧歌的，说鼓书的，练把式的，都能供给他一些真的快乐，使他张丌大嘴去笑。他舍不得北平，天桥得算一半儿原因。每逢望到天桥的席棚，与那一圈一圈儿的人，他便想起许多可笑可爱的事。现在他懒得往前挤，天桥的笑声里已经没了他的份儿。他躲开人群，向清静的地方走，又觉得舍不得！不，他不能离开这个热闹可爱的地方，不能离开天桥，不能离开北平。走？无路可走！他还是得回去跟她——跟她！——去商议。他不能走，也不能闲着，他得退一步想，正如一切人到了无可如何的时候都得退一步想。什么委屈都受过了，何必单在这一点上叫真儿呢？他没法矫正过去的一切，那么只好顺着路儿往下走吧。

他站定了，听着那杂乱的人声，锣鼓响；看着那来来往往的人，车马，忽然想起那两间小屋。耳中的声音似乎没有了，眼前的人物似乎不见了，只有那两间白，暖，贴着红喜字的小屋，方方正正的立在面前。虽然只住过一夜，但是非常的熟习亲密，就是那个穿红袄的娘们彷彿也并不足随便就可以舍弃的。立在天桥，他什么也没有，什么也不是；在那两间小屋里，他有了一切。回去，只有回去才能有办法。明天的一切都在那小屋里。羞愧，怕事，难过，都没用，打算活着，得找有办法的地方去。

他一气走回来，进了屋门，大概也就刚交十一点钟。虎妞已把午饭作好：馏的馒头，熬白菜加肉丸子，一碟虎皮冻，一碟酱萝卜。别的都已摆好，只有白菜还在火上煨着，发出些极美的香味。她已把红袄脱去，又穿上平日的棉裤棉袄，头上可是戴着一小朵绒作的红花，花上还有个小金纸的元宝。祥子看了她一眼，她不像个新妇。她的一举一动都像个多年的媳妇，麻力，老到，还带着点自得的劲儿。虽然不像个新妇，可是到底使他觉出一点新的什么来；她作饭，收拾屋子；屋子里那点香味，暖气，都是他所未曾经验过的。不管她怎样，他觉得自己是有了家。一个家总有它的可爱处。他不知怎样好了。

"上哪儿啦？你！"她一边去盛白菜，一边问。

"洗澡去了。"他把长袍脱下来。

"啊！以后出去，言语一声！别这么大咧咧的甩手一走！"

他没言语。

"会哼一声不会？不会，我教给你！"

他哼了一声，没法子！他知道娶来一位母夜叉，可是这个夜叉会作饭，会收拾屋子，会骂他也会帮助他，教他怎样也不是味儿！他吃开了馒头。饭食的确是比平日的可口，热火；可是吃着不香，嘴里嚼着，心里觉不出平日狼吞虎咽的那种痛快，他吃不出汗来。

吃完饭，他躺在了炕上，头枕着手心，眼看着棚顶。

"嗨！帮着刷傢伙！我不是谁的使唤丫头！"她在外间屋里叫。

很懒的他立起来，看了她一眼，走过去帮忙。他平日非常的勤紧，现在他憋（憋）着口气来作事。在车厂子的时候，他常帮她的忙，现在越看她越讨厌，他永远没恨人像恨她这么厉害，他说不上是为了什么。有气，可是不肯发作，全圈在心里；既不能和她一刀两断，吵架是没意思的。在小屋里转转着，他感到整个的生命是一部委屈。

收拾完东西，她四下里扫了一眼，叹了口气。紧跟着笑了笑。"怎样？"

"什么？"祥子蹲在炉旁，烤着手；手并不冷，因为没地方安放，只好烤一烤。这两间小屋的确像个家，可是他不知道往哪里放手放脚好。

"带我出去玩玩？上白云观？不，晚点了；街上蹓蹓去？"她要充分的享受新婚的快乐。虽然结婚不成个样子，可是这么无拘无束的也倒好，正好和丈夫多在一块儿，痛痛快快的玩几天。在娘家，她不缺吃，不缺穿，不缺零钱；只是没有个知心的男子。现在，她要捞回来这点缺欠，要大摇大摆的在街上，在庙会上，同着祥子去玩。

祥子不肯去。第一他觉得满世界带着老婆逛是件可羞的事，第二他以为这么来的一个老婆，只可以藏在家中；这不是什么体面的事，越少在大家眼前显排越好。还有，一出去，哪能不遇上熟人，西半城的洋车夫们谁不晓得虎妞和祥子；他不能去招大家在他背后嘀嘀咕咕。

"商量商量好不好？"他还是蹲在那里。

"有什么可商量的？"她凑过来，立在炉子旁边。

他把手拿下去，放在膝上，呆呆的看着火苗。楞了好久，他说出一句来："我不能这么闲着！"

"受苦的命！"她笑了一声。"一天不拉车，身上就痒痒，是不是？你看老头子，人家玩了一辈子，到老了还开上车厂子。他也不拉车，也不卖力气，凭心路吃饭。你也得学着点，拉一辈子车又算老几？咱们先玩几天再说，事情也不单忙在这几天上，奔什么命？这两天我不打算跟你拌嘴，你可也别成心气我！"

"先商量商量！"祥子决定不让步。既不能跺脚一走，就得想办法作事，先必得站一头儿，不能打秋千似的来回幌悠。

"好吧，你说说！"她搬过个凳子来，坐在火炉旁。

"你有多少钱？"他问。

"是不是？我就知道你要问这个吗！你不是娶媳妇呢，是娶那点钱，对不对？"

祥子像被一口风噎住，往下连咽了好几口气。刘老头子，和人和厂的车夫，都以为他是贪财，才勾搭上虎妞；现在，她自己这么说出来了！自己的车，自己的钱，无缘无故的丢掉，而今被压在老婆的几块钱底下；吃饭都得顺脊椎骨下去！他恨不能双手掐住她的脖子，掐！掐！掐！一直到她翻了白眼！把一切都掐死，而后自己抹了脖子。他们不是人，得死；他自己不是人，也死；大家不用想活着！

祥子立起来，想再出去走走；刚才就不应当回来。

看祥子的神色不对，她又软和了点儿："好吧，我告诉你。我手里一共有五百来块钱。连轿子，租房——三份儿[74]，糊棚，作衣裳，买东西，带给你，归了包堆[75]花了小一百，还剩四百来块。我告诉你，你不必着急。咱们给它个得乐且乐。你呢，成年际拉车出臭汗，也该漂漂亮亮的玩几天；我呢，当了这么些年老姑娘，也该痛快几天。等到快把钱花完，咱们还是求老头子去。我呢，那天要是不跟他闹翻了，决走不出来。现在我气都消了，爸爸到底是爸爸。他呢，只有我这么个女儿，你又是他喜爱的人，咱们服个软，给他陪个'不是'，大概也没有过不去的事。这多么现成！他有钱，咱们正当正派的承受过来，一点没有不合理的地方；强似你去给人家当牲口！过两大，你就先去一趟；他也许不见你。一次不见，再去第二次；面了都给他，他也就不能不回心转意了。然后我再去，好歹的给他几句好听的，说不定咱们就能都搬回去。咱们一搬回去，曾保挺起胸脯，谁也不敢斜眼看咱们；咱们要是老在这儿忍着，就老是一对黑人儿，你说是不是？"

祥子没有想到过这个。自从虎妞到曹宅找他，他就以为娶过她来，用她的钱买上车，自己去拉。虽然用老婆的钱不大体面，但是他与她的关系既是种有口说不出的关系，也就无可如何了。他没想到虎妞还有这么一招。把长脸往下一拉呢，自然这的确是个主意，可是祥子不是那样的人。前前后后的一想，他似乎明白了点：自己有钱，可以教别人白白的抢去，有冤无处去诉。赶到别人给你钱呢，你就非接受不可；接受之后，你就完全不能再拿自己当个人，你空有心胸，空有力量，得去当人家的奴隶：作自己老婆的玩物，作老丈人的奴仆。一个人彷佛根本什么也不是，只是一只鸟，自己去打食，便会落到网里。吃人家的粮米，便得老老实实的在笼儿里，给人家啼叫，而随时可以被人卖掉！

他不肯去找刘四爷。跟虎妞，是肉在肉里的关系；跟刘四，没有什么关系。已经吃了她的亏，不能再去央告她的爸爸！"我不愿意闲着！"他只说了这么一句，为是省得费话与吵嘴。

"受累的命吗！"她敲着撩着的说。"不爱闲着，作个买卖去。"

"我不会！赚不着钱！我会拉车，我爱拉车！"祥子头上的筋都跳起来。

"告诉你吧，就是不许你拉车！我就不许你混身臭汗，臭烘烘的上我的炕！你有你的主意，我有我的主意，看吧，看谁彆（别）扭得过谁！你娶老婆，可是我花的钱，你没往外掏一个小钱。想想吧，咱俩是谁该听谁的？"

祥子又没了话。

十六

闲到元宵节，祥子没法再忍下去了。

虎妞很高兴。她张罗着煮元宵，包饺子，白天逛庙，晚上逛灯。她不许祥子有任何主张，可是老不缺着他的嘴，变法儿给他买些作些新鲜的东西吃。大杂院里有七八户人家，多数的都住着一间房；一间房里有的住着老少七八户。这些人有的拉车，有的作小买卖，有的当巡警，有的当仆人。各人有各人的事，谁也没个空闲，连小孩子们也都提着小筐，早晨去打粥，下午去拾煤核。只有那顶小的孩子才把屁股冻得通红的在院里玩耍或打架。炉灰尘土脏水就都倒在院中，没人顾得去打扫，院子当中间儿冻满了冰，大孩子拾煤核回来拿这当作冰场，嚷闹着打冰出溜玩。顶苦的是那些老人与妇女。老人们无衣无食，躺在冰凉的炕上，干等着年轻的挣来一点钱，好喝碗粥，年轻卖力气的也许挣得得来钱，也许空手回来，回来还要发脾气，找着缝儿吵嘴。老人们空着肚子得拿眼泪当作水，咽到肚中去。那些妇人们，既得顾着老的，又得顾着小的，还得敷衍年轻挣钱的男人。她们怀着孕也得照常操作，只吃着窝窝头与白薯粥；不，不但要照常工作，还得去打粥，兜揽些活计——幸而老少都吃饱了躺下，她们得抱着个小煤油灯给人家洗，作，缝缝补补。屋子是那么小，墙是那么破，冷风从这面的墙缝钻进来，一直的从那面出去，把所有的一点暖气都带了走。她们的身上只挂着些破布，肚子盛着一碗或半碗粥，或者还有个六七个月的胎。她们得工作，得先尽着老的少的吃饱。她们混身都是病，不到三十岁已脱了头发，可是一时一刻不能闲着，从病中走到死亡；死了，棺材得去向善人们募化。那些姑娘们，十六七岁了，没有裤子，只能围着块什么破东西在屋中——天然的监狱——帮着母亲作事，赶活。要到茅房去，她们得看准了院中无人才敢贼也似的往外跑；一冬天，她们没有见过太阳与青天。那长得丑的，将来承袭她们妈妈的一切；那长得有个模样的，连自己也知道，早晚是被父母卖出，"享福去"！

就是在个这样的杂院里，虎妞觉得很得意。她是唯一的有吃有穿，不用着急，而且可以走走逛逛的人。她高扬着脸，出来进去，既觉出自己的优越，并且怕别人沾惹她，她不理那群苦人。来到这里作小买卖的，几乎都是卖那顶贱的东西，什么刮骨肉，冻白菜，生豆汁，驴马肉，都来这里找照顾主。自从虎妞搬来，什么卖羊头肉的，熏鱼的，硬面饽饽的，卤煮炸豆腐的，也在门前吆喊两声。她端着碗，扬着脸，往屋里端这些零食，小孩子们都把铁条似的手指伸在口里看着她，彷佛她是个什么公主似的。她是来享受，她不能，不肯，也不愿，看别人的苦处。

祥子第一看不上她的举动，他是穷小子出身，晓得什么叫困苦。他不愿吃那些零七八碎的东西，可惜那些钱。第二，更使他难堪的，是他琢磨出点意思来：她不许他去拉车，而每天好菜好饭的养着他，正好像养肥了牛好往外挤牛奶！他完全变成了她的玩艺儿。他看见过：街上的一条瘦老的母狗，当跑腿的时候，也选个肥壮的男狗。想起这个，他不但是厌恶这种生活，而且为自己担心。他晓得一个卖力气的汉子应当怎样保护身体，身体是一切。假若这么活下去，他会有一天成为一个干骨头架子，还是这么大，而腔儿里全是空的。他哆嗦起来。打算要命，他得马上去拉车，出去跑，跑一天，回来倒头就睡，人事不知；不吃她的好东西，也就不伺候着她玩。他决定这么办，不能再让步；她愿出钱买车呢，好；她不愿意，他会人赁车拉。一声没出，他想好就去赁车了。

十七那天，他开始去拉车，赁的是"整天儿"。拉过两个较长的买卖，他觉出点以前未曾有过的毛病，腿肚子发紧，跨骨轴儿发酸。他晓得自己的病原在哪里，可是为安慰自己，他以为这大概也许因为二十多天没拉车，把腿摺生了；跑过几趟来，把腿蹓开，或者也就没事了。

又拉上个买卖，这回是帮儿车，四辆一同走。抄起车把来，大家都让一个四十多岁的高个子在前头走。高个子笑了笑，依了实，他知道那三辆车都比他自己"棒"。他可是卖了力气，虽然明知跑不过后面的三个小伙子，可是不肯以（倚）老卖老。跑出一里多地，后面夸了他句："怎么着，要劲儿吗？还真不离！"他喘着答了句："跟你们哥儿们走车，慢了还行？！"他的确跑得不慢，连祥子也得掏七八成劲儿才跟得上他。他的跑法可不好看：高个子，他塌不下腰去，腰和背似乎是块整的木板，所以他的全身得整个的往前扑着；身子向前，手就显著靠后；不像跑，而像是拉着点东西往前钻。腰死板，他的跨骨便非活动不可；脚几乎是拉拉在地上，加紧的往前扭。扭得真不慢，可是看着就知道他极费力。到拐湾抹角的地方，他整着身子硬拐，大家都替他攥着把汗；他老像是只管身子往前钻，而不管车过得去过不去。

拉到了，他的汗劈嗒拍嗒的从鼻尖上，耳朵唇上，一劲儿往下滴嗒。放下车，他赶紧直了直腰，裂了裂嘴。接钱的时候，手都哆嗦得要拿不住东西似的。

在一块儿走过一趟车便算朋友，他们四个人把车放在了一处。祥子们擦擦汗，就照旧说笑了。那个高个子独自蹓了半天，哽哽的干嗽了一大阵，吐出许多白沫子来，才似乎缓过点儿来，开始跟他们说话儿：

"完了！还有那个心哪；腰，腿，全不给劲喽！无论怎么提腰，腿抬不起来；干著急！"

"刚才那两步就不离，你当是慢哪！"一个二十多岁矮身量的小伙子接过来："不屈心，我们三个都够棒的，谁没出汗？"

高个子有点得意，可又惭愧似的，叹了口气。

"就说你这个跑法，差不离的还真得教你给撅[76]了，你信不信？"另一个小伙子说。"岁数了，不是说着玩的。"

高个子微笑着，摇了摇头："也还不都在乎岁数，哥儿们！我告诉你一句真的，干咱们这行儿的，别成家，真的！"看大家都把耳朵递过来，他放小了点声儿："一成家，黑天白日全不闲着，玩完！瞧瞧我的腰，整的，没有一点活软气！还是别跑紧了，一咬牙就咳嗽，心口窝辣蒿蒿的！甭说了，干咱们这行儿的就得它妈的打一辈子光棍儿！连它妈的小家雀儿都一对一对儿的，不许咱们成家！还有一说，成家以后，一年一个孩子，我现在有五个了！全张着嘴等着吃！车份大，粮食贵，买卖苦，有什么法儿呢！不如打一辈子光棍，犯了劲上白房子，长上杨梅大疮，认命！一个人，死了就死了！这玩艺一成家，连大带小，好几口儿，死了也不能闭眼！你说是不是？"他问祥子。

祥子点了点头，没说出话来。

这阵儿，来了个座儿，那个矮子先讲的价钱，可是他让了，叫着高个子："老大哥，你拉去吧！这玩艺家里还有五个孩子呢！"

高个子笑了："得，我再奔一趟！按说可没有这么办的！得了，回头好多带回几个饼子去！回头见了，哥儿们！"

看着高个子走远了，矮子自言自语的说："混它妈的一辈子，连个媳妇都摸不着！人家它妈的宅门里，一人搂着四五个娘们！"

"先甭提人家，"另个小伙子把话接过去。"你瞧干这个营生的，还真得留神，高个子没说错。你就这么说吧，成家为干吗？能摆着当玩艺儿看？不能！好，这就是楼子[77]！成天啃窝窝头，两气夹攻，多么棒的小伙子也得爬下！"

听到这儿，祥子把车拉了起来，搭讪着说了句："往南放放，这儿没买卖。"

"回见！"那两个年轻的一齐说。

祥子彷彿没有听见。一边走一边踢腿，跨骨轴的确还有点发酸！本想收车不拉了，可是简直没有回家的勇气。家里的不是个老婆，而是个吸人血的妖精！

天已慢慢长起来，他又转幌了两三趟，才刚到五点来钟。他交了车，在茶馆里又耗了会儿。喝了两壶茶，他觉出饿来，决定在外面吃饱再回家。吃了十二两肉饼，一碗红豆小米粥，一边打着响膈一边慢慢往家走。准知道家里有个雷等着他呢，可是他很镇定；他下了决心：不跟她吵，不跟她闹，倒头就睡，明天照旧出来拉车，她爱怎样怎样！

一进屋门，虎妞在外间屋里坐着呢，看了他一眼，脸沉得要滴下水来。祥子打算合合稀泥，把长脸一拉，招呼她一声。可是他不惯作这种事，他低着头走进里屋去。她一声没响，小屋里静得象个深山古洞似的。院中街坊的咳嗽，说话，小孩子哭，都听得极真，又像是极远，正似在山上听到远处的声音。

两人谁也不肯先说话，闭着嘴先后躺下了，像一对永不出声的大龟似的。睡醒一觉，虎妞说了话，语音带出半恼半笑的意思："你干什么去了？整走了一天！"

"拉车去了！"他似睡似醒的说，嗓子里彷佛堵着点什么。

"呕！不出臭汗去，心里痒痒，你个贱骨头！我给你炒下的菜，你不回来吃，绕世界胡塞去舒服？你别把我招翻了，我找爸爸是光棍出身，我什么事都作得出来！明天你敢再出去，我就上吊给你看看，我说得出来，就行得出来！"

"我不能闲着！"

"你不会找老头子去？"

"不去！"

"真豪横！"

祥子真挂了火，他不能还不说出心中的话，不能再忍："拉车，买上自己的车，谁拦着我，我就走，永不回来了！"

"嗯——"她鼻中旋转着这个声儿，很长而曲折。在这个声音里，她表示出自傲与轻视祥子的意思来，可是心中也在那儿绕了个湾川。她知道祥子是个——虽然很老实——硬汉。硬汉的话是向不说着玩的。好容易捉到他，不能随便的放手。他是理想的人：老实，勤俭，壮实；以她的模样年纪说，实在不易再得个这样的宝贝。能刚能柔才是本事，她得溅泼[78]他一把儿："我也知道你是要强啊，可是你也得知道我是真疼你。你要是不肯找老头子去呢，这么办：我去找。反正我是他的女儿，丢个脸也没什么的。"

"老头要咱们，我也还得去拉车！"祥子愿把话说到了家。

虎妞半天没言语。她没想到祥子会这么聪明。他的话虽然是这么简单，叮是显然的说出来他不再上她的套儿，他并不是个蠢驴。因此，她才越觉得有点意思，她颇得用点心思才能拢得住这个急了也会撂蹶子[79]的大人，或是大东西。她不能太逼紧了，找这么个大东西不是件很容易的事。她得松一把，紧一把，教他老逃不出她的手心儿去。"好吧，你爱拉车，我也无法。你得起誓，不能去拉包车，天天得回来；你瞧，我要是一天看不见你，我心里就发慌！答应我，你天天晚上准早早的回来！"

祥子想起白天高个子的话！睁着眼看着黑暗，看见了一群拉车的，作小买卖的，卖苦力气的，腰背塌不下去，拉拉着腿。他将来也是那个样。可是他不便于再撇（别）扭她，只要能拉车去，他已经算得到一次胜利。"我老拉散座！"他答应下来。

虽然她那么说，她可是并不很热心找刘四爷去。父女们在平日自然也常拌嘴，但是现在的情形不同了，不能那么三说两说就一天云雾散，因为她已经不算刘家的人。出了嫁的女人跟娘家父母总多少疏远一些。她不敢直入公堂的回去。万一老头子真翻脸不认人呢，她自管会闹，他要是死不放手财产，她一点法儿也没有。就是有人在一旁调解着，到了无可如何的时候，也只能劝她回来，她有了自己的家。

祥子照常去拉车，她独自在屋中走来走去，几次三番的要穿好衣服找爸爸去，心想到而手懒得动。她为了难。为自己的舒服快乐，非回去不可；为自己的体面，以不去为是。假若老头子消了气呢，她只要把祥子拉到人和厂去，自然会教他有事作，不必再拉车，而且稳稳当当的能把爸爸的事业拿过来。她心中一亮。假若老头子硬到底呢？她丢了脸，不，不但丢了脸，而且就得认头作个车夫的老婆了；她，哼！和杂院里那群妇女没有任何分别了。她心中忽然漆黑。她几乎后悔嫁了祥子，不管他多么要强，爸爸不点头，他一辈子是个拉车的。想到这里，她甚至想独自回娘家，跟祥子一刀两断，不能为他而失去自己的一切。继而一想，跟着祥子的快活，又不是言语所能形容的。她坐在炕头上，呆呆的，渺茫的，追想婚后的快乐；这点快乐也不在这儿，只是那么一点说不上来的什么意思，全身像一朵大的红花似的，香暖的在阳光下开开。不，舍不得祥子。任凭他去拉车，他去要饭，也得永远跟着他。看，看院里那些妇女，她们要是能受，她也就能受。散了，她不想到刘家去了。

祥子，自从离开人和厂，不肯再走西安门大街。这两天拉车，他总是出门就奔东城，省得西城到处是人和厂的车，遇见怪不好意思的。这一天，可是，收车以后，他故意的由厂子门口过，不为别的，只想看一眼。虎妞的话还在他心中，彷佛他要试验试验有没有勇气回到厂中来，假若虎妞能跟老头子说好了的话；在回到厂子以前，先试试敢走这条街不敢。把帽子往下拉了拉，他老远的就溜着厂子那边，唯恐被熟人看见。远远的看见了车门的灯光，他心中不知怎的觉得非常的难过。想起自己初到这里来的光景，想起虎妞的诱惑，想起寿日晚间那一场。这些，都非常的清楚，像一些图画浮在眼前。在这些图画之间，还另外有一些，清楚而简短的夹在这几张中间：西山，骆驼，曹宅，侦探……都分明的，可怕的，联成一片。这些图画是那么清楚，他心中反倒觉得有些茫然，几乎像真是看着几张画儿，而忘了自己也在里边。及至想到自己与它们的关系，他的心乱起来，它们忽然上下左右的旋转，零乱而迷糊，他无从想起到底为什么自己应当受这些折磨委屈。这些场面所占的时间似乎是很长，又似乎是很短，他闹不清自己是该多大岁数了。他只觉得自己——比起初到人和厂的时候来——老了许多许多。那时候，他满心都是希望；现在，一肚子都是忧虑。不明白是为什么，可是这些图画决不会欺骗他。

眼前就是人和厂了，他在街的那边立住，呆呆的看着那盏极明亮的电灯。看着看着，猛然心里一动。那灯下的四个金字——人和车厂——变了样儿！他不识字，他可是记得头一个字是什么样子：像两根棍儿联在一处，既不是个叉子，又没作成个三角，那么个简单而奇怪的字。由声音找字，那大概就是"人"。这个"人"改了样儿，变成了"仁"——比"人"更奇怪的一个字。他想不出什么道理来。再看东西间——他永远不能忘了的两间屋子——都没有灯亮。

立得他自己都不耐烦了，他才低着头往家走。一边走着一边寻思，莫非人和厂倒出去了？他得慢慢的去打听，先不便对老婆说什么。回到家中，虎妞正在屋里嗑瓜子儿解闷呢。

"又这么晚！"她的脸上没有一点好气儿。"告诉你吧，这么着下去我受不了！你一出去就是一天，我许窝儿不敢动，一院了穷鬼，怕丢了东西。 又到晚连句话都没地方说去，不行，我不是木头人。你想主意得了，这么着不行！"

祥子一声没出。

"你说话呀！成心逗人家的火是怎么着？你有嘴没有？有嘴没有？"她的话越说越快，越脆，像一挂小炮似的连连的响。

祥子还是没有话说。

"这么着得了，"她真急了，可是又有点无可如何他的样子，脸上既非哭，又非笑，那么十分焦躁而无法尽量的发作。"咱们买两辆车赁出去，你在家里吃车份儿行不行？行不行？"

"两辆车一天进上三毛钱，不够吃的！赁出一辆，我自己拉一辆，凑合了！"祥子说得很慢，可是很自然；听说买车，他把什么都忘了。

"那还不是一样？你还是不着家儿！"

"这么着也行，"祥子的主意似乎都跟着车的问题而来，"把一辆赁出去，进个整天的份儿。那一辆，我自己拉半天，再赁出半天去。我要是拉白天，一早儿出去，三点钟就回来；要拉晚儿呢，三点才出去，夜里回来。挺好！"

她点了点头。"等我想想吧，要是没有再好的主意，就这么办啦。"

祥子心中很高兴。假若这个主意能实现，他算是又拉上了自己的车。虽然是老婆给买的，可是慢慢的攒钱，自己还能再买车。直到这个时候，他才觉出来虎妞也有点好处，他居然向她笑了笑，一个天真的，发自内心的笑，彷佛把以前的困苦全一笔勾销，而笑着换了个新的世界，像换一件衣服那么容易，痛快！

十七

　　祥子慢慢的把人和厂的事打听明白：刘四爷把一部分车卖出去，剩下的全倒给了西城有名的一家车主。祥子能猜想得出，老头子的岁数到了，没有女儿帮他的忙，他弄不转这个营业，所以干脆把它收了，自己拿着钱去享福。他到哪里去了呢？祥子可是没有打听出来。

　　对这个消息，他说不上是应当喜欢，还是不喜欢。由自己的志向与豪横说，刘四爷既决心弃舍了女儿，虎妞的计画算是全盘落了空；他可以老老实实的去拉车挣饭吃，不依赖着任何人。由刘四爷那点财产说呢，又实在有点可惜；谁知道刘老头子怎么把钱攘出去呢，他和虎妞连一个铜子也没沾润着。

　　可是，事已至此，他倒没十分为它思索，更说不到动心。他是这么想，反正自己的力气是自己的，自己肯卖力挣钱，吃饭是不成问题的。他一点没带着感情，简单的告诉了虎妞。

　　她可动了心。听到这个，她马上看清楚了自己的将来——完了！什么全完了！自己只好作一辈子车夫的老婆了！她永远逃不出这个大杂院去！她想到爸爸会再娶上个老婆，而决没想到会这么抖手一走。假若老头子真娶上个小老婆，虎妞会去争财产，说不定还许联络好了继母，而自己得点好处……主意有的是，只要老头子老开着车厂子。决没想到老头子会这么坚决，这么毒辣，把财产都变成现钱，偷偷的藏起去！原先跟他闹翻，她以为不过是一种手段，必会不久便言归于好，她晓得人和厂非有她不行；谁能想到老头子会撒手了车厂子呢？！

　　春已有了消息，树枝上的鳞苞已显着红肥。但在这个大杂院里，春并不先到枝头上，这里没有一棵花木。在这里，春风先把院中那块冰吹得起了些小麻子坑儿，从秽土中吹出一些腥臊的气味，把鸡毛蒜皮与碎纸吹到墙角，打着小小的旋风。杂院里的人们，四时都有苦恼。那老人们现在才敢出来晒晒暖；年轻的姑娘们到现在才把鼻尖上的煤污减去一点，露出点红黄的皮肤来；那些妇女们才敢不甚惭愧的把孩子们赶到院中去玩玩；那些小孩子们才敢扯着张破纸当风筝，随意的在院中跑，而不至把小黑手儿冻得裂开几道口子。但是，粥厂停了锅，放赈的停了米，行善的停止了放钱；把苦人们彷彿都交给了春风与春光！正是春麦刚绿如小草，陈粮缺欠的时候，粮米照例的长了价钱。天又加长，连老人们也不能老早的就躺下，去用梦欺骗着饥肠。春到了人间，在这大杂院里只增多了困难。长老了的虱子——特别的厉害——有时爬到老人或小儿的棉花疙疸外，领略一点春光！

虎妞看着院中将化的冰，与那些破碎不堪的衣服，闻着那复杂而微有些热气的味道，听着老人们的哀叹与小儿哭叫，心中凉了半截。在冬天，人都躲在屋里，脏东西都冻在冰上；现在，人也出来，东西也显了原形，连碎砖砌的墙都往下落土，似乎预备着到了雨天便塌倒。满院花花绿绿，开着穷恶的花，比冬天要更丑陋着好几倍。哼，单单是在这时候，她觉到她将永远住在此地；她那点钱有花完的时候，而祥子不过是个拉车的！

教祥子看家，她上南苑去找姑妈，打听老头子的消息。姑妈说四爷确是到她家来过一趟，大概是正月十二那天吧，一来是给她道谢，二来为告诉她，他打算上天津，或上海，玩玩去。他说，混了一辈了而没出过京门，到底算不了英雄，乘着还有口气儿，去到各处见识见识。再说，他自己也没脸再在城里混，因为自己的女儿给他丢了人。姑妈的报告只是这一点，她的评断就更简单：老头子也许真出了外，也许光这么说说，而在什么僻静地方藏着呢；谁知道！

回到家，她一头扎在炕上，闷闷的哭起来，一点虚伪狡诈也没有的哭了一大阵，把眼胞都哭肿。

哭完，她抹着泪对祥子说："好，你豪横！都得随着你了！我这一宝押错了地方。嫁鸡随鸡，什么也甭说了。给你一百块钱，你买车拉吧！"

在这里，她留了个心眼：原本想买两辆车，一辆让祥子自拉，一辆赁出去。现在她改了主意，只买一辆，教祥子去拉；其余的钱还是在自己手中拿着。钱在自己的手中，势力才也在自己身上，她不肯都掏出来；万一祥子——在把钱都买了车之后——变了心呢？这不能不防备！再说呢，刘老头子这样一走，使她感到什么也不可靠，明天的事谁也不能准知道，顶好是得乐且乐，手里得有俩钱，爱吃口什么就吃口，她一向是吃惯了零嘴的。掌祥子挣米的——他是头等的车大——过日子，再有自己的那点钱垫补着自己零花，且先顾眼前欢吧。钱有花完的那一天，人可是也不会永远活着！嫁个拉车的——虽然是不得已——已经是委屈了自己，不能再天天手背朝下跟他要钱，而自己袋中没一个铜子。这个决定使她又快乐了点，虽然明知将来是不得了，可是目前总不会立刻就头朝了下；彷彿是走到日落的时候，远处已然暗淡，眼前可是还有些亮儿，就趁着亮儿多走几步吧。

祥子没和她争竞，买一辆就好，只要是自己的车，一天好歹也能拉个六七毛钱，可以够嚼谷。不但没有争辩，他还觉得有些高兴。过去所受的辛苦，无非为是买上车。现在能再买上，那还有什么可说呢？自然，一辆车而供给两个人儿吃，是不会剩下钱的；这辆车有拉旧了的时候，而没有再制买新车的预备，危险！可是，买车既是那么不易，现在能买上也就该满意了，何必想到那么远呢！

杂院里的二强子正要卖车。二强子在去年夏天把女儿小福子——十九岁——卖给了一个军人。卖了二百块钱。小福子走后，二强子颇阔气了一阵，把当都赎出来，还另外作了几件新衣，全家都穿得怪齐整的。二强嫂是全院里最矮最丑的妇人，嚼脑门，大腮梆，头上没有什么头发，牙老露在外边，脸上被雀斑占满，看着令人恶心。她也红着眼皮，一边哭着女儿，一边穿上新蓝大衫。二强子的脾气一向就暴，卖了女儿之后，常喝几盅酒，酒后眼泪在眼圈里，就特别的好找毛病。二强嫂虽然穿上新大衫，也吃口饱饭，可是乐不抵苦，挨揍的次数比以前差不多增加了一倍。二强子四十多了，打算不再去拉车。于是买了付筐子，弄了个杂货挑子，瓜果梨桃，花生烟卷，货很齐全。作了两个月的买卖，粗粗的一搂账，不但是赔，而且赔得很多。拉惯了车，他不会对付买卖；拉车是一冲一撞的事，成就成，不成就拉倒；作小买卖得苦对付，他不会。拉车的人晓得怎么赊东西，所以他磨不开脸不许熟人们欠账；欠下，可就不容易再要回来。这样，好照顾主儿拉不上，而与他交易的都贪着赊了不给，他没法不赔钱。赔了钱，他难过；难过就更多喝酒。醉了，在外面时常和巡警们吵，在家里拿老婆孩子杀气。得罪了巡警，打了老婆，都因为酒。酒醒过来，他非常的后悔，苦痛。再一想，这点钱是用女儿换来的，白白的这样赔出去，而且还喝酒打人，他觉得自己不是人。在这种时候，他能懊睡一天，把苦恼交给了梦。

他决定放弃了买卖，还去拉车，不能把那点钱全白白的糟践了。他买上了车。在他醉了的时候，他一点情理不讲。在他清醒的时候，他顶爱体面。因为爱体面，他往往摆起穷架子，事事都有个谱儿。买了新车，身上也穿得很整齐，他觉得他是高等的车夫，他得喝好茶叶，拉体面的座儿。他能在车口上，亮着自己的车，和身上的白裤褂，和大家谈天，老不屑于张罗买卖。他一会儿拍拍的用新蓝布掸子抽抽车，一会儿跺跺自己的新白底双脸鞋，一会儿眼看着鼻尖，立在车旁微笑，等着别人来夸奖他的车，然后就引起话题，说上没完。他能这样白"泡"一两天。及至他拉上了个好座儿，他的腿不给他的车与衣服作劲，跑不动！这个，又使他非常的难过。一难过就想到女儿，只好去喝酒。这么样，他的钱全白垫出去，只剩下那辆车。

在立冬前后吧，他又喝醉。一进屋门，两个儿子——一个十三，一个十一岁——就想往外躲。这个招翻了他，给他们一人一脚。二强嫂说了句什么，他奔了她去，一脚踹在小肚子上，她躺在地上半天没出声。两个孩子急了，一个拿起煤铲，一个抄起擀面杖，和爸爸拚了命。三个打在一团，七手八脚的又踩了二强嫂几下。街坊们过来，好容易把二强子按倒在炕上，两个孩子抱着妈妈哭起来。二强嫂醒了过来，可是始终不能再下地。到腊月初三，她的呼吸停止了，穿着卖女儿时候作的蓝大衫。二强嫂的娘家不答应，非打官司不可。经朋友们死劝活劝，娘家的人们才让了步，二强子可也答应下好好的发送她，而且给她娘家人十五块钱。他把车押出去，押了六十块钱。转过年来，他想出手那辆车，他没有自己把它赎回来的希望。在喝醉的时候，他倒想卖个儿子，但是绝没人要。他也曾找过小福子的丈夫，人家根本不承认他这么个老丈人，别的话自然不必再说。

祥子晓得这辆车的历史，不很喜欢要它，车多了去啦，何必单买这一辆，这辆不吉祥的车，这辆以女儿换来，而因打死老婆才出手的车！虎妞不这么看，她想用八十出头买过来，便宜！车才拉过半年来的，连皮带的颜色还没怎么变，而且地道是西城的名厂德成家造的。买辆七成新的，还不得个五六十块吗？她舍不得这个便宜。她也知道过了年不久，处处钱紧，二强子不会卖上大价儿，而又急等着用钱。她亲自去看了车，亲自和二强子讲了价，过了钱；祥子只好等着拉车，没说什么，也不便说什么，钱既不是他自己的。把车买好，他细细看了看，的确骨力硬棒。可是他总觉得有点彆（别）扭。最使他不高兴的是黑漆的车身，而配着一身白铜活，在二强子打这辆车的时候，原为黑白相映，显着漂亮；祥子老觉得这有点丧气，像穿孝似的。他很想换一份套子，换上土黄或月白色儿的，或者足以减去一点素净劲儿。可是他没和虎妞商议，省得又招她一顿闲话。

拉出这辆车去，大家都特别注意，有人竟自管它叫作"小寡妇"。祥子心里不痛快。他变着法儿不去想它，可是车是一天到晚的跟着自己，他老毛毛咕咕的，似乎不知哪时就要出点岔儿。有时候忽然想起二强子，和二强子的遭遇，他彷彿不是拉着辆车，而是拉着口棺材似的。在这辆车上，他时时看见一些鬼影，彷彿是。

可是，自从拉上这辆车，并没有出什么错儿，虽然他心中嘀嘀咕咕的不安。天是越来越暖和了，脱了棉的，几乎用不着夹衣，就可以穿单裤单褂了；北平没多少春天。天长得几乎使人不耐烦了，人人觉得困倦。祥子一清早就出去，转转到四五点钟，已经觉得卖够了力气。太阳可是还老高呢。他不愿再跑，可又不肯收车，犹疑不定的打着长而懒的哈欠。

天是这么长，祥子若是觉得疲倦无聊，虎妞在家中就更寂寞。冬天，她可以在炉旁取暖，听着外边的风声，虽然苦闷，可是总还有点"不出去也好"的自慰。现在，火炉搬到檐下，在屋里简直无事可作。院里又是那么脏臭，连棵青草也没有。到街上去，又不放心街坊们，就是去买趟东西也得直去直来，不敢多散逛一会儿。她好像圈在屋里的一个蜜蜂，白白的看着外边的阳光而飞不出去。跟院里的妇女们，她谈不到一块儿。她们所说的是家长里短，而她是野调无腔的惯了，不爱说，也不爱听，这些个。她们的委屈是由生活上的苦痛而来，每一件小事都可以引下泪来；她的委屈是一些对生活的不满意，她无泪可落，而是想骂谁一顿，出出闷气。她与她们不能彼此了解，所以顶好各干各的，不必过话[80]。

一直到了四月半，她才有了个伴儿。二强子的女儿小福子回来了。小福子的"人"[81]是个军官。他到处都安一份很简单的家，花个一百二百的弄个年轻的姑娘，再买份儿大号的铺板与两张椅子，便能快乐的过些日子。等军队调遣到别处，他撒手一走，连人带铺板放在原处。花这么一百二百的，过一年半载，并不吃亏，单说缝缝洗洗衣服，作饭，等等的小事，要是雇个仆人，连吃带挣的月间不也得花个十块八块的吗？这么娶个姑娘呢，既是仆人，又能陪着睡觉，而且准保干净没病。高兴呢，给她裁件花布大衫，块儿多钱的事。不高兴呢，教她光眼子在家里蹲着，她也没什么办法。等到他开了差呢，他一点也不可惜那份铺板与一两把椅子，因为欠下的两个月房租得由她想法子给上，把铺板什么折卖了还许不够还这笔账的呢。

小福子就是把铺板卖了，还上房租，只穿着件花洋布大衫，戴着一对银耳环，回到家中来的。

二强子在卖了车以后，除了还上押欺与利钱，还剩下二十来块。有时候他觉得是中年丧妻，非常的可怜；别人既不怜惜他，他就自己喝盅酒，喝口好东西，自怜自慰。在这种时候，他彷佛跟钱有仇似的，拚命的乱花。有时候他又以为更应当努力去拉车，好好的把两个男孩拉扯大了，将来也好有点指望。在这么想到儿子的时候，他就嘎七马八的买回一大堆食物，给他们俩吃。看他俩狼吞虎咽的吃那些东西，他眼中含着泪，自言自语的说："没娘的孩子！苦命的孩子！爸爸去苦奔，奔的是孩子！我不屈心，我吃饱吃不饱不算一回事，得先让孩子吃足！吃吧！你们长大成人别忘了我就得了！"在这种时候，他的钱也不少花。慢慢的二十来块钱就全垫出去了。

没了钱，再赶上他喝了酒，犯了脾气，他一两天不管孩子们吃了什么。孩子们无法，只好得自己去想主意弄几个铜子，买点东西吃。他们会给办红白事的去打执事，会去跟着土车拾些碎铜烂纸，有时候能买上几个烧饼，有时候只能买一斤麦茬白薯，连皮带须子都吞了下去，有时候俩人才有一个大铜子，只好买了落花生或铁蚕豆，虽然不能挡饥，可是能多嚼一会儿。

小福子回来了，他们见着了亲人，一人抱着她一条腿，没有话可说，只流着泪向她笑。妈妈没有了，姐姐就是妈妈！

二强子对女儿回来，没有什么表示。她回来，就多添了个吃饭的。可是，看着两个儿子那样的欢喜，他也不能不承认家中应当有个女的，给大家作作饭，洗洗衣裳。他不便于说什么，走到哪儿算哪儿吧。

小福子长得不难看。虽然原先很瘦小，可是自从跟了那个军官以后，很长了些肉，个子也高了些。圆脸，眉眼长得很匀调，没有什么特别出色的地方，可是结结实实的并不难看。上唇很短，无论是要生气，还是要笑，就先张了唇，露出些很白而齐整的牙来。那个军官就是特别爱她这些牙。露出这些牙，她显出一些呆傻没主意的样子，同时也彷佛有点娇憨。这点神气使她——正如一切贫而不难看的姑娘——像花草似的，只要稍微有点香气或颜色，就被人挑到市上去卖掉。

虎妞，一向不答理院中的人们，可是把小福子看成了朋友。小福子第一是长得有点模样，第二是还有件花洋布的长袍，第三是虎妞以为她既嫁过了军官，总得算见过了世面，所以肯和她来往。妇女们不容易交朋友，可是要交往就很快；没有几天，她俩已成了密友。虎妞爱吃零食，每逢弄点瓜子儿之类的东西，总把小福子喊过来，一边说笑，　边吃着。在说笑之中，小福子愚傻的露出白牙，告诉好多虎妞所没听过的事。随着军官，她并没享福，可是军官高了兴，也带她吃回饭馆，看看戏，所以她很有些事情说，说出来教虎妞羡慕。她还有许多说不出口的事：在她，这是蹂躏；在虎妞，这是些享受。虎妞央告着她说，她不好意思讲，可是又不好意思拒绝。她看过春宫，虎妞就没看见过。诸如此类的事，虎妞听了一遍，还爱听第二遍。她把小福子看成个最可爱，最可羡慕，也值得嫉妒的人。听完这个，再看自己的模样，年岁，与丈夫，她觉得这一辈子太委屈。她没有过青春，而将来也没有什么希望，现在呢，祥子又是那么死砖头似的一块东西！越不满意祥子，她就越爱小福子，小福子虽然是那么穷，那么可怜，可是在她眼中是个享过福，见过阵式的，就是马上死了也不冤。在她看，小福子就足代表女人所应有的享受。

小福子的困苦，虎妞好像没有看见。小福子什么也没有带回来，她可是得——无论爸爸是怎样的不要强——顾着两个兄弟。她哪儿去弄钱给他俩预备饭呢？

二强子喝醉，有了主意："你要真心疼你的兄弟，你就有法儿挣钱养活他们！都指着我呀，我成天际去给人家当牲口，我得先吃饱；我能空着肚子跑吗？教我　个跟头摔死，你看着可乐是怎着？你闲着也是闲着，有现成的，不卖等什么？"

看看醉猫似的爸爸，看看自己，看看两个饿得像老鼠似的弟弟，小福只剩了哭。眼泪感动不了父亲，眼泪不能喂饱了弟弟，她得拿出更实在的来。为教弟弟们吃饱，她得卖了自己的肉。搂着小弟弟，她的泪落在他的头发上他说："姐姐，我饿！"姐姐！姐姐是块肉，得给弟弟吃！

虎妞不但不安慰小福子，反倒愿意帮她的忙：虎妞愿意拿出点资本，教她打扮齐整，挣来钱再还给她。虎妞愿意借给她地方，因为她自己的屋子太脏，而虎妞的多少有个样子，况且是两间，大家都有个转身的地方。祥子白天既不会回来，虎妞乐得的帮忙朋友，而且可以多看些，多明白些，自己所缺乏的，想作也作不到的事。每次小福子用房间，虎妞提出个条件，须给她两毛钱。朋友是朋友，事情是事情，为小福子的事，她得把屋子收拾得好好的，既须劳作，也得多花些钱，难道置买笤帚簸箕什么的不得花钱么？两毛钱绝不算多，因为彼此是朋友，所以才能这样见情面。

小福子露出些牙来，泪落在肚子里。

祥子什么也不知道，可是他又睡不好觉了。虎妞"成全"了小福子，也要在祥子身上找到失去了的青春。

十八

到了六月，大杂院里在白天简直没什么人声。孩子们抓早儿提着破筐去拾所能到的东西；到了九点，毒花花的太阳已要将他们的瘦脊背晒裂，只好拿回来所拾得的东西，吃些大人所能给他们的食物。然后，大一点的要是能找到世界上最小的资本，便去连买带拾，凑些冰核去卖。若找不到这点资本，便结伴出城到护城河里去洗澡，顺手儿在车站上偷几块煤，或捉些蜻蜓与知了儿卖与那富贵人家的小儿。那小些的，不敢往远处跑，都到门外有树的地方，拾槐虫，挖"金钢"[82]什么的去玩。孩子都出去，男人也都出去，妇女们都赤了背在屋中，谁也不肯出来；不是怕难看，而是因为院中的地已经晒得烫脚。

直到太阳快落，男人与孩子们才陆续的回来，这时候院中有了墙影与一些凉风，而屋里圈着一天的热气，像些火笼；大家都在院中坐着，等着妇女们作饭。此刻，院中非常的热闹，好像是个没有货物的集市。大家都受了一天的热，红着眼珠，没有好脾气；肚子又饿，更个个急叉白脸。一句话不对路，有的便要打孩子，有的便要打老婆；即使打不起来，也骂个痛快。这样闹哄，一直到大家都吃过饭。小孩有的躺在院中便睡去，有的到街上去撒欢[83]。大人们吃饱之后，脾气和平了许多，爱说话的才三五成团，说起一天的辛苦。那吃不上饭的，当已无处去当，卖已无处去卖——即使有东西可当或卖——因为天色已黑上来。男的不管屋中怎样的热，一头扎在炕上，一声不出，也许大声的叫骂。女的含着泪向大家去通融，不定碰多少钉子，才借到一张二十枚的破纸票。攥着这张宝贝票子，她出去弄点杂合面来，勾一锅粥给大家吃。

虎妞与小福子不在这个生活秩序中。虎妞有了孕，这回是真的。祥子清早就出去，她总得到八九点钟才起来；怀孕不宜多运动是传统的错谬信仰，虎妞既相信这个，而且要借此表示出一些身分：大家都得早早的起来操作，唯有她可以安闲自在的爱躺到什么时候就躺到什么时候。到了晚上，她拿着个小板凳到街门外有风的地方去坐着，直到院中的人差不多都睡了才进来，她不屑于和大家闲谈。

小福子也起得晚，可是她另有理由。她怕院中那些男人们斜着眼看她，所以等他们都走净，才敢出屋门。白天，她不是找虎妞来，便是出去走走，因为她的广告便是她自己。晚上，为躲着院中人的注目，她又出去在街上转，约摸着大家都躺下，她才偷偷的溜进来。

在男人里，祥子与二强子是例外。祥子怕进这个大院，更怕往屋里走。院里众人的穷说，使他心里闹得慌，他愿意找个清静的地方独自坐着。屋里呢，他越来越觉得虎妞像个母老虎。小屋里是那么热，彆（憋）气，再添上那个老虎，他一进去就彷彿要出不来气。前些日子，他没法不早回来，为是省得虎妞吵嚷着跟他闹。近来，有小福子作伴儿，她不甚管束他了，他就晚回来一些。

二强子呢，近来几乎不大回家来了。他晓得女儿的营业，没脸进那个街门。但是他没法拦阻她，他知道自己没力量养活着儿女们。他只好不再回来，作为眼不见心不烦。有时候他恨女儿，假若小福子是个男的，管保不用这样出丑；既是个女胎，干吗投到他这里来！有时候他可怜女儿，女儿是卖身养着两个弟弟！恨吧疼吧，他没办法。赶到他喝了酒，而手里没了钱，他不恨了，也不可怜了，他回来跟她要钱。在这种时候，他看女儿是个会挣钱的东西，他是作爸爸的，跟她要钱是名正言顺。这时候他也想起体面来：大家不是轻看小福子吗，她的爸爸也没饶了她呀，他逼着她拿钱，而且骂骂咧咧，似乎是骂给大家听——二强子没有错儿，小福子天生的不要脸。

他吵，小福子连大气也不出。倒是虎妞一半骂一半劝，把他对付走，自然他手里得多少拿去点钱。这种钱只许他再去喝酒，因为他要是清醒着看见它们，他就会去跳河或上吊。

六月十五那天，天热得发了狂。太阳刚一出来，地上已像下了火。一些似云非云，似雾非雾的灰气低低的浮在空中，使人觉得彆（憋）气。一点风也没有。祥子在院中看了看那灰红的天，打算去拉晚——过下午四点再出去；假若挣不上钱的话，他可以一直拉到天亮：夜间无论怎样也比白天好受一些。

虎妞催着他出去，怕他在家里碍事，万一小福子拉来个客人呢。"你当在家里就好受哪？屋子里一到晌午连墙都是烫的！"

他一声没出，喝了瓢凉水，走了出去。

街上的柳树，像病了似的，叶子挂着层灰土在枝上打着卷；枝条一动也懒得动的，无精嗒彩的低垂着。马路上一个水点也没有，干巴巴的发着些白光。便道上尘土飞起多高，与天上的灰气联接起来，结成一片毒恶的灰沙阵，烫着行人的脸。处处干燥，处处烫手，处处彆（憋）闷，整个的老城像烧透的砖窑，使人喘不出气。狗爬在地上吐出红舌头，骡马的鼻孔张得特别的大，小贩们不敢吆喝，柏油路化开；甚至于铺户门前的铜牌也好像要被晒化。街上异常的清静，只有铜铁铺里发出使人焦躁的一些单调的叮叮当当。拉车的人们，明知不活动便没有饭吃，也懒得去张罗买卖：有的把车放在有些阴凉的地方，支起车棚，坐在车上打盹；有的钻进小茶馆去喝茶；有的根本没拉出车来，而来到街上看看，看看有没有出车的可能。那些拉着买卖的，即使是最漂亮的小伙子，也居然甘于丢脸，不敢再跑，只低着头慢慢的走。每一个井台都成了他们的救星，不管刚拉了几步，见井就奔过去；赶不上新汲的水，便和驴马们同在水槽里灌一大气。还有的，因为中了暑，或是发痧，走着走着，一头栽在地上，永不起来。

连祥子都有些胆怯了！拉着空车走了几步，他觉出由脸到脚都被热气围着，连手背上都流了汗。可是，见了座儿，他还想拉，以为跑起来也许倒能有点风。他拉上了个买卖，把车拉起来，他才晓得天气的厉害已经到了不允许任何人工作的程度。一跑，便喘不过气来，而且嘴唇发焦，明知心里不渴，也见水就想喝。不跑呢，那毒花花的太阳把手和脊背都要晒裂。好歹的拉到了地方，他的裤褂全裹在了身上。拿起芭蕉扇搧搧，没用，风是热的。他已经不知喝了几气凉水，可是又跑到茶馆去。两壶热茶喝下去，他心里灾静了些。茶由口中进去，汗马上由身上出来，好像身上已是空腔的，不会再藏储一点水分。他不敢再动了。

坐了好久，他心中腻烦了。既不敢出去，又没事可作，他觉得天气彷彿成心跟他过不去。不，他不能服软。他拉车不止一天了，夏天这也不是头一遭，他不能就这么白白的"泡"一天。想出去，可是腿真懒得动，身上非常的软，好像洗澡没洗痛快那样，汗虽出了不少，而心里还不畅快。又坐了会儿，他再也坐不住了，反正坐着也是出汗，不如爽性出去试试。

一出来，才晓得自己的错误。天上那层灰气已散，不甚彎（憋）闷了，可是阳光也更厉害了许多：没人敢抬头看太阳在哪里，只觉得到处都闪眼，空中，屋顶上，墙壁上，地上，都白亮亮的，白里透着点红；由上至下整个的像一面极大的火镜，每一条光都像火镜的焦点，晒得东西要发火。在这个白光里，每一个颜色都刺目，每一个声响都难听，每一种气味都混含着由地上蒸发出来的辛臭。街上彷彿已没了人，道路好像忽然加宽了许多，空旷而没有一点凉气，白花花的令人害怕。祥子不知怎么是好了，低着头，拉着车，极慢的往前走，没有主意，没有目的，昏昏沉沉的，身上挂着一层黏汗，发着馊臭的味儿。走了会儿，脚心和鞋袜粘在一块，好像踩着块湿泥，非常的难过。本来不想再喝水，可是见了井不由的又过去灌了一气，不为解渴，似乎专为享受井水那点凉气，由口腔到胃中，忽然凉了一下，身上的毛孔猛的一收缩，打个冷战，非常舒服。喝完，他连连的打嗝，水要往上漾！

走一会儿，坐一会儿，他始终懒得张罗买卖。一直到了正午，他还觉不出饿来。想去照例的吃点什么，看见食物就要恶心。胃里差不多装满了各样的水，有时候里面会轻轻的响，像骡马似的喝完水肚子里光光的响动。

拿冬与夏相比，祥子总以为冬天更可怕。他没想到过夏天会这么难受。在城里过了不止一夏了，他不记得这么热过。是天气比往年热呢，还是自己的身体虚呢？这么一想，他忽然的不那么昏昏沉沉的了，心中彷彿凉了一下。自己的身体，是的，自己的身不行了！他害了怕，可是没办法。他没法赶走虎妞，他将要变成二强子，变成那回遇见的那个高个子，变成小马儿的祖父。祥子完了！

正在午后一点的时候，他又拉上个买卖。这是一天里最热的时候，又赶上这一夏里最热的一天，可是他决定去跑一趟。他不管太阳下是怎样的热了：假若拉完一趟而并不怎样呢，那就证明自己的身子并没坏；设若拉不下来这个买卖呢，那还有什么可说的，一个跟头栽死在那发着火的地上也好！

刚走了几步，他觉到一点凉风，就像在极热的屋里由门缝进来一点凉气似的。他不敢相信自己；看看路旁的柳枝，的确是微微的动了两下。街上突然加多了人，铺户中的人争着往外跑，都攥着把蒲扇遮着头，四下里找："有了凉风！有了凉风！凉风下来了！"大家几乎要跳起来嚷着。路旁的柳树忽然变成了天使似的，传达着上天的消息："柳条儿动了！老天爷，多赏点凉风吧！"

还是热，心里可镇定多了。凉风——即使是一点点——给了人们许多希望。几阵凉风过去，阳光不那么强了，一阵亮，一阵稍暗，彷彿有片飞沙在上面浮动似的。风忽然大起来，那半天没有动作的柳条像猛的得到什么可喜的事，飘洒的摇摆，枝条都像长出一截儿来。一阵风过去，天暗起来，灰尘全飞到半空。尘土落下一些，北面的天边见了墨似的乌云。祥子身上没了汗，向北边看了一眼，把车停住，上了雨布，他晓得夏天的雨是说来就来，不容工夫的。

刚上好了雨布，又是一阵风，黑云滚似的已遮黑半边天。地上的热气与凉风搀合起来，夹杂着腥臊的干土，似凉又热；南边的半个天响晴白日，北边的半个天乌云如墨，彷彿有什么大难来临，一切都惊慌失措。车夫急着上雨布，铺户忙着收幌子，小贩们慌手忙脚的收拾摊子，行路的加紧往前奔。又一阵风。风过去，街上的幌子，小摊，与行人，彷彿都被风卷了走，全不见了，只剩下柳枝随着风狂舞。

云还没铺满了天，地上已经很黑，极亮极热的晴午忽然变成黑夜了似的。风带着雨星，像在地上寻找什么似的，东一头西一头的乱撞。北边远处一个红闪，像把黑云掀开一块，露出一大片血似的。风小了，可是利飕有劲，使人颤抖。一阵这样的风过去，一切都不知怎好似的，连柳树都惊疑不定的等着点什么。又一个闪，正在头上，白亮亮的雨点紧跟着落下来，极硬的砸起许多尘土，土里微带着雨气。大雨点砸在祥子的背上几个，他哆嗦了两下。雨点停了，黑云铺匀了满天。又一阵风，比以前的更厉害，柳枝横着飞，尘土往四下里走，雨道往下落；风，土，雨，混在一处，联成一片，横着竖着都灰茫茫，冷飕飕，一切的东西都被裹在里面，辨不清哪是树，哪是地，哪是云，四面八方全乱，全响，全迷糊。风过去了，只剩下直的雨道，扯天扯地的垂落，看不清一条条的，只是那么一片，一阵，地上射起了无数的箭头，房屋上落下万千条瀑布。几分钟，天地已分不开，空中的河往下落，地上的河横流，成了一个灰暗昏黄，有时又白亮亮的，一个水世界。

祥子的衣服早已湿透，全身没有一点干松地方；隔着草帽，他的头发已经全湿。地上的水过了脚面，已经很难迈步；上面的雨直砸着他的头与背，横扫着他的脸，裹着他的裆。他不能抬头，不能睁眼，不能呼吸，不能迈步。他像要立定在水中，不知道哪是路，不晓得前后左右都有什么，只觉得透骨凉的水往身上各处浇。他什么也不知道了，只心中茫茫的有点热气，耳旁有一片雨声。他要把车放下，但是不知放在哪里好。想跑，水裹住他的腿。他就那么半死半活的，低着头一步一步的往前曳。坐车的彷佛死在了车上，一声不出的任着车夫在水里挣命。

雨小了些，祥子微微直了直脊背，吐出一口气："先生，避避再走吧！"

"快走！你把我扔在这儿算怎回事？！"坐车的跺着脚喊。

祥子真想硬把车放下，去找个地方避一避。可是，看看身上，已经全往下流水，他知道一站住就会哆嗦成一团。他咬上了牙，淌着水不管高低深浅的跑起来。刚跑出不远，天黑了一阵，紧跟着一亮，雨又迷住他的眼。

拉到了，坐车的连一个铜板也没多给。祥子没说什么，他已顾不过命来。

雨住一会儿，又下一阵儿，比以前小了许多。祥子一气跑回了家。抱着火，烤了一阵，他哆嗦得像风雨中的树叶。虎妞给他冲了碗姜糖水，他傻子似的抱着碗一气喝完。喝完，他钻了被窝，什么也不知道了，似睡非睡的，耳中刷刷的一片雨声。

到四点多钟，黑云开始显出疲乏来，绵软无力的放着不甚红的闪。一会儿，西边的云裂开，黑的云峰镶上金黄的边，一些白气在云下奔走；闪都到南边去，曳着几声不甚响亮的雷。又待了一会儿，西边的云缝露出来阳光，把带着雨水的树叶照成一片金绿。东边天上挂着一双七色的虹，两头插住黑云里，桥背顶着一块青天。虹不久消散了，天上已没有一块黑云，洗过了的蓝空与洗过了的一切，像由黑暗里刚生出一个新的，清凉的，美丽的世界。连大杂院里的水坑上也来了几个各色的蜻蜓。

可是，除了孩子们赤着脚追逐那些蜻蜓，杂院里的人们并顾不得欣赏这雨后的晴天。小福子屋的后簷墙塌了一块，姐儿三个忙着把炕席揭起来，堵住窟窿。院墙塌了好几处，大家没工夫去管，只顾了收拾自己的屋里：有的台阶太矮，水已灌到屋中，大家七手八脚的拿着簸箕破碗往外淘水。有的倒了山墙，设法去填堵。有的屋顶漏得像个喷壶，把东西全淋湿，忙着往出搬运，放在炉旁去烤，或搁在窗台上去晒。在正下雨的时候，大家躲在那随时可以塌倒而把他们活埋了的屋中，把命交给了老天；雨后，他们算计着，收拾着，那些损失；虽然大雨过去，一斤粮食也许落一半个铜子，可是他们的损失不是这个所能偿补的。他们花着房钱，可是永远没人来修补房子；除非塌得无法再住人，人来一两个泥水匠，用些素泥碎砖稀松的堵砌上——预备着再塌。房钱交不上，全家便被撵出去，而且扣了东西。房子破，房子可以砸死人，没人管。他们那点钱，只能租这样的屋子；破，危险，都活该！

最大的损失是被雨水激病。他们连孩子带大人都一天到晚在街上找生意，而夏天的暴雨随时能浇在他们的头上。他们都是卖力气挣钱，老是一身热汗，而北方的暴雨是那么急，那么凉，有时夹着核桃大的冰雹；冰凉的雨点，打在那开张着的汗毛眼上，至少教他们躺在炕上，发一两天烧。孩子病了，没钱买药；一场雨，催高了田中的老玉米与高粱，可是也能浇死不少城里的贫苦儿女。大人们病了，就更了不得；雨后，诗人们吟咏着荷珠与双虹；穷人家——大人病了——便全家挨了饿。一场雨，也许多添几个妓女或小贼，多有些人下到监狱去；大人病了，儿女们作贼作娼也比饿着强！雨下给富人，也下给穷人；下给义人，也下给不义的人[84]。其实，雨并不公道，因为下落在一个没有公道的世界上。

祥子病了。大杂院里的病人并不止于他一个。

十九

祥子昏昏沉沉的睡了两昼夜，虎妞着了慌。到娘娘庙，她求了个神方：一点香灰之外，还有两三味草药。给他灌下去，他的确睁开眼看了看，可是待了一会儿又睡着了，嘴里唧唧咕咕的不晓得说了些什么。虎妞这才想起去请大夫。扎了两针，服了剂药，他清醒过来，一睁眼便问："还下雨吗？"

第二剂药煎好，他不肯吃。既心疼钱，又恨自己这样的不济，居然会被一场雨给激病，他不肯喝那碗苦汁了。为证明他用不着吃药，他想马上穿起衣裳就下地。可是刚一坐起来，他的像有块大石头赘着，脖子一软，眼前冒了金花，他又倒下了。什么也无须说了，他接过碗来，把药吞下去。

他躺了十天。越躺着越起急，有时候他爬在枕头上，有泪无声的哭。他知道自己不能去挣钱，那么一切花费就都得由虎妞往外垫；多咱把她的钱垫完，多咱便全仗着他的一辆车了；凭虎妞的爱花爱吃，他供给不起，况且她还有了孕呢！越起不来越爱胡思乱想，越想越愁得慌，病也就越不容易好。

刚顾讨命来，他就问虎妞："车呢？"

"放心吧，赁给丁四拉着呢！"

"啊！"他不放心他的车，唯恐被丁四——或任何人——给拉坏。可是自己既不能下地，当然得赁出去，还能闲着吗？他心里计算：自己拉，每天好歹一背拉[85]总有五六毛钱的进项。房钱，煤米柴炭，灯油茶水，还先别算添衣服，也就将够两个人用的，还得处处抠搜[86]，不能像虎妞那么满不在乎。现在，每天只进一毛多钱的车租，得干赔上四五毛，还不算吃药。假若病老不好，该怎办呢？是的，不怪二强子喝酒，不怪那些苦朋友们胡作非为，拉车这条路是死路！不管你怎样卖力气，要强，你可就别成家，别生病，别出一点岔儿。哼！他想起来，自己的头一辆车，自己攒下的那点钱，又招谁惹谁了？不因生病，也不是为成家，就那么无情无理的丢了！好也不行，歹也不行，这条路上只有死亡，而且说不定哪时就来到，自己一点也不晓得。想到这里，由忧愁改为颓废，嗐，干它的去，起不来就躺着，反正是那么回事！他什么也不想了，静静的躺着。不久，他又忍不下去了，想马上起来，还得去苦奔；道路是死的，人心是活的，在入棺材以前总是不断的希望着。可是，他立不起来。只好无聊的，乞怜的，要向虎妞说几句话：

"我说那辆车不吉祥，真不吉祥！"

"养你的病吧！老说车，车迷！"

他没再说什么。对了，自己是车迷！自从一拉车，便相信车是一切，敢情……

病刚轻了些，他下了地。对着镜子看了看，他不认得镜中的人了：满脸胡子拉碴，太阳与腮都瘪进去，眼是两个深坑，那块疤上有好多皱纹！屋里非常的热闷，他不敢到院中去，一来是腿软得像没了骨头，二来是怕被人家看见他。不但在这个院里，就是东西城各车口上，谁不知道祥子是头顶头的[87]棒小伙子。祥子不能就是这个样的病鬼！他不肯出去。在屋里，又憋（憋）闷得慌。他恨不能一口吃壮起来，好出去拉车。可是，病是毁人的，它的来去全由着它自己。

歇了有一个月，他不管病完全好了没有，就拉上车。把帽子戴得极低，为是教人认不出来他，好可以缓着劲儿跑。"祥子"与"快"是分不开的，他不能大模大样的慢慢蹭，教人家看不起。

身子本来没好利落，又贪着多拉几号，好补上病中的亏空，拉了几天，病又回来了。这回添上了痢疾。他急得抽自己的嘴巴，没用，肚皮似乎已挨着了腰，还泻。好容易痢疾止住了，他的腿连蹲下再起来都费劲，不用说想去跑一阵了。他又歇了一个月！他晓得虎妞手中的钱大概快垫完了！

到八月十五，他决定出车；这回要是再病了，他起了誓，他就去跳河！

在他第一次病中，小福子时常过来看看。祥子的嘴一向干不过虎妞，而心中又是那么憋（憋）闷，所以有时候就和小福子说几句。这个，招翻了虎妞。祥子不在家，小福子是好朋友；祥子在家，小福子是——按照虎妞的想法——"来吊棒[88]！好不要脸！"她力逼着小福子还上欠着她的钱，"从此以后，不准再进来！"

小福子失去了招待客人的地方，而自己的屋里又是那么破烂——炕席堵着后簷墙——她无可如何，只得到"转运公司"[89]去报名。可是，"转运公司"并不需要她这样的货。人家是介绍女学生与"大家闺秀"的，门路高，用钱大，不要她这样的平凡人物。她没了办法。想去下窑子，既然没有本钱，不能混自家的买卖，当然得押给班儿里。但是，这样办就完全失去自由，谁照应着两个弟弟呢？死是最简单容易的事，活着已经是在地狱里。她不怕死，可也不想死，因为她要作些比死更勇敢更伟大的事。她要看着两个弟弟都能挣上钱，再死也就放心了。自己早晚是一死，但须死一个而救活了俩！想来想去，她只有一条路可走：贱卖。肯进她那间小屋的当然不肯出大价钱，好吧，谁来也好吧，给个钱就行。这样，倒省了衣裳与脂粉；来找她的并不敢希望她打扮得怎么够格局，他们是按钱数取乐的；她年纪很轻，已经是个便宜了。

虎妞的身子已不大方便，连上街买趟东西都怕有些失闪，而祥子一走就是一天，小福子又不肯过来，她寂寞得像个被拴在屋里的狗。越寂寞越恨，她以为小福子的减价出售是故意的气她。她才不能吃这个瘪子[90]：坐在外间屋，敞开门，她等着。有人往小福子屋走，她便扯着嗓子说闲话，教他们难堪，也教小福子吃不住。小福子的客人少了，她高了兴。

小福子晓得这么下去，全院的人慢慢就会都响应虎妞，而把自己撅出去。她只是害怕，不敢生气，落到她这步天地的人晓得把事实放在气和泪的前面。她带着小弟弟过来，给虎妞下了一跪。什么也没说，可是神色也带出来：这一跪要还不行的话，她自己不怕死，谁可也别想活着！最伟大的牺牲是忍辱，最伟大的忍辱是预备反抗。

虎妞倒没了主意。怎想怎不是味儿，可是带着那么个人肚子，她不敢去打架。武的既拿不出来，只好给自己个台阶：她是逗着小福子玩呢，谁想弄假成真，小福子的心眼太死。这样解释开，她们又成了好友，她照旧给小福子维持一切。

自从中秋出车，祥子处处加了谨慎，两场病教他明白了自己并不是铁打的。多挣钱的雄心并没完全忘掉，可是屡次的打击使他认清楚了个人的力量是多么微弱；好汉到时候非咬牙不可，但咬上牙也会吐了血！痢疾虽然已好，他的肚子可时时的还疼一阵。有时候腿脚正好蹓开了，想试着步儿加点速度，肚子里绳绞似的一拧，他缓了步，甚至于忽然收住脚，低着头，缩着肚子，强忍一会儿。独自拉着座儿还好办，赶上拉帮儿车的时候，他猛孤仃的收住步，使大家莫名其妙，而他自己非常的难堪。自己才二十多岁，已经这么闹笑话，赶到三四十岁的时候，应当怎样呢？这么一想，他轰的一下冒了汗！

为自己的身体，他很愿再去拉包车。到底是一工儿活有个缓气的时候；跑的时候要快，可是休息的工夫也长，总比拉散座儿轻闲。他可也准知道，虎妞绝对不会放手他，成了家便没了自由，而虎妞又是特别的厉害。他认了背。

半年来的，由秋而冬，他就那么一半对付，一半挣扎，不敢大意，也不敢偷懒，心中蹩蹩（憋憋）闷闷的，低着头苦奔。低着头，他不敢再像原先那么楞葱似的，什么也不在乎了。至于挣钱，他还是比一般的车夫多挣着些。除非他的肚子正绞着疼，他总不肯空放走一个买卖，该拉就拉，他始终没染上恶习。什么故意的绷大价，什么中途倒车，什么死等好座儿，他都没学会。这样，他多受了累，可是天天准进钱。他不取巧，所以也就没有危险。

可是，钱进得不少，并不能剩下。左手进来，右手出去，一天一个干净。他连攒钱都想也不敢想了。他知道怎样省着，虎妞可会花呢。虎妞的"月子"[91]是转过年二月初的。自从一入冬，她的怀已显了形，而且爱故意的往外腆着，好显出自己的重要。看着自己的肚子，她简直连炕也懒得下。作菜作饭全讬付给了小福子，自然那些剩汤腊水的就得教小福子拿去给弟弟们吃。这个，就费了许多。饭菜而外，她还得吃零食，肚子越显形，她就觉得越须多吃好东西；不能亏着嘴。她不但随时的买零七八碎的，而且嘱咐祥子每天给她带回点儿来。祥子挣多少，她花多少，她的要求随着他的钱涨落。祥子不能说什么。他病着的时候，花了她的钱，那么一还一报，他当然也得给她花。祥子稍微紧一紧手，她马上会生病，"怀孕就是害九个多月的病，你懂得什么？"她说的也是真话。

到过新年的时候，她的主意就更多了。她自己动不了窝，便派小福子一趟八趟的去买东西。她恨自己出不去，又疼爱自己而不肯出去，不出去又憋（憋）闷的慌，所以只好多买些东西来看着还舒服些。她口口声声不是为她自己买，而是心疼祥子："你苦奔了一年，还不吃一口哪？自从病后，你就没十分足壮起来；到年底下还不吃，等饿得像个瘪臭虫哪？"祥子不便辩驳，也不会辩驳；及至把东西作好，她一吃便是两三大碗。吃完，又没有运动，她撑得慌，抱着肚子一定说是犯了胎气！

过了年，她无论如何也不准祥子在晚间出去，她不定哪时就生养，她害怕。这时候，她才想起自己的实在岁数来，虽然还不肯明说，可是再也不对他讲，"我只比你大'一点'了"。她这么闹哄，祥子迷了头。生命的延续不过是生儿养女，祥子心里不由的有点喜欢，即使一点也不需要一个小孩，可是那个将来到自己身上，最简单而最玄妙的"爸"字，使铁心的人也得要闭上眼想一想，无论怎么想，这个字总是动心的。祥子，笨手笨脚的，想不到自己有什么好处和可自傲的地方；一想到这个奇妙的字，他忽然觉出自己的尊贵，彷彿没什么也没关系，只要有了小孩，生命便不会是个空的。同时，他想对虎妞尽自己所能的去供给，去伺候，她现在已不是"一"个人；即使她很讨厌，可是在这件事上她有一百成的功劳。不过，无论她有多么大的功劳，她的闹腾劲儿可也真没法受。她一会儿一个主意，见神见鬼的乱哄，而祥子必须出去挣钱，需要休息，即使钱可以乱花，他总得安安顿顿的睡一夜，好到明天再去苦曳。她不准他晚上出去，也不准他好好的睡觉，他一点主意没有，成天际晕晕忽忽的，不知怎样才好。有时候欣喜，有时候着急，有时候烦闷，有时候为欣喜而又要惭愧，有时候为着急而又要自慰，有时候为烦闷而又要欣喜，感情在他心中绕着圆圈，把个最简单的人闹得不知道了东西南北。有一回，他竟自把座儿拉过了地方，忘了人家雇到哪里！

灯节左右，虎妞决定教祥子去请收生婆，她已支持不住。收生婆来到，告诉她还不到时候，并且说了些要临盆时的征象。她忍了两天，就又闹腾起来。把收生婆又请了来，还是不到时候。她哭着喊着要去寻死，不能再受这个折磨。祥子一点办法没有，为表明自己尽心，只好依了她的要求，暂不去拉车。

一直闹到月底，连祥子也看出来，这是真到了时候，她已经不像人样了。收生婆又来到，给祥子一点暗示，恐怕要难产。虎妞的岁数，这又是头胎，平日缺乏运动，而胎又很大，因为孕期里贪吃油腻；这几项合起来，打算顺顺当当的生产是希望不到的。况且一向没经过医生检查过，胎的部位并没有矫正过；收生婆没有这份手术，可是会说：就怕是横生逆产呀！

在这杂院里，小孩的生与母亲的死已被大家习惯的并在一谈。可是虎妞比别人都更多着些危险，别个妇人都是一直到临盆那一天还操作活动，而且吃得不足，胎不会很大，所以倒能容易产生。她们的危险是在产后的失调，而虎妞却与她们正相反。她的优越正是她的祸患。

祥子，小福子，收生婆，连着守了她三天三夜。她把一切的神佛都喊到了，并且许下多少誓愿，都没有用。最后，她嗓子已哑，只低唤着"妈哟！妈哟！"收生婆没办法，大家都没办法，还是她自己出的主意，教祥子到德胜门外去请陈二奶奶——顶着一位虾蟆大仙。陈二奶奶非五块钱不来，虎妞拿出最后的七八块钱来："好祥子，快快去吧！花钱不要紧！等我好了，我乖乖的跟你过日子！快去吧！"

陈二奶奶带着"童儿"——四十来岁的一位黄脸大汉——快到掌灯的时候才来到。她有五十来岁，穿着蓝绸子袄，头上戴着红石榴花，和全份的镀金首饰。眼睛直勾勾的，进门先净了手，而后上了香；她自己先磕了头，然后坐在香案后面，呆呆的看着香苗。忽然连身子都一摇动，打了个极大的冷战，垂下头，闭上眼，半天没动静。屋中连落个针都可以听到，虎妞也咬上牙不敢出声。慢慢的，陈二奶奶抬起头来，点着头看了看大家；"童儿"扯了扯祥子，教他赶紧磕头。祥子不知道自己信神不信，只觉得磕头总不会出错儿。迷迷忽忽的，他不晓得磕了几个头。立起来，他看着那对直勾勾的"神"眼，和那烧透了的红亮香苗，闻着香烟的味道，心中渺茫的希望着这个阵式里会有些好处，呆呆的，他手心上出着凉汗。

虾蟆大仙说话老声老气的，而且有些结巴："不，不，不要紧！画道催，催，催生符！"

"童儿"急忙递过黄绵纸，大仙在香苗上抓了几抓，而后沾着吐沫在纸上画。

画完符，她又结结巴巴的说了几句：大概的意思是虎妞前世里欠这孩子的债，所以得受些折磨。祥子晕头打脑的没甚听明白，可是有些害怕。

陈二奶奶打了个长大的哈欠，闭目楞了会儿，彷佛是大梦初醒的样子睁开了眼。"童儿"赶紧报告大仙的言语。她似乎很喜欢："今天大仙高兴，爱说话！"然后她指导着祥子怎样教虎妞喝下那道神符，并且给她一丸药，和神符一同服下去。

陈二奶奶热心的等着看看神符的效验，所以祥子得给她预备点饭。祥子把这个托付给小福子去办。小福子给买来热芝麻酱烧饼和酱肘子；陈二奶奶还嫌没有盅酒吃。

虎妞服下去神符，陈二奶奶与"童儿"吃过了东西，虎妞还是翻滚的闹。直闹了一点多钟，她的眼珠已慢慢往上翻。陈二奶奶还有主意，不慌不忙的教祥子跪一股高香。祥子对陈二奶奶的信心已经剩不多了，但是既花了五块钱，爽性就把她的方法都试验试验吧；既不肯打她一顿，那么就依着她的主意办好了，万一有些灵验呢！

直挺挺的跪在高香前面，他不晓得求的是什么神，可是他心中想要虔诚。看着香火的跳动，他假装在火苗上看见了一些什么形影，心中便祷告着。香越烧越矮，火苗当中露出些黑道来，他把头低下去，手扶在地上，迷迷胡胡的有些发困，他已两三天没得好好的睡了。脖子忽然一软，他唬了一跳，再看，香已烧得剩了不多。他没管到了该立起来的时候没有，拄着地就慢慢立起来，腿已有些发木。

陈二奶奶和"童儿"已经偷偷的溜了。

祥子没顾得恨她，而急忙过去看虎妞，他知道事情到了极不好办的时候。虎妞只剩了大口的咽气，已经不会出声。收生婆告诉他，想法子到医院去吧，她的方法已经用尽。

祥子心中彷佛忽然的裂了，张着大嘴哭起来。小福子也落着泪，可是处在帮忙的地位，她到底心里还清楚一点。"祥哥！先别哭！我去上医院问问吧？"

没管祥子听见了没有，她抹着泪跑出去。

她去了有一点钟。跑回来，她已喘得说不上来话。扶着桌子，她干嗽了半天才说出来：医生来一趟是十块钱，只是看看，并不管接生。接生是二十块。要是难产的话，得到医院去，那就得几十块了。"祥哥！你看怎办呢？！"

祥子没办法，只好等着该死的就死吧！

愚蠢与残忍是这里的一些现象；所以愚蠢，所以残忍，却另有原因。

虎妞在夜里十二点，带着个死孩子，断了气。

二十

祥子的车卖了！

钱就和流水似的，他的手已拦不住；死人总得抬出去，连开张殃榜也得花钱。

祥子像傻了一般，看着大家忙乱，他只管往外掏钱。他的眼红得可怕，眼角堆着一团黄白的眵目糊；耳朵发聋，楞楞磕磕的随着大家乱转，可不知道自己作的是什么。

跟着虎妞的棺材往城外走，他这才清楚了一些，可是心里还顾不得思索任何事情。没有人送殡，除了祥子，就是小福子的两个弟弟，一人手中拿着薄薄的一打儿纸钱，沿路撒给那拦路鬼。

楞楞磕磕的，祥子看着杠夫把棺材埋好，他没有哭。他的胸中像烧着一把烈火，把泪已烧干，想哭也哭不出。呆呆的看着，他几乎不知那是干什么呢。直到"头儿"过来交待，他才想起回家。

屋里已被小福子给收拾好。回来，他一头倒在炕上，已经累得不能再动。眼睛干巴巴的闭不上，他呆呆的看着那有些雨漏痕迹的顶棚。既不能睡去，他坐了起来。看了屋中一眼，他不敢再看。心中不知怎样好。他出去买了包"黄狮子"烟来。坐在炕沿上，点着了一支烟；并不爱吸。呆呆的看着烟头上那点蓝烟，忽然泪一串串的流下来，不但想起虎妞，也想起一切。到城里来了几年，这是他努力的结果，就是这样，就是这样！他连哭都哭不出声来！车，车，车是自己的饭碗。买，丢了；再买，卖出去；三起三落，像个鬼影，永远抓不牢，而空受那些辛苦与委屈。没了，什么都没了，连个老婆也没了！虎妞虽然厉害，但是没了她怎能成个家呢？看着屋中的东西，都是她的，她本人可是埋在了城外！越想越恨，泪被怒火截住，他狠狠的吸那枝烟，越不爱吸越偏要吸。把烟吸完，手捧着头，口中与心中都发辣，要狂喊一阵，把心中的血都喷出来才痛快。

不知道什么工夫，小福子进来了，立在外间屋的菜案前，呆呆的看着他。

他猛一抬头，看见了她，泪极快的又流下来。此时，就是他看见只狗，他也会流泪；满心的委屈，遇见个活的东西才想发泄；他想跟她说说，想得到一些同情。可是，话太多，他的嘴反倒张不开了。

119

"祥哥！"她往前凑了凑，"我把东西都收拾好了。"

他点了点头，顾不及谢谢她；悲哀中的礼貌是虚伪。

"你打算怎办呢？"

"啊？"他好像没听明白，可是紧跟着他明白过来，摇了摇头——他顾不得想办法。

她又往前走了两步，脸上忽然红起来，露出几个白牙，可是话没能说出。她的生活使她不能不忘掉羞耻，可是遇到正经事，她还是个有真心的女人：女子的心在羞耻上运用着一大半。"我想……"她只说出这么点来。她心中的话很多；脸一红，它们全忽然的跑散，再也想不起来。

人间的真话本来不多，一个女子的脸红胜过一大片话；连祥子也明白了她的意思。在他的眼里，她是个最美的女子，美在骨头里，就是她满身都长了疮，把皮肉都烂掉，在他心中她依然很美。她美，她年轻，她要强，她勤俭。假若祥子想再娶，她是个理想的人。他并不想马上就续娶，他顾不得想任何事。可是她既然愿意，而且是因为生活的压迫不能不马上提出来，他似乎没有法子拒绝。她本人是那么好，而且帮了他这么多的忙，他只能点头。他真想过去抱住她，痛痛快快的哭一场，把委屈都哭净，而后与她努力同心的再往下苦奔。在她身上，他看见了一个男人从女子所能得的与所应得的安慰。他的口不大爱说话，见了她，他愿意随便的说；有她听着，他的话才不至于白说；她的一点头，或一笑，都是最美满的回答，使他觉得真是成了"家"。

正在这个时候，小福子的二弟弟进来了："姐姐！爸爸来了！"

她皱了皱眉。她刚推开门，二强子已走到院中。

"你上祥子屋里干什么去了？"二强子的眼睛瞪圆，两脚拌着蒜，东一幌西一幌的扑过来："你卖还卖不够，还得白教祥子玩？你个不要脸的东西！"

祥子，听到自己的名子，赶了出来，立在小福子的身后。

"我说祥子，"二强子歪歪拧拧的想挺起胸脯，可是连立也立不稳："我说祥子，你还算人吗？你占谁的便宜也罢，单占她的便宜？什么玩艺！"

祥子不肯欺负个醉鬼，可是心中的积郁使他没法管束住自己的怒气。他赶上一步去。四只红眼睛对了光，好像要在空气中激触，发出火花。祥子一把扯住二强子的肩，就像提拉着个孩子似的，扔出老远。

良心的谴责，借着点酒，变成狂暴：二强子的醉本来多少有些假装。经这一摔，他醒过来一半。他想反攻，可是明知不是祥子的对手。就这么老老实实的出去，又十分的不是味儿。他坐在地上，不肯往起立，又不便老这么坐着。心中十分的乱，嘴里只好随便的说了："我管教儿女，与你什么相干？揍我？你姥姥！你也得佩！"

祥子不愿还口，只静静的等着他反攻。

小福子含着泪，不知怎样好。劝父亲是没用的，看着祥子打他也于心不安。她将全身都摸搜到了，凑出十几个铜子儿来，交给了弟弟。弟弟平日绝不敢挨近爸爸的身，今天看爸爸是被揍在地上，胆子大了些。"给你，走吧！"

二强子棱棱着眼把钱接过去，一边往起立，一边叨唠："放着你们这群丫头养的！招翻了太爷，妈的弄刀全宰了你们！"快走到街门了，他喊了声"祥子！搁着这个碴儿[92]，咱们外头见！"

二强子走后，祥子和小福子一同进到屋中。

"我没法子！"她自言自语的说了这么句，这一句总结了她一切的困难，并且含着无限的希望——假如祥子愿意要她，她便有了办法。

祥子，经过这一场，在她的身上看出许多黑影来。他还喜爱她，可是负不起养着她两个弟弟和一个醉爸爸的责任！他不敢想虎妞一死，他便有了自由；虎妞也有虎妞的好处，至少是在经济上帮了他许多。他不敢想小福子是要死吃他一门，可是她这一家人都不会挣饭吃也千真万确。爱与不爱，穷人得在金钱上决定，"情种"只生在大富之家。

他开始收拾东西。

"你要搬走吧？"小福子连嘴唇全白了。

"搬走！"他狠了心，在没有公道的世界里，穷人仗着狠心维持个人的自由，那很小很小的一点自由。

看了他一眼，她低着头走出去。她不恨，也不恼，只是绝望。

虎妞的首饰与好一点的衣服，都带到棺材里去。剩下的只是一些破旧的衣裳，几件木器，和些盆碗锅勺什么的。祥子由那些衣服中拣出几件较好的来，放在一边；其余的连衣服带器具全卖。他叫来个"打鼓儿的"[93]，一口价卖了十几块钱。他急于搬走，急于打发了这些东西，所以没心思去多找几个人来慢慢的绷着价儿[94]。"打鼓儿的"把东西收拾了走，屋中只剩下他的一份铺盖和那几件挑出来的衣服，在没有席的炕上放着。屋中全空，他觉得痛快了些，仿佛摆脱开了许多缠绕，而他从此可以远走高飞了似的。可是，不大一会儿，他又想起那些东西。桌子已被搬走，桌腿儿可还留下一些痕迹——一堆堆的细土，贴着墙根形成几个小四方块。看着这些印迹，他想起东西，想起人，梦似的都不见了。不管东西好坏，不管人好坏，没了他们，心便没有地方安放。他坐在了炕沿上，又掏出枝"黄狮子"来。

随着烟卷，他带出一张破毛票儿来。有意无意的他把钱全掏出来；这两天了，他始终没顾到算一算账。掏出一堆来，洋钱，毛票，铜子票，铜子，什么也有。堆儿不小，数了数，还不到二十块。凑上卖东西的十几块，他的财产全部只是三十多块钱。

把钱放在炕砖上，他瞪着它们，不知是哭好，还是笑好。屋里没有人，没有东西，只剩下他自己与这一堆破旧霉污的钱。这是干什么呢？

长叹了一声，无可如何的把钱揣在怀里，然后他把铺盖和那几件衣服抱起来，去找小福子。

"这几件衣裳，你留着穿吧！把铺盖存在这一会儿，我先去找好车厂子，再来取。"不敢看小福子，他低着头一气说完这些。

她什么也没说，只答应了两声。

祥子找好车厂，回来取铺盖，看见她的眼已哭肿。他不会说什么，可是设尽方法想出这么两句："等着吧！等我混好了，我来！一定来！"

她点了点头，没说什么。

祥子只休息了一天，便照旧去拉车。他不像先前那样火着心拉买卖了，可也不故意的偷懒，就那么淡而不厌的一天天的混。这样混过了一个来月，他心中觉得很平静。他的脸腮满起来一些，可是不像原先那么红扑扑的了；脸色发黄，不显着足壮，也并不透出瘦弱。眼睛很明，可没有什么表情，老是那么亮亮的似乎挺有精神，又似乎什么也没看见。他的神气很像风暴后的树，静静的立在阳光里，一点不敢再动。原先他就不喜欢说话，现在更不爱开口了。天已很暖，柳枝上已挂满嫩叶，他有时候向阳放着车，低着头自言自语的嘴微动着，有时候仰面承受着阳光，打个小盹；除了必须开口，他简直的不大和人家过话。

烟卷可是已吸上了瘾。一坐在车上，他的大手便向脚垫下面摸去。点着了枝烟，他极缓慢的吸吐，眼随着烟圈儿向上看，呆呆的看着，然后点点头，彷佛看出点意思来似的。

拉起车来，他还比一般的车夫跑得麻力，可是他不再拚命的跑。在拐湾抹角和上下坡儿的时候，他特别的小心。几乎是过度的小心。有人要跟他赛车，不论是怎样的逗弄激发，他低着头一声也不出，依旧不快不慢的跑着。他似乎看透了拉车是怎回事，不再想从这里得到任何的光荣与称赞。

在厂子里，他可是交了朋友；虽然不大爱说话，但是不出声的雁也喜欢群飞。再不交朋友，他的寂寞恐怕就不是他所能忍受的了。他的烟卷盒儿，只要一掏出来，便绕着圈儿递给大家。有时候人家看他的盒里只剩下一枝，不好意思伸手，他才简截的说："再买！"赶上大家赌钱，他不像从前那样躲在一边，也过来看看，并且有时候押上一注，输赢都不在乎的，似乎只为向大家表示他很合群，很明白大家奔忙了几天之后应当快乐一下。他们喝酒，他也陪着；不多喝，可是自己出钱买些酒菜让大家吃。以前他所看不上眼的事，现在他都觉得有些意思——自己的路既走不通，便没法不承认别人作得对。朋友之中若有了红白事，原先他不懂得行人情，现在他也出上四十铜子的份子，或随个"公议儿"[95]。不但是出了钱，他还亲自去吊祭或庆贺，因为他明白了这些事并非是只为糟蹋钱，而是有些必须尽到的人情。在这里人们是真哭或真笑，并不是瞎起哄。

那三十多块钱，他可不敢动。弄了块白布，他自己笨手八脚的拿个大针把钱缝在里面，永远放在贴着肉的地方。不想花，也不想再买车，只是带在身旁，作为一种预备——谁知道将来有什么灾患呢！病，意外的祸害，都能随时的来到自己身上，总得有个预备。人并不是铁打的，他明白过来。

快到立秋，他又拉上了包月。这回，比以前所混过的宅门里的事都轻闲；要不是这样，他就不会应下这个事来。他现在懂得选择事情了，有合适的包月才干；不然，拉散座也无所不可，不像原先那样火着心往宅门里去了。他晓得了自己的身体是应该保重的，一个车夫而想拚命——像他原先那样——只有丧了命而得不到任何好处。经验使人知道怎样应当油滑些，因为命只有一条啊！

这回他上工的地方是在雍和宫坿近。主人姓夏，五十多岁，知书明礼；家里有太太和十二个儿女。最近娶了个姨太太，不敢让家中知道，所以特意的挑个僻静地方另组织了个小家庭。在雍和宫附近的这个小家庭，只有夏先生和新娶的姨太太；此外还有一个女仆，一个车夫——就是祥子。

祥子很喜欢这个事。先说院子吧，院中一共才有六间房，夏先生住三间，厨房占一间，其余的两间作为下房。院子很小，靠着南墙根有棵半大的小枣树，树尖上挂着十几个半红的枣儿。祥子扫院子的时候，几乎两三笤帚就由这头扫到那头，非常的省事。没有花草可浇灌，他很想整理一下那棵枣树，可是他晓得枣树是多么任性，歪歪拧拧的不受调理，所以也就不便动手。

别的工作也不多。夏先生早晨到衙门去办公，下午五点才回来，祥子只须一送一接；回到家，夏先生就不再出去，好像避难似的。夏太太倒常出去，可是总在四点左右就回来，好让祥子去接夏先生——接回他来，祥子一天的工作就算交待了。再说，夏太太所去的地方不过是东安市场与中山公园[96]什么的，拉到之后，还有很大的休息时间。这点事儿，祥子闹着玩似的就都作了。

夏先生的手很紧，一个小钱也不肯轻易撒手；出来进去，他目不旁视，彷彿街上没有人，也没有东西。太太可手松，三天两头的出去买东西；若是吃的，不好吃便给了仆人；若是用品，等到要再去买新的时候，便先把旧的给了仆人，好跟夏先生交涉要钱。夏先生一生的使命似乎就是鞠躬尽瘁的把所有的精力与金钱全敬献给姨太太；此外，他没有任何生活与享受。他的钱必须借着姨太太的手才会出去，他自己不会花，更说不到给人——据说，他的原配夫人与十二个儿女住在保定，有时候连着四五个月得不到他的一个小钱。

祥子讨厌这位夏先生：成天际弯弯着腰，缩缩着脖，贼似的出入，眼看着脚尖，永远不出声，不花钱，不笑，连坐在车上都像个瘦猴；可是偶尔说一两句话，他会说得极不得人心，彷佛谁都是混账，只有他自己是知书明礼的君子人。祥子不喜欢这样的人。可是他把"事"看成了"事"，只要月间进钱，管别的干什么呢？！况且太太还很开通，吃的用的都常得到一些；算了吧，直当是拉着个不通人情的猴子吧。

对于那个太太，祥子只把她当作个会给点零钱的女人，并不十分喜爱她。她比小福子美多了，而且香粉香水的沤着，绫罗绸缎的包着，更不是小福子所能比上的。不过，她虽然长得美，打扮得漂亮，可是他不知为何一看见她便想起虎妞来；她的身上老有些地方像虎妞，不是那些衣服，也不是她的模样，而是一点什么态度或神味，祥子找不到适当的字来形容。只觉得她与虎妞是——用他所能想出的字——一道货。她很年轻，至多也就是二十二三年，可是她的气派很老到，绝不像个新出嫁的女子，正像虎妞那样永远没有过少女的腼腆与温柔。她烫着头，穿着高跟鞋，衣服裁得正好能帮忙她扭得有棱有角的。连祥子也看得出，她虽然打扮得这样入时，可是她没有一般的太太们所有的气度。但是她又不像是由妓女出身。祥子摸不清她是怎回事。他只觉得她有些可怕，像虎妞那样可怕。不过，虎妞没有她这么年轻，没有她这么美好；所以祥子就更怕她，彷佛她身上带着他所尝受过的一切女性的厉害与毒恶。他简直不敢正眼看她。

在这儿过了些日子，他越发的怕她了。拉着夏先生出去，祥子没见过他花什么钱；可是，夏先生也有时候去买东西——到大药房去买药。祥子不晓得他买的是什么药；不过，每逢买了药来，他们夫妇就似乎特别的喜欢，连大气不出的夏先生也显着特别的精神。精神了两三天，夏先生又不大出气了，而且腰弯得更深了些，很像由街上买来的活鱼，乍放在水中欢炽一会儿，不久便又老实了。一看到夏先生坐在车上像个死鬼似的，祥子便知道又到了上药房的时候。他不喜欢夏先生，可是每逢到药房去，他不由的替这个老瘦猴难过。赶到夏先生拿着药包回到家中，祥子便想起虎妞，心中说不清的怎么难受。他不愿意怀恨着死鬼，可是看看自己，看看夏先生，他没法不怨恨她了；无论怎说，他的身体是不像从前那么结实了，虎妞应负着大部分的责任。

他很想辞工不干了。可是，为这点不靠边的事而辞工，又彷佛不像话；吸着"黄狮子"，他自言自语的说，"管别人的闲事干吗？！"

二十一

　　菊花下市的时候，夏太太因为买了四盆花，而被女仆杨妈摔了一盆，就和杨妈吵闹起来。杨妈来自乡间，根本以为花草算不了什么重要的东西；不过，既是打了人家的物件，不管怎么不重要，总是自己粗心大意，所以就一声没敢出。及至夏太太闹上没完，村的野的一劲儿叫骂，杨妈的火儿再也按不住，可就还了口。乡下人急了，不会拿着尺寸说话，她抖着底儿把最粗野的骂出来。夏太太跳着脚儿骂了一阵，教杨妈马上卷铺盖滚蛋。

　　祥子始终没过来劝解，他的嘴不会劝架，更不会劝解两个妇人的架。及至他听到杨妈骂夏太太是暗门子，千人骑万人摸的臭×，他知道杨妈的事必定吹了。同时也看出来，杨妈要是吹了，他自己也得跟着吹；夏太太大概不会留着个知道她的历史的仆人。杨妈走后，他等着被辞；算计着，大概新女仆来到就是他该卷铺盖的时候了。他可是没为这个发愁，经验使他冷静的上工辞工，犯不着用什么感情。

　　可是，杨妈走后，夏太太对祥子反倒非常的客气。没了女仆，她得自己去下厨作饭。她给祥子钱，教他出去买菜。买回来，她嘱咐他把什么该剥了皮，把什么该洗一洗。他剥皮洗菜，她就切肉煮饭，一边作事，一边找着话跟他说。她穿着件粉红的卫生衣，下面衬着条青裤子，脚上蹋拉着双白缎子绣花的拖鞋。祥子低着头笨手笨脚的工作，不敢看她，可是又想看她，她的香水味儿时时强烈的流入他的鼻中，似乎是告诉他非看看她不可，像香花那样引逗蜂蝶。

　　祥子晓得妇女的厉害，也晓得妇女的好处；一个虎妞已足使任何人怕女子，又舍不得女子。何况，夏太太又远非虎妞所能比得上的呢。祥子不由的看了她两眼，假若她和虎妞一样的可怕，她可是有比虎妞强着许多倍使人爱慕的地方。

　　这要搁在二年前，祥子决不敢看她这么两眼。现在，他不大管这个了：一来是经过妇女引诱过的，没法再管束自己。二来是他已经渐渐入了"车夫"的辙：一般车夫所认为对的，他现在也看着对；自己的努力与克己既然失败，大家的行为一定是有道理的，他非作个"车夫"不可，不管自己愿意不愿意；与众不同是行不开的。那么，拾个便宜是一般的苦人认为正当的，祥子干吗见便宜不捡着呢？他看了这个娘们两眼，是的，她只是个娘们！假如她愿意呢，祥子没法拒绝。他不敢相信她就能这么下贱，可是万一呢？她不动，祥子当然不动；她要是先露出点意思，他没主意。她已经露出点意思来了吧？要不然，干吗散了杨妈而不马上去雇人，单教祥子帮忙做(作)饭呢？干吗下厨房还擦那么多香水呢？祥子不敢决定什么，不敢希望什么，可是心里又微微的要决定点什么，要有点什么希望。他好像是作着个不实在的好梦，知道是梦，又愿意继续往下作。生命有种热力逼着他承认自己没出息，而在这没出息的事里藏着最大的快乐——也许是最大的苦恼，谁管它！

一点希冀，鼓起些勇气；一些勇气激起很大的热力；他心中烧起火来。这里没有一点下贱，他与她都不下贱，欲火是平等的！

一点恐惧，唤醒了理智；一点理智浇灭了心火；他几乎想马上逃走。这里只有苦恼，上这条路的必闹出笑话！

忽然希冀，忽然惧怕，他心中像发了疟疾。这比遇上虎姐的时候更加难过；那时候，他什么也不知道，像个初次出来的小蜂落在蛛网上；现在，他知道应当怎样的小心，也知道怎样的大胆，他莫明其妙的要往下淌，又清清楚楚的怕掉下去！

他不轻看这位姨太太，这位暗娼，这位美人，她是一切，又什么也不是。假若他也有些可以自解的地方，他想，倒是那个老瘦猴似的夏先生可恶，应当得些恶报。有他那样的丈夫，她作什么也没过错。有他那样的主人，他——祥子——作什么也没关系。他胆子大起来。

可是，她并没理会他看了她没有。作得了饭，她独自在厨房里吃；吃完；她喊了声祥子："你吃吧。吃完可得把傢伙刷出来。下半天你接先生去的时候，就手儿买来晚上的菜，省得再出去了。明天是星期，先生在家，我出去找老妈子去。你有熟人没有，给荐一个？老妈子真难找！好吧，先吃去吧，别凉了！"

她说得非常的大方，自然。那件粉红的卫生衣忽然——在祥子眼中——彷彿素净了许多。他反倒有些失望，由失望而感到惭愧，自己看明白自己已不是要强的人，不仅是不要强的人，而且是坏人！胡胡涂涂的扒搂了两碗饭，他觉得非常的无聊。洗了傢伙，到自己屋中坐下，一气不知道吸了多少根"黄狮子"！

到下午去接夏先生的时候，他不知为什么非常的恨这个老瘦猴。他真想拉得欢欢的，一撒手，把这老傢伙摔个半死。他这才明白过来，先前在一个宅门里拉车，老爷的三姨太太和大少爷不甚清楚，经老爷发觉了以后，大少爷怎么几乎把老爷给毒死；他先前以为大少爷太年轻不懂事，现在他才明白过来那个老爷怎么该死。可是，他并不想杀人，他只觉得夏先生讨厌，可恶，而没有法子惩治他。他故意的上下颠动车把，摇这个老猴子几下。老猴子并没说什么，祥子反倒有点不得劲儿。他永远没作过这样的事，偶尔有理由的作出来也不能原谅自己。后悔使他对一切都冷淡了些，干吗故意找不自在呢？无论怎说，自己是个车夫，给人家好好作事就结了，想别的有什么用？

他心中平静了，把这场无结果的事忘掉；偶尔又想起来，他反觉有点可笑。

第二天，夏太太出去找女仆。出去一会儿就带回来个试工的。祥子死了心，可是心中怎想怎不是味儿。

星期一午饭后，夏太太把试工的老妈子打发了，嫌她太不干净。然后，她叫祥子去买一斤栗子来。

买了斤热栗子回来，祥子在屋门外叫了声。

"拿进来吧，"她在屋中说。

祥子进去，她正对着镜子擦粉呢，还穿着那件粉红的卫生衣，可是换了一条淡绿的下衣。由镜子中看到祥子进来，她很快的转过身来，向他一笑。祥子忽然在这个笑容中看见了虎妞，一个年轻而美些的虎妞。他木在了那里。他的胆气，希望，恐惧，小心，都没有了，只剩下可以大可以小的一口热气，撑着他的身体。这口气使他进就进，退便退，他已没有主张。

次日晚上，他拉着自己的铺盖，回到厂子去。

平日最怕最可耻的一件事，现在他打着哈哈似的泄露给大家——他撒不出尿来了！

大家争着告诉他去买什么药，或去找哪个医生。谁也不觉得这可耻，都同情的给他出主意，并且红着点脸而得意的述说自己这种的经验。好几位年轻的曾经用钱买来过这种病，好几位中年的曾经白拾过这个症候，好几位拉过包月的都有一些分两不同而性质一样的经验，好几位拉过包月的没有亲自经验过这个，而另有些关于主人们的故事，颇值得述说。祥子这点病使他们都打开了心，和他说些知己的话。他自己忘掉羞耻，可也不以这为荣，就那么心平气和的忍受着这点病，和受了点凉或中了些暑并没有多大分别。到疼痛的时候，他稍微有点后悔；舒服一会儿，又想起那点甜美。无论怎样呢，他不着急；生活的经验教他看轻了生命，着急有什么用呢。

这么点药，那么个偏方，揍出他十几块钱去；病并没有除了根。马马虎虎的，他以为是好了便停止住吃药。赶到阴天或换节气的时候，他的骨节儿犯疼，再临时服些药，或硬挺过去，全不拿它当作一回事。命既苦到底儿，身体算什么呢？把这个想开了，连个苍蝇还会在粪坑上取乐呢，何况这么大的一个活人。

病过去之后，他几乎变成另一个人。身量还是那么高，可是那股正气没有了，肩头故意的往前松着些，搭拉着嘴，唇间叼着枝烟卷。有时候也把半截烟放在耳朵上夹着，不为那个地方方便，而专为耍个飘儿[97]。他还是不大爱说话，可是要张口的时候也勉强的耍点俏皮，即使说得不圆满利落，好歹是那么股子劲儿。心里松懈，身态与神气便吊儿郎当。

不过，比起一般的车夫来，他还不能算是很坏。当他独自坐定的时候，想起以前的自己，他还想要强，不甘心就这么溜下去。虽然要强并没有用处，可是毁掉自己也不见得高明。在这种时候，他又想起买车。自己的三十多块钱，为治病已花去十多块，花得冤枉！但是有二十来块打底儿，他到底比别人的完全扎空枪更有希望。这么一想，他很想把未吸完的半盒"黄狮子"扔掉，从此烟酒不动，咬上牙攒钱。由攒钱想到买车，由买车便想到小福子。他觉得有点对不起她，自从由大杂院出来，始终没去看看她，而自己不但没往好了混，反倒弄了一身脏病！

及至见了朋友们，他照旧吸着烟，有机会也喝点酒，把小福子忘得一乾二净。和朋友们在一块，他并不挑着头儿去干什么，不过别人要作点什么，他不能不陪着。一天的辛苦与一肚子的委屈，只有和他们说说玩玩，才能暂时忘掉。眼前的舒服驱逐走了高尚的志愿，他愿意快乐一会儿，而后混天地黑的睡个大觉；谁不喜欢这样呢，生活既是那么无聊，痛苦，无望！生活的毒疮只能借着烟酒妇人的毒药麻木一会儿，以毒攻毒，毒气有朝一日必会归了心，谁不知道这个呢，可又谁能有更好的主意代替这个呢？！

越不肯努力便越自怜。以前他什么也不怕，现在他会找安闲自在：刮风下雨，他都不出车；身上有点酸痛，也一歇就是两三天。自怜便自私，他那点钱不肯借给别人一块，专为留着风天雨天自己垫着用。烟酒可以让人，钱不能借出去，自己比一切人都娇贵可怜。越闲越懒，无事可作又闷得慌，所以时时需要些娱乐，或吃口好东西。及至想到不该这样浪费光阴与金钱，他的心里永远有句现成的话，由多少经验给他铸成的一句话："当初咱倒要强过呢，有一钉点好处没有？"这句后没人能够驳倒，没人能把它解释开；那么，谁能拦着祥子不往低处去呢？！

懒，能使人脾气大。祥子现在知道怎样对人瞪眼。对车座儿，对巡警，对任何人，他决定不再老老实实的敷衍。当他勤苦卖力的时候，他没得到过公道。现在，他知道自己的汗是怎样的宝贵，能少出一滴便少出一滴；有人要占他的便宜，休想。随便的把车放下，他懒得再动，不管那是该放车的地方不是。巡警过来干涉，他动嘴不动身子，能延宕一会儿便多停一会儿。赶到看见非把车挪开不可了，他的嘴更不能闲着，他会骂。巡警要是不肯挨骂，那么，打一场也没什么，好在祥子知道自己的力气大，先把巡警揍了，再去坐狱也不吃亏。在打架的时候，他又觉出自己的力气与本事，把力气都砸在别人的肉上，他见了光明，太阳好像特别的亮起来。攒着自己的力气好预备打架，他以前连想也没想到过，现在居然成为事实了，而且是件可以使他心中痛快一会儿的事；想起来，多么好笑呢！

不要说是个赤手空拳的巡警，就是那满街横行的汽车，他也不怕。汽车迎头来了，卷起地上所有的灰土，祥子不躲，不论汽车的喇叭怎样的响，不管坐车的怎样着急。汽车也没了法，只好放慢了速度。它慢了，祥子也躲开了，少吃许多尘土。汽车要是由后边来，他也用这一招。他算清楚了，反正汽车不敢伤人，那么为什么老早的躲开，好教它把尘土都带起来呢？巡警是专为给汽车开道的，唯恐它跑得不快与带起来的尘土不多，祥子不是巡警，就不许汽车横行。在巡警眼中，祥子是头等的"刺儿头"，可是他们也不敢惹"刺儿头"。苦人的懒是努力而落了空的自然结果，苦人的耍刺儿含着一些公理。

对于车座儿，他绝对不客气。讲到哪里拉到哪里，少也不多走。讲到胡同口"上"，而教他拉到胡同口"里"，没那个事！座儿瞪眼，祥子的眼瞪得更大。他晓得那些穿洋服的先生们是多么怕脏了衣裳，也知道穿洋服的先生们——多数的——是多么强横而吝啬。好，他早预备好了；说翻了，过去就是一把，抓住他们五六十块钱一身的洋服的袖子，至少给他们印个大黑手印！赠给他们这么个手印儿，还得照样的给钱，他们晓得那只大手有多么大的力气，那一把已将他们的小细胳臂攥得生疼。

他跑得还不慢，可是不能白白的特别加快。座儿一催，他的大脚便蹭了地："快呀，加多少钱？"没有客气，他卖的是血汗。他不再希望随他们的善心多赏几个了，一分钱一分货，得先讲清楚了再拿出力气来。

对于车，他不再那么爱惜了。买车的心既已冷淡，对别人家的车就漠不关心。车只是辆车，拉着它呢，可以挣出嚼谷与车份便算完结了一切；不拉着它呢，便不用交车份，那么只要手里有够吃一天的钱，就无须往外拉它。人与车的关系不过如此。自然，他还不肯故意的损伤了人家的车，可是也不便分外用心的给保护着。有时候无心中的被别个车夫给碰伤了一块，他决不急里蹦跳的和人家吵闹，而极冷静的拉回厂子去，该赔五毛的，他拿出两毛来，完事。厂主不答应呢，那好办，最后的解决总出不去起打；假如厂主愿意打呢，祥子陪着！

经验是生活的肥料，有什么样的经验便变成什么样的人，在沙漠里养不出牡丹来。祥子完全入了辙，他不比别的车夫好，也不比他们坏，就是那么个车夫样的车夫。这么着，他自己觉得倒比以前舒服，别人也看他顺眼；老鸦是一边黑的，他不希望独自成为白毛儿的。

冬天又来到，从沙漠吹来的黄风一夜的工夫能冻死许多人。听着风声，祥子把头往被子里埋，不敢再起来。直到风停止住那狼嚎鬼叫的响声，他才无可如何的起来，

129

打不定主意是出去好呢，还是歇一天。他懒得去拿那冰凉的车把，怕那噎得使人恶心的风。狂风怕日落，直到四点多钟，风才完全静止，昏黄的天上透出些夕照的微红。他强打精神，把车拉出来。揣着手，用胸部顶着车把的头，无精嗒彩的慢慢的幌，嘴中叼着半根烟卷。一会儿，天便黑了，他想快拉上俩买卖，好早些收车。懒得去点灯，直到沿路的巡警催了他四五次，才把它们点上。

在鼓楼前，他在灯下抢着个座儿，往东城拉。连大棉袍也没脱，就那么稀里胡芦的小跑着。他知道这不像样儿，可是，不像样就不像样吧；像样儿谁又多给几个子儿呢？这不是拉车，是混；头上见了汗，他还不肯脱长衣裳，能凑合就凑合。进了小胡同，一条狗大概看穿长衣拉车的不甚顺眼，跟着他咬。他停住了车，倒攥着布撢子，拚命的追着狗打。一直把狗赶没了影，他还又等了会儿，看它敢回来不敢。狗没敢回来，祥子痛快些："妈妈的！当我怕你呢！"

"你这算哪道拉车的呀？我问你！"车上的人没有好气儿的问。

祥子的心一动，这个语声听着耳熟。胡同里很黑，车灯虽亮，可是光都在下边，他看不清车上的是谁。车上的人戴着大风帽，连嘴带鼻子都围在大围脖之内，只露着两个眼。祥子正在猜想。车上的人又说了话：

"你不是祥子吗？"

祥子明白了，车上的是刘四爷！他轰的一下，全身热辣辣的，不知怎样才好。

"我的女儿呢？"

"死了！"祥子呆呆的在那里立着，不晓得是自己，还是另一个人说了这两个字。

"什么？死了？"

"死了！"

"落在他妈的你手里，还有个不死？！"

祥子忽然找到了自己："你下来！下来！你太老了，经不住我揍；下来！"

刘四爷的手颤着，按着支车棍儿哆嗦着下来。"埋在了哪儿？我问你！"

"管不着！"祥子拉起车来就走。

他走出老远，回头看了看，老头子——一个大黑影似的——还在那儿站着呢。

二十二[98]

祥子忘了是往哪里走呢。他昂着头，双手紧紧握住车把，眼放着光，迈着大步往前走；只顾得走，不管方向与目的地。他心中痛快，身上轻松，彷佛把自从娶了虎妞之后所有的倒霉一股拢总都喷在刘四爷身上。忘了冷，忘了张罗买卖，他只想往前走，彷佛走到什么地方他必能找回原来的自己，那个无牵无挂，纯洁，要强，处处努力的祥子。想起胡同中立着的那块黑影，那个老人，似乎什么也不必再说了，战胜了刘四便是战胜了一切。虽然没打这个老像伙一拳，没踹他一脚，可是老头子失去唯一的亲人，而祥子反倒逍遥自在；谁说这不是报应呢！老头子气不死，也得离死差不远！刘老头子有一切，祥子什么也没有；而今，祥子还可以高高兴兴的拉车，而老头子连女儿的坟也找不到！好吧，随你老头子有成堆的洋钱，与天大的脾气，你治不服这个一天现混两个饱的穷光蛋！

越想他越高兴，他真想高声的唱几句什么，教世人都听到这凯歌——祥子又活了，祥子胜利了！晚间的冷气削着他的脸，他不觉得冷，反倒痛快。街灯发着寒光，祥子心中觉得舒畅的发热，处处是光，照亮了自己的将来。半天没吸烟了，不想再吸，从此烟酒不动，祥子要重打鼓另开张，照旧去努力自强，今天战胜了刘四，永远战胜刘四；刘四的诅咒适足以教祥子更成功，更有希望。一口恶气吐出，祥子从此永远吸着新鲜的空气。看看自己的手脚，祥子不还是很年轻么？祥子将要永远年轻，教虎妞死，刘四死，而祥子活着，快活的，要强的，活着——恶人都会遭报，都会死，那抢他车的大兵，不给仆人饭吃的杨太太，欺骗他压迫他的虎妞，轻看他的刘四，诈他钱的孙侦探，愚弄他的陈二奶奶，诱惑他的夏太太……都会死，只有忠诚老实的祥子活着，永远活着！

"可是，祥子你得从此好好的干哪！"他嘱咐着自己。"干吗不好好的干呢？我有志气，有力量，年纪轻！"他替自己答辩："心中一痛快，谁能拦得住祥子成家立业呢？把前些日子的事搁在谁身上，谁能高兴，谁能不往下溜？那全过去了，明天你们会看见一个新的祥子，比以前的还要好，好的多！"

嘴里咕唧着，脚底下便更加了劲，好像是为自己的话作见证——不是瞎说，我确

131

是有个身子骨儿。虽然闹过病，犯过见不起人的症候，有什么关系呢。心一变，马上身子也强起来，不成问题！出了一身的汗，口中觉得渴，想喝口水，他这才觉出已到了后门。顾不得到茶馆去，他把车放在城门西的"停车处"，叫过提着大瓦壶，拿着黄砂碗的卖茶的小孩来，喝了两碗刷锅水似的茶；非常的难喝，可是他告诉自己，以后就得老喝这个，不能再都把钱花在好茶好饭上。这么决定好，爽性再吃点东西——不好往下咽的东西——就作为勤苦耐劳的新生活的开始。他买了十个煎包儿，里边全是白菜梆子，外边又"皮"又牙碜[99]。不管怎样难吃，也都把它们吞下去。吃完，用手背抹了抹嘴。上哪儿去呢？

可以投奔的，可依靠的，人，在他心中，只有两个。打算努力自强，他得去找这两个——小福子与曹先生。曹先生是圣人，必能原谅他，帮助他，给他出个好主意。顺着曹先生的主意去作事，而后再有小福子的帮助；他打外，她打内，必能成功，必能成功，这是无可疑的！

谁知道曹先生回来没有呢？不要紧，明天到北长街去打听；那里打听不着，他会上左宅去问，只要找着曹先生，什么便都好办了。好吧，今天先去拉一晚上，明天去找曹先生；找到了他，再去看小福子，告诉她这个好消息：祥子并没混好，可是决定往好里混，咱们一同齐心努力的往前奔吧！

这样计画好，他的眼亮得像个老鹰的，发着光向四外扫射，看见个座儿，他飞也似跑过去，还没讲好价钱便脱了大棉袄。跑起来，腿确是不似先前了，可是一股热气支撑着全身，他拚了命！祥子到底是祥子，祥子拚命跑，还是没有别人的份儿。见一辆，他开一辆，好像发了狂。汗痛快的往外流。跑完一趟，他觉得身上轻了许多，腿又有了那种弹力，还想再跑，像名马没有跑足，立定之后还踢腾着蹄儿那样。他一直跑到夜里一点才收车。回到厂中，除了车份，他还落下九毛多钱。

一觉，他睡到了天亮；翻了个身，再睁开眼，太阳已上来老高。疲乏后的安息是最甜美的享受，起来伸了个小懒腰，骨节都轻脆的响，胃中像完全空了，极想吃点什么。

吃了点东西，他笑着告诉厂主："歇一天，有事。"心中计算好：歇一天，把事情都办好，明天开始新的生活。

一直的他奔了北长街去，试试看，万一曹先生已经回来了呢。一边走，一边心里祷告着：曹先生可千万回来了，别教我扑个空！头一样儿不顺当，样样儿就都不顺当！祥子改了，难道老天爷还不保佑么？

到了曹宅门外，他的手哆嗦着去按铃。等着人来开门，他的心要跳出来。对这个熟识的门，他并没顾得想过去的一切，只希望门一开，看见个熟识的脸。他等着，他怀疑院里也许没有人，要不然为什么这样的安静呢，安静得几乎可怕。忽然门里有点响动，他反倒吓了一跳，仿佛夜间守灵，忽然听到棺材响了一声那样。门开了，门的响声里夹着一声最可宝贵，最亲热可爱的"哟！"高妈！

"祥子？可真少见哪！你怎么瘦了？"高妈可是胖了一些。

"先生在家？"祥子顾不得说别的。

"在家呢。你可倒好，就知道有先生，彷佛咱们就谁也不认识谁！连个好儿也不问！你真成，永远是'客（怯）木匠一锯（句）'[100]！进来吧！你混得倒好哇？"她一边往里走，一边问。

"哼！不好！"祥子笑了笑。

"那什么，先生，"高妈在书房外面叫，"祥子来了！"

曹先生正在屋里赶着阳光移动水仙呢："进来！"

"唉，你进去吧，回头咱们再说话儿；我去告诉太太一声；我们全时常念道你！傻人有个傻人缘，你倒别瞧！"高妈叨唠着走进去。

祥子进了书房："先生，我来了！"想要问句好，没说出来。

"啊，祥子！"曹先生在书房里立着，穿着短衣，脸上怪善净的微笑。"坐下！那——"他想了会儿："我们早就回来了，听老程说，你在——对，人和厂。高妈还去找了你一趟，没找到。坐下！你怎样？事情好不好？"

祥子的泪要落下来。他不会和别人谈心，因为他的话都是血作的，窝在心的深处。镇静了半天，他想要把那片血变成的简单的字，流泻出来。一切都在记忆中，一想便全想起来，他得慢慢的把它们排列好，整理好。他是要说出一部活的历史，虽然不晓得其中的意义，可是那一串委屈是真切的，清楚的。

曹先生看出他正在思索，轻轻的坐下，等着他说。

祥子低着头楞了好大半天，忽然抬头看看曹先生，彷佛若是找不到个人听他说，就不说也好似的。

"说吧！"曹先生点了点头。

祥子开始说过去的事，从怎么由乡间到城里说起。本来不想说这些没用的事，可是不说这些，心中不能痛快，事情也显着不齐全。他的记忆是血汗与苦痛砌成的，不能随便说着玩，一说起来也不愿掐头去尾。每一滴汗，每一滴血，都是由生命中流出去的，所以每一件事都有值得说的价值。

进城来，他怎样作苦工，然后怎样改行去拉车。怎样攒钱买上车，怎样丢了……一直说到他现在的情形。连他自己也觉着奇怪，为什么他能说得这么长，而且说得这么畅快。事情，一件挨着一件，全想由心中跳出来。事情自己似乎会找到相当的字眼，一句挨着一句，每一句都是实在的，可爱的，可悲的。他的心不能禁止那些事往外走，他的话也就没法停住。没有一点迟疑，混乱，他好像要一口气把整个的心都拿出来。越说越痛快，忘了自己，因为自己已包在那些话中，每句话中都有他，那要强的，委屈的，辛苦的，堕落的，他。说完，他头上见了汗，心中空了，空得舒服，像晕倒过去而出了凉汗那么空虚舒服。

"现在教我给你出主意？"曹先生问。

祥子点了点头；话已说完，他似乎不愿再张口了。

"还得拉车？"

祥子又点了点头。他不会干别的。

"既是还得去拉车，"曹先生慢慢的说，"那就出不去两条路。一条呢是凑钱买上车，一条呢是暂且赁车拉着，是不是？你手中既没有积蓄，借钱买车，得出利息，还不是一样？莫如就先赁车拉着。还是拉包月好，事情整重，吃住又都靠盘儿。我看你就还上我这儿来好啦；我的车卖给了左先生，你要来的话，得赁一辆来；好不好？"

"那敢情好！"祥子立了起来。"先生不记着那回事了？"

"哪回事？"

"那回，先生和太太都跑到左宅去！"

"呕！"曹先生笑起来。"谁记得那个！那回，我有点太慌。和太太到上海住了几个月，其实满可以不必，左先生早给说好了，那个阮明现在也作了官，对我还不错。那，大概你不知道这点儿；算了吧，我一点也没记着它。还说咱们的吧：你刚才说的那个小福子，她怎么办呢？"

"我没主意！"

"我给你想想看：你要是娶了她，在外面租间房，还是不上算；房租，煤灯炭火都是钱，不够。她跟着你去作工，哪能又那么凑巧，你拉车，她作女仆，不易找到！这倒不好办！"曹先生摇了摇头。"你可别多心，她到底可靠不可靠呢？"

祥子的脸红起来，哽吃了半天才说出来："她没法子才作那个事，我敢下脑袋，她很好！她……"他心中乱开了：许多不同的感情凝成了一团，又忽然要裂开，都要往外跑；他没了话。

"要是这么着呀，"曹先生迟疑不决的说，"除非我这儿可以将就你们。你一个人占一间房，你们俩也占一间房；住的地方可以不发生问题。不知道她会洗洗作作的不会，假若她能作些事呢，就让她帮助高妈；太太不久就要生小孩，高妈一个人也太忙点。她呢，白吃我的饭，我可就也不给她工钱，你看怎样？"

"那敢情好！"祥子天真的笑了。

"不过，这我可不能完全作主，得跟太太商议商议！"

"没错！太太要不放心，我把她带来，教太太看看！"

"那也好，"曹先生也笑了，没想到祥子还能有这么个心眼。"这么着吧，我先和太太提一声，改天你把她带来；太太点了头，咱们就算成功！"

"那么先生，我走吧？"祥子急于去找小福子，报告这个连希望都没敢希望过的好消息。

祥子出了曹宅，大概有十一点左右吧，正是冬季一天里最可爱的时候。这一天特别的晴美，蓝天上没有一点云，日光从干凉的空气中射下，使人感到一些爽快的暖气。鸡鸣犬吠，和小贩们的吆喝声，都能传达到很远，隔着街能听到些响亮清脆的声儿，像从天上落下的鹤唳。洋车都打开了布棚，车上的铜活闪着黄光。便道上骆驼缓慢稳当的走着，街心中汽车电车疾驰，地上来往着人马，天上飞着白鸽，整个的老城处处动中有静，乱得痛快、静得痛快，一片声音，万种生活，都覆在晴爽的蓝天下面，到处静静的立着树木。

祥子的心要跳出来，一直飞到空中去，与白鸽们一同去盘旋！什么都有了：事情，工钱，小福子，在几句话里美满的解决了一切，想也没想到呀！看这个天，多么晴爽干燥，正像北方人那样爽直痛快。人遇到喜事，连天气也好了，他似乎没见过这样可爱的冬晴。为更实际的表示自己的快乐，他买了个冻结实了的柿子，一口下去，满嘴都是冰凌！扎牙根的凉，从口中慢慢凉到胸部，使他全身一颤。几口把它吃完，舌头有些麻木，心中舒服。他扯开大步，去找小福子。心中已看见了那个杂院，那间小屋，与他心爱的人；只差着一对翅膀把他一下送到那里。只要见了她，以前的一切可以一笔勾销，从此另辟一个天地。此刻的急切又超过了去见曹先生的时候，曹先生与他的关系是朋友，主仆，彼此以好换好。她不仅是朋友，她将把她的一生交给他，两个地狱中的人将要抹去泪珠而含着笑携手前进[101]。曹先生的话能感动他，小福子不用说话就能感动他。他对曹先生说了真实的话，他将要对小福子说些更知心的话，跟谁也不能说的话都可以对她说。她，现在，就是他的命，没有她便什么也算不了一回事。他不能仅为自己的吃喝努力，他必须把她从那间小屋救拔出来，而后与他一同住在一间干净暖和的屋里，像一对小鸟似的那么快活，体面，亲热！[102]她可以不管二强子，也可以不管两个弟弟，她必须来帮助祥子。二强子本来可以自己挣饭吃，那两个弟弟也可以对付着去俩人拉一辆车，或作些别的事了；祥子，没她可不行。他的身体，精神，事情，没有一处不需要她的。她也正需要他这么男人。

越想他越急切，越高兴；天下的女人多了，没有一个像小福子这么好，这么合适的！他已娶过，偷过；已接触过美的和丑的，年老的和年轻的；但是她们都不能挂在他的心上，她们只是妇女，不是伴侣。不错，她不是他心目中所有的那个一清二白的姑娘，可是正因为这个，她才更可怜，更能帮助他。那傻子似的乡下姑娘也许非常的清白，可是绝不会有小福子的本事与心路。况且，他自己呢？心中也有许多黑点呀！那么，他与她正好是一对儿，谁也不高，谁也不低，像一对都有破纹，而都能盛水的罐子，正好摆在一处。

无论怎想，这是件最合适的事。想过这些，他开始想些实际的：先和曹先生支一月的工钱，给她买件棉袍，齐理齐理鞋脚，然后再带她去见曹太太。穿上新的，素净的长棉袍，头上脚下都干干净净的，就凭她的模样，年岁，气派，一定能拿得出手去，一定能讨曹太太的喜欢。没错儿！

走到了地方，他满身是汗。见了那个破大门，好像见了多年未曾回来过的老家：破门，破墙，门楼上的几棵干黄的草，都非常的可爱。他进了大门，一直奔了小福子的屋子去。顾不得敲门，顾不得叫一声，他一把拉开了门。一拉开门，他本能的退了回来。炕上坐着个中年的妇人，因屋中没有火，她围着条极破的被子。祥子楞在门外，屋里出了声："怎么啦？报丧哪？怎么不言语一声楞往人家屋里走啊？！你找谁？"

祥子不想说话。他身上的汗全忽然落下去，手扶着那扇破门，他又不敢把希望全都扔弃了："我找小福子！"

"不知道！赶明儿你找人的时候，问一声再拉门！什么小福子大福子的！"

坐在大门口，他楞了好大半天，心中空了，忘了他是干什么呢。慢慢的他想起一点来，这一点只有小福子那么大小，小福子在他心中走过来，又走过去，像走马灯上的纸人，老那么来回的走，没有一点作用，他似乎忘了他与她的关系。慢慢的，小福子的形影缩小了些，他的心多了一些活动。这才知道了难过。

在不准知道事情的吉凶的时候，人总先往好里想。祥子猜想着，也许小福子搬了家，并没有什么更大的变动。自己不好，为什么不常来看看她呢？惭愧令人动作，好补补自己的过错。最好是先去打听吧。他又进了大院，找住个老邻居探问了一下。没得到什么正确的消息。还不敢失望，连饭也不顾得吃，他想去找二强子；找到那两个弟弟也行。这三个男人总在街面上，不至于难找。

见人就问，车口上，茶馆中，杂院里，尽着他的腿的力量走了一天，问了一天，没有消息。

晚上，他回到车厂，身上已极疲乏，但是还不肯忘了这件事。一天的失望，他不敢再盼望什么了。苦人是容易死的，苦人死了是容易被忘掉的。莫非小福子已经不在了么？退一步想，即使她没死，二强子又把她卖掉，卖到极远的地方去，是可能的；这比死更坏！

烟酒又成了他的朋友。不吸烟怎能思索呢？不喝酒怎能停止住思索呢？

二十三

祥子在街上丧胆游魂的走，遇见了小马儿的祖父。老头子已不拉车，身上的衣裳比以前更薄更破，扛着根柳木棍子，前头挂着个大瓦壶，后面悬着个破元宝筐子，筐子里有些烧饼油鬼和一大块砖头。他还认识祥子。

说起话来，祥子才知道小马儿已死了半年多，老人把那辆破车卖掉，天天就弄壶茶和些烧饼果子在车口儿上卖。老人还是那么和气可爱，可是腰弯了许多，眼睛迎风流泪，老红着眼皮像刚哭完似的。

祥子喝了他一碗茶，把心中的委屈也对他略略说了几句。

"你想独自混好？"老人评断着祥子的话："谁不是那么想呢？可是谁又混好了呢？当初，我的身子骨儿好，心眼好，一直混到如今了，我落到现在的样儿！身子好？铁打的人也逃不出去咱们这个天罗地网。心眼好？有什么用呢！善有善报，恶有恶报，并没有这么八宗事！我当年轻的时候，真叫作热心肠儿，拿别人的事当自己的作。有用没有？没有！我还救过人命呢，跳河的，上吊的，我都救过，有报应没有？没有！告诉你，我不定哪天就冻死，我算是明白了，干苦活儿的打算独自一个人混好，比登天还难。一个人能有什么蹦儿[103]？！看见过蚂蚱吧？独自一个儿也蹦得怪远的，可是教个小孩子逮住，用线儿拴上，连飞也飞不起来。赶到成了群，打成阵，哼，一阵就把整顷的庄稼吃净，谁也没法儿治它们！你说是不是？我的心眼倒好呢，连个小孙子都守不住。他病了，我没钱给他买好药，眼看着他死在我的怀里！甭说了，什么也甭说了！茶来！谁喝碗热的？！"

祥子真明白了：刘四，杨太太，孙侦探——并不能因为他的咒骂就得了恶报；他自己，也不能因为要强就得了好处。自己，专仗着自己，真像老人所说的，就是被小孩子用线拴上的蚂蚱，有翅膀又怎样呢？

他根本不想上曹宅去了。一上曹宅，他就得要强，要强有什么用呢？就这么大咧咧的瞎混吧：没饭吃呢，就把车拉出去；够吃一天的呢，就歇一天，明天再说明天的。这不但是个办法，而且是唯一的办法。攒钱，买车，都给别人预备着来抢，何苦呢？何不得乐且乐呢？

再说，设若找到了小福子，他也还应当去努力；不为自己，还不为她吗？既然找不到她，正像这老人死了孙子，为谁混呢？他把小福子的事也告诉了老人，他把老人当作了真的朋友。

"谁喝碗热的？"老人先吆喝了声，而后替祥子来想："大概据我这么猜呀，出去两条道儿：不是教二强子卖给人家当小啊，就是押在了白房子。哼，多半是下了白房子！怎么说呢？小福子既是，像你刚才告诉我的，嫁过人，就不容易再有人要；人家买姨太太的要整货。那么，大概有八成，她是下了白房子。我快六十岁了，见过的事多了去啦：拉车的壮实小伙子要是有个一两天不到街口上来，你去找吧，不是拉上包月，准在白房子爬着呢；咱们拉车人的姑娘媳妇要是忽然不见了，总有七八成也是上那儿去了。咱们卖汗，咱们的女人卖肉，我明白，我知道！你去上那里找找看吧，不盼着她真在那里，不过……茶来！谁喝碗热的？！"

祥子一气跑到西直门外。

一出了关厢，马上觉出空旷，树木削瘦的立在路旁，枝上连只鸟也没有。灰色的树木，灰色的土地，灰色的房屋，都静静的立在灰黄色的天下；从这一片灰色望过去，看见那荒寒的西山。铁道北，一片树林，林外几间矮屋，祥子算计着，这大概就是白房子了。看看树林，没有一点动静；再往北看，可以望到万牲园外的一些水地，高低不平的只剩下几棵残蒲败苇。小屋子外没有一个人，没动静。远近都这么安静，他怀疑这是否那个出名的白房子了。他大着胆往屋子那边走，屋门上都挂着草帘子，新挂上的，都黄黄的有些光泽。他听人讲过，这里的妇人都在夏天赤着背，在屋外坐着，招呼着行人。那来照顾她们的，还老远的要唱着窑调[104]，显出自己并不是外行。为什么现在这么安静呢？难道冬天此地都不作买卖了么？

他正在这么猜疑，靠边的那一间的草帘子动了一下，露出个女人头来。祥子吓了一跳，那个人头，猛一看，非常像虎妞的。他心里说："来找小福子，要是找到了虎妞，才真算见鬼！"

"进来吧，傻乖乖！"那个人头说了话，语音可不像虎妞的；嗓子哑着，很像他常在天桥听见的那个卖野药的老头子，哑而显着急切。

屋子里什么也没有，只有那个妇人和一铺小炕，炕上没有席，可是炕里烧着点火，臭气烘烘的非常的难闻。炕上放着条旧被子，被子边儿和炕上的砖一样，都油亮油亮的。妇人有四十来岁，蓬着头，还没洗脸。她下边穿着条夹裤，上面穿着件青布小棉袄，没系着钮扣。祥子大低头才对付着走进去，一进门就被她搂住了。小棉袄本没扣着，胸前露出一对极长极大的奶来。

祥子坐在了炕沿上，因为立着便不能伸直了脖了。他心中很喜欢遇上了她，常听人说，白房子有个"白面口袋"，这必定是她。"白面口袋"这个外号来自她那两个大奶——能一撩就放在肩头上。游客们来照顾她的，都附带的教她表演这个。可是，她的出名还不仅因为这一对异常的大乳房。她是这里的唯一的自由人。她自己甘心上这儿来混。她嫁过五次，男人都不久便像瘪臭虫似的死去，所以她停止了嫁人，而来到这里享受。因为她自由，所以她敢说话。想探听点白房子里面的事，非找她不可；别个妇人绝对不敢泄露任何事。因此，谁都知道"白面口袋"，也不断有人来打听事儿。自然，打听事儿也得给"茶钱"。所以她的生意比别人好，也比别人轻松。祥子晓得这个，他先付了"茶钱"。"白面口袋"明白了祥子的意思，也就不再往前企扈。祥子开门见山的问她看见个小福子没有？她不晓得。祥子把小福子的模样形容了一番，她想起来了：

"有，有这么个人！年纪不大，好露出几个白牙，对，我们都管她叫小嫩肉。"

"她在哪屋里呢？"祥子的眼忽然睁得带着杀气。

"她？早完了！""白面口袋"向外一指，"吊死在树林里了！"

"怎么？"

"小嫩肉到这儿以后，人缘很好。她可是有点受不了，身子挺单薄。有一天，掌灯的时候，我还记得真真的，因为我同着两三个娘们正在门口坐着呢。唉，就是这么个时候，来了个逛的，一直奔了她屋里去；她不爱同我们坐在门口，刚一来的时候还为这个挨过打，后来她有了名，大伙儿也就让她独自个儿在屋里，好在来逛她的决不去找别人。待了有一顿饭的工夫吧，客人走了，一直就奔了那个树林去。我们什么也没看出来，也没人到屋里去看她。赶到老叉杆[105]跟她去收账的时候，才看见屋里躺着个男人，赤身露体，睡得才香呢。他原来是喝醉了。小嫩肉把客人的衣裳剥下来，自己穿上，逃了。她真有心眼。要不是天黑了，要命她也逃不出去。天黑，她又女扮男装，把大伙儿都给蒙了。马上老叉杆派人四处去找，哼，一进树林，她就在那儿挂着呢。摘下来，她已断了气，可是舌头并没吐出多少，脸上也不难看，到死的时候她还讨人喜欢呢！这么几个月了，树林里到晚上一点事儿也没有，她不出来唬吓人，多么仁义！……"

祥子没等她说完，就幌幌悠悠的走出来。走到一块坟地，四四方方的种着些松树，树当中有十几个坟头。阳光本来很微弱，松林中就更暗淡。他坐在地上，地上有些干草与松花。什么声音也没有，只有树上的几个山喜鹊扯着长声悲叫。这绝不会是小福子的坟，他知道，可是他的泪一串一串的往下落。什么也没有了，连小福子也入了土！他是要强的，小福子是要强的，他只剩下些没有作用的泪，她已作了吊死鬼！一领席，埋在乱死岗子，这就是努力一世的下场头！

　　回到车厂，他懊睡了两天。决不想上曹宅去了，连个信儿也不必送，曹先生救不了祥子的命。睡了两天，他把车拉出去，心中完全是块空白，不再想什么，不再希望什么，只为肚子才出来受罪，肚子饱了就去睡，还用想什么呢，还用希望什么呢？看着一条瘦得出了棱的狗在白薯挑子旁边等着吃点皮和须子，他明白了他自己就跟这条狗一样，一天的动作只为捡些白薯皮和须子吃。将就着活下去是一切，什么也无须乎想了。

　　人把自己从野兽中提拔出，可是到现在人还把自己的同类驱逐到野兽去。祥子还在那文化之城，可是变成了走兽。一点也不是他自己的过错。他停止住思想，所以就是杀了人，他也不负什么责任。他不再有希望，就那么迷迷忽忽的往下坠，坠入那无底的深坑。他吃，他喝，他嫖，他赌，他懒，他狡猾，因为他没了心，他的心被人家摘了去。他只剩下那个高大的肉架子，等着溃烂，预备着到乱死岗子去。

　　冬天过去了，春天的阳光是自然给一切人的衣服，他把棉衣卷巴卷巴全卖了。他要吃口好的，喝口好的，不必存着冬衣，更根本不预备着再看见冬天；今天快活一天吧，明天就死！管什么冬天不冬天呢！不幸，到了冬天，自己还活着，那就再说吧。原先，他一思索，便想到一辈子的事；现在，他只顾眼前。经验告诉了他，明天只是今天的继续，明天承继着今天的委屈。卖了棉衣，他觉得非常的痛快，拿着现钱作什么不好呢，何必留着等那个一阵风便噎死人的冬天呢？

　　慢慢的，不但是衣服，什么他也想卖，凡是暂时不用的东西都马上出手。他喜欢看自己的东西变成钱，被自己花了；自己花用了，就落不到别人手中，这最保险。把东西卖掉，到用的时候再去买；假若没钱买呢，就干脆不用。脸不洗，牙不刷，原来都没大关系，不但省钱，而且省事。体面给谁看呢？穿着破衣，而把烙饼卷酱肉吃在肚中，这是真的！肚子里有好东西，就是死了也有些油水，不至于象个饿死的老鼠。

　　祥子，多么体面的祥子，变成个又瘦又脏的低等车夫。脸，身体，衣服，他都不洗，头发有时候一个多月不剃一回。他的车也不讲究了，什么新车旧车的，只要车份儿小就好。拉上买卖，稍微有点甜头，他就中途倒出去。坐车的不答应，他会瞪眼，打起架来，到警区去住两天才不算一回事！独自拉着车，他走得很慢，他心疼自己的汗。及至走上帮儿车，要是高兴的话，他还肯跑一气，专为把别人落在后边。在这种时候，他也很会掏坏，什么横切别的车，什么故意拐硬湾，什么弊（别）扭着后面的车，什么抽冷了操前面的车一把，他都会。原先他以为拉车是拉着条人命，一不小心便有摔死人的危险。现在，他故意的耍坏；摔死谁也没大关系，人都该死！

　　他又恢复了他的静默寡言。一声不出的，他吃，他喝，他掏坏。言语是人类彼此交换意见与传达感情的，他没了意见，没了希望，说话干吗呢？除了讲价儿，他一天到晚老闭着口；口似乎专为吃饭喝茶与吸烟预备的。连喝醉了他都不出声，他会坐在僻静的地方去哭。几乎每次喝醉他必到小福子吊死的树林里去落泪；哭完，他就在白房子里住下。酒醒过来，钱净了手，身上中了病。他并不后悔；假若他也有后悔的时候，他是后悔当初他干吗那么要强，那么谨慎，那么老实。该后悔的全过去了，现在没有了可悔的事。

现在，怎能占点便宜，他就怎办。多吸人家一支烟卷，买东西使出个假铜子去，喝豆汁多吃几块咸菜，拉车少卖点力气而多争一两个铜子，都使他觉到满意。他占了便宜，别人就吃了亏，对，这是一种报复！慢慢的再把这个扩大一点，他也学会跟朋友们借钱，借了还是不想还；逼急了他可以撒无赖。初一上来，大家一点也不怀疑他，都知道他是好体面讲信用的人，所以他一张嘴，就把钱借到。他利用着这点人格的残余到处去借，借着如白捡，借到手便顺手儿花去。人家要债，他会作出极可怜的样子去央求宽限；这样还不成，他会去再借二毛钱，而还上一毛五的债，剩下五分先喝了酒再说。一来二去，他连一个铜子也借不出了，他开始去骗钱花。凡是以前他所混过的宅门，他都去拜访，主人也好，仆人也好，见面他会编一套谎，骗几个钱；没有钱，他央求赏给点破衣服，衣服到手马上也变了钱，钱马上变了烟酒。他低着头思索，想坏主意，想好一个主意就能进比拉一天车还多的钱；省了力气，而且进钱，他觉得非常的上算。他甚至于去找曹宅的高妈。远远的等着高妈出来买东西，看见她出来，他几乎是一步便赶过去，极动人的叫她一声高大嫂。

"哟！吓死我了！我当是谁呢？祥子啊！你怎么这么样了？"高妈把眼都睁得圆了，好像看见一个怪物。

"甭提了！"祥子低下头去。

"你不是跟先生都说好了吗？怎么一去不回头了？我还和老程打听你呢，他说没看见你，你到底上哪儿啦？先生和太太都直不放心！"

"病了一大场，差点死了！你和先生说说，帮我一步，等我好利落了，再来上工！"祥子把早已编好的话，简单的，动人的，说出。

"先生没在家，你进来见见太太好不好？"

"甭啦！我这个样儿！你给说说吧！"

高妈给他拿出两块钱来："太太给你的，嘱咐你快吃点药！"

"是了！谢谢太太！"祥子接过钱来，心里盘算着上哪儿开发了它。高妈刚一转脸，他奔了天桥，足玩了一天。

慢慢的把宅门都串净，他就串了个第二回，这次可就已经不很灵验了。他看出来，这条路子不能靠长，得另想主意，得想比拉车容易挣钱的生意。在先前，他唯一的指望就是拉车；现在，他讨厌拉车。自然他一时不能完全和车断绝关系，可是只要有法子能暂时对付三餐，他便不肯去摸车把。他的身子懒，而耳朵很尖，有个消息，他就跑到前面去。什么公民团咧，什么请愿队咧，凡是有人出钱的事，他全干。三毛也好，两毛也好，他乐意去打一天旗子，随着人群乱走。他觉得这无论怎样也比拉车强，挣钱不多，可是不用卖力气呢。打着面小旗，他低着头，嘴里叼着烟卷，似笑非笑的随着大家走，一声也不出。到非喊叫几声不可的时候，他会张开大嘴，而完全没声，他爱惜自己的嗓子。对什么事他也不想用力，因为以前卖过力气而并没有分毫的好处。在这种打旗呐喊的时候，设若遇见点什么危险，他头一个先跑开，而且跑得很快。他的命可以毁在自己手里，再也不为任何人牺牲什么。为个人努力的也知道怎样毁灭个人，这是个人主义的两端。

二十四

又到了朝顶进香的时节，天气暴热起来。

卖纸扇的好像都由什么地方忽然一齐钻出来，跨着箱子，箱上的串铃哗啷哗啷的引人注意。道旁，青杏已论堆儿叫卖，樱桃照眼的发红，玫瑰枣儿盆上落着成群的金蜂，玻璃粉在大磁盆内放着层乳光，扒糕与凉粉的挑子收拾得非常的利落，摆着各样颜色的作料，人们也换上浅淡而花哨的单衣，街上突然增加了许多颜色，像多少道长虹散落在人间。清道夫们加紧的工作，不住的往道路上泼洒清水，可是轻尘依旧往起飞扬，令人烦躁。轻尘中却又有那长长的柳枝，与轻巧好动的燕子，使人又不得不觉到爽快。一种使人不知怎样好的天气，大家打着懒长的哈欠，疲倦而又痛快。

秧歌，狮子，开路，五虎棍，和其他各样的会，都陆续的往山上去。敲着锣鼓，挑着箱笼，打着杏黄旗，一当儿跟着一当儿，给全城一些异常的激动，给人们一些渺茫而又亲切的感触，给空气中留下些声响与埃尘。赴会的，看会的，都感到一些热情，虔诚，与兴奋。乱世的热闹来自迷信，愚人的安慰只有自欺。这些色彩，这些声音，满天的晴云，一街的尘土，教人们有了精神，有了事作：上山的上山，逛庙的逛庙，看花的看花……至不济的还可以在街旁看看热闹，念两声佛。

天这么一热，似乎把故都的春梦唤醒，到处可以游玩，人人想起点事作，温度催着花草果木与人间享乐一齐往上增长。南北海里的绿柳新蒲，招引来吹着口琴的少年，男男女女把小船放到柳阴下，或荡在嫩荷间，口里吹着情歌，眉眼也会接吻。公园里的牡丹芍药，邀来骚人雅士，缓步徘徊，摇着名贵的纸扇；走乏了，便在红墙前，绿松下，饮几杯足以引起闲愁的清茶，偷眼看着来往的大家闺秀与南北名花。就是那向来冷静的地方，也被和风晴日送来游人，正如送来蝴蝶。崇效寺的牡丹，陶然亭的绿苇，天然博物院的桑林与水稻，都引来人声伞影；甚至于天坛，孔庙[106]，与雍和宫，也在严肃中微微有些热闹。好远行的与学生们，到西山去，到温泉去，到颐和园去，去旅行，去乱跑，去采集，去在山石上乱画些字迹。寒苦的人们也有地方去，护国寺，隆福寺，白塔寺，土地庙，花儿市，都比往日热闹：各种的草花都鲜艳的摆在路旁，一两个铜板就可以把"美"带到家中去。豆汁摊上，咸菜鲜丽得像朵大花，尖端上摆着焦红的辣椒。鸡子儿正便宜，炸蛋角焦黄稀嫩的惹人咽着唾液。天桥就更火炽，新席造起的茶棚，一座挨着一座，洁白的桌布，与妖艳的歌女，遥对着天坛墙头上的老松锣鼓的声音延长到七八小时，天气的爽燥使锣鼓特别的轻脆击乱了人心。妓女们容易打扮了，一件花洋布单衣便可以漂亮的摆出去，而且显明的露出身上的曲线。好清静的人们也有了去处，积水滩前，万寿寺外，东郊的窑坑，西郊的白石桥，都可以垂钓，小鱼时时碰得嫩苇微微的动。钓完鱼，野茶馆里的猪头肉，卤煮豆腐，白干酒与盐水豆儿，也能使人醉饱；然后提着钓竿与小鱼，沿着柳岸，踏着夕阳，从容的进入那古老的城门。

到处好玩，到处热闹，到处有声有色。夏初的一阵暴热像一道神符，使这老城处处带着魔力。它不管死亡，不管祸患，不管困苦，到时候它就施展出它的力量，把百万的人心都催眠过去，作梦似的唱着它的赞美诗。它污浊，它美丽，它衰老，它活泼，它杂乱，它安闲，它可爱，它是伟大的夏初的北平。

正是在这个时节，人们才盼着有些足以解闷的新闻，足以念两三遍而不厌烦的新闻，足以读完报而可以亲身去看到的新闻，天是这么长而晴爽啊！

这样的新闻来了！电车刚由厂里开出来，卖报的小儿已扯开尖嗓四下里追着人喊："枪毙阮明的新闻，九点钟游街的新闻！"一个铜板，一个铜板，又一个铜板，都被小黑手接了去。电车上，铺户中，行人的手里，一张一张的全说的是阮明：阮明的像片，阮明的历史，阮明的访问记，大字小字，插图说明，整页的都是阮明。阮明在电车上，在行人的眼里，在交谈者的口中，老城里似乎已没有了别人，只有阮明；阮明今天游街，今日被枪毙！有价值的新闻，理想的新闻，不但口中说着阮明，待一会儿还可看见他。妇女们赶着打扮；老人们早早的就出去，唯恐腿脚慢，落在后边；连上学的小孩们也想逃半天学，去见识见识。到八点半钟，街上已满了人，兴奋，希冀，拥挤，喧嚣，等着看这活的新闻。车夫们忘了张罗买卖，铺子里乱了规矩，小贩们懒得吆喝，都期待着囚车与阮明。历史中曾有过黄巢，张献忠，太平天国的民族，会挨杀，也爱看杀人。枪毙似乎太简单，他们爱听凌迟，砍头，剥皮，活埋，听着像吃了冰激凌似的，痛快得微微的哆嗦。可是这一回，枪毙之外，还饶着一段游街，他们几乎要感谢那出这样主意的人，使他们会看到一个半死的人捆在车上，热闹他们的眼睛；即使自己不是监斩官，可也差不多了。这些人的心中没有好歹，不懂得善恶，辨不清是非，他们死撑着一些礼教，愿被称为文明人；他们却爱看千刀万剐他们的同类，像小儿割宰一只小狗那么残忍与痛快。一朝权到手，他们之中的任何人也会去屠城，把妇人的乳与脚割下堆成小山，这是他们的快举。他们没得到这个威权，就不妨先多看些杀猪宰羊与杀人，过一点瘾。连这个要是也摸不着看，他们会对个孩子也骂千刀杀，万刀杀，解解心中的恶气。

响晴的蓝天，东边高高的一轮红日，几阵小东风，路旁的柳条微微摆动。东便道上有一大块阴影，挤满了人：老幼男女，丑俊胖瘦，有的打扮得漂亮近时，有的只穿着小褂，都谈笑着，盼望着，时时向南或向北探探头。一人探头，大家便跟着，心中一齐跳得快了些。这样，越来越往前拥，人群渐渐挤到马路边上，成了一座肉壁，只有高低不齐的人头乱动。巡警成队的出来维持秩序，他们拦阻，他们叱呼，他们有时也抓出个泥鬼似的孩子砸巴两拳，招得大家哈哈的欢笑。等着，耐心的等着，腿已立酸，还不肯空空回去；前头的不肯走，后面新来的便往前拥，起了争执，手脚不动，专凭嘴战，彼此诟骂，大家喊好。孩子不耐烦了，被大人打了耳光；扒手们得了手，失了东西的破口大骂。喧嚣，叫闹，吵成一片，谁也不肯动，人越增多，越不肯动，表示一致的喜欢看那半死的凶徒。

忽然，大家安静了，远远的来了一队武装的警察。"来了！"有人喊了声。紧跟着人声嘈乱起来，整群的人像机器似的一齐向前拥了一寸，又一寸，来了！来了！眼睛全发了光，嘴里都说着些什么，一片人声，整街的汗臭，礼教之邦的人民热烈的爱看杀人呀。

阮明是个小矮个儿，倒捆着手，在车上坐着，像个害病的小猴子；低着头，背后插着二尺多长的白招子。人声就像海潮般的前浪催着后浪，大家都撇着点嘴批评，都有些失望：就是这么个小猴子呀！就这么稀松没劲呀！低着头，脸煞白，就这么一声不响呀！有的人想起主意，要逗他一逗："哥儿们，给他喊个好儿呀！"紧跟着，四面八方全喊了"好！"像给戏台上的坤伶喝彩似的，轻蔑的，恶意的，讨人嫌的，喊着。阮明还是不出声，连头也没抬一抬。有的人真急了，真看不上这样软的囚犯，挤到马路边上呸呸的啐了他几口。阮明还是不动，没有任何的表现。大家越看越没劲，也越舍不得走开；万一他忽然说出句："再过二十年又是一条好汉"呢？万一他要向酒店索要两壶白干，一碟酱肉呢？谁也不肯动，看他到底怎样。车过去了，还得跟着，他现在没什么表现，焉知道他到单牌楼不缓过气来而高唱几句四郎探母呢？跟着！有的一直跟到天桥；虽然他始终没作出使人佩服与满意的事，可是人们眼瞧着他吃了枪弹，到底可以算不虚此行。

在这么热闹的时节，祥子独自低着头在德胜门城根慢慢的走。走到积水滩，他四下看了看。没有人，他慢慢的，轻手蹑脚的往湖边上去。走到湖边，找了棵老树，背倚着树干，站了一会儿。听着四外并没有人声，他轻轻的坐下。苇叶微动，或一只小鸟忽然叫了一声，使他急忙立起来，头上见了汗。他听，他看，四下里并没有动静，他又慢慢的坐下。这么好几次，他开始看惯了苇叶的微动，听惯了鸟鸣，决定不再惊慌。呆呆的看着湖外的水沟里，一些小鱼，眼睛亮得像些小珠，忽聚忽散，忽来忽去；有时候头顶着一片嫩萍，有时候口中吐出一些泡沫。靠沟边，一些已长出腿的蝌蚪，直着身儿，摆动那黑而大的头。水忽然流得快一些，把小鱼与蝌蚪都冲走，尾巴歪歪着顺流而下，可是随着水也又来了一群，挣扎着想要停住。一个水蝎极快的跑过去。水流渐渐的稳定，小鱼又结成了队，张开小口去啃一个浮着的绿叶，或一段小草。稍大些的鱼藏在深处，偶尔一露背儿，忙着转身下去，给水面留下个旋涡与一些碎纹。翠鸟像箭似的由水面上擦过去，小鱼大鱼都不见了，水上只剩下浮萍。祥子呆呆的看着这些，似乎看见，又似乎没看见，无心中的拾起块小石，投在水里，溅起些水花，击散了许多浮萍，他猛的一惊，吓得又要立起来。

坐了许久，他偷偷的用那只大的黑手向腰间摸了摸。点点头，手停在那里；待了会，手中拿出一落儿钞票，数了数，又极慎重的藏回原处。

他的心完全为那点钱而活动着：怎样花费了它，怎样不教别人知道，怎样既能享受而又安全。他已不是为自己思索，他已成为钱的附属物，一切要听它的支配。

这点钱的来头已经决定了它的去路。这样的钱不能光明正大的花出去。这点钱，与拿着它们的人，都不敢见阳光。人们都在街上看阮明，祥子藏在那清静的城根，设法要到更清静更黑暗的地方去。他不敢再在街市上走，因为他卖了阮明。就是独自对着静静的流水，背靠着无人迹的城根，他也不敢抬头，彷彿有个鬼影老追随着他。在天桥倒在血迹中的阮明，在祥子心中活着，在他腰间的一些钞票中活着。他并不后悔，只是怕，怕那个无处无时不紧跟着他的鬼。

阮明作了官以后，颇享受了一些他以前看作应该打倒的事。钱会把人引进恶劣的社会中去，把高尚的理想撇开，而甘心走入地狱中去。他穿上华美的洋服，去嫖，去赌，甚至于吸上口鸦片。当良心发现的时候，他以为这是万恶的社会陷害他，而不完全是自己的过错；他承认他的行为不对，可是归罪于社会的引诱力太大，他没法抵抗。一来二去，他的钱不够用了，他又想起那些激烈的思想，但是不为执行这些思想而振作；他想利用思想换点钱来。把思想变成金钱，正如同在读书的时候想拿对教员的交往白白的得到及格的分数。懒人的思想不能和人格并立，一切可以换作金钱的都早晚必被卖出去。他受了津贴。急于宣传革命的机关，不能极谨慎的选择战士，愿意投来的都是同志。但是，受津贴的人多少得有些成绩，不管用什么手段作出的成绩；机关里要的是报告。阮明不能只拿钱不作些事。他参加了组织洋车夫的工作。祥子呢，已是作摇旗呐喊的老行家；因此，阮明认识了祥子。

阮明为钱，出卖思想；祥子为钱，接受思想。阮明知道，遇必要的时候，可以牺牲了祥子。祥子并没作过这样的打算，可是到时候就这么作了——出卖了阮明。为金钱而工作的，怕遇到更多的金钱；忠诚不立在金钱上。阮明相信自己的思想，以思想的激烈原谅自己一切的恶劣行为。祥子听着阮明所说的，十分有理，可是看阮明的享受也十分可羡慕——"我要有更多的钱，我也会快乐几天！跟姓阮的一样！"金钱减低了阮明的人格，金钱闪花了祥子的眼睛。他把阮明卖了六十块钱。阮明要的是群众的力量，祥子要的是更多的——像阮明那样的——享受。阮明的血洒在津贴上，祥子把钞票塞在了腰间。

一直坐到太阳平西，湖上的蒲苇与柳树都挂上些金红的光闪，祥子才立起来，顺着城根往西走。骗钱，他已作惯；出卖人命，这是头一遭。何况他听阮明所说的还十分有理呢！城根的空旷，与城墙的高峻，教他越走越怕。偶尔看见垃圾堆上有几个老鸦，他都想绕着走开，恐怕惊起它们，给他几声不祥的啼叫。走到了西城根，他加紧了脚步，一条偷吃了东西的狗似的，他溜出了西直门。晚上能有人陪伴着他，使他麻醉，使他不怕，是理想的去处；白房了是这样的理想地方。

入了秋，祥子的病已不允许他再拉车，祥子的信用已丧失得赁不出车来。他作了小店的照顾主儿。夜间，有两个铜板，便可以在店中躺下。白天，他去作些只能使他喝碗粥的劳作。他不能在街上去乞讨，那么大的个子，没有人肯对他发善心。他不会在身上作些彩，去到庙会上乞钱，因为没受过传授，不晓得怎么把他身上的疮化装成动人的不幸。作贼，他也没那套本事，贼人也有团体与门路啊。只有他自己会给自己挣饭吃，没有任何别的依赖与援助。他为自己努力，也为自己完成了死亡。他等着吸那最后的一口气，他是个还有口气的死鬼，个人主义是他的灵魂。这个灵魂将随着他的身休一齐烂化在泥土中。

北平自从被封为故都，它的排场，手艺，吃食，言语，巡警……已慢慢的向四外流动，去找那与天子有同样威严的人和财力的地方去助威。那洋化的青岛[107]也有了北平的涮羊肉；那热闹的天津在半夜里也可以听到低悲的"硬面——饽饽"；在上海，在汉口，在南京，也都有了说京话的巡警与差役，吃着芝麻酱烧饼；香片茶会由南而北，在北平经过双熏再往南方去；连抬杠的杠夫也有时坐上火车到天津或南京去抬那高官贵人的棺材。

北平本身可是渐渐的失去原有的排场，点心铺中过了九月九还可以买到花糕，卖元宵的也许在秋天就下了市，那二三百年的老铺户也忽然想起作周年纪念，借此好散出大减价的传单……经济的压迫使排场去另找去路，体面当不了饭吃。

不过，红白事情在大体上还保存着旧有的仪式与气派，婚丧嫁娶彷彿到底值得注意，而多少要些排场。婚丧事的执事，响器，喜轿与官罩，到底还不是任何都市所能赶上的。出殡用的松鹤松狮，纸扎的人物轿马，娶亲用的全份执事，与二十四个响器，依旧在街市上显出官派大样，使人想到那太平年代的繁华与气度。

祥子的生活多半仗着这种残存的仪式与规矩。有结婚的，他替人家打着旗伞；有出殡的，他替人家举着花圈挽联；他不喜，也不哭，他只为那十几个铜子，陪着人家游街。穿上杠房或喜轿铺所预备的绿衣或蓝袍，戴上那不合适的黑帽，他暂时能把一身的破布遮住，稍微体面一些。遇上那大户人家办事，教一干人等都剃头穿靴子，他便有了机会使头上脚下都干净利落一回。脏病使他迈不开步，正好举着面旗，或两条挽联，在马路边上缓缓的蹭。

可是，连作这点事，他也不算个好手。他的黄金时代已经过去了，既没从洋车上成家立业，什么事都随着他的希望变成了"那么回事"。他那么大的个子，偏争着去打一面飞虎旗，或一对短窄的挽联；那较重的红伞与肃静牌等等，他都不肯去动。和个老人，小孩，甚于至妇女，他也会去争竞。他不肯吃一点亏。

打着那么个小东西，他低着头，弯着背，口中叼着个由路上拾来的烟卷头儿，有气无力的慢慢的蹭。大家立定，他也许还走；大家已走，他也许多站一会儿；他似乎听不见那施号发令的锣声。他更永远不看前后的距离停匀不停匀，左右的队列整齐不整齐，他走他的，低着头像作着个梦，又像思索着点高深的道理。那穿红衣的锣夫，与拿着绸旗的催押执事，几乎把所有的村话都向他骂去："孙子！我说你呢，骆驼！你他妈的看齐！"他似乎还没有听见。打锣的过去给了他一锣锤，他翻了翻眼，朦胧的向四外看一下。没管打锣的说了什么，他留神的在地上找，看有没有值得拾起来的烟头儿。

体面的，要强的，好梦想的，利己的，个人的，健壮的，伟大的，祥子，不知陪着人家送了多少回殡；不知道何时何地会埋起他自己来，埋起这堕落的，自私的，不幸的，社会病胎里的产儿，个人主义的末路鬼！

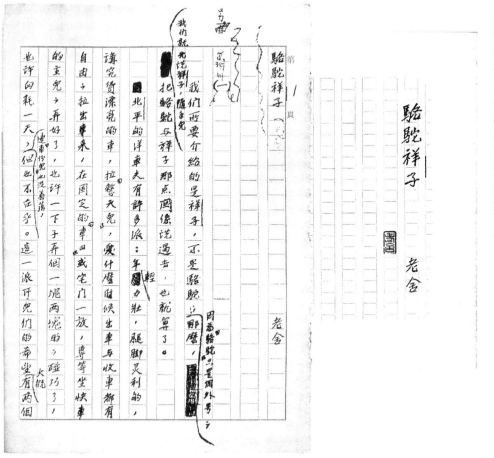

《骆驼祥子》手稿扉页和正文首页

[1] 对车夫，老舍一点也不陌生，此前已"积了十几年对洋车夫的生活的观察"，在《柳家大院》《哀启》《也是三角》等作品中都有对洋车夫生活的描写，在青岛也经常看到黄包车。可骆驼却是陌生的，为此，他专门去信向发小齐铁恨请教骆驼的生活习性等问题。见老舍：《我怎样写〈骆驼祥子〉》。

[2] 车口，车夫停车的地方。

[3] 拉晚儿，指下午出车，拉到天亮。

[4] 燕京，指燕京大学（Yenching University），1916年由四所美国及英国基督教教会联合在北京创办，司徒雷登（John Leighton Stuart，1876～1962）任校长。

[5] 清华，指清华大学，前身是1911年利用美国退还的部分"庚子赔款"而建立的"清华学堂"，是清政府设立的留美预备学校，1912年更名为"清华学校"，1928年更名为"国立清华大学"。

[6] 安定门，始称安贞门，北京内城九门之一，瓮城内建真武庙，其他八门则为关帝庙。

[7] 永定门，位于左安门和右安门之间，北京外城七门中之最大者。

[8] 洋买卖，外国驻华使馆都集中在东交民巷，此处洋人多。

[9] 玉泉山，在颐和园西，为西山东麓支脉，六峰连缀，遍地皆泉，故名。

[10] 颐和园，清朝所建皇家园林，其前身为清漪园，始建于清乾隆十五年（1750），位于京城西北部，是以昆明湖、万寿山为基址，仿江南园林而建造的大型皇家行宫御苑。咸丰十年（1860）被英法联军焚毁。光绪十四年（1888）重建，改称颐和园。

[11] 西山，北京西山，太行山支阜，有"神京右臂"之称。

使用三款稿纸书写的
《骆驼祥子》手稿

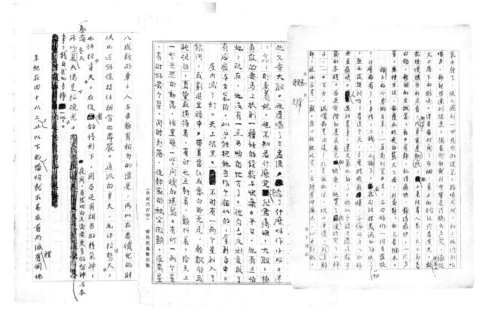

《骆驼祥子》全书共二十四章（老舍称之为二十四段），约十六万字，用钢笔和毛笔交替书写，第四章至第七章用毛笔书写，其它二十章用钢笔书写。所用稿纸均为绿线灰白底格子纸，第一章至第三章使用"国立山东大学合作社制"稿纸，第四章至第十二章使用"青岛荒岛书店制"稿纸，第十三章至结尾以专门订制的"舍予稿纸"书写，间或使用少部分无款稿纸。从字体看，钢笔为行书，毛笔则显魏碑况味，稚拙中透出圆熟，凝结着特有的文人气息。

---

[12] 万寿山，燕山余脉。清乾隆十五年（1750）为庆祝皇太后六十寿辰于园静寺旧址建大报恩延寿寺，翌年更名为万寿山。

[13] 雍和宫，位于北京城东北角。清康熙三十三年（1694）在此建造雍亲王府，雍正三年（1725）改为行宫，称雍和宫。乾隆九年（1744）改为喇嘛庙。

[14] 八大胡同，在西珠市口大街以北、铁树斜街以南，由西往东依次为：百顺胡同、胭脂胡同、韩家潭、陕西巷、石头胡同、王广福斜街、朱家胡同、李纱帽胡同。"八大胡同"并不专指此八条街巷，而泛指前门外大栅栏一带，此地多妓院。

[15] 胶皮团，当拉车这一行。

[16] 一边儿，同样的意思。

[17] 主儿，此处指包车的主人。

[18] 水簸箕，即滴水石。此处指人力车乘客座位下供脚踏的部分。

[19] 前门，即正阳门，北京内城九门之一，包括箭楼和城楼，始建于明正统四年（1439）。在人文地理上，亦泛指正阳门及其前面的珠宝市、大栅栏等区域。

[20] 东安市场，临东安门而得名，北京内城最繁华的商业区，内有店铺、古书、古玩铺、小吃摊、杂技场、饭庄和戏园等。

[21] 护国寺，见本书第1卷《小动物们（鸽）续》注1。

[22] 西直门，北京内城九门之一，除了正阳门之外它是规模最大的一个城门，也是明清两代的水车必经之

青岛的一个人力车行

为写好作品，老舍"入了迷似的去搜集材料"。黄县路寓所临近东方市场，那里常有黄包车夫在靠活。那阵子，老舍常与他们聊天，置身于车夫的内心世界中，洞察他们的喜怒哀乐，熟悉他们的动作心态。聊得投缘，索性就请他们到家里继续拉家常，那股亲切劲令人称奇。邻居问："老舍先生，这都是朋友吗？"老舍笑答："是朋友，也是老师。这些人每天在饥饿线上挣扎，他们都有自己悲惨遭遇和性格。通过同他们的接触，使我对人生有进一步的了解。"（章棣：《忆老舍在山大》）可以说，作者与大众共同完成了对作品的第一度沉思，无数人已参与到"骆驼祥子"的人生命运中来了。

门，有"水门"之称。

[23] 天坛，位于京城南部，为圜丘、祈谷两坛的总称，是明、清两代帝王祭祀皇天、祈五谷丰登之所，建于明永乐十八年（1420），清乾隆、光绪时改建。

[24] 招呼吧，干吧、闯吧的意思。

[25] 俗语，下句"是祸躲不过"。这里说话人意在下句。

[26] 今儿个，就是今儿个，意思是到了严重关头。

[27] 妙峰山，位于京西门头沟区境内，属太行山脉。

[28] 阴丹士林蓝，阴丹士林为英文 Indanthrene 的音译，是一种人工合成的蓝色染料。

[29] 谱儿，样子，近似之意。

[30] 大宝，五十两的银元宝。

[31] 放青，指放牧牲口吃青草。老舍写有散文《歇夏（也可以叫作"放青"）》。

[32] 这是至关重要的一个片段，睡前，他还是一个独立的叫"祥子"的车夫，一觉醒来，就变成"骆驼祥子"了，车夫与骆驼的命运结合到了一起。让人想起老舍的短篇小说《断魂枪》的开篇之言"东方的大梦没法子不醒了"。这是同一个梦的另一番逻辑。

[33] 搪布，是窄幅粗线织的一种布，旧时用作面巾用。

[34] 耍骨头，调皮、捣乱的意思。

[35] 不得哥们儿，没有人缘。

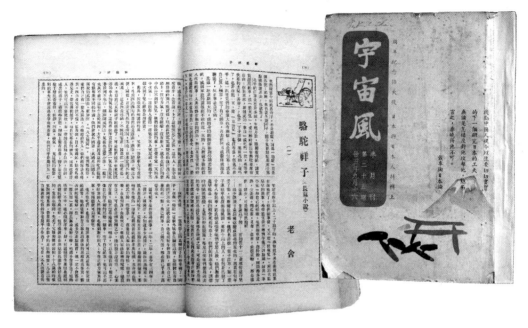

《骆驼祥子》原发表页
1936年9月16日《宇宙风》第25期

《骆驼祥子》自本期开始连载，至1937年10月1日第48期续毕，持续一年有余。老舍
一边发表，一边书写，祥子的故事从黄县路寓所传向社会。每半月，许多人都等待
着新的故事并关注着祥子的命运。这是20世纪30年代的一个经典文化事件。

---

[36] 白房子，下等妓院。

[37] 一程子，过了一些日子。

[38] 炸了酱，扣下，吞没。

[39] 威廉·莫利司（William Morris, 1834～1896），诗人，工艺美术师，19世纪晚期英国唯美主义运动和工
 艺美术复兴运动的代表人物。有叙事诗集《地上乐园》及大量工艺美术作品传世。

[40] 天安门，位于故宫南端，为明清两代北京皇城（紫禁城）正门，明代建筑师蒯祥设计，建于明永乐十五
 年（1417），初名承天门，清朝顺治八年（1651）改名为天安门。

[41] 小过节儿，指的是细节，小规矩。

[42] "抄"，说的是把别人正在进行的生意抢过来。

[43] 满天打油飞，四处游荡，没地方落脚。

[44] 放了鹰，全部丢失之意。

[45] 新新，新鲜，奇怪之意。

[46] 鼓逗，反复调弄。

[47] 横是，大概。

[48] 千上一只黑签儿会，只剩下上黑签会。第一次用钱的人，往后不会再用钱而只有拿钱之义务。

[49] 哗啦，散伙。

[50] 自此句以下两段写年前景象，也关涉礼仪风俗。京华多礼，祥子也要有所表示，那体现着传统韵味的礼

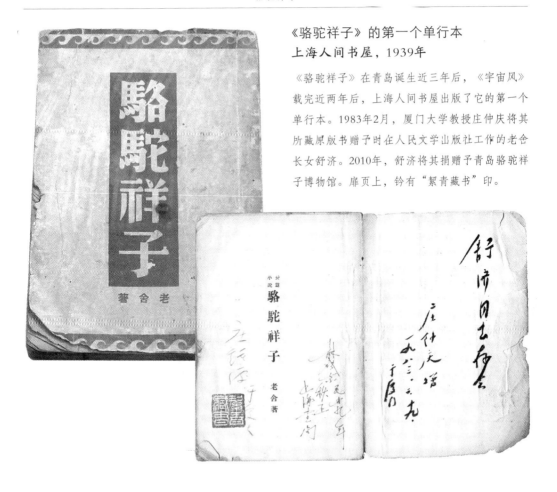

《骆驼祥子》的第一个单行本
上海人间书屋，1939年

《骆驼祥子》在青岛诞生近三年后，《宇宙风》载完近两年后，上海人间书屋出版了它的第一个单行本。1983年2月，厦门大学教授庄仲庆将其所藏原版书赠予时在人民文学出版社工作的老舍长女舒济。2010年，舒济将其捐赠予青岛骆驼祥子博物馆。扉页上，钤有"絜青藏书"印。

仅已成为人际关系的基本元素，在日常生活和节庆中体现得淋漓尽致。

[51] 腊八，亦称腊日、腊祭或腊八节，农历十二月初八，为中国传统节日。自上古起，此日要举行奉祀祖先和神灵（包括门神、户神、宅神、灶神、井神等）的仪式，以祈求丰收、吉祥和平安，称腊祭。《祀记·郊特牲》载："岁十二月，合聚万物而索飨之也。"佛教传入中国后，此日也被定为法宝节，纪念佛陀成道。自南北朝时期始，腊祭固定在腊月初八。此日，民间有吃腊八粥、泡腊八蒜的风俗。

[52] 不论秩子，不管是谁，爱谁谁。

[53] 是了味，满意了的意思。

[54] 紫禁城，明清两代24个皇帝的皇宫，位于北京中心地带。明朝第三个皇帝朱棣迁都北京，开始营造紫禁城宫殿，永乐十八年（1420）落成。紫禁城显示了天人感应的观念，据古代星象学，紫微垣位于中天，乃天帝所居，故称皇帝的居所为紫禁城。这一段，作者写祥子被迫与虎妞一起讨论两人未来的关系，言不由衷之间，走到了紫禁城，步上金鳌玉栋，但"那玲珑的角楼，金碧的牌坊，丹朱的城门，景山上的亭阁"都是不属于他们的，而"白塔却高耸到云间"，无意于垂顾人世，"三海"无言，纯然一种非现实的艺术景观，所有这些凝聚着历史信息的景色都是另一种存在，与他们的现实处境并不相干。面对这样的景色，祥子以前是忙着低头拉车而顾不上看，此刻可以自由地看了，却觉得可怕，无法从中得着丝毫的安慰，反而加剧了内心的悲苦。

[55] 景山，位于紫禁城的北侧，构成了北京中轴线的最高点，是俯瞰北京历史风貌的最佳位置。原为元明清三代的皇家御苑，1928年辟为景山公园对外开放。

《骆驼祥子》的第一个英文版
埃文·金（Evan King）译
纽约雷纳与希区柯克出版社出版，1945年

1945年，由埃文·金翻译的英文版《骆驼祥子》
在纽约问世，名《洋车夫》，随即成为当时美国
的畅销书。书中配有数十幅插图，包括右侧这张
老舍著书图。此为《骆驼祥子》的首个外文版，
此后很长时期内，几乎所有外文版《骆驼祥子》
都是在其基础上转译的。

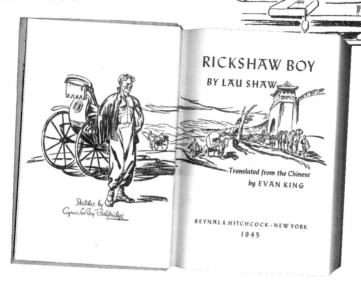

---

[56] 金鳌玉栋，紫禁城内的桥名，原名金海桥 或御河桥，位于北海和中海之间，东西向，两端立有牌坊，西坊题"金鳌"，东坊题"玉栋"。

[57] 白塔，是喇嘛教佛塔，位于北海琼华岛之巅，建于清顺治八年（1651）。折角式须弥座，上起三层圆台形成金刚圈，塔身上部为细长的十三天相轮，塔内贮藏佛教器物。

[58] 扑满，又名钱筒、储蓄罐、存钱罐、闷葫芦罐，储存硬币的容器。

[59] 北海，位于故宫的西北面，东临景山，与中海、南海合称三海。

[60] 磨烦，拖延时间。

[61] 祭灶，民俗活动，在小年（农历腊月二十三）黄昏举行，以麻糖、糖瓜、饺子等饮食做贡品，祈求灶君保佑全家平安。

[62] 是由黄米和麦芽熬制而成，拉制成扁圆型的叫糖瓜。

[63] 这是一段精彩风景描写，而且是渗透着人物心理的风景描写。对古都北平风物的传神刻画也是作品的一大特色，衬显人物心境，昭显地域精神，充满雍容气度和庄严的神采。作者以精妙、自然、细腻的笔触描绘出一幅无法复制的皇城气象。在作品的整体构图中，这是一个置于远方或者高处的精致风景。对于祥子来说，他几乎每天都要与这样的风景相遇，但生活既在风景之内，亦在风景之外，更多是在风景之外展开的，虽然可以看见这些风景，偶尔也会身临其境，但由于性格和命运的关系，人与风景并不发生情感与精神上的真正交流，这些景物虽然近在眼前，却是始终处于时间远方的事物，不是他可以真正享受的美好事物，而只是悲惨命运的一个无动于衷的布景。

祥子拉车路线图　西班牙文版《骆驼祥子》载

[64] 天桥位于天坛西北，明朝曾在此建有汉白玉单孔高拱桥，南北向跨越龙须沟。是皇上去天坛祭天的必经之所，有"通天之桥"的含义，故名"天桥"。天桥为北京民俗的一大汇聚地，作者在此就给出了天桥民俗形态的一个简单记录。以祥子的视野看过去，交织着伤感与喜悦的气氛，借此人物的心理状态也有所流露。从老舍笔下，足可领略到传统民俗的意义所在，他最充分地提供了民俗的发生状态，而非一种无生命意识的物象堆积，这是基本的生活方式，凝结着众生的共同情感。

[65] 横打了鼻梁，保证的意思。

[66] 拿着时候，估量着到了某一时刻。

[67] 可着院子，与院子的面积同样大小。

[68] 水月灯，煤气灯。

[69] 泡，消磨时光的意思。

[70] 碎催，指打杂儿的。

[71] 咚咚擦，亦可写作咚咚嚓，娶亲时的鼓乐声响，此处隐喻娶亲。

[72] 家伙座儿，指成套的桌椅餐具。

[73] 念 zhā la，尖声。

[74] 三份儿，租房第一个月需付三个月的房租。

[75] 归了包堆，满打满算总共一起。

[76] 撅，比输了，被挫败。

丁聪作《骆驼祥子》插图一组

[77] 楼子，乱子。

[78] 溲溲，念 mā sa，指用手轻微地捋，此处指笼络。

[79] 撂蹶子，指骡马乱踢后腿。

[80] 过话，交谈、聊天之意。

[81] 人，这里指非正式的男女关系。

[82] 金钢，槐虫之蛹。

[83] 撒欢，动物和小孩子活蹦乱跳的动作。

[84] 这段话是对《圣经》的化用，《新约·马太福音》第五章说："只是我告诉你们，要爱你们的仇敌。为那逼迫你们的祷告。这样，就可以作你们天父的儿子。因为他叫日头照好人，也照歹人，降雨给义人，也给不义的人。"老舍为基督徒，在此引来《圣经》语旨，以加深作品主题。

[85] 背拉，平均之意。

[86] 扣搜，俭省之意。

[87] 头顶头的，第一等的。

[88] 吊棒，吊膀子，指男女间调情。

[89] "转运公司"，给暗娼介绍生意的地方。

[90] 吃瘪子，作难、为难。

[91] "月子"，妇女生小孩儿习惯上休息一个月，俗称"坐月子"。

《骆驼祥子》手稿

这是《骆驼祥子》的最后一章，在倒数第七段，老舍写下了这样一段话："北平自从被封为故都，它的排场，手艺，吃食，言语，巡警……已慢慢的向四外流动，去找那与天子有同样威严的人和财力的地方去助威。那洋化的青岛也有了北平的涮羊肉……"

---

[92] 搁着这个碴儿，以后再说。

[93] 打鼓儿的，旧时收旧货的小贩。

[94] 绷着价儿，等着卖高价。

[95] "公议儿"，大家一起商定的礼物。

[96] 中山公园，位于天安门西侧，原为辽金时的兴国寺，元代改称万寿兴国寺。明永乐十九年（1421），明成祖朱棣兴建北京宫殿时，改建为社稷坛，明清皇帝祭祀土地神和五谷神之所。1914年辟为中央公园，20年代改称中山公园。

[97] 耍个飘儿，耍俏、扮俊。

[98] 1945年，美国人埃文·金（Evan King）翻译的《骆驼祥子》英文版在纽约出版，书名为《洋车夫》（Rickshaw Boy）。译本的前21章基本保持了作品的原貌，虽个别地方有小的删节，但行文流畅、传神，基本忠实于原著。最后3章变化很大，译者对原著内容进行了改译乃至于重写，小说的结局由悲剧变成了喜剧。在为1950年晨光出版公司版《骆驼祥子》所作的序中，老舍说："一九四五年，此书在美国被译成英文。译笔不错，但将末段删去，把悲剧的下场改为大团圆，以便迎合美国读者的心理。译本的结局是祥子与小福子都没有死，而是由祥子把小福子从白房子中抢出来，皆大欢喜。译者既在事先未征求我的同意，在我到美国的时候，此书又已成为畅销书，就无法再照原文改正了。"

[99] 此句中"皮"是不脆的意思。牙碜，即牙碜，吃东西时像咬着沙土的感觉。

[100] 客（怯）木匠一锯（句），括号为作者加。歇后语，手艺差的木匠只有一锯，不爱说话的人只有一句。

《骆驼祥子》诞生的地方

图为黄县路12号（原6号）住宅，是老舍在青岛最重要的一处寓所，1935年底至1937年夏，老舍一家在此居住。作为《骆驼祥子》诞生的地方，小楼见证了老舍文学创作的巅峰时代，缘此而与老舍、青岛及现代文学的历史记忆联系在了一起，从而具有了特殊而丰富的纪念意义。2010年5月，老舍故居全面修复并辟建为骆驼祥子博物馆，遂成我国第一家以现代文学名著命名的博物馆。

[101] 这是一个令人动容的情节，地狱中两个相爱的人在携手前进，这是一个类似于"保罗与弗兰切斯卡"式的情节，让人想起了但丁"地狱"的第二层，"两个幽灵"在那里拥抱着缓缓上升。这里，暗含着作者对两个受苦人的最后祝福。

[102] 这是在地狱中叠入的一个天堂幻象。是祥子灵魂中一个芬芳瞬间，与漫长死亡般的灰暗状态形成不均衡的对称，加深了悲剧色彩。

[103] 蹦儿，前途。

[104] 窑调，妓院中流行的小调。

[105] 叉杆，娼主、妓女头儿。

[106] 孔庙位于北京国子监街，为元明清三朝祭孔的场所，建于元大德六年（1302）。

[107] 在这儿，作者追述了北平被封为故都以后的事，帝辇之下，风物流传，对不少城市都产生了影响，其中首先提及青岛，这也是作品中唯一的一次。这一笔，很自然地将写作地青岛与故事发生地北平直接联系了起来，或可理解为对作品诞生地的一个纪念吧。

老舍青岛文集◎第二卷

其他长篇小说

文博士

文博士吃亏在留过学，留学的资格横在他心里，不知不觉的就发出博士的洋酸味儿来。见了委员们，他不听着他们讲话，而尽量的想发表卖弄自己的意见与知识。可是他的意见都不高明。头一件他愿意和他们讨论的事是明导会的会所问题，他主张把那些零七八碎的团体全都逐开，就留下文化学会。然后里里外外都油饰粉刷一遍，虽然一时不能大加拆改，至少也得换上地板，安上抽水马桶，定打几张写字台与卡片橱等了。这些都是必要的改革与添置，都有美国的办法与排场为证，再其次，就是仆人的制服与训练问题。在美国，连旅馆的「不爱」都穿着顶讲究的礼服或制服，有的还胸前挂着徽章，作事说话，一切都有规矩；美国是民主国，但是规矩必须讲的。规矩与排场的总合便是文化。

　　本篇于1936年10月16日至1937年7月1日在《论语》第98期至第115期连载，题为《选民》。1940年11月，香港作者书屋、成都作家书屋以《文博士》为书名出版单行本。

　　这是老舍笔下的一个海归故事，亦可被视为老舍版的"新儒林"，讲述的是知识分子的基本良知是如何在博士光环下一步步丧失的故事。夏日青岛的某一日，老舍展开笔墨，洞察巨细，剖析着某种文化人物的内心世界，打开了这面充满文化歧义的多棱镜。小说主人公是一位留美哲学博士，带有洋奴习气，虽为博士，却不学无术，极善于投机钻营，信奉"钱本位加官本位"的二位一体。文博士学成归国后，踌躇满志，准备大干一番，遂顶着留美博士的洋招牌到处招摇撞骗，然而从上海到北京一圈转下来，却处处碰壁，一无所获。最后，他投靠一位政界人士，仰其人脉而到济南打天下，依傍权术而生存，做了大生堂药店老板的金龟婿，自此以后，仕途一帆风顺，终于谋得"专员"的肥缺。在此，擅长幽默的老舍动用了戏谑嘲讽的犀利笔墨，一层层揭开伪善者的面纱。作品在辛辣的讽刺中展现了一位海归博士时而懊丧时而兴奋的钻营过程，随处可听闻光明与阴暗的碰撞声，有时剧烈，有时微弱，消弭了美丑的界限。

序

　　作者书社出版部早就约我写篇较长的文章，有种种原因，使我不敢答应。眼看到寒假了，出版部先生的信又来到，附着请帖，约定在香港吃饭。赔上几十块路费也得去呀，交情要紧。继而一想，不赔上路费而也能圆上脸，有没有办法呢？这一想，便中了计。写文章吧，没有旁的可说。答应了。

　　答应了，写什么呢？我自己也不知道，这可真难倒了英雄好汉。大体上说，长篇总是小说喽，我没有写诗史的本领，对戏剧是超等外行。只能写小说——好坏是另一问题。写什么呢？想了好久，题目决定为《文博士》。是什么呢？不能说，说破就不灵了。内容？还是不能说，没想出来呢，再逼我，要上吊去了。我实在想不出答复来。这不是发牢骚，也不是道歉，这是广告。广告不可骗人过甚，所以我不能说：读完此篇，独得十五万元，也算序。

　　　　　　　　　　　　　　一九四〇，十二，五，老舍于滇上

一

每逢路过南门或西门，看见那破烂的城楼与城墙上的炮眼，文博士就觉得一阵恶心，像由饭菜里吃出个苍蝇来那样。恶心，不是伤心。文博士并不十分热心记着五三惨案[1]。他是觉得这样的破东西不应该老摆在大街上；能修呢，修；不能修呢，干脆拆去！既不修理，又不拆去，这就见出中国的没希望。

中国的所以没希望，第一是因为没有人才，第二是因为有几个人才而国家社会不晓得去拔用。文博士这么想。以他自己说吧，回国已经半年了，还没找到事情作。上海，南京，北平，都跑过了，空费了些路费与带博士头衔的名片，什么也没弄到手。最后，他跑到济南来；一看见破城楼便恶心。

当他初回来的时候，他就知道不能拿中国与美国比，这不仅是原谅中国，也是警告自己不要希望得过高。按理说，他一回来便应得到最高的地位与待遇。倘若能这样，他必定有方法来救救这个落伍的国家；即使自己想不出好主意来，至少他有那一套美国办法可以应用。算算看吧，全国可有多少博士？可有多少在美国住过五年的？这不是明摆着的事？可是，他早就预备好作退一步想，事情不要操之过切，中国是中国；他只希望每月进四五百块钱，慢慢的先对付着，等到羽翼已成，再向顶高的地方飞。他深信自己必能打入社会的最上层去，不过须缓缓的来，由教授或司长之类的地位往上爬，即使爬不上去，也不至于再往下落。志愿要大，步骤要稳，他不敢希望这个社会真能一下子就认清博士的价值。他不便完全看不起中国，因为自己到底得在这里施展本事——往不好听里说，是必须在中国挣饭吃。他想好了，既是得吃中国饭，就得——不管愿意不愿意——同情于这些老人民，承认他们是他的同胞，可怜他们，体谅他们。即使他们不能事事处处按照美国标准来供养他，他也只好将就着，忍受着，先弄个四五百元的事混着。

回来半年了，半年了，竟自没他的事作！他并没因此而稍微怀疑过他自己；他的本事，他的博士学位，不会有什么错儿，不会。那么，错处是在国家与社会，一个瞎了眼的国家，一个不识好歹的社会，他没办法。他，美国博士，不能从下层社会拾个饭碗，抢点饭吃；他必须一坐就坐在楼上。要是他得从扫地挑水作起，何必去上美国得博士？他开始厌恶这个不通情理的社会，处处惹他恶心，那俩城楼就是中国办法的象征。假若不为挣钱吃饭，他真不想再和这个破社会有什么来往！这个社会使他出不来气。

更可气的是，以能力说，他在留学生里也是有头有脸的人物；在留学生里能露两手儿，可是容易的事？哼，到了国内，反倒一天到晚皮鞋擦着土路，楞会找不到个事；他真想狂笑一场了。

在留学期间，他就时时处处留着神，能多交一个朋友便多交一个，为是给将来预备下帮手。见着谁，他也不肯轻易放过，总得表示出："咱们联合起来，将来回到国内，这是个势力！"对比他钱多，身分高的，他特别的注意，能够于最短期间变成在一块儿嘀咕的朋友。比他身分低的，他也不肯冷淡。他知道这些苦读书的青年都有个光明的将来，他必须拉拢住他们，鼓励他们："咱们联合起来，一群人的势力必定比一个人的大；捧起一个，咱们大家就都能起来！咱们不愁；想当初，一个寒士中了状元，马上妻财位禄一概俱全。咱们就是当代的状元，地位，事业，都给咱们留着呢；就是那有女儿的富家也应当连人带钱双手捧送过来！不是咱们的希望过高，是理应如此！"这个，即使打不动他们的心，到底大家对他亲密了一些。自然也有几个根本不喜欢听这一套的，可是他也并不和他们红着脸争辩，而心里说：有那么一天，你们会想起我的话来！

这样，贫的富的都以他为中心而联合起来——至少是他自己这么觉得——他越来越相信自己的才力与手腕。有时候宁肯少读些书，他也不肯放弃这种交际与宣传。留学生中彼此有什么一点小的冲突，他总要下工夫去探听，猜测，而后去设法调解。他觉得他是摸住大家的脉路，自己是他们的心房，他给大家以消息，思想，灵感，计划。越来越自信，越来越喜爱这种工作，东边嘀咕嘀咕，西边扫听扫听，有时觉得疲乏，可是心里很痛快。

他不算个不爱读书的人，可是慢慢的他看出来，专指着读书是危险的。有几个专心读书的人，总不肯和他亲近，甚至于不愿和他说话。他觉出来，人不可以成个书呆子；有学问而乖僻，还不如没有多少学问而通达人情世故。人生不应抓住学问，而是应把握住现实，他说。在他所谓的把握住现实之下，事情并不难作：种种代表，种种讲演，种种集会，种种打电报发传单，他都作过了，都很容易，而作得不算不漂亮。因为欣喜自己的作事漂亮，进一步就想到这些事也并不容易，而是自己有本事，在有本事的人手里什么事儿才也不难。

在美国五年——本来预备住四年，因为交际与别种工作，论文交不上，所以延长了一年——他的体态相貌蜕去少年时代的天真与活泼，而慢慢都有了定形，不容易再有多大变化。就是服装也有了一定的风格，至少是在得到博士学位前后不会有什么大的改动。中等的身材，不见得胖，可是骨架很大，显着不甚灵活。方脸：腮，额，都见棱见角，虽然并不瘦。头发很黑很多很低很硬，发旋处老直立着一小股，像个小翅膀；时常用手拍按，用化学的小梳子调整，也按不倒。粗眉，圆眼，鼻子横宽，嘴很厚。见棱见角的方脸，配上这些粗重的口鼻，显着很迟笨。他自己最得意的是脸色，黄白，不暗也不亮，老像刚用热手巾擦完，扑上了点粉那样。这个脸色他带出些书气。

他似乎知道自己不甚体面，所以很注意表情：在听人讲话的时候，他紧紧的拧起那双粗眉，把厚嘴闭严，嘴角用力下垂，表示出非常的郑重，即使人们不喜欢他，也不好意思不跟他一问一答的谈，他既是这么郑重诚挚。轮到他自己开口的时候，他的圆眼会很媚的左右撩动，补充言语所不能传达到的意思或感情。说高了兴，他不是往前凑一凑，便是用那骨胳大且硬的手拉人家一下。说完一句自以为得意的话，他的鼻上纵起些碎折，微微吐出点舌头，"嗻"！迸出些星沫；赶紧用手遮住口，在手后唧唧的笑。他的话即使不是卑鄙无聊，可也没有什么高明的地方；不过，有眼，鼻，口等的帮忙，使人不好意思不听着，彷彿他的专长就是抓住了大家的不好意思。

唯一得意的地方既是淡黄的脸色，所以他的服装很素净，黑的或是深灰的洋服，黑鞋，高白硬领；只有领带稍带些鲜明的纹色，以免装束得像个神学的学生。这样打扮，也可以省些钱，不随着时尚改变风格与色彩，只求干净整齐；他并不是很有钱的人。

在美国住了五年，他真认识了不少人。留学生们你来我去，欢迎与欢送的工作总是他的，他的站台票钱花得比谁都多。他的消息灵通，腿脚勤紧，一得到消息，他就准备上车站。打扮整齐，走得很有力气，脚掌辗地，一辗，身子跟着一挺。脖子不动，目不旁视的一路走去，彷彿大家都在注意他，不好意思往左右看似的。他舍不得钱去坐车，可是赶上给女友送行，就是借点钱，也得买一束鲜花。把人们接来或送走，他又得到许多谈话资料：谁谁是怎个身分，在美国研究什么，在国内接近某方面，将来的工作是什么，他都有详细的报告，而且劝告大家对此人如何的注意。工作，方面，关系，发展，这些字眼老在他的嘴边上，说得纯熟而亲切，彷彿这些留学生的命运都应当由他支配；至少他也像个相士，断定了大家的利钝成败。

当他得到学位，离开美国，到了船上的时候，他看着那茫茫的大海，心中有点难过，一种并非不甜美的难过。无边无际的海水，一浪催着一浪，一直流向天涯，没有一点归宿。他自己呢，五年的努力，得了博士；五年的交际活动，结识了那么多有起色的青年；不虚此行！那在他以前回国的，不啻是为他去开辟道路，只要找到他们，不愁没他的事作；那些还在美国的呢，将来依次的归国，当然和他互通声气，即使不是受他指导与帮助的话。天水茫茫，可是他有了身分，有了办法，所以在满意之中，不好意思的不发一些闲愁，一些诗意的轻叹。

平日，他很能吃；在船上这几天，他吃得更多；吃完，在甲板上一坐，睡觉或是看海，心中非常的平静。摸着脸上新添的肉，他觉得只要自己不希望过高，四五百块钱的事，和带过来儿力赠送的夫人，是绝不会落空的。有了事之后，凭他的本事与活动，不久就有些发展也是必然的。

在上海与南京，他确是见了不少的朋友，有的显出相当的客气，有的很冷淡；对于事情，有的乐观，有的悲观，一概没有下落！他的脸又瘦了下去。他可是并不死心，不敢偷懒。到各处去打听朋友们的工作，关系，与将来的发展，他总以为朋友们是各自有了党派系属，所以不肯随便的拉拔他一把；他得抄着根儿，先把路子探清，再下手才能准确。果然，被他打听出不少事儿来，这些事又比在美国读书时所遇到的复杂多了，几乎使他迷乱，不知所从。事情可是始终没希望。

他感觉到南边复杂，于是来到北平；北平是个大学城，至不济他还能谋个教授。这次他是先去打听教育界的党系，关系，联属；打听明白再进行自己的事。跑了不少的路，打听来不少的事，及至来到谋事上，没希望。

失败使他更坚定了信仰——虽然他很善于探听消息，很会把二与二加在一处，到底他还是没打进去；想找到事，他得打进一个团体或党系，死抱住不放，才能成功。博士，学问，本事，几乎都可以搁在一边不管，得先"打进去"！这个社会，凭他几个月的观察来说，是个大泥塘，只管往下陷人，不懂得什么人才，哪叫博士；只有明眼的才能一跳，跳到泥塘里埋藏着的那块石头上；一块一块的找，一步一步的迈，到最后，泥塘的终点有个美的园林。他不能甘心跳下泥塘去，他得找那些石头。

最后，他找出点路子来，指示给他：到济南去。

二

在北平，教授虽无望，文博士总可以拿到几个钟点。他不肯这样零卖。一露面就这么窝窝囊囊，他不干。哪怕是教授的名义，而少拿点钱，倒能行。新回国的博士不能做倒了名誉。名片上，头一行是"美国哲学博士"，第二行必须是中央什么馆或什么局的主任才能镇得住；至少也得是某某大学——顶好是国立的——教授；只是"教员"，绝对拿不出手去。

他硬拒绝了朋友们，决不去教几个钟点。饿死，是社会杀了他；饿不死，他自有方法打进一个门路去，非常的坚决。就凭一位博士，大概一时半会儿也不会饿死吧，虽然社会是这么瞎眼，他心里这样说。

对在美国认识的那些人，他根本不想再拉拢了。不行，这群留学生没本事，没有团结力，甚至于没有义气，他不再指望着他们。他看出来，留学生是学问有余，而办事的能力不足；所以好的呢作个研究员或教授，不好的还赶不上国内大学毕业生的地位。学问是条死路，钻进去便出不来，对谁也没有多大好处。留学生既是多数钻死牛犄角，难怪他们不能打倒老的势力，取而代之。他自己要想有发展的话，得舍弃这群书呆子，而打进老势力圈去；打进去，再徐图抽梁换柱，自己独树一帜。哪怕先去作私人的秘书，或教个家馆呢，只要人头儿是那么回事，他必有不鸣则已，一鸣惊人的那一天。既不能马上出人头地，那么去养精蓄锐先韬晦两年，也是办法；至少比教几个钟点，去赶上堂铃强。

拿定了这个主意，他投奔了焦委员去。焦委员的名片上没有印着什么官衔，因为专是委员一项已经够印满两面的，很难匀出地方把一切职衔全印进去，所以根本不印，既省事，又大气。由他这一堆委员，就可以知道他的势力之大与方面之多了。这在文博士看起来，是个理想的人物。拿着介绍信，文博士去了三趟，才见着焦委员。

焦委员没看那封介绍信，只懒洋洋的打量了文博士一番，而后看明白名片上印得是"美国哲学博士"；这就够了。他简截的把文博士放在"新留学生"的类下。焦委员的心中有许多小格，每一小格收藏着一些卡片成为一类：旧官僚，新官僚，旧军阀，新军阀，西医，中医，旧留学生，新留学生……农学工商，三教九流，都各据一格。三眼两眼，把人的"类"认清，他闭上眼，把心中的小格拉开几个，像电池上接线似的彼此碰一碰，碰合了适，他便有了主意。

对"新留学生"，他现在有很好的办法。这就是说，在政府里，党部里，慈善团体里，学术机关里，他已都有了相当的布置。现在，他想吸收农商。他比谁都更清楚：钱在哪儿，势力也在哪儿。国内最有钱的人，自然不是作官的，就是军阀；对这两类人，他已有了很深的关系，即使不能全听他指挥，可是总不会和他冲突，或妨碍他的事业。其次有钱的是商人，商人有许多地方不如作官的与军阀可靠，但是钱会说话，商人近来也懂得张张嘴，这是值得注意的。商人的钱忽聚忽散，远不如文武大官的势力那么持久稳固，可是每逢大商人一倒，必有些人发财：公司的老板塌台的时候，就是管事人阔起来的时候，这非常的准确。他得分派些人去给大商人作顾问，作经理，好等着机会把钱换了手。再说，商与官本来相通，历来富商都想给子孙在宦途上预备个前程，至少也愿把姑娘们嫁给官宦之家，或读书的人，以便给家庭一些气派与声势。不干那些老派的商人，财力虽不太，可是较比新兴的商人可靠：他们历代相传的作一种生意，如药材，茶叶，粮米等行，字号老，手法稳，有的二三百年，一脉相传，没有突然的猛进，也没有忽然失败到底的危险。这样的商家，在社会上早已打进绅士的阶级，即使财力欠着雄厚，可是字号声望摆在那里，像商会的会长，各种会议中的商界代表，总是落在他们身上。他们家的子孙能受高等教育，他们家的女子也嫁给有些身分的人。他们不但是个势力，而且是个很持久的势力。在公众事业上，他们的姓名几乎老与官宦军阀名流齐列。焦委员想供给一些青年，备他们的选择，好把他自己的势力与他们的联成一气。

富农，在国内本就不多，现在就更少了。一县中，就是在最富庶的省分里，要想找到一两家衬几十万的就很难了，农已不是发财之道。那在全省里数得着的几家，有的能够上百万之富，虽然还不能和官宦与军阀们相抗，可是已经算麟角凤毛了。不过，就是这等人家，也不是专靠着种地发的财；有的是早年流落在初开辟的都市，像上海与青岛等处，几块钱买到的地皮，慢慢变得值了几千几万，他们便成了财主。有的是用地产作基础，而在都市里另想了发财的方法，所以农村虽然破产，他们还能保持住相当的财富。这些，在名义上还是乡间的富豪，事实上已经住在——至少是家族的一部分——都市里，渐渐变成遥领佃租的地主。"拿"这些人，根本无须到乡间去，而只须在都市抓住他们；即使这些人在都市的事业有了动摇，他们在乡间的房子地亩还不会连根儿烂；所以，在都市里抓住他们，就可以把血脉通到乡间去，慢慢也扎住了根，这是种摘瓜而仍留着秧儿的办法，即使没有多大好处，至少在初秋还能收一拔儿小瓜，腌腌吃也是好的。

焦委员的办法便是打发新留学生们深入这些商家与农家去。拜盟兄弟，认干儿子，据他看，都有些落伍了，知识阶级的人们不好意思再玩这一套。而且从实质上说呢，这些远不如联姻的可靠。只有给他们一位快婿，才能拿稳了他们的金钱与势力。从新留学生这一方面看起呢，既是新回来的，当然对作事没有多少经验，不能把重大的责任付托给他们。况且政治上的势力又是那么四分五裂，各据一方，找个地位好不容易。至于学问，留学生中不是没有好手，可是中庸的人才总居多数；而且呢，真正的好手，学术机关自会抢先的收罗了去，也未必到焦宅门口来；来求他的，反之，未必是好手。那么，这些无经验，难于安置，又没多大学问的新博士与硕士们，顶好是当新姑爷。他们至少是年轻，会穿洋服，有个学位；别的不容易，当女婿总够格儿了。自然有的人连这点事儿也办不了，焦委员只好放弃了他们，他没那个精神，也没那个工夫，一天到晚用手领着他们。这一半是为焦委员造势力，一半也是为他们自己找出路，况且实际上他们的便宜大，因为无论怎样他们先得个有钱的太太，焦委员总不会享到这个福，他既是六十开外的人了。

这个办法，在焦委员口中叫作"另辟途径"。被派去联络富商的名为"振兴实业"，联络都市里的富农的是"到民间去"。他派文博士到济南去，那里的振兴实业与到民间去的工作都需要人。他给了文博士一张名单，并没有介绍信，意思是这些人都晓得焦委员，只须提他一声就行了。其余的事，也并没有清楚的指示与说明，只告诉文博士到济南可以住在齐鲁文化学会。焦委员很懒得说话，这点交派彷彿不是说出来的，而是用较强的呼气徐徐吐给文博士的。他的安恬冷静的神气可是教文博士理会到：他的话都有分量，可靠，带出来"照办呢，自有好处；不愿意呢，拉倒，我还有许多人可以差派！"文博士也看出来，他不必再请示什么，顶好是依着焦委员所指出的路子去作；怎么作，全凭自己的本事与机警；焦委员是提拔人才，不是在这儿训练护士，非事事都嘱咐好了不可。这点了解，使他更加钦佩这个老人，他觉得这个老人才真是明白中国的社会情形，真知道怎样把人才安置在适当的地方；他自己是个生手，所以派他去开辟，去创造，这不仅是爱护后起的人才，而且是敬重人才，使人有自由运动用才力的机会与胆量。最可佩服的还是焦委员那点关于联姻的暗示，正与自己在美国时所宣传的相合：当代的状元理应受富人们的供养与信托。他的圆眼发了光，心中这么想：先来个带着十万的夫人，岂不一切都有了基础？满打自己真是块废物——怎能呢——大概也不必很为生计发愁了。把这些日子的牢骚一齐扫光，他上了济南。

齐鲁文化学会很不容易找，可是到底被他找到了，在大明湖岸上一个小巷里。找到了，他的牢骚登时回来一半。一个小门，影壁上挤着一排宽窄长短不同，颜色不同，字体不同的木牌：劳工代笔处，明湖西洋绘画研究社，知音国剧社，齐鲁文化学会……他进去在院中绕了一圈，没人招呼他一声。一共有十来间屋子，包着一个小院，屋子都很破，院子里很潮很脏，除了墙角儿长着一棵红鸡冠花，别无任何鲜明的色彩。又绕了一圈，他找到了"学会"，是在一进门的三间南房。一个单间作为传达室，两间打通的是会所；都有木牌，可是白粉写的字早已被雨水冲去多一半了。他敲了敲传达室的门，里面先打了声哈欠，而后很低很硬的问："干煞？"

文博士不由的挂了气："出来！"

屋里的人又打了个哈欠，一种深长忧愁的哈欠。很慢的，门开了，一个瘦长的大汉，敞着怀，低着头，走出来。出了门，一抬头，一个瘦长的脸，微张着点嘴，向文博士不住的眨巴眼。

"会里有人没有？"

"嗯？"大个子似乎没听懂。

文博士虽然是四川人，可是很自傲自己的官话讲得漂亮；一个北方人要是听不懂他的话，他以为是故意的羞辱他。他重了一句："会里有人没有？"

"俺说不上！"大个子彷彿还是没听懂而假充懂了的样子，语音里也带出不愿意再伺候的意思。

"你是干吗的？"

"俺也知不道！"

"这不是齐鲁文化学会，焦委员——"

"啊，焦老爷？"大个子忽然似乎全明白了。急忙进去，找着会所的钥匙，去开门；嘴里露出很长的牙，笑着，念道着"焦老爷"，顺手把钮扣扣上。

屋里顺墙放着一份铺板；中间放着一张方桌，桌上铺着块白布，花纹是茶碗印儿和墨点子；上面摆着一个五寸见方的铜墨盒，一个铜笔架，四个茶碗，一把小罐子似的白瓷茶壶。桌旁有两把椅子。铺板的对面有个小书架，放着些信封信纸，印色盒，与一落儿黄旧的报纸。东西只有这些，可是潮气十分充足。大个子进去就把茶壶提了起来："倒壶水喝，焦老爷？"

"我不是焦委员，我是焦委员派了来的！"文博士堵着鼻子说。

"喂，那咱就说不上了！"大个子把茶壶又放下了，很失望来的不是焦老爷。

文博士看出来，这个大汉除了焦老爷，是一概不晓得。他得另想方法，至少得找到个懂点事儿的："除去你，还有别人没有？"他一字一字的说，怕是大汉又听不懂。"俺自己呀，还吃不饱；鱼子他妈在乡下哪！粮贵，不敢都上来！"大个子的话来得方便一些了，而且带着一些感情在里边。

"我问你,'会'里还有别人没有?"文博士的鼻子上见了点汗。

"那,说不上呢!"

"你是干吗的,到底?"

"俺?"大个子想了会儿:"不能说!"

文博士也想了会儿,掏出块钱来:"拿去。告诉你,焦委员派我来的,我就住在这儿,都属我管,明白?"

大个子嘻嘻了几声,把钱拿起去,说了实话:会里的事归一个姓唐的管;唐老爷名叫什么?知不道。原先的当差的姓崔,崔三,是大个子的乡亲。崔三每月拿八块钱工钱。前四个月吧,崔三又在别处找到了事,教大个子来顶替着,他们是乡亲呀。大个子每月到唐老爷那里去领八块钱工钱,两块钱杂费,一共十块。崔三要五块,大个子拿四块,还有一块为点灯买水什么的用。崔三说,五块并不能都落在他手里,因为到三节总得给唐老爷送点像样的礼物去,好堵住他的嘴。崔三嘱咐过大个子,这些事就是别教焦老爷知道了。"俺姓楚哇,四块钱,还得给家捎点去,够吃的!"大个子结束了他的报告,叹了口气。别的事,他都不知道;唐老爷也许知道?说不上。

三

"倒壶水喝？"老楚没的可说了，又想起这句唯一的客气话。看文博士没言语，他提起大磁壶走出去。

文博士坐在桌旁，对着那个大而无当的铜墨盒发楞。一股悲酸从心中走到眼上，但是不好意思落泪。猛然立起来，把门窗全打开，他吐了口气。看看自己，看看屋中，再看看院里，他低声的冷笑起来。顺着壁纸上一块墨痕，他想起海中的一个小荒岛，没有树木，没有鸟兽，只是那么一堆顽石孤立在大海中。他自己现在便是个荒岛。四五个月前从美国开船，自己是何等的心胸与希望，现在……学位，学问，青年，志愿，哼，原来这个社会就这样冷酷，正像那无情的海洋，终久是把那小岛打没了痕迹！

但是，怨恨有什么用呢！他拍了拍胸口，干！既然抓住了焦委员，就要作下去，焉知这不是焦委员故意试探他呢？伟人是由奋斗中熬出来的！一个博士本来应当享现成的荣华富贵，可是谁教自己这个博士是来到这么个社会中呢，鲜花插在粪堆上；好吧，丁丁看吧，尽人事听天命，没有道理可讲，没有！

掏出袖珍日记来，用钢笔开了几项，一，电焦委员；二，访唐先生；三，筹款。写完了，他啼笑皆非的点了点头。是的，焦委员派上这儿来，咱就来了；不但来了，还给他个电报："托庇安抵济，寓文化学会，工作情形，随时奉闻，文志强叩。"漂亮！

访唐先生这项，大概不会有什么用，不过，碰碰看，多少也许探听出点消息来，至少唐先生对济南的情形一定熟悉。不希望在这项中找到什么，不过是一种带手的事，得点什么有用的知识更好，白跑一趟也算不了什么；虽然博士而可以白跑腿是件说不通的事，又有什么法儿呢，在这个社会里！

第三项最难堪。手里没有多少钱了。打电向家里要，即使不算丢人，可是缓不济急。自己的工作是顶着焦委员的名去和阔人们交往，大概不能坐人力车去吧？总得租部汽车；济南的汽车当然没有上海那么方便公道。即使汽车没有必要，请客总是免不掉的。要专是吃顿饭还好办，既是富豪们，说不定还要闹酒，叫条子，这可就没有限制了！低级，瞎闹，这些事；可是社会是这样的社会，谁能去单人匹马的改造呢？先不问这合理不合理吧，既来之则安之，干什么说什么。钱在哪儿呢？去借，没有地方；即使打听到此地有熟人，也不能一见面就开口借钱，不能；被人家传说出去，文博士到处求爷爷告奶奶，那才好听！

想到这里，他真要转回北平或上海去，教几点钟书，作个洋行的办事员，都好吧，总比这个罪好受！这完全是扎空枪，扎不着什么，大概连枪也得丢了！可是，不入虎穴，焉得虎子；置之死地而后生才是英雄啊！

没法子决定，他很想去占一课，或相相面，自己没法打主意了。可笑，一个美国博士去算卦相面；可是似乎只有这样才能决定一切。生命既不按着正轨走，有博士学位的并不能一帆风顺的有合适的工作与报酬，那么用占课相面来决定去取，也就无所不可了；盲目的社会才有迷信的博士，哼！

老楚打来一壶开水，并没擦擦或涮涮碗，给文博文满满的倒了一杯，两个极黑的手指捏着杯沿，放在博士的面前，水上浮着个很古老的茶叶棍儿。

"老楚，"文博士不敢再看那杯开水，从袋中掏出张行李票来："上车站取行李，会不会？"

"说不上嘿！"

"好！"文博士猛的立起来。"打扫打扫这两间屋子会不会？说得上说不上？"

"没笤帚簸箕耶！"

"嘿！"文博士像忽然被什么毒虫叮了一口似的，蹿了出去。跑到门口，他又猛的一收步，像在体育馆里打篮球那种收步的样式："老楚！老楚！唐先生在哪儿住？"

老楚一点也没着急，无精打采的走出来："啥？啊，唐老爷，俺领你去。俺认识那个地方；地名，说不上！不是给钱的那个唐老爷？是呀，地名说不上呢！"

文博士一声没再出，一边走一边心中转着这句话：这就是你们中国人！这就是你们中国人！好像是初学戏的小孩那样翻来覆去的念道一句戏词。出门不远，看见些水，他不知道那是大明湖；水挡住去路，他就向南走去；好歹的撞吧，不愿和中国人们打听地方，中国人！再说，在美国纽约、芝加哥那么大的地方，都没走迷了过，何况这小小的济南，不打听。果然，不大会儿，被他找到了院西大街。街上没有高楼，没有先施公司那样的大铺户，没鲜明惹人注意的广告牌与货物，没有秩序。车挤着车，人挤着人，只见各种的车轮，各种的鞋，在那窄小的街上乱动乱挤，像些不规则的军队拔营似的，连声响都没有一定的律动。那些老式的铺户，在大路两旁呆呆的立着，好似专为接受街上的灰尘，别无作用。这种杂乱而又呆死的气象，使人烦躁，失望，迷乱，文博士没心去看什么，只像逃难似的在车马行人的间隙里挤，小车子木轮吱吱的响声，教他头疼。只看了西门一眼，他觉得恶心。

来到西门大街的桥上，看着那道清浅急流的河，他心中稍微安静了一些。河不算窄，清凉的水活泼泼的往北流，把那些极厚极绿的水藻冲得像一束束的绿带，油汪汪的，尖端随着水流翻上翻下，有时激起些小的白水花。四面八方全是那么拥挤污浊，中间流着这道清水，桥上的空气使人忽然觉得凉了许多，心中忽然镇静一下，像嘈杂胡乱的梦中，忽然看见一道光亮，文博士舍不得再走了。在桥边立了会儿，他感到一种渺茫的悲哀，一种冷静的不平。他以为这条水似乎不应在这个环境中流荡，正如同自己不应当在这个破桥上立着。立了一会儿，因为猜想河水的来源，他想起趵突泉来。是的，这或者就是由趵突泉[2]流出来的；也想起，刚才由会里出来的时候所看见的那片水或者就是大明湖[3]。这两个名胜，他都听人提到过。刚才没顾得看湖，现在先看看这个名泉吧。

二绕两绕，他绕到了趵突泉，中国称得起地大物博，泉水太好了！他立在泉池上这样赞美。三个大泉，有海碗那么粗细，一停也不停的向上翻冒，激动得半池的清水都荡漾波动，水藻随着上下起伏，散碎的荡成一池绿影。池边还有多少多少小泉，静静的喷吐一串串的小珠，雪白，直挺，一直挺到水面；有的走到半路，倾斜下去，可也滚到水面，像斜放着一条水银柱；有的走到半路，徘徊了一下，等着旁边另一串较小的水珠，一同上来，一大一细，一先一后，都把水珠送至水面，散成无数小泡，寂寂的，委婉的，消散。耳听着大泉的喷吐震荡，目看着小泉的递送起灭，文博士暂时忘了一切，彷佛不知自己是在哪里了。忽然闻到一股大葱味，一回头，好几个乡下大汉立在他身后，张着嘴，也在这儿看泉水。文博士刚忘了一切，马上又想起天大的烦恼。中国人，都是你们中国人！中国够多么富，多么好；看这个泉，在美国也没有看见过；再看这些人，多么蠢，多么臭；中国都坏在中国人手里！他舍不得这片水，但是不能再与这群人立在一块儿看。他恨不能用根棍子把他们都打开，他可以自在的欣赏一会儿。

离开池畔，他简直不愿再看任何东西。那些贱劣的东洋玩具，磁器，布匹，围具；那些小脚，汗湿透了蓝布褂子的臭女人们，那些张着嘴放葱味的黄牙男子们，那些鸡鸡嘹嘹的左嗓子歌女们，那些红着脸乱喊的小贩们！他想一步迈出去，永远不再来，这不是名胜，这是丢人！

走过吕祖殿，大树下一个卦桌，坐着位很干净秀气的道士，道袍虽旧，青缎道冠可是很新，在树阴下还微微的发着点光。文博士并不想注意这个道士，可是在这些脏臭的人们中挤了这半天，忽然看见这么个干净的人，这么好看的一顶帽子，好像是个极新鲜，极难遇到的事，他不由的多看了道士一眼。道士微微的对他一笑。文博士想起来算卦。但是不好意思过去，准知道他要是一立在卦桌前，马上必定被那些大葱国民给围上。他又真想占一卦，这个道士可爱，迷信不迷信吧，大概占课有相当的灵验。他低下头，决定还是不迷信，打算从卦桌前没事似的走过去。看见卦桌上垂着的蓝布桌裙，他的心跳得快了一些，由迷信与不迷信的争战，转而感到这个臭社会不给人半点自由，想占一课——直当是闹着玩——也得被人们围得风雨不透。正这么想，他听到："这位先生——"语声很清亮好听，可是他不敢抬头，这必是道士招呼他呢。"婚姻动，谋事有成。应验了请再来谈！"他听明白了这些，觉得有点对不起道士，可是脚底下加了速度。

走出趵突泉，他心中痛快了一些，几乎觉得中国人也并不完全讨厌，那个道士便很可爱。道士的话就更可爱。即使是江湖上的生意口吧，反正他既吃这一行，当然有些经验，总有几分可靠。中国的老事儿有许多是合乎科学原理的，不过是没有整本大套的以科学始，以科学终而已。再说呢，他所需要的也不过是这两句话——婚姻动，谋事有成——居然没花卦礼而白白的得到，行，这个道士！这两句话是种鼓励，刺激，即使不灵验也没大关系，文博士需要些鼓励；况且道士的话还有灵验的可能呢！

他发了两个电报：向焦委员报告，和向家里要钱。

到车站取了行李，拉回会所，差不多已是六点钟了。吃饭，又成问题。老楚不会作饭，他每天只在街上买点锅饼，大葱，与咸菜，并不起灶。文博士把行李放在铺板上，没心程去打开，也打不起精神再出去吃饭，呆呆的坐在椅子上。

"老爷，"老楚在门外叫，"买个洋灯吧？"

博士没回答。

四

正是初秋的天气，济南特别的晴美，干爽；半天的晚霞，照红了千佛山[4]。文博士在屋中生着闷气；一阵阵的微风将窗纸上的小孔当作了笛，院中还有些虫声，他不能再坐下去。出来，看着天上的晴霞，听着墙角的虫声，脸上觉到那微凉的晚风，心中舒服了一些；下午出去的时候，还觉得有点热；现在，洋服正合适。是的，中国都好，自己也没错儿，就是那群中国人没希望，老楚是他们的代表！这么好的天气，这么大的博士，就会凑在这个破院子里，有什么法子呢？再看屋里，没有洋式的玻璃窗，没有地板，没有电灯，没有钢丝的床，怎能度过一夜呢，还不用说要长久住在这里！

想来想去，想不出办法，只好教老楚去买煤油灯，还得买点石灰面洒在墙根去了潮湿。自己呢，还是得出去吃饭，没有别的方法。嘱咐好了老楚，他又顺着下午所走的路去找饭馆。路上看见好几个饭馆，不是太大，便是太小；那些小的，根本不能进去，大的，可以进去，可是钱又不允许。最后，他找到一家小番菜馆，门口竖着个木牌，晚餐才八角大洋。他觉得这个还合适。馆子里一个饭客也没有，一个穿着灰白大衫的摆台的见他进来彷佛吓了一跳。桌上的台布与摆台人的衫子同色，铺中一股潮气，绝无人声。文博士的眉又拧在了一起，准知道要坏；在中国似乎应当根本不必希望什么。没看菜单，他只说了声：一份八角的。

刀叉等摆上来：盘子毛边，刀子没刃，叉子拧股着。面包的片儿不小，可是颜色发灰，像刚要冻上的豆腐；一摊儿极小的黄油，要化又不好意思化，在碟心上爬着。文博士的心揪成个小疙瘩。等了半天，牛尾汤上来了。真有牛尾，不过有点像风干过的，焦边，锈里儿，汤上起着一层白沫。文博士尝了一口，咸得杀口，没有别的好处。勉强又呷了一口，他等着下面的菜。猪排是头一个菜，文博士用刀切了半天，他越上劲，猪排也越抵抗，刀子是决不卖力气。切巴了一阵，文博士承认了失败，只检起两个小干核桃似的地蛋吃了。

下面的菜都和猪排一样的富有抵抗力，文博士的悲观是由肚子起一直达到心中；这就是中国人作的西餐！末了，上来一杯咖啡，颜色颇够得上红茶，味道可还赶不上白开水。文博士一言没发，付了钱，走出去。街上的灯光不少，风更凉了一些，车马行人还和白天一样的乱挤。他肚中寥寥劳劳，在灯光下，晚风中，几乎忘了自己是谁，只觉得生命是一团委屈与冤枉。走回大明湖去，他在湖边上立了一会儿。秋星很明，湖上可很黑，游艇静静的挤在一处，蒲苇与残荷随风放出些清香。他深深的吸了口气，扶着棵老柳往远处看，看不见什么，只有树影星光含着一片悲意。

回到学会，他几乎以为是走错了地方：各屋中，连院中，都是人。锣鼓响着，剧社正在排演；说笑争吵，画社正在研究讨论；还有许多人，不知是干什么的，可是都有说有笑；满院是人声，到处是烟气；屋子都开着门窗，灯光射到院里，天上很黑，彷彿是夜间海上一个破旧而很亮的船，船上载着些醉鬼。只有文博士的屋里没有灯光，好像要藏躲开似的。他叫老楚开门，老楚不知哪儿去了。等了半天，老楚由外面走进来，右手提着两把水壶，左手提着大小五六个报纸包儿。把水壶与纸包分送到各屋里去，他很抱歉似的忙着来开门。老楚先进去把灯点上，文博士极不愿进去，而不得不进去。屋里新洒上的石灰面和潮气裹在一处，闻着很像清洁运动期间内的公众厕所。

"倒壶水喝？"老楚格外的和气，长瘦脸上还挂了些笑容。见文博士没理他，他搭讪着说："见了唐老爷，别说呀！俺给这行子人买东西，"他指了指院中，"他们说，到节下赏赏，上回五月节，他们都忘记了咱，俺也没说什么。去买东西，俺挡不住赚一个半个的；不够吃的！给老爷买东西，赚一个板就是屌？他们，"他又指了指外边，"都是有钱的，那唱唱儿的，那画画儿的，五毛一筒的烟，一晚上就是四五筒！俺赚他们一个半个的，不多，一个半个的；鱼子他妈还捎信来要棉裤呢！"

文博士没工夫听老楚的话，更没心同情他。指了指行李，他叫老楚帮助打开。只有一条褥，一床毛毯，他摸了摸，隔着褥子还感觉到铺板的硬棒。衣箱暂放在桌子上，把书架清楚了一下，预备放洋服裤子，和刮脸的刀与刷子什么的。

屋中的味道，院中的吵闹，铺板的硬棒，心中的委屈，都凑在一处，产生了失眠。他奔跑了半日，已觉得很累，可是只一劲的打哈欠，眼睛闭不牢。他不愿再想什么，只求硬挺一夜，明天或者便有较好的办法与希望，可是他睡不着。一直到十二点钟，院中的人才慢慢散去，耳边清静了一些，床板的硬棒便更显明，他觉得像一条被弃的尸首，还有口气儿，可是一点能力没有，只能对着黑暗自怜自叹。邻院的钟敲了两点，他还清清楚楚的听到，沈重，缓慢，很严重的一下两下杀死一段时间，引起多少烦恼！他把毯子蒙严了头，没有听到打三点。

第二天一清早，街上卖馓子麻花的把他喊醒。猛一睁眼，屋中的破烂不堪好像一闪似的都挤入他的眼中，紧跟着他觉到脊背与脖子已联成一气，像块从来不会屈转活动的木板，他又忍了半天，不能再睡，街上不知道为什么这么多卖馓子麻花的，也不知道为什么都一个腔调急里蹦跳的喊，这群中国人！没法子，他只好起来吧。起来又怎样呢？这一天，似乎比昨天还坏，还渺茫，没有一件事是确定的，有希望的。往最小的事上说，他没法得到一杯热的咖啡或红茶，一两片焦黄的吐司。他硬把自己曳了起来，彷佛曳起一大块没什么用的木头。

找出由美国带回来的皮拖鞋与红地黑花的浴衫，他到院中活动活动，满院的梨核苹果皮，已招来不少勤苦的蚂蚁，他找了块较比干净的地方，行了几下深呼吸，脖子渐渐的活软过来。他很想洗个热澡。还记得昨天路过一个澡堂。不想去，洗不惯公众浴池。再一想呢，大概还是非去不可，这个地方决不会忽然有了沐浴的设备。他又冷笑开了，看吧，自己总会不久就得变成个纯粹中国人，不然便没法儿活下去。适应环境，博士得变成老楚，才有办法，哈哈！他笑出了声，很响，几乎使自己有点害了怕。

老楚不知为什么忽然能这样惊醒，居然听见了这个笑声，一翻身爬起来，登上衣裤，走出来，预备好操作一切："倒壶水喝？"

文博士笑得更加了劲。他觉得老楚很像个鸡，或狗，一爬起来便能作事，用不着梳洗沐浴，也根本没一点迟累；是的，打算在中国活着得不要一点文化，完全反归自然。老楚跟野人差不多！他得跟老楚学，什么学位，卫生，一切不相干，这是中国，这么一想，他由轻视中国转而觉得自己太好挑剔了，太文明了，中国用不着他这么文明的人："好吧，老楚，打两壶水去，两壶！"

不洗澡了，权且用两壶水对付着擦擦身上，刮刮脸。脸还是要刮的，到野蛮之路也得慢慢的走呀，哈哈！

耗到九点多钟，文博士想教老楚领路，去访唐先生。刚要喊老楚，老楚进来了，举着张名片："唐老爷！"他的脸上白了一些："别向他讲呀，俺给他们买东西！"

文博士看了看那张名片，除了唐孝诚三个较大的字外，还有许许多多小字，一时几乎不能看清。他正了正领带，迎出来。唐先生似乎早已拱好了手等着呢，一见文博士出来便连连上下左右摆动，显出十二分虚假而亲热。他有五十多岁，矮矮的身量，长长的脸，眉眼似乎永远包陷在笑纹之中；光嘴巴，露着很长的门牙，也在发笑。虽是初秋，他的身上可已经很圆满，夹袍马褂成套，下面穿着很肥阔的夹套裤，裤脚系着很宽的绸带。衣服都是很好的丝织品，可是花样很老，裁法很旧，全像是为从箱中拿出来晒一晒，而暂时以唐先生作衣裳架子。

唐先生一定不肯先进屋门，再三再四的伸手，拱手，弯腰，点头，而且声明他是地主，文博士是客。他已经觉得十分对不起，没能早些过来请安，彷佛文博士的行动他都知道似的。让了半天。唐先生得到胜利，斜着身随文博士进来。刚到桌旁，唐先生从桌上拿起自己的名片，从新双手递过去。文博士连忙把自己的名片找出来，递过去。唐先生接过去，举到鼻子附近，预备看官衔的小字；一目了然，只有美国哲学博士一项，他的脸马上把笑纹都收回去，随便的把它放在桌上。文博士看了出来这个变化："唐先生，请坐！"

"不客气吧，""吧"字显着多余而不好听。

文博士的心里并没把唐先生放得很高，他看唐先生也不过是比老楚多着一套不合样的衣裳与不必需的礼貌而已。讲到对付上，或者唐先生还是容易拿住的那一个，因为唐先生到底有一套玩艺，老楚根本是个光眼子，像刚出水的鱼，什么也没有，只是光出溜的一条。他决定把唐先生拿下马来。唐先生有一套落伍的衣裳礼貌与思想，文博士有一套新从美国运回的衣裳礼貌与思想，这是个战争，看谁能战胜。文博士决不退让。他要出奇制胜，用西洋人的直率勇敢袭击唐先生的礼多人不怪。他猛然的把自己的名片抓起来，随着一声不很好听的笑："我全凭着这个博士！美国总统的荣誉还赶不上个博士。博士就是状元，我想你应当知道这个。有博士在我的片子上，我就有了一切的资格，唐先生！"

唐先生脸上的笑纹又都回来了，他觉得自己的确有点太猛撞；他决不佩服西洋博士的学问，可是他深知颜惠庆[5]总长与顾维钧[6]公使就都是博士，这点不假。凭自己的老练与圆滑，今天会闹个没脸，他心中有点难过；可是他并不慌乱，知道自己一定会把僵局打开，特别是吃了"博士"的钉子，转过弯来决不算丢人。他又拱了拱手：

"文博士，你不能住在这里，这要教焦委员知道了，我吃不住。舍下还相当的宽绰，那个，那个，老楚！"意思是命令他马上搬走文博士的东西。

文博士的脸上照旧很严重，可是心里乐了一下。看，这家伙的弯子转得多么快，多么利落；这样的中国人虽然没有任何价值，可还倒有趣好玩。

"不，我这里很好，"文博士拦住了唐先生，"刚由美国回来，我愿意多吸收一些中国社会情形，多接近民间；也可以说关心民瘼吧！"

"那么，请签个字，回来兄弟派人送点——"唐先生想供给状元是上算的事，况且钱又不是他的。

"不，我已经打电到家中要一点——舍下也还倒过得去！"文博士一点也不示弱。

"赏个面子，文博士！暂收二百吧！"唐先生紧紧的拱手："学会里每月有各处的补助，凑在一处也有三百来的块。月间，由兄弟凑齐汇交焦委员，焦委员可是吩咐过，由他那儿来的先生们可以支用。我这回不等请示，硬作了主意，老兄，博士赏脸。我们都是前缘，博士千山万水的回来，会在济南遇到一处，前缘！"

"那么，我就——"文博士掏出名片，写上暂借二百元。

五

拿到二百块钱，文博士痛快了些。回国来几个月了，这是第一次胜利。他一点也不感谢唐先生，唐先生不过是他手下的败将；说不定再玩一两个小手段，也许就把焦委员所托给唐先生的事全都拿过来：新状元总得战败老秀才，不管唐先生中过秀才没有。

心中痛快了一些，事事就都有了办法——英雄的所以能从容不迫，都因为处处顺心。文博士到上海银行开了户活账，先存入一百五，要了本英文的支票，取钱凭签字——在印鉴簿子上签了个很美而花哨的字，看起来颇像个洋人的名字。

把支票本放在袋中，身上忽然觉得轻松了些，脚步自然的往高了抬。在街上转了会儿，他觉得不能再回文化学会去，永远不能再回去，那不是人住的地方。

他找到了青年会。好吧，就是青年会吧。宿舍里的一间屋子每月才二十多块钱，连住带吃都有了。再说，还能洗澡，理发，有报纸看，虽然寒伧一点，到底比学会里强过许多倍了。他不喜欢宗教，可是青年会宿舍是个买卖，管它什么宗教不宗教呢！

交了一月的租金与饭费，马上把行李搬了来，连正眼看老楚一眼也没顾得；希望永远不再和老楚见面，就是他将来能把唐先生的事都接过来的话，头一件事是把老楚开了刀，对那样的中国人用不着什么客气。不要说国内现在只有这么几位博士，就是有朝一日，四万万人里有两万万位博士，而那两万万都是老楚，也是照样的没办法！老楚这样的人会把博士都活活的气死！

文博士把屋中安置好，由箱底上把由美国带回来的紫地白字的"级旗"找出来，钉在墙上；旗子斜钉着，下面又配上两张在美国照的像片端详了一番，心中觉得稍微宽舒了点。吃了顿西餐，洗了洗澡，睡了个大觉，睡得很舒服，连个梦都没作。

睡醒了，穿好了洋服，心中有点怪不得劲。袋中有几十块钱，彷佛不开销一点就对不起谁似的。想了想，他应当回拜唐先生去。由这件事往开销点钱上想，想到至少得去买条新领带；作衣裳还得暂缓一缓。很快活的立起来；把该洗的汗衫交给仆人；脚上拿着劲，浑厚稳重的下了楼。一出门，洋车夫们捏喇叭的捏喇叭，按铃的按铃，都喊着"拉去罢！"说得轻佻下贱。有的把车拉过来，拦住他；有的上来揪了他一把，黑泥条似的手抓在洋服上。这群中国人！文博士用他骨胳大且硬的手，冷不防的推了一把，几乎把那个车夫推了个趔趄。车夫哽了一声。其余的都笑起来，一种蠢陋愚顽的笑。笑完了，几乎大家是一齐的说："拉去擘！"这是故意的嘲弄。博士瞪了他们一眼，大家回到原处，零落不齐的叫："两毛钱擘！看着办擘！……"他的脑中忽然像空了一小块，什么也想不出，只干辣辣的想去抓过几个来，杀了！太讨厌了！正在这个当儿，门内又出来两位，打扮得很平常，嘴里都叼着根牙签，刚在食堂用过饭。有一两个车夫要往前去迎，别的车夫拦住了他们："有汽车！有汽车！"果然，外边汽车响了喇叭。文博士几乎是和他俩并着肩儿出来的，人家慢条厮礼的上了汽车，往车背上一斜，嘴中还叼着牙签。文博士在汽车卷起来的土中点了点头，大丈夫应当坐汽车；在中国而不坐汽车，连拉车的都会欺侮人！中国人地道的欺软怕硬，拿汽车楞轧他们，没错！博士的手不由的动了一动，似乎是扭转机轮，向前硬轧的表示。

算了吧，不去买领带了。终日在地上走着，没有汽车，带上条新领带又算哪一出呢？刚才那俩坐汽车的并不怎么打扮，到底……领带……哼！

唐先生住在南关的一个小巷里。胡同很小，可是很复杂。大门也有，小门也有；有卖水的小棚，有卖杂货的小铺；具体而微的一条小街，带出济南小巷的特色。唐宅的门很大，可是不威武，因为济南没有北平住宅那样的体面的门楼。文博士叫了半天，门内出来位青年人，个子很大，混身很懈松；脸上有肉，也不瓷实；戴着眼镜，皱着眉；神气像是对某件事很严重的思索着，而对其他的一切都很马虎。接过文博士的名片，看了看："啊，啊。"啊完了，抬头看着天，似乎又想起那某件事，而把眼前的客人忘记了。听到文博士问："唐先生在家？"他忽然笑了，笑得很亲热："在家。"说完，又没有了动作。彷佛是初入秋的天，他脸上的阴晴不定，一会儿一变。

文博士正在想不出办法，唐先生由影壁后转过来，一露面就拱起手来："不敢当，不敢当！请！请！这是，"他指着那个青年，"二小儿建华。"建华眼看着天，点了点头。

院里的房子都很高大，可是不起眼。门窗都是一鼻两眼式的，屋中的光线也不充足。客厅里的陈设很复杂，各式的桌椅，各式的摆设，混杂在一处，硬青硬红的不调和。由这些东西可以看出唐府三四辈的变迁：那油红油红的一两件竹器代表着南方的文化，那些新旧的木器表示着北方的精神：唐府本是由南边迁来的，到现在已有六七十年了。由这点东西还可以看出唐宅人们的文化程度，新旧的东西都混合在一处，老的不肯丢掉，新的也渐次被容纳。这点调和的精神彷佛显出一点民族的弱点：既不能顽强的自尊，抓住一些老的东西不放手，又不肯彻底的取纳新的，把老旧的玩艺儿一扫光除尽。

墙上的字画与书架上的图书也有个特点：都不是名人的杰作，可也不是顶拙劣的作品。那些作画写字的人都是些小小的名家，宦级在知府知县那溜儿，经唐家的人一给说明便也颇有些名声事业，但都不见经传。对联与中堂等项之中，夹杂着一两张像片，还有一小张油画；像照得不佳，画也不见强，表示出应有尽有的苦心，而顺手儿带出一点浮浅的好讲究。

扫了一眼屋中的东西，文博士觉得呼吸有点不灵利，像海边上似的，空气特别的沉重。新的旧的摆设，桌椅，艺术作品，对他都没有任何作用，他完全不懂。他只在美国学来一个评判方法：适用的便好。他的理想客厅是明亮简单，坐的是宽大柔软的沙发，踩的是华丽厚实的地毯，响的是留声机，看的是电影名星照片。他不认识唐家的这些东西，也不想去批评，只觉得出不来气。椅子是非常的硬棒，也许是很好的木料，但是肯定的不舒服。倒上茶来，闻着很香，但是绝没有牛奶红茶那样的浓厚沉重。文博士知道自己在这里决不会讨好，因为一切都和美国的标准正相反：他要是顺着唐家人的口气往下说，一定说不过他们；他要是以美国标准为根据，就得开罪于他们。直着腿坐了会儿，他想好了，与其顺着他们说，不如逆水行舟；这样至少能显出自己心中不空，使他们闻所未闻。

唐先生只闲谈天气与济南，不肯往深里说任何事情；新事旧事他都知道不少，但是他不肯发表意见，怕是得罪了人。建华刚在大学毕业，还没找到事作，可是觉得自己很了不得。他的学识和墙上那些图画一样，虽然不高明，可是愿意悬挂出来。听着父亲与文博士谈了几句，他想起个问题：

"先生看张墨林怎样？"他脸上非常的严重，以为张墨林的问题必是人人关心的问题，因为他自己正在研究他。

文博士的眉皱上，也非常的严重，根本不知道张墨林是个诗人，画家，还是银行经理。他决定不肯被人问倒，而反攻了一句："哪个张墨林？"

唐先生赶紧接了过去："山东黄县的一位词家，学问倒还好，二小儿正在作他的年谱，将来还求指教。"

"那很好！"文博士表示出一定能指教唐建华。

"他的著作很难找，有两三部我还没见过！"唐建华看着顶棚，心中似乎非常难过，因为这两三部书还没能找到。"先生看他的作品，专以词说，怎么样？"

"书是要慢慢找的！"文博士已被挤到墙角，而想闪过去。"当初我在美国想找一部历史，由芝加哥找到纽约，由纽约又找到华盛顿，才找到了半部，很难！"

"啊！"建华摘下眼镜，用手绢擦着，一点不肯注意文博士的话。就是博士再谈到张墨林，他也没心去听。对张墨林的研究，正如对别件事一样，他的热心原本是很小的一会儿；不过在这一小会儿里，他把这件事放在眉头上思索着。

唐先生怕文博士看出建华的不客气，赶紧问了几项美国的事。文博士有枝添叶的发挥了一阵，就是他所不晓得的事也说得源源本本，反正唐家的人没到过美国，他说什么是什么。

文博士说完一阵，刚想告辞，建华的弟弟树华下了学。他是在中学读书，个子不小，也戴着眼镜，长得跟他哥哥差不多，只是脸上的肉瓷实一些。他也很喜爱文学，可是接近新文学。经他父亲介绍过后，他坐下，两只大手在膝上来回的擦。擦着擦着，他想起来一件事："先生看时铃儿怎样？"他习惯的把新文艺作家的名字末尾都加上个"儿"，彷佛是非常亲密似的。

"哪个时铃儿？"文博士很想立起来就走，这样的发问简直没法子应付。

"小孩子爱读小说，"唐先生又来解围，"文博士出洋多年，哪能注意到这些后起的小文人们。"

"也别说，"文博士直着脖子说，"我对新文学也有相当的研究；不过，没有什么好的作品，没有！"

树华的手在膝上擦得更快了，脸上也有些发红；刚要开口反驳，被老先生瞪了一眼，不痛快的没说出来。

文博士觉得已经唬回两个去，到了该告辞的时候了，虽然有许多事还想问唐先生。正想往起立，又进来一位，唐先生赶紧给介绍："小女振华，文博士。"振华比建华小，比树华大，个子不像她兄弟那样高，可也戴着眼镜。相貌平常，态度很安详，一双脚非常的好看。

这样的增兵，文博士有点心慌，可是来者既是女子，他不能不客气一些。唐先生这回先给了女儿个暗示："文博士由美国回来，学问顶好。"

"老三不是想学英文吗？"她很严重的看看树华。

树华有志于文学，很想于课外多学些英文，以便翻译莎士比亚[7]。但是，文博士的轻看新文学使他彷佛宁可牺牲了莎士比亚，也不便于和文博士讨教。

文博士一点也不想白教英文，不过既是一位女士的要求，按着美国的办法，是不能不告奋勇的："那很好！"

"要是文博士肯不弃，"唐先生看出点便宜来，他并不重视英文，不过有美国留学生肯白教他的子女，机会倒是不便错过，"你们三个都学学吧！那个，文博士，在这里便饭，改日再正式的拜老师！"

文博士觉得是掉在圈儿里。

六

唐家的饭很可吃，文博士的食量也颇惊人。唐家全家已经都变成北方人，所以菜饭作得很丰满实在；同时，为是不忘了故乡，有几样菜又保持着南边的风味。唐先生不大能吃酒，可是家中老存着一两坛好的"绍兴"[8]。

菜既多而适口，文博士吃上了劲。心中有点感激唐先生，所以每逢唐先生让酒就不好意思不喝些，一来二去可就喝了不少。酒入了肚，他的博士劲儿渐次减少，慢慢儿的吐了些真话；他的脉算是都被唐先生诊了去。

唐先生摸清楚了博士的肚子只是食量大，而并没什么别的玩艺，反倒更对他亲密了些。唐先生以为自己的一辈子是怀才不遇，所以每逢看到没有印着官衔的名片便不愿意接过来。可是及至他看明白了没有官衔的那个人，虽然还没弄到官职，但是有个好的资格，他便起了同情心，既都是怀才不遇，总当同病相怜。况且与这路资格好而时运不见佳的人交朋友，是件吃不了什么亏的事；只要朋友一旦转了运，唐先生多少也得有点好处。

唐先生自己没有什么资格，所以虽然手笔不错，办事也能干，可是始终没能跳腾起去。有才而无资格，在他看，就如同有翅膀而被捆绑着，空着急而飞不起来。他混了这么些年了，交往很广，应酬也周到，可是他到底不曾独当一面的作点大事。是的，他老没有闲着过，但是他只有事而无职。他的名片上的确印得满满的，连他自己可也晓得那些字凑到一块儿还没有一个科长或县知事沉重。他不能不印上那一些，不印上就更显着生命像张空白支票了。印上了，他又觉得难过。所以他非常喜欢一张有官有职，实实在在的名片。

为补正这个缺陷，他对子女的教育都很注意。以他的财力说，他满可以送一个儿子到外国去读书。但是他不肯这样破釜沉舟的干。一来他不肯把教育儿女们的钱都花在一个人的身上，二来他怕本钱花得太大，而万一赚不回来呢。所以他教三个儿子都去入大学，次第的起来，资格既不很低，而又能相继的去挣钱，他觉得这个方法既公平又稳当。现在，他的大儿子已去作事，事体也还说得下去。二儿子也在大学毕了业，不久当然也能入俩钱。三儿子还在中学，将来也有入大学的希望。女儿呢，在师范毕业，现在作着小学教员。看着他的子女，他心中虽不十二分满意，可是觉得比上不足比下有余，总算说得过去，多少他们都能有个资格，将来的前程至少也得比他自己的强得多。他这辈子，他常常这么想，是专为别人来忙，空有聪明才干，而唱不了正工戏。这一半是牢骚，一半也是自慰，自己虽然没能一帆风顺的阔起来，到底儿子们都有学位，都能去正正经经的作点事，也总算不容易。

他与焦委员的关系，正如同他与别的要人的关系，只能帮忙，而上不了台。谁都晓得他是把手儿，谁有事都想交给他办，及至到了委派职务的时候，他老"算底"。谁要成立什么会，组织什么党，办什么选举，都是他筹备奔走一切。到办得有点眉目了，筹备主任或别项正式职员满落在别人身上。事还是他办，职位归别人。他的名片上总是筹备委员，或事务员；"主任"，"科长"，"课长"，甚至连"会计"都弄不到他手里，虽然他经手不少的钱财，他的最大的报酬，就是老不至于闲着，而且有时候也能多少的剩几个私钱而不至于出毛病。

当他一见文博士的面时候，"博士就是状元"这句话真打动了他的心。是的，假若他自己有个博士学位，哼，往小里说，司长，秘书长总可以早就当上了。就拿"文化学会"说吧，筹备，组织，借房子，都是他办的。等办成了，焦委员来了，整个的拿了过去，唐先生只落了个事务员。每月，他去到各处领补助费，领来之后留下五十元，而余的都汇交焦委员。创立这个学会的宗旨，本是在研究山东省的历史地理古物艺术，唐先生虽然没有多大的学问，对学问可是有相当的尊崇与热心。及至焦委员作了会长，一次会也没开过，会所也逐渐的被别人分占了去。唐先生说不出什么，他没法子去抗议。也好，他只在会里安了个仆人，照管着那几间破屋子，由每月的五十元开销里，他剩下四十块；焦委员也装作不知道。

像这样的事，他干过许许多多了。可也别说，就这么东剩五十，西剩六十，每月他也进个三百二百的。赶上动工程呢，他就多有些油水。家里的房子是自己的。过日子又仔细，再加上旧日有点底子，他的气派与讲究满够得上个中等的官僚。每逢去访现任的官儿，而发现了他们家中的寒伧或土气，他就得着点儿安慰——自己虽然官运不通，论讲究与派头可决不含忽！

焦委员确是嘱咐过他，有到"文化学会"来的，或是与焦委员有关系的要人由济南路过，他可以斟酌着招待或送礼。唐先生把这两项都办得很不错。他的耳朵极灵，永不落空；谁要到济南来，谁要从济南路过，他都打听得清清楚楚。那些由焦宅出来的，他知道的更快。他顶愿意替焦委员给过路的要人送礼，一来他可以见识见识大人物，二来在办礼物的时候也可以施展些自己的才能。送什么礼物全凭送给谁而决定，这需要揣摩与眼光。有一次他把一筐肥城桃[9]送给一位焦委员的朋友，后来据焦委员的秘书说，那位要人亲笔写给焦委员一封信，完全是为谢谢那一筐子桃。这种漂亮的工作，在精神上使唐先生快活，在物质上可以多少剩下点扣头，至少也顺手把他自己送焦委员的礼物赚了出来。

对于招待到文化学会来的人，唐先生说不上是乐意作，还是不乐意作。由焦委员那儿来的人，自然多少都有了资格来历，他本应当热心的去招待。可是，因为他们有资格，哪怕是个露着脚后跟的穷光蛋呢，也不久就能混起来，地位反比他自己强；这使他感到不平。况且，谁来了都一支就是一二百，而唐先生自己老是靠着那四十块不见明文的津贴——或者更适当的叫作"剩头"。但是继而一想呢，接济这些穷人到底比白白给焦委员汇去较为多着点意义，焦委员并不指着这点钱，而到穷人手里便非常的有用，于是他又愿意招待这些人；他恨焦委员，所以能少给他汇点去，多少可以解解恨。

所以，他一看见文博士那张无官衔的名片，他心中就老大的不乐意，又是个穷光蛋！及至博士来了破的，一点不客气的说出，博士就是状元，他心中又软了，好吧，多给焦委员开销俩钱，顺水推舟的事，干吗不作个人情呢。

现在，文博士借着点酒气，说出心中的委屈，唐先生的脑中转开了圈圈。这个有博士学位的小伙子是吃完了抹抹嘴就走呢，还是有真心交朋友？假若博士而可靠的话，他细细的看了看女儿，客观的，冷静的看了看：现成的女儿，师范毕业，长得不算顶美，可是规规矩矩。假若文博士有意的话，那么以唐先生的交际与经验，加上文博士的资格，再加上亲戚的关系，这倒确是一出有头有尾，美满的好戏！自己的儿子只能在大学毕业，可是女婿是博士，把一切的缺点都可以弥补过来了！

不过，这可只是个就景生情的一点希望与理想。唐先生知道世界上任何一件事都不是直去直来，一说就成的。别的事都可以碰钉子，再说，可不能拿女儿试验着玩。慢慢的看吧，先把文博士看清楚了再说别的。不错，这件事并不单是唐家的好处，文博士可以得个一清二白的妻子，还可以得个头等的岳父兼义务的参谋。可是，谁知道人家博士怎么想呢，不能忙，这宗事是万不能忙的。

饭后，文博士开始打听焦委员给他的那张名单上的人。唐先生认识，都认识，那些人。可是，不便于一回都告诉他。唐先生的语气露出来：事情得慢慢的说，文博士须常常的来讨教；最好是先规定好每星期来教几次英文，常来常往，彼此好交换知识。文博士一点也不想教英文，可是不便于马上得罪了唐先生。他看得出来，假若他不承认这个互惠条件，唐先生也许先到各处给他安排下几句坏话，使他到处碰钉子。虎落平川被犬欺，博士也得敷衍人；他答应下每星期来教两次英文。唐先生答应了每次授课由他给预备饭。文博士开始觉出来中国人也有相当的厉害，并非人人都是老楚。可是，他也有点愿意他们厉害，因为设若人人都像老楚，那还有什么味儿呢！他预备着开战，先拿唐先生试试手。他心中说，无论老唐怎么厉害，反正自己是博士，看谁能把位博士怎样得了！

由唐家出来，他觉得心中充实了些，彷佛是已经抓到了点什么似的；无论怎说吧，拿到老唐就得算是事情有了头儿，不忙，慢慢的一步一步的走，能利用老唐就能在济南立住了脚，这不会错！

回到宿舍，青年会的干事过来拜访，请他作一次公开的演讲。他不愿意伺候青年会的干事，可是这总得算头一次有人表示出敬重博士的价值，似乎又不便严词拒绝。再说呢，开始在济南活动，而先把名声传出去，也不能算完全没有作用。他答应了给讲一次"留美杂感"，既省得费工夫预备，又容易听得懂。答应了之后，他不但不讨厌青年会干事了，反倒觉得痛快了些；那个干事开口博士长，闭口博士短，使他似乎更当信赖自己，更当拿起些架子，"博士"到底比什么也响亮受听。假如人人能像青年会干事这么敬重他，他岂不马上就能抖起来；他几乎有点要感激那个干事了。

为这个讲演，他想应当去裁一套新洋服。头一次露面，他得给人们一个顶好的印象，不但学问好，人也漂亮。谁晓得由这一个演讲会引出什么好机遇来呢？即使是白受累，什么也弄不到，那也没什么，新洋服是新洋服，总要裁一身的。刚才要买条新领带而打了退堂鼓，现在决定了去作新衣裳，到底青年会干事不是完全没用，会帮助自己决定了这件事。决定作一件事总是使人痛快的，他不再去思索，就这么办了。

到阅报室去看了会儿报，国事，社会新闻，都似乎与他没什么关系。随便的看完一段，他就想到洋服的颜色与式样上去；这身新洋服是新生命的开始，必须作得便宜，体面，合适。把自己先打扮好了再说，自己是一切。想了会儿，再去看一段报，他觉得那最悲惨的新闻，与最暗淡的消息，都怪有趣，彷佛是读着本小说那样可以漠不关心。

看完报，柜台前面已经放好"文博士主讲"的广告牌。他只看了一眼，大大方方的走出去，怪不好意思，可是挺快活。

七

洋服做好，文博士有点后悔，花了七十多块！原本没想花这么多钱，可是选择材料的时候，西服店的老板看了看博士身上的那件："呕！先生，这是外国裁的，还敢请你看次等的材料？！"他只好选了较好的料子——还不是顶好的。到底是站在洋面上的，洋服店的人就多知多懂一些，知道什么是好坏；多好的西服教老楚看见也是白饶。文博士非花七十多块不可。

及至把衣裳取了来，式样子工都很不坏，可是他到底觉得太贵了些。既然在衣裳的作法上找不出毛病来，他转而怀疑衣料是否地道。济南没有什么可靠的地方，没有！他看出来，这里只有两类人，老楚是一类的代表，唐先生是另一类的代表；西服店的人和唐先生是同类，狡猾，虚诈。一位博士而陷落在这两类人中，没办法！

穿上新洋服，他到唐家去教英文。已教过两次了，建华是眼看顶棚，大概还是想着张墨林的问题。树华的手搓着膝磕，也许是还恨着文博士的轻视新文学。只有振华很用心；就是不用心，至少她的态度是那么安详，不至使文博士太难堪了。他不想再白跑腿，可是又不肯轻易放弃了唐先生的那些可贵的知识。唐先生非常的客气，茶水饭食都给预备得很好，就是来到真事儿上不愿多说。至少他的打算是这样：即使拴不牢这位博士，反正也得先把他鼓捣熟了再说；先把文博士弄成唐家的顶熟识的朋友，再放松了点儿手，也总好办一些。对于子女热心学英文与否，他倒不十分关心，他就是愿意文博士常常的来，只要博士肯勤来便有办法。

这天——文博士穿上新洋服这天——建华照了一面，说有点头疼，请假。树华没回来，因为学校里开运动会。唐老先生也没露面，只有振华独自陪着文博士。文博士有点不好意思。设若这是在美国，他很有办法对待她；可是她是个中国女子。他知道中国女子都是唧唧喳喳的不大方，根本招惹不得。他必须谨慎一些，不能像在美国那样随便，一也不是为振华设想，而是怕误了自己的大事——他不能随便的交女朋友而弄坏了名誉。多喒他见着十万八万的钱，他才能点头答应婚姻大事。

谈了几句，他觉得振华也有点可爱，她的态度是那么安详，简直和美国女子完全不同。这点安详的态度似乎比西洋女子更多着一些引诱的能力；一个中国人由不的爱看一张山水或一条好字，中国人也由不的喜爱女性的安详。她的相貌很平常，可是那点安静劲儿给她一些尊严，尊严之中还有点妩媚，像一朵秋天的花，清秀，自然。说话的时候，她的脸爱偏着一点，不正面的对人笑，可是嘴角上老挂着点和蔼的笑意。十分安定的坐着，一双极可爱的脚自然的在长袍下面露着，像大叶子下一对挺美的银瓜似的。

文博士很愿意吃唐家的饭，但是他敷衍了几句，就告了辞："下回再学吧，密司唐，还有点事。"

她很大方的替她的弟兄道歉，并没十分留他。

他心中老大的不得劲。

第二天，他在青年会讲演，老早的就穿好了新洋服，而且买了条新领带。听讲的人有一坐下就要睡着的老头儿，有穿制服的，鼻子上老出着汗的小学生，有抱着孩子的老太太，人头很复杂，气味很难闻，秩序很乱，文博士皱上了眉。不能临时打退堂鼓，可是为这群人费力气真有点合不着。刚要开口，唐振华进来了，规规矩矩坐在最前排，脸上带着点似有若无的笑意。文博士不知为什么打起点来精神，照着所想到的一层层的说下去。听众们有很注意听的，也有毫不留心的，也有听了几句就走出去的。文博士不时的瞭唐振华一眼，她始终是安安静静的听着，他说到有意思的地方，她脸上的笑意便随着扩展，听众们有不守秩序的时候，她便随着他微微一皱眉。她不仅是来听讲，也彷佛是来同情他，安慰他。等他讲完，大家正在拍手的当儿，她轻轻的立起来，慢慢的走出去。

回到宿舍，文博士楞着想了会儿。他已经不能不承认唐振华有些可爱，因此，他必须思索。不，他必不能上唐家的当。无论振华是多么好的女子，他不能要她。凭一位美国博士，不能要个师范生，这是一；唐家不能帮助他什么，他不是为他们而来到济南，这是二。有这两层，唐家的人简直是他的障碍。他得马上进行他的正事，不能再迟延，不能教唐家的人拿住他。

难处是一时不能一刀两断和唐家绝缘。手中的二百块钱是一攘儿就完的，自己不是不会吃苦，而是根本不应当吃苦；既不应当吃苦，钱就出去得很快。那么，他必须和唐家敷衍，好再借钱。这不是体面的事，可是除此还找不到近便的方法。好吧，不管怎样吧，他不能马上放弃唐家这伙人。可是他得留点神，必定别教唐家的人给他绑上，特别应当留神唐振华。女子多半是有野心的，他以为；不过，像唐振华那个模样，那个家当，那个资格，乘早儿别往博士这边想！他有点可怜她，怎奈博士不是为她预备的。

把她这么轻轻放下，他决定立刻去拜访那几家阔人，不再等唐先生给帮忙。拿出焦委员给的那张名单，他打算挨着次序去拜访。头一名是卢平福，商会的副会长。他找到青年会的干事，问了卢家的住址，干事知道的很详细，因为卢会长也是青年会的董事。

次日九点多钟，文博士决定出马去看卢会长。他心中有点发跳，虽然不信宗教，可是很想祷告一下，成败在此一举，倘若开头就碰了钉子，才没法儿办！把领带正了好几次，他下了楼。

卢宅的大门，与济南的绅士家的大门一样，门外另加铁栅，白天也上着锁。大门与铁栅之间，爬着条小驴似的大狗。文博士刚一上台阶，大狗就扑了过来，把铁栅碰得乱响。出来个仆人。先把狗调了走，而后招呼客人。把名片拿进去——文博士声明是由焦委员那里来的——又回来，这才开铁栅的锁，非常的严重，好像一座关口似的。

卢会长是个高胖子，眼睛亮得可爱，像小娃娃的那样黑白分明。脸上都很发展，耳朵厚实长顺，耳唇像两个小毛钱似的。见了文博士，他的双手都过来握着，干极白净绵软。把文博士拉到屋中，赶紧递过来炮台烟，然后用水桶大小的茶壶给倒上茶。

"文博士是从美国回来的？"卢会长的嗓音响亮，带着水音，据说能唱一口很好的二黄。看文博士谦恭的一笑，承认这件事实，他马上转了转那对极黑极亮的眼珠："文博士，美国收买花生——我们济南管叫长果——近来行市很低；眼看新花生就下来，这倒要费些心思呢！文博士可知道？""离开美国已经有几个月了，这倒不很清楚。"文博士本来不吃烟，只好把烟卷拿起来看了看，表示出很安详的样子。"卢会长不是丝业专家吗？"他反攻了一句。

卢平福哈哈的笑起来："文博士，这年月讲不到什么专家喽！横扒搂着，还弄不上嚼谷！丝业？教人造丝顶死了！没办法！我什么也干，就是赚不出钱来！在周村，我有丝厂，眼看着得歇业；东洋人整批的收茧，没咱们的份儿；济南咱有门面，替洋货销售，没办法！咱什么也干，干到归齐，是瞎凑个热闹！我还办报呢，博士信不信？济南《商业时报》是我的。哎，文博士，等有工夫给写点文章！"

"那要看什么样的文章了！"文博士笑了笑，心里说："这个家伙不懂得什么叫专门学问！"

"什么文章也是好的，自要博士肯写；不瞒你说，我还写戏评呢，自己唱不好，哼哼两句！"卢会长的黑亮的眼珠又极快的一转，话又改了辙："文博士，从上海过的时候，注意到山东的果子没有，我们今年试办，先运苹果和梨。以前，货一运到，总得伤害多一半，据周海卿——也是美国留学生，很是把手儿——说，那是果皮上有病菌的缘故。他给我们出的方法，教我们按他的方法起运。谁知道怎样了呢！事儿多，简直顾不过来，到如今还没听见下文。"

"我在上海的时候，才刚交四月；这次是由北平下来的。"文博士觉得只有招架之工，并无还手之力了。他心中很难过，他看得明明白白，姓卢的这家伙并不是故意为难他，而是疯着心想多知道一些事儿，为是好去横搂巴钱。即使这家伙的毛病在于不晓得博士的学问是各有专长，可是自己连一句也回答不出，总怪难以为情。他正这么想，卢会长又抓住了北平。

"焦委员答应了我们，给我们运动北平的各机关，一律穿烟台绸的制服，哼，夏天已经过去，连个信儿也没有！博士可知道？"

文博士不知道。但是不能直说，他必须在这个人的面前显出和焦委员很熟识，不能一语回答不出。他又真不知道这件事。他用力的往下镇定，可是到底脸上红了一点："大概得明年开始了。"说得非常的不带劲，他自己觉得出来。

"谁说不是！"卢会长叹了口气，不知是不满意焦委员，还是看文博士没用。

文博士想说出他自己的学问。不能就这么再教卢会长——一个小小的商人！——给叹气叹了下去！"在美国我学的是教育，对于商业隔膜一些。学问——在现在的世纪——太专门了！太专门了！"

他以为这可以挡回卢会长的乱问了，即使这不是联络人的顶好的方法，至少也维持住了博士的尊严。哪知道，卢会长的眼睛又极快的转了个圈：

"文博士，对了！我们正想办个玩具公司，好极了！你看，博士，维县的机厂，现在什么铁玩艺也能模仿；我们就这么想了，弄不多的钱，找几个工人来，他们作带机器的小玩艺，小火车，小轮船，会跳的小猴；一本万利的事！我是混想发财，谁不是如此？作买卖为商，花样越多越好！文博士，给来个计划，咱们合办！"

"那行！那行！"文博士只好扯谎了，好能挺着胸走出去。他心里要说的是这个："那属于幼稚教育，我学的是专门与中等教育行政！"

假装是回来作计划，他知道以后很难和卢会长见面了。走出大门来，卢会长还喊着，"专等博士的计划！"博士极慢极慢的走回宿舍，像好几天没睡好觉那么不精神。

八

怎办呢？怎办呢？这个钉子碰得多么大，一位新从美国回来的博士会被个小商人问得直瞪直瞪的！这决不是自己的学问不地道，不是，而是缺乏经验；为什么在未去以前不先详细打听打听呢？一个人有一个人的事业与脾气，博士并不能钻到人人心里去。全是老唐的鬼，全是！他要看我的笑语：他全知道，而一句不肯说，好可恶！文博士想到这里，忿怒胜过了羞愧，设若不是老唐闹鬼，他决不会栽这样的跟头！把罪过都推到老唐身上，他觉得自己还是堂堂的博士，并没有什么毛病，要免去毛病，他得先治服了老唐。

怎么治服老唐呢？哼，这得全盘合算合算了。到底在这里扎空枪有好处呢，还是应当根本放弃，不再多耗费时间与精神？不，不能白白的放弃：到别处还不是得从头儿来？既想往下继续的作，还是先得解决老唐。和，还是战？不，不能公然的作战，顶好且战且走，说着好的而揣着坏的，即使还不成功，也教老唐知道知道自己的厉害。好吧，先拿唐振华解气吧。她一定是红着心想抓到个博士，何不将计就计呢？设若不是老唐那样的可恶，谁肯使这个毒辣的手段；老唐，老唐！你多嗜要是吃了亏，可别怨我！应当怨自己不是东西。

打定了主意，文博士又打起精神来。卢宅那一幕不过是个小挫，小一半儿是自己没留神，多一半儿是老唐的闹鬼。过去的事过去了，不必再惦念着。再说，卢平福不过是个商人，往好里说才能算个资本家——小小的资本家——懂得什么叫学问，哪叫博士。在他面前无所谓丢脸，不过是会面的时候差点教这家伙给问倒，稍微有点不得劲而已。无论怎样说吧，这件事根本不成为一件事，不再想它好了。以后再去拜访生人，应当小心一点，先打听打听，这倒是个经验。是的，经验不能都是甜美的，所以才能这回碰了钉子，下回好懂得留心。把见卢会长这一场打入"不甜美的经验"里，他又高兴的往前看了。

他得和唐振华谈一谈，只要引起她的同情，她就会去打听一切。不过，怎能引起她的同情呢，假若不稍稍露一点相爱的意思？管它呢，她要是喜欢那样呢，赏给她一点爱情好了；出了毛病是她自找。在战争中不讲什么道德，只能讲手段。

他打算在振华下学的时候，假装在街上闲逛似的，遇上她，把她约到公园去谈一谈。看她肯不肯，若是不肯呢，再想别的方法。反正对她多一番亲近，她总会晓得的。就这样办了，果然遇见了她。

"密司唐，刚下课吧，我没事，想上公园去看看。密司唐也玩玩去，公园里也许有些菊花了吧？"他不显着急促，可是开门见山的明说了；对唐振华用不着分外的有礼貌，她不懂。

"家里还有事呢，"振华轻描淡写的推辞了。

"要不先回去说一声？"文博士爽性把话说到了家："有话和密司唐谈，关于我自己的事。"

振华笑着想了想："一同家去吧。"

"也好，"文博士显出很爽直，有些男儿气。

二人在街上走，行人们多数的都多看他们一眼；由乡下进城买东西的男女们。有的拿着卷儿东洋布，有的拿着些干粉条或高香，差不多每逢遇到剪发的女子和个男人同行都要立住了呆呆的看一会儿；他们也这样看着文博士与唐振华。拉车的虽然看惯了这种事儿，可是让车而遭了拒绝，也便拿出点根本反对这种景象的意思："拉去掣！两辆掣！"这样喊着，似乎是为自己，也为孔圣人，出口气。唐女士低着点头，依旧不卑不亢的走着。文博士反倒觉得怪不得劲，他真恨这群没有文化的中国人！

到了唐家，家中的主要人物还全没回来。给文博士斟了一碗茶，她规规矩矩的坐下，往上推了推眼镜，等着他说话。文博士倒呆住了，不知应说什么好。她微微那么一笑，把整个的脸都增加了一些光彩："有什么话，文博士？"

文博士呆呆的看着面前的茶杯，杯里的茶是那么清净，光明。象一汪儿金液似的，使他心中也干净了些，平静了些，他说了实话："密司唐，我很不得意，令尊能帮忙而不肯帮忙我！"他从来没这样吐过实话，没这样动过真的感情，所以言语不能——像平时那样——完全凭着脑子的安排；低下头去，忘了下面的话。

"文博士，你不怪我嘴直？"她的脚微微动了动，表示着点不好意思直说，而因此稍有点焦躁。

"当然不能！"文博士抬起头来，深深的看了她一眼，像条老狗作错了点事而求主人原谅那样："我来求你出个主意；令尊不肯……"

"我晓得！"她说得非常的自然轻快，可是有一些力量，像针尖似的，小而锋锐。她好像把文博士的一切都看得明明白白。决不肯绕着弯子费话，而要一针见血。这使文博士惊异，平常。他总以为女人都是唠里唠叨，光动嘴唇，而没有任何识见与意义。况且唐振华又只是个小小的师范毕业生与小学教员。现在，他仍然不承认自己的观察有什么多大的错误，可是他觉出她有点例外的智慧，"例外"是最足使人惊异的。"我晓得！这不是第一次了！"她微微停了一小会儿，为是省得显出太直率不客气；笑将停住，话又跟着出来，像风儿将把花吹藏在叶下，又闪出来："焦委员常常往济南送有志的青年，都由父亲招待，这不是第一次了。我们都很喜欢常有朋友们来，可以多听点事，长点见识。不过，以我自己说，我总觉得这种来往有点，有点，空虚，甚至于是虚伪。我倒不是说，这是因为我们一家子人落不着什么，所以觉得空虚。我是看那群青年空虚得有点可怜。"她又微笑了笑，似乎是要求文博士的原谅。

他拧着眉点了点头，表示教她说下去，不必客气。

为是减轻些正面的攻击，唐振华把话转了个方向："你看，我们家里的人，父亲，哥哥，也都有点那个毛病。他们不去努力作自己的事，而老想借别人的光儿一下子跳起去。父亲，白忙一世，老觉着委屈。大哥二哥，也是那样，连对于学问都想用很小的劳力，而享极大的荣誉。他们都不大看得起我，因为我认真的去教小学生，而不肯随着他们的意思去找个阔人，作个太太。假若我看不上家里的人，我就更替那些由焦委员那里来的青年可惜。他们要顶好的事，要顶有钱的太太，并不看事情本身对别人有什么好处，并不为找个真能帮助自己的女子而结婚。他们自居为最上等的人，总想什么力气也不卖，而吃最好的，喝最好的。我并不懂什么，不过要据我看，就觉得这是讨便宜；人家当兵的，把命全押在那儿，一月才挣几块钱。"

"密司唐！"文博士有些坐不住了。"原谅我插一句嘴，一个兵可以什么都不晓得，一个留学生的知识是花了多少年的光阴与多少堆洋钱买来的，这不能放在一块儿讲！"

"一点不错！"她把听音提高了些，"可是一条命是一条命，把命押上，就是把所有的一切全押上了。押上命的既挣几块钱，我就看不出留学生有什么特权去享受！"

文博士笑了，笑得很不自然："密司唐，大概你我永远说不到一处了。也许，也许，原谅我，你曾经吃过留学生的亏吧，所以看他们还不如一个简单的大兵？"

振华微笑着摇了摇头，笑意仿佛荡漾到脸外："我没吃过他们的亏，父亲吃过；我晓得怎样躲着他们。我知道我长得不体面，资格低；我现在只想教小学生，将来呢，谁知道。无论怎么说吧，我知道我的价值，不肯高抬自己，也不肯轻看自己。我愿意这样，所以也愿意别人这样。我若是你，文博士，我就去找点自己能作的事，把力气都拿出来，工作的本身就是最高的报酬，劳力的平等才是真正的平等。"

文博士不愿意再往下听。在国内读书的时候，他只得了学分与文凭，并没听过什么关于生活上的教训。在美国留学，除了上堂与读课本，并没体验过什么品德的修养与生命的认识。目的在得博士学位，所以对于别的事情用不着关心，正像上市去买一样菜，除了注意所要买的东西，他不过是顺手儿逛逛市场，只觉得热闹，用不着体验什么，思索什么，听了振华的一片话，他感觉到她根本不明白博士的价值，用不着再和她讲什么。况且她的话，他以为，必是因为吃了留学生的亏，因失恋而有了成见。即使她根本没有失恋，而这些话是由她心中掏出来的，那也适足以证明她的脾气别扭；在他想，一个女子根本不应当说这样的话：在美国，他见过的女人可多了，人家谁不是说说电影与讲讲爱情？没有这么整本大套教训人的。况且，她到底不过是个小学教员，怎能有高明的见解呢，怎能呢？一位博士而被个师范毕业生唬住，笑话！这么一想，他反倒可怜了她，凭她这一套，要能找到个男人才怪；长相又是那么平凡！因为可怜她，所以不便和她生气；反之，倒须再敷衍她两句，把这一场和和平平的结束过去。他很宽大的放出点笑容来："那么密司唐，你看我不应当再留在济南？"

"地方没关系，全看你想要做什么，与怎么做。"

"哼，"他几乎是有意的开玩笑了，"我想先在这儿结婚，怎样？"

"那也不错，"振华也有点嘲弄的意思，"杨家正找女婿呢，父亲不肯告诉你，我肯。"

"哪个杨家？"还像是说着玩，文博士可是真想探听点消息。

"大生堂杨家，他家的大女婿是卢平福。"

文博士记得，焦委员的名单上有这么个杨家。假装着不去关心，而顺口说了声："卢平福是怎样的人？"

"他，臭虫，一辈子忙的就是吸人血。他也是留学生呢！"振华又推了推眼镜。

"他，留学生？"文博士受了一惊似的。

"老留学生了，剑桥的硕士呢。"

文博士的心落稳了些，怪不得说不过他呢，原来这家伙也有学位！同时他也想到：既然同是留学生，那么谁说得过谁也就没大关系了，在卢家那一场满可以一笔勾销了，他心中好像去了一块病。心中痛快了些，他又客气起来："谢谢密司唐，改天咱们还得谈谈呢，我最喜欢讨论，在美国的时候，我还给大家组织过讨论会呢！谢谢！"最后的一句他没说出来："谢谢你告诉我大生堂杨家。"

九

一边儿走，文博士一边儿清算：原想去给唐振华个好脸，她反又臭硬起来；好吧，对唐家父女和对老楚一样，从此不再搭理。这倒干脆！哼，把他们都捆在一块儿也抵不过一个博士的一对脚鸭！

原想跟她说些真话，谁知道她会那么别扭，劝我去作苦工，笑话！一个博士要也去教小学生——比如说——还要师范生干吗？笑话！女子是得生得美呀；脸子丑，没人待见，像唐振华，就得越来越自怜，觉得自己的脸子虽丑，可是有点思想；满有胆子去唬人，现在居然唬到博士头上来了！可笑！

好吧，凭她那份相貌，再加上那份老气横秋的神色，吹！一无可取！连个脸也无须赏给她了。

可是这一场不能算没点成绩，杨家，杨家，是的，到杨家去。到底姓文的给你们看看，我要不由此跳腾起来，算白作了博士！

比如这么说吧，假若刚才她也知趣，顺着我的话，鼓励我一番，把她父亲所知道的告诉告诉我，给我出个主意，说真的，假若我要是弄不到个阔女子，还真许跟她——唐振华——多亲近一些呢。这不能不算是她的便宜。哼！跟我要那一套，在美国大学，那么多的名教授，也没教训过我！唐振华算是完了，谁娶她也得倒一辈子霉！年轻轻的，没一点志愿，没一点向上心！好吧，去教一辈子小学生吧。我得教你看看，看看到底博士是怎样的人物！

自己越这么叨唠，心里越痛快，他决定放弃了唐家父女，用不着这样的废物。

把他们放下，他想直接的赶快的去拜访杨家。这只许成功，不准失败。这次要是再失败了，可真得落在唐振华的话底下了：放弃济南。不能，这次非成功不可。也别说，卢平福凭个硕士而能打进杨家去，那，博士当然更有把握了。成！没错！

眼看就到中秋节，街上卖着顶出眼的果品，和顶拙劣的兔子王。对于这些果品，文博士只感到点颜色的美艳，永想不起去买；他要吃就得是用纸儿包着的美国桔子或东洋梨；这些中国果子，在他看，颇有些像中国妇女，即使看着好玩，也不大干净。对于兔子王，拙劣与否先去管，他根本不去看，他的心里顾不得注意这些可以使个小孩儿喜欢半天的玩艺儿。

至于那些大而无当的月饼，他更不去注意；即使他真想尝一尝，也不肯去买，穿着洋服而去买月饼，他觉得是投降了中国社会的表示，他决不干。

虽然这些东西都引不起他的注意，可是人们的忙乱与高兴，到底使他感到些渺茫的不安。忽然在灰尘与叫器的空气中闻到一些桂花的香味，微微的，酸酸的，到了他的鼻尖就消散了，再也闻不到。这点香味引起他的乡思，他想起美丽的四川，与自己的漂零。他更厌恶四围的东西与男女了，中国人过节，似乎是专为引起博士的感慨。他急忙的走回宿舍。

吃过晚饭，他去找那位请他讲演的干事拉了回呱儿，打听打听杨家的事。这回他不再冒儿咕冬的去拜访，必须有些准备。据那位干事说，杨家的药铺——大生堂——已是三百来年的买卖，有专人在东北采参，自造阿胶，自己有鹿园药圃。在济南，就是在华北，也得算药行的威权者。不过，近些年来，可也显着微索，家里人多，开销太大，又搭上子弟们有在外埠开设分号的，打着杨家的旗号，可是不往老柜上交账。虽然这样，瘦死的骆驼总比马大，到底还得算是阔家。当初张宗昌[10]在济南的时候，干事就景生情的说，杨家一送月饼，就是一打，五百块钱一个的。里面装的馅是钞票和金首饰。杨家的大爷，在节后，就派了参议，很在官场里活动过一番。虽然多入多花，并没因此而更富起来，可是在张宗昌手里，商家都走杨家的门子，作省府的买卖。这点官商沟通，到如今还有余威，所以商会的正会长老是杨家的人，现在连副会长也落在他家的女婿手里。

这点报告使文博士高兴，又有点害怕。高兴，这正是他愿打进去的人家，有钱有势，官商两面全能活动；害怕，假若杨家和卢平福一样的考问他呢？就是马上去预备也来不及，谁能还背诵《本草》去！在知识上几乎无从预备，人家卖药，自己学的是教育行政，怎能打通一气呢？

假若在知识上不能有任何准备，那么，对于杨家的人的嗜爱脾气总该当知道一些。这个，可没法和青年会干事讨教，因为青年会是不肯批评任何人的。想来想去，还是得找唐先生去，唐先生知道一切。

怎好意思再找老唐去呢？刚才原本想拉拢住唐振华，教她给作个侦探，谁知道她会那么不知趣，给脸不兜着。既碰了她的钉子，怎好还再找她的父亲？况且对老唐也不算是不尽力敷衍了，白去教英文，见面也强打着精神跟他闲谈，可是结果适足以长他人的锐气，灭自己的威风。怎办呢？还能教博士去给老唐磕头请安吗？

干脆来硬的好了，拿焦委员拍他！不过，那个老滑头准会假装害怕，表面上帮忙，暗中破坏，不好。这么着吧，给他点硬的，同时又是软的，看看他，先看看他怎样还手。假若他也来硬的呢，那就彼此翻脸不认人了，对不起；他要是软下去呢，就更好，省得闹翻了大家不好意思。想好了这条路儿，他拿出钢笔，想给唐先生写封信。信要硬，告诉他没工夫再去教英文，语气中带出点不满意，教他自己琢磨去。随着信，送上一筐儿果子，作为节礼，这是软的。对的，刚柔相济，看他怎办！

不过，写信倒不是容易的事。用英文写吧，不管好坏，总可以把他们唬住。可是他们读不明白，还不是白费蜡。用中文写吧，不管好坏，总没有英文来得顺便，有许多用英文可以说得很委婉的，用中文就弄不上来。再说呢，唐家的人都会之乎者也的能转两下子，自己要是转不好，岂不被他们耻笑？即使费点心思，编得好好的，自己的中国字又成问题。写外国字满可以随便一抹叉，中国字得有讲究，而自己一点也不懂这些讲究。对着信纸出了半天的神，越来越觉得别扭，什么事出在中国都别扭！

费了好几张信纸，最后决定把用英语想起来的意思一股脑儿勾销，简单的写了几句："因事忙，暂停指导英文。果品一筐，祈哂纳！"……好了，这省得出毛病，而且因为简单反倒能露出点硬劲儿来。至于写法，就用钢笔一滑拉，不必露出用心写的痕迹；美国博士是不讲究字的。

第二天，连信带果子都派人送了去。

果然灵验，当天下午唐先生便来道谢，亲手提着两匣广东月饼，彷佛是瞧看姑奶奶来似的。文博士皱上眉锁住心中的笑。

"谢谢，谢谢，谢谢！"唐先生的手在眉心那溜儿拱着，还微闭着点眼，好像心中咂摸着自己谦恭的味儿。

坐下之后，唐先生叹了口气。"文博士，十分的对不起，对不起！小女的脾气……我跟她好吵了一顿！"唐先生的确和振华吵了一顿。他以为，自己尽到了作父亲的心，给她造机会，可是她不懂；几次了，都凭空的把有学位的人放过去，他不明白她到底是怎回事。"三儿一女，对她多少娇惯一些，博士不必对她……她什么也不晓得！"

"唐先生，请千万别这么想！"文博士很郑重的讲："我一点也不是为振华女士。实在是太忙，太忙！"拉着字音，他想说得更充实一些："一来是朋友慢慢的多起来，总得应酬应酬；二来是常到图书馆看看书；这里买外文书不方便，只好读些中国旧书，也倒还有趣味。脑子和刀一样，不常磨一磨就会生锈的，我很喜欢读书，很喜欢！"说完这片假话，他觉得自己的身分确是很高，总不肯忘记了读书。

又闲扯了一番，彼此间的感情慢慢又往亲热里转回来：在唐先生看呢，这全是振华的错儿；不过既失了个博士女婿，就别再丢掉一位朋友。在文博士看呢，既然老唐已经服软，不好意思再赶尽杀绝；无论怎说，老唐到底是个有用的人。这种谅解先在心中盘旋着，渐次在语调言词中流露出来，像开水壶那样先在里面发泡，而后热气顶开了壶盖儿。话既说明，双方都得到些安慰，越说便越亲热，好像是多年的老友似的。

"文博士，有一件事要和你商议一下。"唐先生乘着热烈的感情还没消散，提出点实际的互助来："听说，他们要设个什么委员会，专为调查与消灭过激的思想和人物。委员都是兼职，自然没多少工夫去作事，所以得请一位专员。事情虽然说不上很甜，可是很自由，不过是出去调查调查，然后作个报告而已。到处调查呢，自然身分也不低，连县长带一切的地方官吏都得好好的伺候着。这还不算，最值得一干的地方是在这里：真要是调查出来几案，报上去，专员在省里就露了脸；省里再报告给中央，省里又露了脸；这是个有出息的事，说不定混上一年半载，还许调到中央去呢；中央非常，非常注意这件事！小儿建华作这个就很合适，吃亏资格太浅，即使咱们把委员都托到了，恐怕说到资格这一层还不大能顺利。博士，你要是愿意干的话呢，我保险，准成。凭你的资格，凭我的奔走，一定能成。成了以后，我打开天窗说亮话，你作专员，建华作你的助手。你省得闲着，建华也去经验创练一下。这是咱们的协定，君子一言！博士你要愿意，我马上就去办。可是，原谅我的叨里唠叨，你必定得带着建华！怎样？"

"容我考虑考虑！"文博士异常的郑重，翻着眼珠，头偏着点，像个吃了一惊的鸡："考虑考虑！"

唐先生微笑的等着，心里说："考虑个屁！我给你去奔走，你还考虑，他妈的装这道蒜！"他心中真有些不平：假若自己或建华而有个博士资格！没法，为建华的出路，不能不借用博士这个名位，没法！他只好微笑着，看人家博士在那儿考虑。

"那个，唐先生，大概的说，专员能拿多少薪俸？"博士声音低重的问。

"那可说不上，"唐先生对博士的亲热劲儿全又跑了，要不是为栽培自己的儿子，他真想打博士两个嘴巴，虽然唐先生永远不敢打任何人。"这是条出路，是不是？"

"好吧，我们合作，我们合作！"博士觉得应当把话拉回来，别绷得太过火了。

"可得真正的合作，有你就必定有建华？"

"一定！"博士伸出右手来。

唐先生本来懂得握手的规矩，可是因为心中不平，把这个礼节忘了，所以把双手一拱，而后又赶紧双手拢住博士的手腕，像要练习国术的短打似的。

十

彼此答应下合作，心中都安静了一些，像吃下一丸定神的药似的，虽然灵不灵很是问题，但总得有点信心。为表示这个信心，文博士非请唐先生吃顿西餐不可。唐先生把所有的谦恭与推辞都说净了，没了法，只好依实的叨扰。

在吃饭的时候，文博士充分的拿山西洋绅士的气派来：低着声说话，时时用布巾轻轻的拭一拭嘴角；不但喝汤没有声响，就是置放刀叉也极轻巧；本来不渴，可是故意的抿　口凉水；全身的力气彷佛都放在牙上，有力而无声的嚼动，眼睛看着面前的杯盘，颇像女巫下神似的。他不但时常的看看对面的唐先生，也很关心别的饭客，看看大家注意到他——模范西餐家——没有。

唐先生并非没吃过西餐，但是他有他自己的吃法，就是和洋人一块儿用饭，他也不能更改他独创的规矩。喝汤的声音，在他看，是越响越好；顶好是喝出一头汗来，才算作脸。叉子可以剔牙，刀子可以进口，唯其运用自由，彷佛显出自然得体。最得意的一招，是把鸡骨头啐在地上。

文博士看不上唐先生这一套独门制造的规矩，所以自己越来越拿劲，好像是给大家看看，文明与野蛮的比较就在这里。他不便于当面劝阻唐先生往地上吐骨头，可是心中坚确的认明自己的优越，在一切的事情上他应当占上风，有剩汤腊水的赏给唐先生点儿也就够了。在这一餐的工夫里，他看清唐先生只配作个碎催，简直没法子去抬举，去尊敬。有了这点认识，他想起一些事儿来。

饭后，他不放唐先生走，又一同回到宿舍；给了客人一个美国橘子，他开了口："唐先生！咱们合作就合作到底！没有合作，没有成功，我由在美国的时候就这么相信。我把实话告诉你，也知道你必定能帮助我。事情成了之后，用不着说，我的发展也就是你的发展。我由北平来的时候，焦委员嘱咐我到大生堂杨家去。我一向没对你说，因为你我互相的认识还浅；今天咱们既是决定合作了，那么就应无话不说了。我打算马上就到杨家去，我需要你的帮助！"

唐先生细心的听着，脸上的笑纹越来越增多，可是自己也晓得笑得很没道理。听博士讲完，他还笑着，假装去剥那个橘子，心中极快的把这件事翻过来掉过来的思索了一番。杨家的事，他知道。文博士的志愿，他晓得。他要是愿意的话，早就可以把这两下里拉在一处了。可是，自从文博士来到济南，他对这件事的态度，虽然不想公然的破坏，但也丝毫不想出力成全；假若文博士早就独自下了手，到杨家去，他还真许给破坏一下。博士始终没去，所以他只好按兵不动。现在！既然提到这个，他得想想，细细的想想。

唐先生原来的计划是以振华来拉住文博士，以建华来代替文博士到杨家去。这个计划，到现在，已经破坏了一半，而且是自家人给破坏的——振华不听话。这一半既已没法补救——他没法强迫文博士与振华都听他的支配——其余的那一半是否还值得挣扎不呢？

杨家托过他作媒，他自然第一便想到建华。想教儿子一步就跳起去，作驸马是最有力的跳板，这无须再考虑。不过，杨家的姑娘什么样，他晓得。公主来到自己家里，唐家能伺候不能，他没有十分的把握。志愿是志愿，他的精明可是会到时候把志愿勒住，不能被志愿扯得满世界乱跑，况且，多少也要对得起儿子，作父亲的不能完全把儿子当作木头人似的耍弄。

这点考虑，使他满可以登时答应下文博士。可是，唯其是文博士，所以他仍然恋恋不舍的不忍得撒手杨家这门子亲事。这与其说是出于考虑，不如说是为争一口气。凭这么个博士，光杆儿博士，就能把自己所不敢希望的，或光是希望而决得不到手的，都能三言五语的拿到，他真有些不平！事业，婚姻，都得让博士一头；建华凭哪点弱于姓文的？只是缺少博士这两个字！

最使他难过的，还是他自己女儿的不顺从。她不但拒绝了博士，还把杨家的事告诉了博士，似乎故意的教唐先生既得不到博士女婿，也作不上公主的公公！

他不想为文博士去出力。文博士作了驸马，决不会有他自己什么好处，至多落一桌谢席，戴上朵大红花，作作媒人而已。专员已让给他，驸马又被他拿了去，唐先生这口气不好往下咽！

心中越不平，脸上的笑纹就更有增加的必要；只有他自己明白他是笑，还是哭呢。但是不能老这样的笑，他已觉出来笑纹已像些粥汁干在了脸上，他必须说点什么。且支应一句再讲吧：

"杨家不过是个卖药的。"

文博士笑起来："唐先生，何必呢！你知道焦委员的计划，和我们留学生的身分。你管不管吧？"

"好的！"唐先生点了头。他知道杨家那位小姐的底细。这点知识教他迟疑不决，不敢冒冒失失的给建华身上拉她，虽然杨家的金钱与势力是不应当漠视的。现在文博士既然明白的说出，他心里又把她详细琢磨了一会儿，好吧，干她的去吧，唐家要不起她；假若她将来糟在博士手里，那决不是他的过错；而且必定得糟，假若这回事儿而能不弄得一塌胡涂，那么姓文的这小子也就太走运了。只希望它糟，糟得没法撕拉，因为它必糟，所以他答应下给文博士去办，这是帮忙，也是报仇，一打两用，好吧，给他办就是了：

"我愿把丑话说在前面，文博士，事情呢并不难，事情的好坏可不能由我负责。这是你嘱托我办的，我只管成不成，不管好不好，是这样不是？"

"只要能成就好！"文博士非常的坚决。在他想，唐先生的话里所暗示的也许是说杨家的密司长得差一点。这不成问题，多少多少阔人的太太都并不漂亮。太太并不能使人阔起来，太太的钱才是真正有用的东西。再说呢，有了钱，想玩漂亮的妇女还不容易。他觉得连看看都不必，成了这段事便有了一切，太太不过是个饶头，像铺子里买东西赠茶碗一样，根本谁也不希望那是顶好的磁器。"唐先生给分分心就是了，一切都出于我的情愿！"借题发挥，他把博士就是状元，应当亨受一切的那一大套，又都说给唐先生听。

"好的！好的！"唐先生说不出别的来，心中的不平，与等着看文博士的笑话的恶意，把他的话都拦在心里，像一窝毒蜂似的围在了一处。好容易等博士发挥完了，他问了句："这两件事要一齐办？"

"当然！当然！"文博士彷彿很赏脸，拿唐先生当了个义仆似的。"还不止两件，第三件也得分分心——那个。"他用食指与拇指捏成一个圈。"为那件事情，得先预备两套衣服；到杨家去，也得预备衣服，是不是？"

"可是事情也许不成？"唐先生的笑纹有点发僵。

"我的资格准够，准够；况且杨家是必须去的！"

"好不好，这次由你给焦委员封信？他未必回信，可是总算是备了案；我就好交待了。"

"也好！和焦委员还熟，也不能老为难你，是不是？"

"是的，那么我听你的信就是了。"唐先生随着这句又拱起手来，表示告辞。

文博士只送到门口，说了声"拜托"。唐先生独自摸索着下了楼。

回到家里，唐先生心中空空虚虚的，好像没吃饱似的那么不得劲。他不愿再想文博士的事，可是心里横着一股恶气，恶气当中最黑的那一点是文博士。

建华与树华都没在家；唐先生想对个人数唠一顿，出出气；只好找振华，虽然心中还恨着她。气憋得真难过，他到底找了她去。振华正在屋中给树华打毛线的手套，低着头，两手极快而脸上极安静的在床沿上坐着，见父亲进来，她微一抬头笑了笑。

"在哪里吃的饭，爸？"又低下头去作活。

他看了看女儿，心中忽然一阵难过，不是怒，不是恨，不是气，而是忽然来到的一点没有什么字可以形容的难过。"哼，文博士请的。"

"他没提我？"她把手套放下，想去给父亲倒碗茶。

"不喝！"他摇了一下头。"文博士决定要到杨家去。"

"正好；据我看，咱们不必管他的事。这么大年纪了，你何不多休息休息，多给他们劳神才合不着。"

唐先生半天没说出话来，那点难过劲儿碰到她这两句话，彷佛是正碰得合适，把妒恶别人的怨怒变成一些可以洗手不管的明哲，他似乎看清了一点向来没见到的意思：唯其自己在种种的限制中勉强扎挣，所以才老为别人修路造桥；别人都走过去，他自己反落在后边。久而久之，他就变成了公认的修路工人，谁都可以叱呼他，命令他，而且自己就谦卑的，低声下气的，忍受，服从。假若他不肯这样白受累呢，谁知道，人们许照样的有路可走；不过，至少也得因为没有他这样的工人而受点别扭。有让路的才能显出打道的威风，假若有个硬立住不动的人，至少也得教打道的费点事，不是吗？

他想到了这一点。这一点使他恨振华的心思改为佩服她，亲爱她，并且自己也觉到一种刚强的，自爱的，自尊的，精神。

可是，他只想到了这么一点。

"爸！"振华微笑着，可是眼睛钉住了他："你要是能休息休息，心中清楚一些，从新用对新眼睛看看这些事，你就必能后悔以前作的那些事够多么空虚，文博士们够多么胡涂。我说空虚与胡涂，还不仅是劝你不再作那样的事，招呼那样的人。我是说，那样的事，那样的人，根本是这个腐臭社会的事与人都该，都该……"她不愿再说下去，因为唐先生的眼中已经露出点害怕的样子。

唐先生能想到他自己的委屈，与自己的不便再为他人作嫁。他可是不能再往深里想，他根本不能承认这个社会腐臭。他以为女儿是——由拒绝文博士起，到现在这一段话为止——有点，有点，还不是别扭，是有点，他想不出个恰当的字来。他只觉得可怕。这点惧意教他又疏远了女儿，不想去劝她，也不想完全了解她。他隐隐的想到，女大当嫁，应当赶快把她嫁出去。可是她的婚事显然的又不很容易干涉与安排。他感到些腻烦，疲倦："睡去；节下不放假呀？"

"不放。"她也露出点倦怠，把手套拿起来看了看，又放下了。

十一

唐先生若是不管点什么闲事，心中就发痒痒；他到底把文博士介绍到杨家去。

进到杨家，他以为是到了女儿国。

杨家现在最有身分与势力的女人是五十多岁的一位老太太，她的年纪虽不很老，可是辈数高，已经有一群孙了。她的大儿子——杨家现在的家长——和她的岁数差不多，因为她是姨太太而扶了正的。她的丈夫去世的时候，她还不到三十岁。既经扶了正，而又能守节，手中又有不少财产，所以她的威权越来越高，现在似乎已经没人敢提她原是姨太太，甚至于忘了她是姨太太。

杨家现在有五六门都住在一处。在这位老太太之下，还有几位独霸一方的太太们，分别统辖着姨太太，姑娘，和少奶奶们。此外，各门中还有出了阁而回到娘家来的寡妇，和穷亲戚家来混三顿饭吃的姑娘与老太太。还有，男人借口出外去发展，而本意专为把不顺眼的太太扔在家里守活寡；不过这种弃妇可不算很多，除了吃饭的时候也不大爱露面。无论怎说吧，把这些妇女凑在一块儿，杨家没法儿不显着女多于男，很有些像法国。等到男人们都不在家，而大一点的男孩再都上了学，这一家子就至少像个女戏班子。

杨家的男人们虽然也有时候在家中会客，可是他们的交际多数还是在酒馆饭店与班子里；在这些地方他们更能表现出交友的热诚，和不怕花钱。就是打牌，他们也是到班子里去。偶尔有些重要的谈话与交涉，既没工夫到班子里去，也不到吃饭的时候，他们宁可上澡堂子，泡上顶好的"大方"，光着屁股，吸着烟卷，谈那么一会儿，也不肯把友人约到家中来。到家中来，他们至多能给客人一些茶点，怎样也不如在澡堂子里花钱多，在澡堂子里，事情说完，友人也顺手儿洗了澡，刮了脸，有湿气的还可以捏了脚，这才显出一点实惠。

在家中招待的男客，差不多只有常来往的亲戚与文博士一类的人；不过，这种客人统由杨家的妇女招待，男人们不大管这宗事儿。杨家的男人们晓得文博士这类宾客的来意，所以知道怎样的疏远着他们，等到妇女们把这样的宾客变成了杨家的亲戚。他们再过来打个招呼，既省事，又显着给妇女们一些作事的机会。

在招待这样的客人上，杨老太太当然立在最前面。文博士第一次来到杨家，便朝见了她。

杨家一共住着五六十间房，分成五个院子。当中的院落是杨老太太的。院子虽多，可是各处的消息很灵通，每逢文博士这样的客人来到，各院中的女人马上就都预备来看看与听听。看，自然是看客人了；听，是听听杨老太太的语气。不错，大家都有自己的一点意见，可是杨老太太的话才是最有分量的。假若她与客人说得来，她们之中才能有最喜欢的，与次喜欢的，还有专为将要有点喜酒吃而喜欢的。客人的模样与打扮是她们所要看看的，可不是她们所最注意的，她们最注意杨老太太的神色。她要是喜欢，她们才敢细看客人，即使客人的模样与打扮差点劲儿，她们也将设法去发现他的长处与特色。反之，她要是不喜欢，根本不用再看了，完事。她们所望来个漂亮的少年，还不如盼望杨老太太正心平气和那么恳切。他与她们的关系全凭杨老太太那一会儿的脾气如何。谁也不准知道她什么时候发脾气，所以客人一到就使她们大家的心跳。

文博士的确有点好运气。他朝见杨老太太的时候，正赶上她叫来两个"姑娘"给捶腰。杨家的人都晓得"姑娘"们最会把老太太逗喜欢了，因为"姑娘"们的话能钻到老太太的心中去，而把心中那些小缝子都逗到发麻。况且，若是用话还逗不笑老太太，她们还会唱些普通妇女不会，也不肯，唱的小曲儿什么的。杨老太太是姨太太出身，而又很早的便守了寡，现在虽然已经五十多岁，可是那一肚子委屈并不因为年岁而减少。她爱听班子里的"姑娘"们说点唱点，使自己神精上痛快一会儿。有许多"姑娘"们是她的干女儿。干女儿们给她轻轻捶着腰，唧唧咕咕的说些她以为不甚正当而很喜欢听的话儿，她彷佛觉得年轻了一些，闭着眼微叹，而嘴角挂上点笑意。在这种时候，她最欢迎青年的男客；一点别的意思没有——她五十多了——只是喜爱他们。好像跟青年男子谈那么一会儿就能弥补上她自己生命中所缺乏的一些什么。

杨老太太的脸色好像秋月的银光。脸上并不胖，可是似乎里面没有什么骨头，那一层像月色的光儿彷佛由皮肤上射出，不胖而显着软忽忽的，既不富泰，又不削瘦，似乎透明而不单薄。脸上连一个雀斑，一道皱纹，也没有。最使人难测的是那两只眼，几乎像三角眼，可是眼角不吊吊着，没有一点苦相。看人和东西，有时候是那么轻轻的一扫，由这里扫到那里，不晓得她要看什么，也没人知道她到底看见了什么；有时候她定住眼，定在人的脸上，直彷佛要打一个苍蝇时那么定住，眼珠极黑极亮，就那么呆呆的定着，把人看得发毛咕，而她却像忘了看的是什么。而后，她会忽然一笑，使人不知怎样好。一笑的时候，露出些顶白顶齐的牙来，牙缝儿可是很大，缝隙间的黑影一道一道的与白牙并列，像什么黑白相间的图案似的，非常的好看。忽然一笑，忽然的止住，赶紧又向四下轻快的扫一眼，或把黑眼珠钉在一个物件上或一个人的脸上。她的眼神与笑似乎是循环的，互相调剂的。在这个循环运动里，她彷彿无意中的漏露了一点身世的秘密——她没法完全控制住原先当太太时的轻巧与逢迎，又要变着法儿把现在的太太身分与稳重拿出来。像马戏场中走绳的，她自己老在那儿平衡自己的身手，可是看着的人老替她担着心。

杨老太太刚吃完两口烟，在床上歪歪着，她的干女儿玉红——粗眉大眼胖胖的，有二十四五岁，北方人——用两个胖拳头轻轻的给她捶着腰和腿；另一个干女儿银香——一个二十上下岁的南妓——斜跨着床头，手在老太太头上轻碎的捶着。一边捶着，二人东一句西一句的，南腔北调的，给老太太说些不三不四的故事与笑话。看老太太不大爱答碴儿了，银香的手更放轻了些，口中哼哼着一支南方的小曲，轻柔宛转的似乎愿把老太太逗睡了。

正在这时节，文博士到了。

老太太被两个"姑娘"捶得混身轻松，而心中空空的，正想要干点什么不受累而又较比新鲜一些的事，那么接见一位向来没见过的青年男子似乎就正合适。她传令接见，赶紧穿上了件新袍子，脸上还扑上了一点儿粉。扶着玉红和银香，她慢慢的走到堂屋来。

文博士穿着新洋服，新黑皮鞋，戴着雪白的硬领与新得闪眼的花领带。在等老太太慢慢走出来的工夫，已经端了几次肩膀，挺了几次胸脯，拉了几次裤缝，正了几次领带；觉得身上已没有一点缺陷，他设法把最好的神气由心中调到脸上来：似笑非笑，眉毛微向上挑，眼睛看着鼻尖，自己觉得既庄严，又和蔼，而且老成之中显出英俊。大概一位大使去见一位皇后，也不过如是，他想。

见了老太太他把准备好了的礼节忽然的忘了，咚咚的向前迈了两步，右手伸了出去。老太太没伸手。他的脸轰的一下，红了多半截，赶紧往回杀步，弯下腰去鞠躬，尺寸没拿匀妥。头几乎顶住她的胸。玉红和银香转过脸去，唧唧的笑起来。

"坐！坐！"老太太的眼钉住文博士的鼻子，似乎很喜欢这个楞小子。

坐下，文博士疑心自己的鼻上也许有个黑点什么的，急忙掏出绸子手绢擦了擦，然后摩仿着西洋人那种净鼻子的声调与气势，左右放炮，很响的鸣了两炮。两个妓女又笑起来。他摸不清这两个姑娘是干吗的。她们的态度与打扮使他怀疑，可是他想不到她们——如果是妓女——会来陪着杨老太太一同会客。她们的笑使他更加怀疑，也更想不出适当的办法。极快的他决定了，礼多人不怪，不管她们是干什么的，反正多鞠上一躬总不至有多大错儿。他立起来向她们打了个招呼。她们不敢笑出声来，可是把下巴扎在元宝领儿里去，脸都憋得发了红。文博士莫名其妙的又坐下了，挣扎着端起架子，彷佛没事儿似的，可是心中非常的不得劲。杨老太太用黑眼珠由他扫到她们，张着点嘴，好像看见点新奇而有趣的事似的。

"把我的小茶壶拿来！"她告诉玉红而后问文博士："贵处啊？"

文博士告诉了她，四川人，新由美国回来。

老太太楞了一会儿，然后向银香点了点头："多么远的道儿啊！多么不容易啊！"她的口音虽然不完全像山东的，可也不十分像北平的，有点儿侉，可是并不难听。

听到这两句赞叹，文博士把脊背挺的更直了。

玉红把小茶壶拿来，一手捂着壶，一手把一杯极香的茶放在文博士身旁的小红木几上。

给客人倒老太太自用的小茶壶是，杨家的人都晓得，一种特别的恩宠。所以，玉红敬了茶之后，屋里开始增加人数，有从正门进来的，有从东间溜出来的，有从西间轻轻走进来的，还有彷佛不知是由那儿进来而忽然立在老太太身旁的，妇人不多，几乎都是姑娘：有老的，也有小的；有胖的，也有瘦的；有的缠足，有的放脚，有的穿着高跟鞋；有的梳头，有的剪发，有的留着长辫子；有的低着头进来直到立在老太太身旁才和旁人一吐舌头；有的大模大样的向客人点一点头；有的要向客人点头而又不好意思，一别头，噗嗤一笑。

文博士的头上冒了汗。他不招呼她们吧，有点失礼；招呼她们吧，她们的态度与礼节又是那么不一律，简直没法儿对付。更难堪的是他坐在那儿，明知道大家都看怪物似的看他，而还得撑着劲作为没这回事儿。他的美国办法与美国知识一点儿也拿不出来，只能僵不吃的在那里坐着。越坐着越难堪，她们都咬着耳朵批评他呢：有的偷偷的指他的鞋，有的看他的鼻子一眼而拉拉旁边的人的袖子一下，有的不敢抬头而捂着嘴一劲的笑。

可是他不肯走，他甘心愿意在这儿僵着。第一，他以为一家子里能有这么多只讲吃穿而不作事的女子，不用说，必是个大富之家。那么，他是来对了地方，决不能因一时的难堪而放弃了这么好的门路。第二，他还不晓得这里的哪位女士是唐先生要给他介绍的那一个；他得使点心路，设法探问出来，以便决定进退。万一她真长得像个驴似的呢，他应当回去想想再说。这么决定好，他开始运动眼珠，假装是看屋里的陈设与字画，可是眼角把所有的姑娘都扫了一眼。没有什么特别好看的，也没有什么特别难看的，他心中很难过，他几乎想看见个丑得出奇的，而且就是他的将来的太太；娶个奇丑的女子多少也有些浪漫味儿吧？他不喜欢这平凡的一群。

杨老太太和客人应酬了几句之后，叫玉红和银香出主意，干什么玩？一边跟她俩商量，她一边用眼扫着文博士，彷彿表示出她哄着客人玩，或是客人哄着她玩，都是最好的办法；除了玩一会儿，她想不出再好的招待方法与更正当的交际。她就像个老小孩子，一个什么也知道而专好玩的老小孩子。

商议了半天，老太太决定打牌。"来吧，文先生！"老太太并没征求客人的同意，而且带出决不准驳回的神气。

文博士没敢表示任何意见，他决定听天由命。钱，他没带着多少；但是不能明说。输了，就很糟；可是因此就更不能露出自己的弱点。打牌，他认为不是什么正当的娱乐；可是今天他不能不随和。他决定先把老太太伺候好了再说，不管她怎样，不管这一群女的怎样，反正她们有钱，他是找到了金矿，不能随便的走开！

十二

文博士的牌打得很规矩。可是他打不出劲头来：上家是玉红，下家是银香，对门是杨老太太；六只瞟着瞟着的眼睛，使他安不下心去。是的，由那两位"姑娘"的口中，他知道了她们是老太太的干女儿；但是他纳闷，为什么老太太单要这样的干女儿呢？他憋闷得慌。由这点事情上，他怀疑到自己的婚事。他始终还没认出哪位女郎是唐先生所提到的。他急于要看见她，看看她是否像杨老太太这么随便的和妓女们交往。他的心简直的没法都放在自己的牌上。假若那位杨女士也是那么随随便便呢，他该当怎办？能够随便的放弃了她吗？不，她大概不能这样。她一定不是面前这些女子中的任何一个，她是正经地道的小姐，一定是还没出来。真希望她出来；不出来可也好，小姐是不能轻易出来见个生人的……翻来覆去的这么乱想，他的牌只能维持住应有的规矩，一点不见精彩。两圈过去，他还没有和一把；手中的筹码渐渐的少起来。他知道自己的皮夹里是怎样的空虚，不能输，输了就当场出彩；这是头一次到杨家来！根本就不应当坐下，为什么这样好说话呢？可是，不这样随和，怎能更进一步的去求婚呢？万一输了呢？乱，乱，他几乎忘了补牌！

这点难过，这点迷乱，使他把过去的苦处都想了起来。他很想哗啦一下子，把牌推开，堂堂的男子汉，谁能哄着三个娘儿们玩这套把戏呢？可是，不能这样办，决不能！谁知道这里有多少好处呢？况且是只须陪着她们玩，就能玩出好处呢！忍耐一些吧！他劝告着自己：等把钱拿到手里再说。把这个机会失掉，只能怨自己性子太急，"文博士，请忍耐一些！"他心中叫着自己。

眼前似乎亮了一些，随手抓来张好牌，把精神全放在牌上去，心中祷告着：这把要是和了，事情就一定有希望！转了两轮，果然把牌和出来了！他不由的笑了。不在乎这一把牌，他笑的是为什么这样巧呢，单单刚一祷告就真和出来！有希望，有希望！洗牌的时候，他的手碰上了银香的，银香瞟了他一眼。他心里说，哪怕唐先生给介绍的就是银香，他也得要。钱是一切，太太只是个饶头，管她是谁呢，管她怎样呢！

不错，按着美国规矩，就凭这个博士学位，他应当去恋爱，由恋爱而结婚，组织起个最美满的小家庭，客厅里摆着沙发地毯与鲜花。可是，美国的规矩得在美国才能行得通呀，而这是中国。在中国，博士得牺牲了爱情，那有什么法儿呢，反正毛病是在中国，文博士没错儿。对的，扣着这张白板！楞吊单，也不撒手它！"白板？单吊！"文博士推了牌，眼睛发了光。

又抓好了牌。文博士正在审查这一把的情势，而大概的决定怎样打法，玉红站了起来："来吧！"文博士赶紧把眼由牌上移开，顺着玉红的眼线往外看。银香也赶紧立起来："打我这一手吧！"文博士似乎还没看清楚这个使她们都立起来的女子，她就彷彿是个猫，不是走，而是扶一把椅子，又扶一把桌子，那么三晃两晃的已来到玉红的身旁，轻快而柔软，好像她身上没有骨头似的，在玉红身旁略一喘气儿，她的腰一软，斜坐在椅子上，扫量了文博士一眼，她极快把眼放到牌上去。

"这是文博士，"杨老太太打出张牌来，向那个女的说。

她抬了抬眼皮，似看见似没看见的，大概的向他一点头，身儿还斜着，伸手去安插牌。

"六姑娘，"杨老太太似乎是向文博士介绍，眼睛并没离开牌。

六姑娘轻快而又懒洋洋的转正了身。

文博士几乎又忘了他的牌，设法调动自己的眼睛去看这位六姑娘；大概就是她吧？他心中猜想。由玉红与银香的态度上，他看出来，六姑娘一定有些身分，大概就是她！

六姑娘大概有二十一二岁。脸上的颜色微微的有点发绿，可是并不算不白。一种没有什么光泽的白，白中透着点并不难看的绿影。皮肤很细，因为有点发绿，所以并不显着润。耳目口鼻都很小，很匀调，可是神气很老到。这细而不润，白而微绿，娇小而又老到的神气，使人十分难猜测她的性格与脾气。她既像是很年轻，又像是很老梆，小鼻子小眼的像个未发育成熟的少女，同时撅嘴耸鼻的又像个深知世故的妇人。她的举动也是这样，动作都很快，可是又都带出不起劲的神气，快似个小孩，懒似个老人，她彷彿在生命正发展的时期而厌烦了生命，一切动作都出于不得已似的。她实在不能算难看。可就是软软的不起劲。她的衣服都是很好的材料，也很合时样，可是有点不甚齐整，似乎没心程去整理；她的领扣没有系好，露着很好看的一段细白的脖子。她不大说话，更不大爱笑。打了两三把牌，文博士才看到她笑了一回，笑得很慢很懒。一笑的时候，她露出一个短小的黑门牙来，黑亮黑亮的极光润。这个黑牙彷彿定在了文博士的心中，他想由她的相貌与服装断定她的人格，可是心中翻来覆去的只看到这个黑牙，一个黑的，黑而又光润，不但是不难看，反倒给她一些特别的娇媚，像白蝴蝶翅上的一个黑点。由这个牙，他似乎看出一点什么来，而又很渺茫不定，她既年轻又老到，既柔软又轻快，难道她还能既纯洁又有个污点，像那个黑牙似的吗？他不敢这么决定，可是又不敢完全放心，心中很乱。他想跟她谈一两句话，但是不知道叫她什么好："杨女士"似乎很合适，可是不知道为什么他不肯用这个称呼。"六姑娘"，他又叫不出口。

六姑娘的牌打得非常的快，非常的严，可是她似乎并没怎样注意与用心。一会儿她把肘放在桌上，好像要趴着休息一下；一会儿她低头微微闭一闭眼，像是发困，又像是不大耐烦，嫌大家打得太慢似的。

文博士觉得已经把她看够，不好意思再用眼钉着，于是又开始把精神都放在牌上去。随着看一张地上的牌，他无心的看了她一下，她正看着他呢，出着神，极注意而又懒洋洋的看着他。他与她的眼光碰到一处，她一点也不慌不忙，就那么很老到的，有主意的，还看着他；他倒先把眼挪开了。文博士觉得非常的不得劲儿。六姑娘这个老到劲儿绝不像个少女所应有的；或者她缺着点心眼，或是有什么心病？又过了一会儿，她的肘又放在桌子上，好像写字的时候那么一边思索一边写似的，她歪着点头，出神的看着他。这么楞了一会儿，忽然她一笑，极快的用手腕把牌都推倒了，她和了牌。她的肘挪开了，好去洗牌，可是她斜过身，来把脚伸到他这边来：穿着一双白缎子绣花的鞋。

打完八圈牌，文博士输了九块多钱。大家一点不客气的把钱收下了，连让一让也没有。他一共带着十块钱，把牌账还清，他的皮夹里只剩下了些名片。可是他并没十分介意这个，他一心净想把六姑娘认识清楚了。她立起来，身量并不很矮，但是显着矮，她老像得扶着什么才能立得稳，身子彷彿老拳着一些，假若她旁边有人的话，她似乎就要倒在那个人身上，像个嫩藤蔓似的时时要找个依靠。一手扶着桌角，她歪歪着身儿立着，始终没说话。文博士告辞，杨老太太似乎已经疲倦，并没留他吃饭，虽然已到了吃饭的时候。看他把帽子戴好，六姑娘轻快而柔软的往前扭了两步，她不是走路，而是用身子与脚心往前揉，非常的轻巧，可是似乎随时可以跌下去，她把文博士送出来，到了院中，文博士客气的请她留步，她没说什么，可是眼睛非常的亮了，表示出她还得送他几步。到了二门，她扶住了门，说了句："常来玩呀！"她的声音很小很低，可是清楚有力，语声里带出一些希冀，恳求，与真挚，使人觉出她是非常的寂寞，而真希望常有客人来玩玩。

文博士的心中乱了营。六姑娘的模样没有什么特别美好的地方，他知道自己不能对她一见倾心，像电影里那些恋爱故事似的。论她的打扮，虽然很合时样，可是衣服与人多少有点不相陪衬：假若她是梳着辫子，裹着脚，或者更合适一些。就是衣服的本身，似乎也不完全调和，看那双白缎子鞋——妓女们穿的；把这都撂在一边，他到底看不清她是怎回事。她寂寞？那么一大家子人，又是那么阔绰自由，干吗寂寞？缺点心眼？她打牌可打得那么精？他猜不透。

但是，无论怎样猜不透她，他似乎不能随便的放弃了她。这使他由纳闷而改为难过。以他的身分说，博士；六姑娘呢，至多不过是高中毕业。这太不上算了，他哪里找不到个大学毕业生呢？把资格且先放在一边，假若真是爱的结合，什么毕业不毕业的，爱是一切；可是他爱这个六姑娘不爱呢？她使他心中不安，猜疑，绝谈不到爱。怎办呢？

不过，杨家的确是富！他心中另找到个女子：有学问，年龄相当，而且相爱，可是没有钱，假若有这么女士，他应当要谁呢？他不能决定。他必须得赶紧决定，不能这么耽搁着。要谁呢？他闭上了眼。还是得要六姑娘，自己的前途是一切，别的都是假的；有钱才能有前途！

这么决定了，他试着少儿想六姑娘的好处。不管她的学问，不管她的志愿，只拿她当个女人看，看她有什么好处。她长得不出色，可是也看得过眼，决不至于拿不出手去。况且富家的姑娘，见过阵式，她决不会像小家女儿那样到处露客（怯）。她的态度，即使不惹人爱，也惹人怜：她是那么柔软，彷彿老需要人去扶持着，搂抱着。她必定能疯了似的爱她的丈夫，像块软皮糖似的，带着点甜味儿粘在他身上。他眼中看到了个将来的她，已经是文博士夫人的她：胖了一些；脸上的绿色褪净，而显出白润；穿上高跟鞋，身上也挺脱了好多；这样的一位太太，老和他手拉手的走着，老热烈的爱他，这也就够了。太太总是太太，还要怎样呢？况且一句话抄百宗，她必定能给他带来金钱与势力；好，就是这样办了！

假若这件事有个缺点，就是缺少点恋爱的经过，他想。不过，这容易弥补。约她出来玩玩好了；即使她不肯出来，或是家中不许她出来，他还可以常常找她去；只要能多谈几回话儿，文博士总会把恋爱的事儿作得很满意的。这么着，他又细细的想了想，就什么也不缺了，既合了美国的标准，又适应了中国的环境；既得到了人，也得到了金钱与势力。他决定过两天还到杨宅去。

十三

是的，文博士急于要找个地位。可是，也不是怎么的，他打不起精神去催唐先生。他的心似乎都放在杨家了。落在爱情的网中？他自己不信能有这么回事。呕，不错，杨家的钱比地位还要紧；可是，头一次去拜访就输了九块多！按这么蹚下去，蹚到那儿才能摸到底儿呢？他几乎不明白自己是怎么回子事了。寂寞，真的；他愿找个地方去玩玩。但是，这不是玩的时候；至少他应该一面找地方去玩，一面去帮助唐先生办那回事。打不起精神去找唐先生；是的，杨家的六姑娘确是像块软皮糖，粘在他的口中，彷彿是。只要他一想动作，就想找她去。不是恋爱，可又是什么呢？假若真是恋爱，他得多么看不起自己呢？就凭那么个六姑娘；不，不，绝不能是恋爱。文博士不是这么容易被人捉住的。他有他的计划与心路……无论怎么说吧：他一心想再到杨家去。为爱情也好，为金钱也好，他觉得他必须再去，至不济那里也比别处好玩。杨家的人那种生活使他羡慕，使他感到些异样的趣味，彷彿即使他什么也得不到，而只能作了杨家的女婿，他也甘心。杨家的生活不是他心目中的理想生活，但是他渺茫的想到，假使把这种生活舒舒服服的交给他，他楞愿意牺牲他的理想也无所不可。这种生活有种诱惑力，使人软化，甘心的软化。这种生活正是一个洋状元所应当随手拾得的，不费吹灰之力而得到一切的享受，像忽然得到一床锦绣的被褥，即使穿着洋服躺下也极舒服，而且洋服与这锦被绝没有什冲突的地方。

他又上了杨宅。

这回杨老太太没大招呼他。有钱的寡妇，脾气和夏云似的那么善变，杨老太太的冷淡或和蔼是无法预测的。她生活在有钱的人中，但是金钱补不上她所缺欠的那点东西！所以她喜欢招待年轻的男客人，特别是在叫来"姑娘"们伺候着她的时候。"姑娘"们的言语行动使她微微的感到一些生趣，把心中那块石头稍微提起来一点，她觉到了轻松，几乎近于轻佻。可是，"姑娘"们走了以后，她心中那块石头又慢慢落下来，她疲倦，苦闷，彷彿生命连一点点意思也没有，以前是空的，现在是空的，将来还是空的。在这种时候，她特别的厌恶男人；以前她那个老丈夫给她留下的空虚与郁闷，使她讨厌一切男人。她愿意迷迷忽忽的躺着，可怜自己，而看谁也讨厌。她的脾气，在这时候，把她拿住，好像被个什么冤鬼给附下体来似的。

由唐先生所告诉他的，和他自己所能观察到的，文博士知道他第一须得到杨老太太的欢心；给她哄喜欢了，他才能有希望作杨家的女婿。这次，她是这么冷淡，他的心不由的凉了些。走好呢，还是僵不吃的在那儿坐着呢？他不能决定。这么走出去，似了很难再找个台阶进这个门；不走，真僵得难过。杨家的男人，显然的没把他放在眼中，遇上他，只点一点头就走过去，彷彿是说："对了，你伺候着老太太吧，没我们的事！"那些女人呢，除了杨老太太，似乎没有一个知道怎样招待他的，她们过来看看他，有的也问他一半句无聊的话，如是而已。

杨老太太陪客人坐了一会儿，便回到自己的屋中去，连句谦虚话儿也没说，文博士偷偷的叹了口气。

他刚想立起来——实在不能再坐下了——向大家告辞，六姑娘进来了。她今天穿上了高跟鞋，身上像是挺脱了一些，虽然腰还来回的摆动，可是高跟鞋不允许她东倒西歪的随风倒。假若她的腰挺脱了些，她的肩膀可是特别的活动，这个往上一端，那个往歪里一抬，很像电影上那些风流女郎，不正着身往前走，而把肩膀放在前面，斜着身往前企囊。她很精神：脸上大概擦了胭脂，至少是腮上显着红扑扑的，把那点绿色掩住；嘴唇抹得很红，可是依然很小，像个小红花菁葵；眼放着点光，那点懒软的劲儿似乎都由脸上移到肩膀臂上去，可是肩膀与胳臂又非活动着不足以表示出这点绵软劲儿来，所以她显着懒软而精神，心中似乎十分高兴。

文博士第一注意到，她今天比上次好看了许多。不错，她的那点红色是仗着点化妆品，可是她的姿态是自己的；这点姿态正是他所喜欢的：假若她是由看电影学来的，电影正是他心中的唯一的良好消遣，不，简直可以说是唯一的艺术。第二，他注意到她的高兴与精神。她为什么高兴？因为他来了，他可以想象得到。正在这么窘的时候，得到一个喜欢他的人，而且是女人，他几乎想感激她。冲着她，他不能走。不管这是爱不是，不管她到底是怎样的人物，他不能走。况且，假若不是为爱情，而是为金钱，他才来到杨家受这份儿罢，那么就把爱拿出一点来，赏给这个女人，也未必不可。把金钱埋在爱情的下面，不是更好看些么。更圆满些么？对，他等着看她怎么办了。他心中平静了好多，而且设法燃起一点儿爱火来。

她一闪似的就走到他的面前，临近了，她斜着身端起一个肩膀来，好似要请他吃个馒头，圆圆的肩头已离他的嘴部不很远了。他习惯的，伸出手来，她很大方的接过去握了握。屋中老一些的女人们把眼都睁圆了，似乎是看着一幕不大正当而很有意思的新戏。

六姑娘的眼光从文博士的脸上扫过去，经过自己的肩头，像机关枪似的扫射了一圈；大家都急忙的低下头去。彷佛爽性为是和她们挑战，她向文博士说了句："这里来吧！"说完，她在前引路，文博士紧跟在后边，一齐往外走。她的脊背与脖梗上表示出：这里，除了杨老太太，谁也大不过她自己去；文博士也看出这个来，所以心中很高兴。

她一边往东屋走，一边说，"这里清静，我自己的屋子！"

文博士想——按着美国的规矩——这似乎有点过火；刚见过两面就到她自己的屋中去。可是，他知道事情是越快越好；他准知道六姑娘是有点爱他，而她又是这么有威风与身分，好吧，虽然忙中往往有错，可是这回大概不会有什么毛病，既是已看清她的身分与用意。

一进东屋，文博士就看出来，这三间屋都是六姑娘的，因为桌椅陈设和北屋完全不同，都是新式的，而且处处有些香粉味。这又让他多认识了些她的身分。看着那些桌椅与摆设，他也更高兴了些。杨老太太屋中的那些也许可值钱，更讲究，可是他爱这些新式的东西，这些新式的东西使他感到舒适与亲切。北间的门上挂着个小白帘子，显然是她的卧室。外边的两间一通联，摆着书橱，写字台，与一套沙发。他极舒适的坐在了沙发上，身下一颤动，使他恍忽的想起美国来，他叹了口气。

六姑娘来到自己的屋中，似乎又恢复了故态，通身都懒软起来。刚要扶着椅背坐下，她彷佛一滚似的，奔到书橱去，拿出本绿皮金字的小册子来："给写几个字吧！"

文博士要立起来，到写字台那里去写，她把他拦住了："就在这里吧！"说完，她一软，就坐在了他旁边。

"写什么呢？"文博士拿下自来水笔，轻轻的敲着膝盖。

"写几句英文的，"她的嘴几乎挨到他的耳朵，"你不是美国的博士吗？"

文博士从心里发出点笑来："杨女士有没有个洋名字？""中国名字叫明贞，多么俗气呀！外国名字叫丽琳，还倒怪好听。"她的声音很微细，可是很清楚，也许是挨着他很近的缘故。

文博士很想给她写两句诗，可是怎想也想不起来，只好不住的夸赞："丽琳顶好！电影明星有好几个叫这个名字的！"

"你也爱看电影吧？"

"顶喜欢看！艺术！"

"等明儿咱们一同去看，我老不知道哪个片子好，哪个片子坏；看完之后，常常失望。"

"对了，等有好片子的时候，我来约密司杨，这我很内行！这么着吧，我就写一句电影是最好的艺术吧？”

“不论什么都行！”

他翻了翻那小册子，找到一张粉色纸写上去。

丽琳拿出匣朱鹄绿[11]糖来，文博士选了一块，觉得好不是劲儿。在美国，在恋爱的追求期间，是男人给女子买这种糖。现在，礼从外来，他反倒吃起她的糖来，未免太泄气。可是，她既有钱，而他什么也没有，只好就另讲了。

有糖在口中，两个人谈的更加亲近甜蜜了许多。文博士看明白，她敢情不是不爱说话，而是没找到可以交谈的人。

在谈话中间，文博士很用了些心思，探听丽琳的一切；她呢，倒很大方，问一句说一句，非常的直爽简单。自然，她也有不愿意直说的话，可是她的神色并没教他看出来她的掩饰。他问她的资格，她直言无隐的说她只在高中毕过业。这倒不是她不愿意深造，而是杨家不喜欢儿女们有最高的教育与资格，因为有几个得到这样资格的，就一去不回头，而在外边独自创立了事业，永远不再回来。杨家因此不愿意再多花钱造就这种叛徒。她很喜欢求学，无奈得不到机会。这个，文博士表示出对她的惋惜，也能十分的原谅她。同时，他也看得很明白：杨家不是没钱供给子弟们去到外国读书，而是怕子弟们有了高深的学问与独立的能力，便渐次拆散了这个大家庭。自家的子弟既不便于出洋，那么最方便的是拉几个留学生作女婿。这点，他由丽琳的神气上就能看得出来；她是否真愿去深造暂且可以不管，她可是真羡慕个博士或硕士的学位。她有了一切，就缺少这么个资格。把这个看清，他觉得这真是个巧事，他有资格而没钱，她有钱而没资格；好了，他与她天然的足以相互补充，天造地设的姻缘。

他又试看步儿问了她许多事，她所喜欢的也正是他所喜欢的，越说似乎越投缘。在最初来到杨家的时候，他以为这个大家庭必定是很守旧，即使婚姻能够成功，他也得费许多的事去改造太太，把她改造成个摩登女子。现在，听了丽琳这些话，他知道可以不用费这个事了，她是现成的一个摩登女子，像一朵长在古旧的花园中的洋花。他几乎要佩服她了。她既是这么个女子，就无怪乎她好像饥不择食似的这么急于交个有博士学位的男朋友，不是她太浪漫，而是因为她不喜欢这个旧式的大家庭。这么一想，他以为就是马上她过来和他接吻，也无所不可了。他是入了魔道，可是他以为自己很聪明，很有点观察的能力，所以怎么看怎么觉得这是件最便宜最合适的事。在她屋中坐了一点多钟，吃了四五块朱鹄绿糖，他彷佛已经承认他与她有了不可分离的关系，由着他的想象把她看成个理想的伴侣，把他最初所看到的她的缺点都找出相当的理由去原谅。

杨老太太大概是又忽然高了兴，打发个女仆过来请文博士与六姑娘到上屋去打牌。文博士有点为难。伺候老太太是，他以为，这场婚事过程中必须尽到的责任，他不能推辞。可是，手里是真紧，一块钱也是好的，何况一输就没准儿是多少呢。自然，用小虾米钓大鱼，不能不先赔上几个虾米；怎奈连这几个小虾米都是这么不易凑到呢！他一定是真动了点心，他的眼微微有点发湿。

丽琳的眼简直的没离开文博士的脸，连他的眼微微有点发湿也看到了。"哟，你怎么了？"

博士晓得须扯个谎："你看，我……"他叹了口气，"我看你这样的娇生惯养，一大家子人都另眼看待你；我呢，漂流在外，这么些年了，相形之下，有点，有点感触！"

"你就在这儿玩好了，天天来也不要紧，欢迎！咱们陪老太太玩会儿去；输了，我给你垫着，来！"她摸出三张十块钱的票子来，塞在他的口袋里。

"不！不！"文博士明知这点钱极有用，可是也知道假若接收下，他便再也没个退身步儿，而完全把自己卖出去。

"捣什么乱，快来！"她一急，几乎要拉他的手，可是将要碰到了他的，又收了回去。

文博士低着头往外走，心里说："卖了就卖了吧，反正她们有钱，不在乎！"

十四

秋天的济南，山半黄，水深绿，天晴得闪着白光，树叶红得像些大花。温暖，晴燥，痛快，使人兴奋，而又微微的发困。已过重阳，天气还是这么美好。

文博士把对济南的恶感减少了许多，一来是因为天气这样的美好，二来是因为丽琳已成为他的密友。他一点也不觉得寂寞了。济南一切可玩的地方，她都领着他逛到。许多他以为是富人们所该享受的，她都设法儿教他尝一尝。他已经无法闲着，因为她老有主意，而且肯花钱。这样惯了，他反倒有点怕意，假若没有了她，他得怎样的苦闷无聊呢？这样惯了。他承认了她该花钱，他应白吃白玩，一点也不觉得难堪了。他似乎不愿去再找事谋地位了，眼前的享受与快乐彷佛已经很够了似的。假若他还有时候想到地位与谋事，那差不多是一种补充，想由自己的能力与金钱把现在的享受更扩大一些，比如组织起极舒服极讲究的小家庭，买上汽车什么的。这么一想，他就有时候觉得丽琳还差点事，没有受过高等教育，模样也不顶美，假如他能买上汽车，彷佛和她一块儿坐着就有点不尽如意。可是，他能否买上汽车还是个问题；不，简直有点梦想。那么，眼前既是吃她喝她，顶好是将就一下吧。谁知道自己的将来一定怎样呢，已到手的便宜似乎不便先扔出去吧？况且，丽琳又是那么热烈，几乎一天不见着他都不行。见着他以后，她没多少可说可道的，可是几乎要缠在他身上——在他俩第三次会面的时候，她已设法给了他一个吻。她既这样，他似乎没法往后退，没法再冷淡，只好承认这是恋爱的生活。在他睡不着的时候，他屡屡的要怀疑她，几乎以为她是有点下贱，或是有点什么毛病。可是一见了她，他便找到很多理由去原谅她，或者没有工夫再思想而只顾了陪着她坑。在和她坑的时候，他不能不偶尔拿出一点热情来，他不能像握着块木头似的去握她的手，也不能像喝茶时候拿嘴唇碰茶杯似的去吻她。不，他总得把这些作得像个样子。惯了，他没法再否认他的热情，良心上不允许他否认已作过的事。他有点迷糊。一心的想在这件事上成功，而这里又是有那么多几乎近于不可能的事儿，不敢撒手，又似乎觉得烫得慌，他没了办法。他看的清清楚楚，不久，她一定能和他定婚。拒绝是不可能的，接受又有点别扭。没法不接受，只能这么往下硬淌了。那天，陪着杨老太太打牌，打到了半夜，他觉得非常的疲倦；杨老太太劝他吃口烟试试，他居然吸了一口。虽然不甚受用这口烟，可是招得大家都对他那么亲热，他不能不觉到一点感激；他是谁？会教大家对他这么伺候着，爱护着。虽然他反对吃烟，可是这到底是一种阔气的享受；他不想再吃。但是吃一口玩玩总得算领略了高等人的嗜爱与生活。假若这个想法不错，那么他便非要丽琳不可了，她是使他能跳腾上去的跳板。再说呢，这些日子他已接受了不少他所不习惯的事：济南来了旧戏的名伶，丽琳便先买好了票而后去约他。他一向轻视旧戏。可是看过几次之后，有丽琳在一旁给他说明，他也稍微觉出点意思来。丽琳自己很会唱几句，常常用她那小细嗓儿哼唧着。他开始怀疑自己的反对旧戏也许是一种偏见，这点偏见来自不懂行。这么一怀疑自己，他对一切向来不甚习惯的事都不敢再开口就批评了，恐怕再露客（怯）。富人们的享受不一定都好，可是大小都有些讲究；他得听着看着，别再信口乱说。这不是投降，而是要虚心的多见多闻，作为一种预备，预备着将来的高等生活。以学问说，他是博士，已到了最高的地步，不用再和任何人讨教；以生活说，他不应当这样自足自傲。是的，无论怎么说，自己的身分满够娶个最有学问的女子，丽琳不是理想的人物；但是她有她的好处，她至少在这些日子中使他的生活丰富了许多，这样总得算她一功。天下恐怕没有最理想的事吧？那么，她就是她吧，定婚就定婚吧，没别的办法，没有！

有一天，文博士和丽琳在街上闲逛。她穿着极高的高跟鞋，只能用脚尖儿那一点找地，所以她的胳臂紧紧的缠住了他的，免得万一跌下去。街上的人越爱看她，她似乎越得意，每逢说一个字都把嘴放在他的耳旁，而后探出头去，几乎是嘴对嘴的向他微笑。设法藏着，而到底露出一点那个黑而发光的牙。

唐振华从对面走了来。文博士从老远就看见了她。躲开她吧，不合适；跟她打个招呼吧，也不合适。他不知怎的忽然觉得非常的不得劲。又走近了几步，她也认出来他，并且似乎看出他的不安与难堪来，很巧妙的她奔了马路那边去。文博士拉着丽琳假装看看一家百货店的玻璃窗里摆着的货物，立了一会儿，约摸着振华已走过去，才又继续的往前走。他心中很乱。振华与丽琳在他心中一起一落，彷彿是上了天秤。振华没有可与丽琳比较的资格，凭哪样她也不行。可是，忽然遇上她，教他开始感觉到丽琳的卑贱。振华的气度与服装好像逼迫着他承认这个。他若是承认了丽琳卑贱，便无法不也承认自己的没出息。振华的形影在他心里，他简直连呼吸都不畅快了，他堵得慌。

可是，他知道他已不能放下丽琳。那么，他只好去恨恶振华。本来没有什么可恨恶她的理由，但是不这样他就似乎无法再和丽琳亲密。振华的气度与思想教他惭愧，教他轻看丽琳。他回过头去，把振华的后影指给了丽琳："那个，唐先生的女儿，别看长得不起眼，劲儿还真不小呢！"他笑起来。本想这么一笑，就能把刚才那一点难堪都抛除了去，可是笑到半中腰间，自己泄了气，那点笑声僵在了口中，脸上忽然红起来。同时，丽琳把手由他的胳臂上挪下来，两个小黑眼珠里发出一点很难看的光儿来。他开始真恨振华了。

他不敢责备丽琳的心眼太小，更不愿意向她求情，可是她两三天没有搭理他。他吃不住了劲。为是给自己找一点地步，他认为这是她真爱他的表示，因爱而妒，妒是不大管情理的。好吧，他是大丈夫，不便和妇女斗气，他得先给她个台阶。经他好说歹说，她才哭了一阵，哭着哭着就笑了。

她不能不笑，因为她已经把他拿下马来。她没有理由跟他闹，她也并不怀疑振华，她只是为抓个机会给他一手儿瞧。她肯陪着他玩，供给他钱花，她也得教他知道些她的厉害。吻与打两用着，才能训练出个好男人来，她晓得。在闹过这一场之后，她特别的和他亲热，把他彷佛已经拴在了她的小拇指卜随意的耍弄着。他也看出这个来，可是一点办法没有，自己为的是钱，那还有什么可说的呢？反之，他倒常常往宽处想：自己要个有钱的女子，竟自这么容易的得到，不能不算有点运气，那么，小小的拌两句嘴，又算得了什么呢！要达目的地便须受行旅的苦处，当然的！

过了几天，他又在街上遇着了振华。因为他是独自走着，所以跟她打了个招呼。

"文博士，"她微微一笑，"老些日子没见了。父亲正想找你谈一谈呢。为那个差事，他忙极了，他要找你去，看看你还有什么门路没有。父亲办事专靠门路！"

"一半天我就到府上去，我也没闲着，事情当然是！"他忽然截住了下半句。

"——门路越多越好？"她又笑了一下，"好，改天见！"

他没还出话来。说不出来的他要怎样恨这个女人，她的话永远带着刺儿；为什么一个女的会这样讨厌呢！他猛的唾了一口吐沫，像一出门遇上个尼姑似的那么丧气。

她的讨厌还不止于说话难听，一遇上她，他就马上想用另一种眼光去从新估量丽琳的价值。在这个时候，他能很冷酷的去评断，而觉得丽琳像条毒蛇似的缠上了他身上。

自然，过一会儿，他又去找那条毒蛇，而把振华忘掉。可是，他不能完全放心了，他总想找出些丽琳的毛病来，不为别的，彷佛专为对得起良心。振华使他难堪，不安，惭愧，迷乱。他找不到丽琳的毛病，因为不敢去找，找到了又怎样呢？莫若随遇而安。可是，可是，振华的形影老在他心里闹鬼；他没法处置丽琳，只好越来越恨振华了。

文博士愿意知道而不敢寻问的是这么一点事：丽琳是个又聪明又笨的女孩子。正象个目不识丁而很会摆棋打牌的人，她的聪明都用在了生命的休息室中。在读书的时候，她就会跳舞，打扮，演戏！出风头，闹脾气，当皇后。她的钱足以帮助她把这些作到好处。在功课上，她很笨。在高小，初中，高中，她都极勉强的能毕业；与其说她能毕业，还不如说学校不好意思不送个人情。她很想入大学，可是考不上。她并不希望上大学去用功，而是给自己预备个资格，好能嫁个留学生之类的男人。钱，她家里有；富商们，她已看腻了；所以愿意要个留学生，或是有名的文艺家什么的。她的那点教育仅仅供给了她这么一点虚荣心。

除了这点教育，她的招数与知识十之八九得自电影与伤感的小说。她认为端着肩膀向男人们企慕最合规矩，一见面就互道爱慕最摩登；她的生活是一种游戏，而要从游戏中找到最动心的最高尚的快乐与荣誉；所作的都顶容易，低级；所要获得的都顶高尚，光荣。像夏天的一朵草花，她只有颜色而无香味。

这些，已足使她作个摩登的林黛玉，穿着高跟鞋一天到晚琢磨着恋爱的好梦。在高小的时候，她已经有许多同性的爱人，彼此搂抱着吃口香糖。到了中学，她已会暗地里写情书，信写得很坏，可是信纸顶讲究。富家出情种，这并不能完全怪她。可是，她并不像林黛玉那样讲情，她所想到的便要实地的尝试，把梦想的都要用手指去摸到。杨老太太时常叫来妓女给捶腰，丽琳有机会去打听些个实际的问题。所以，她的梦不完全是玫瑰色的幻想，而是一种压迫，因压迫而想去冒险。她不是浪漫诗人心中的白衣少女，她要一些真切的快乐。闻着自己身上的巴黎香水与香粉味儿，她静静的，又急躁的，期待着一些什么粗暴的袭击，像旱天的草花等着暴雨。

杨家不断的有留学生来，可是轮不到丽琳，她是"六"姑娘。从虚荣心上说，她只好忍耐的等着，她必须要个有外国大学学位的青年。可是，她一天到晚无事可作，闲得起急，急躁使她甚至要把理想抛开，而先去解决那点比较低卑的要求与欲望，她请求杨老太太给她聘一位教师，补习功课，好准备考大学。来了位大学还没毕业的姓朱的，给她补习英文算学。这位朱先生长得很平常，年岁可是不大。几乎是他刚一进门，丽琳就捉住了他。不久，她便有了身孕。

身孕设法除掉了。她自己并不喜爱朱先生。她既没意思跟他，杨家的人也就马马虎虎把他辞掉，他们知道自家的姑娘不是为个大学学生预备的。

文博士来得很是时候。在丽琳的眼中，男子都相差不很多，只须有个学位便能使她自己与杨家的全家点头。况且，文博士虽然不十分漂亮，可是并不出奇的难看呢。不，他不但是不难看，在她眼中他还有点特别可爱的地方。这并不是她爱与不爱，而是她由电影中看出来的。电影片中那些老实的规矩的丈夫，正像他，全是方方正正的，见棱见角的，中等的身材，衣裳挺素净，说话行事都特意的讨人喜欢……文博士有这项资格，那么电影上既都是这样，丽琳便想不出怎能不喜欢他的道理来。再一说呢，即使这个标准不完全可靠，他也不见得比以前来过的那些留学生难看，丽琳准知道她的二姐丈——留法的生物学家——长得就像驴似的，不过还没有驴那么体面。博士硕士并不永远和风流英俊并立，她早看清楚了。她不能放手文博士，即使他再难看一点也得将就着，她不能再等。况且，再等也未必不就等来个驴或猴子。就是他吧。她的理想，虚荣，急躁，标准，贞纯，污浊，天真，老辣，青春，欲望，娇贵，轻狂，凝在一处，结成一个极细密的网，文博士一露面就落在网中了。自然文博士以为这是步好运。

十五

唐先生几乎把吃奶的力量都使出来了。自中秋后，到重阳，到立冬，他一天也没闲着。他的耳朵就像电话局，听着各处的响动；听到一点消息，他马上就去奔走。过日子仔细，他不肯多坐车，有时候累得两腿都懒的上床。不错，他在表面上是为文博士运动差事，可是他心中老想着建华。他是为儿子，所以才卖这么大的力气；虽然事情成了以后，文博士伸手现成的拿头一份儿，可是他承认了这是无可如何的事，用不着发什么没用的牢骚。他知道大学毕业生找事的困难，而且知道许多大学毕业生一闲便是几年，越闲越没机会，因为在家里蹲久了，自己既打不起精神，别人——连同班毕业的学友——也就慢慢的把他忘掉，像个过了三十五岁的姑娘似的。唐先生真怕建华变成这样的剩货。哪怕建华只能每月拿五六十块钱呢，大小总是个事儿；有事才有朋友，有事才能创练，登高自卑，这是个起点。唐先生为儿子找这个起点，是决不惜力的，这是作父亲应尽的责任。给建华找上事，再赶紧说一房媳妇，家里就只剩下振华与树华还需要他操心了，可也就好办多了。对杨家的六姑娘，唐先生已死了心；建华的婚事应当另想办法。这个决定，使他心中反觉出点痛快来。假若他早下手，六姑娘未必不能变成他的儿媳妇。虽然杨家的希望很高，可是唐家在济南也有个名姓；虽然建华没留过洋，到底也是大学毕业。唐先生设若肯进行，这件事大概总有八九成的希望。即使建华的资格差一点儿，可是唐先生的名誉与能力是杨家所深知的，冲着唐先生，婚事也不至不成功。可是，他没下手，而现在已被文博士拿了去。去她的吧，她的娇贵与那点历史，唐先生都知道，好吧，教文博士去尝尝吧！想象着文博士将来的累赘，唐先生倒反宽了心；不但宽心，而且有点高兴，觉得他是对得起儿子。把这件事这么轻轻的，超然的，放下，他一心一意的去进行那个差事。这个，只许成功，不许失败。成功以后，那就凭个人的本事了。文博士能跳腾起去呢，好；掉下去呢，也好。唐先生不能再管。建华呢，有唐先生给作指导，必会一帆风顺的作下去，由小而大，由卑而高，建华的前途是不成问题的。这么想好，他几乎预料到文博士必定会失败，虽然不是幸灾乐祸，可是觉得只有看到文博士的失败才公道，才足以解气。好了，为眼前这个事，他得拚命帮文博士的忙，因为帮助文博士，也就是帮助建华。事情成了以后，那就各走各的了，唐先生反正对得起人，而不能永远给文博士作保镖的。

那个将要成立的什么委员会有点像蜗牛，犄角出来得快，而腿走得很慢。委员既都是兼职，自然大家谁也不十分热心去办事，而且每个委员都把会里的专员拿到自己手中，因为办事的责任都在专员身上，多少是个势力；即使不为势力，到底能使自己的人得个地位也是好的。大家彼此都知道手里有人，所以谁也不便开口，于是事情就停顿下去。争权与客气两相平衡，暂且不提是最好的办法。

唐先生晓得这个情形，所以他的计划是大包围：直接的向每个委员都用一般大的力量推荐文博士。然后间接的，还是同样的力量，去找委员们的好朋友，替文博士吹嘘；然后，再用同等的力量，慢慢的在委员们的耳旁造成一种空气，空气里播散着文博士的资格，学问，与适宜作这个事。一层包着一层，唐先生造了一座博士阵。这个阵法很厉害：用一般大的力量向各委员推进，他们自然全不会挑眼。他们自己手里的人既不易由袖中掏出来，而心目中又都有个非自己的私人的第三者，自然一经提出来，便很容易通过。他们还是非提出来个人不可，事情不能老这么停顿着，况且四外有种空气，像阵小风似的催着他们顺风而下。在这阵小风里刮来一位人，比他们所要荐举的私人都高着许多，他们的私人都没有博士学位；为落个提拔人才的美名，博士当然很有些分量。

这个大包围已渐次布置完密；用不着说，唐先生是费了五牛二虎的力量。难处不在四面八方去托人，而是在托得恰好合适，不至于使任何一角落缺着点力量，或是劲头儿太多；力气一不平匀，准出毛病。所以，每去见一个人，他要先计算好这个人的分量原有多么大，在这件事情上所需要他的分量又是多么大。这样计算好，他更进一步的要想出好几个这样的人来，好分头去包围全体委员。好不容易！

不过，不管多么困难吧，阵式是已经摆好。现在他只缺少一声炮号。他需要个放炮的人，炮声一响，文博士与建华便可以撒马出阵了。他一想便想到焦委员。假若焦委员能在此时给委员会的人们每人一封信，或一个电报，都用同样的话语，同样的客气；阵式已经摆好，再这么从上面砸下什法宝来，事情便算是没法儿跑了。他想跑一趟，去见焦委员。

可是，他又舍不得走，假若自己离开济南，已摆好的阵式万一出点毛病呢！谨慎小心一向是他的座右铭。况且，即使事情不能成功，这个阵式也不白摆，单看着它玩也是好的，就如同自己作的诗，虽然得不到什么报酬，到底自己哼唧着也怪好玩。什么事情都有为艺术而艺术的那么一面儿，唐先生入了迷。打发建华去吧，又不放心；会办事的人没法儿歇一歇双肩，聪明有时候累赘住了人，唐先生便是这样。既然不放心建华，他就更不放心文博士。文博士，在唐先生心中，只是个博士而已，讲办事还差得许多呢！振华是有主意的，可是唐先生不肯和她商议；近来他觉得女儿有点别扭。她老看不起他的主张与办法，他猜不透她是怎回子事。大概是闹婆婆家呢，他想。好吧，等把建华的事办完了，再赶紧给她想办法，嘻！作父亲的！他叹了口气。

恰巧，焦委员赴京，由济南路过。唐先生找了文博士去，商议商议怎样一同去见焦委员。火车只在济南停半点钟，焦委员——唐先生打听明白——又不预备下车，他们只能到车上见他一面，所以得商量一下；况且想见焦委员的人绝不止于他俩，他俩必须商议好，怎样用极简单而极有效的言语，把事情说明，而且得到他的帮助。要不然，唐先生实在不想拉上文博士一同去。

见了文博士，唐先生打不起精神报告过去的一切。为这件事的设计他自信是个得意之作，对个不相干的人他都想谈一谈；唯独见了振华与文博士，他的心与口不能一致，心里想说，而口懒得张开。他恨文博士这样吃现成饭，他越要述说自己的功绩，越觉得委屈。所以，他莫若把委屈圈在肚子里。

也幸而他没说，因为文博士根本不预备听这一套。文博士已和丽琳打得火热，几乎没心再管别的事了。在初到杨宅去的时候，他十分怕人家不接受他。及至见着丽琳，而且看出成功的可能，他又怀疑了她，几乎想往后退一退。赶到丽琳把他完全捉住，他死了心随着她享受，好像是要以真正的爱去补救与掩饰自己来杨宅求婚的那点动机。丽琳给了他一切，他没法再管束自己，一切都是白白拾来的，那么遇上什么就拾什么好了，他不能再去选择，甚至不再去思索，他迷迷糊糊的像作着个好梦。他已经非及早的与她定婚不可了，定婚就得结婚，因为他似乎已有点受不了这种快乐而又不十分妥当的生活，干脆结了婚，拿过钱来，好镇定一下，想想自己的将来的计划吧。他相信丽琳必有很多的钱，结婚后他必能利用她的钱去作些大的事业。这样，丽琳的诱惑与他的甘心追随，把他闹得胡胡涂涂的；那点将来用她的钱而作些事业的希望，又使他懒得马上去想什么。所以，他差不多把唐先生所进行的事给撂在了脖子后头，既没工夫去管，也不大看得起它；他现在是度着恋爱的生活，而将来又有很大的希望，谁还顾得办唐先生这点小事呢！

唐先生提到去见焦委员。呕，焦委员，文博士倒还记得这位先生，而且觉得应当去见一见，纵然自己浑身都被爱情包起来，也得抽出点工夫去一趟。事情成不成的没多大关系，焦委员可是非见不可。焦委员是个人物，去见一见，专为他回来告诉丽琳一声也是好的。他很大气的，好像是为维持唐先生似的，答应了车站去一趟，至于见了焦委员，应当说什么话，那还不好办，随机应变，用不着多商议。他觉得唐先生太罗哩罗嗦，不像个成大事的人。

文博士的神气惹恼了唐先生。唐先生是不大爱生气的人，而且深知过河拆桥并不是奇怪的事，不过他没想到文博士会变得这么快，彷彿刚得了点杨家的便宜，就马上觉得已经是个阔人了似的。连唐先生也忍不住气了。唐先生给了他一句："婚事怎样？"

文博士笑了，笑得很天真，就象小孩子拾着个破玩具那样："丽琳对我可真不错！告诉你！唐先生，我们就要定婚，不久就结婚，真的！一结婚，告诉你，我就行了！我先前不是说过，留学生就是现代的状元，妻财禄位，没问题！定婚，结婚，还都得请你呢，你是介绍人呀；你等着看我们的小家庭吧！以我的知识，她的排场，我敢保说，我们的小家庭在济南得算第一，那没错！你等着吧，我还得求你帮忙呢。那什么，"他看了看表，"就那么办了，车站上见，我还得到杨家去，到时候了，丽琳等着我看电影去呢！去不去，唐先生？"

唐先生的鼻子几乎要被气歪了，可是不敢发作，他还假装的笑着，说："请吧，我没那个工夫，也没那个造化！"

"外国电影，大概你也看不明白！连丽琳先前都有时候去看中国片，近来我算把她矫正过来了，而且真明白了怎样欣赏好莱坞的高尚的艺术。教育程度的问题！好，再会了，车站上见！"

唐先生气得不知道怎样的走到了家。他甚至于想到从此不再管这样的人与这样的事。振华确是说对了：何不休息休息呢，为这种穿着身洋皮儿的人去费心费力干吗呢？！可是，到底还是得去费心费力，不为别人，还不为自己的儿子么？有什么办法呢！

看完了电影，文博士为是没话找话说，把和唐先生会面的事告诉了丽琳。她晓得焦委员，并且为表示自己的聪明，她还出了个主意："达灵，你去，要不然我去，找卢平福一趟，教他去见见焦委员；他去比你去还强，他顶会办事了。你看我的烟土什么都是由他给买，他什么也会。他结婚的时候还是焦委员给证的婚呢！达灵！咱们结婚请谁证婚呢？"

"至不济也得像焦委员，那没错！"文博士并不认识一位这样的人，可是话不能不这么说；为是免得她往下钉他，他改了话："你看，笛耳，这个事值得一作吗？"

"焦委员给运动的事就值得作，卢平福原先走他的门子，现在还走他的门子。咱们不为那个事，还不为多拉拢拉拢焦委员？是不是？达灵！"

文博士非常的佩服丽琳这几句话。并不是这几句话怎样出奇的高明，而是他觉得大家闺秀毕竟不凡：见过大的阵式，听过阔人们的言谈，久而久之，自然出口成章，就有好主意。这不是丽琳有多么高的聪明，而是她的来派大，眼睛宽。假若看电影他须领导着她，那么这种关系阔人们的事他还真需要她的帮助。这样，不论她有多少缺点，反正为他自己的前途设想，她的确是个好的帮手，不信就去问问振华看，她要有半点主意才怪！别的暂且全放在一边，就凭这一点，你就得去迷恋丽琳。这他才晓得了什么叫作出身，和它的价值。对的，大家子弟，到底是另一个味儿，这无可否认。状元可以起自白丁，可是作宰相的还得是世家出身。他自己这个状元，需要个公主给他助威。他不能不庆贺自己的成功。一迈步就居然走上了正路，得到丽琳。那么，也就没法子不更爱她了；他把"笛耳"改成了"笛耳累死驼！"

十六

车站上许多人等着见焦委员。文博士与唐先生的名片递上去，还没等到传见，车已又开了。

唐先生脸上的笑纹改成了忧郁的折叠，目随着火车，心中茫然。火车出了站，他无可如何的叹了口气。他直觉的晓得自己苦心布置的阵式，大概是一点用也没有了。

文博士心中可是有了老底，他知道卢平福必能替他把话说到，他自己见不见焦委员并没多大的关系了。他急于回去找丽琳，去吻她，夸奖她。越感激她，他心中越佩服自己——假若自己没有眼光，怎能会找到她呢？找到她便是找到了出路，一种粉红色的道路，像是一条花径似的，两旁都是杜鹃与玫瑰。

卢平福见着了焦委员。会见的时候，恰巧有位那个什么委员会的筹备委员也在车上，卢平福也认识他。卢平福一开口推荐文博士，焦委员微微的向那位筹备委员一点头，筹备委员马上横打了鼻梁，表示出极愿负责。

卢平福下车，那位筹备委员也跟下来："卢会长！文博士的事交给我了！可是，有个小小的要求：族弟方国器——方国器，请记清楚了！——托我给找事不是一天了。文博士若是专员，他手下必须用个助手，方国器——方国器，请记清楚了！——就很合适。一言为定，我们彼此分心就是了！"

卢平福点了头。

找到文博士，卢平福把方国器交待过去。

文博士点了头。

不多的几天，文博士与方国器的事都发表了。

文博士的薪俸是每月一百八十元，另有四十块车马费。他不大满意。就凭一位博士，每月才值二百二十块钱，太少点！可是丽琳似乎很喜欢，他有点莫名其妙：以她的家当而把二百多块钱看在眼里？能吗？不，不能是为这点钱。她必是，他想，愿意他大小有个地位，既是博士，又是现任官，在结婚的时候才显着更体面，更容易和杨家要陪送。是的，她一定是为这个，这么一想，他快活了许多。先混着这个事吧，结婚以后再想别的主意。他想应当早结婚。明年元旦就很合适。结婚以后，有了钱，有了门路，也许一高兴还把这个专员让给唐建华呢。他不承认自己有意骗唐先生，因为事情虽然是由唐先生那里得到的消息，可是到底是由卢平福给运动成功的；那么，把建华一脚踢开，而换上方国器，正是当然的。唐先生自己应该明白这个，假若他是个明白人的话。不过呢，唐先生未必是个明白人，这倒教文博士心里稍微有点不大得劲儿。好吧，等着将来自己有了别的事，准把专员的地位让给建华就是了。

又到了杨家一趟，他开始觉出自己的身分来。每到杨家来，他总是先招呼杨老太太一声，而后到丽琳屋中去。遇到杨老太太正睡觉，或是不大喜欢见客，或是出了门，他便一直找丽琳去，在杨老太太面前，他可以见着杨家许多人，可是谁也不大搭理他，有的是不屑于招待他，有的是不敢向前巴结。在丽琳屋中呢，永远谁也不过来，丽琳的厉害使大家不敢过来讨厌。现在可不同了，大家好像都晓得作了官，男的开始跟他过话，女的也都对他拿出笑脸来，仆人们向他道喜讨赏，小孩们吵嚷着叫他请客。有个新来的女仆居然撅着屁股给他请了个安："六姑爷大喜！"招得大家全笑了，他自己不由的红了红脸，可是心中很痛快。

这他才真明白了丽琳，丽琳的欢喜是有道理的。她懂得博士的价值，也懂得大家怎么重视个官职，她既是鸡群之鹤，同时又很能明白大家的心理，天赋的聪明！可惜她没留过学，他想；可是假若她留过学，也许就落不到他手中了。凡事都有天定，而且定得并不离，以他配她，正好！他怎么想，怎么看，都觉得这件事来得很俏。

仆人们讨赏，他没法不往外掏。请客，也是该当的，可得稍微迟一迟。对这两样事，他无论怎样可以独自应付，也应当独自应付，好给丽琳作点脸。

不过，一动自己的钱，彷佛就应该想一想，是不是从此以后，丽琳就把一切花费都推到他身上呢？若这是真的，他的心里颤了一阵！大概不能，她哪能是那样的人呢？把这个先放下，目前应花钱的地方还有许多：杨家的孩子们满可以不去管，就是被他们吵嚷得无可如何，至多给他们买些玩艺与水果什么的也就过去了。杨家的大人们可不能这么容易敷衍，无论如何他得送杨老太太一些体面的东西，得请主要的男人们吃一回饭。这些钱是必须花的。送了礼，请了客，那么婚事自然可以在谈笑中解决了。紧跟着便是定婚，戒指总得买吧，而且不能买贱的；哼，钻石的，将就能看的，得过千！即使能舍个脸，跟丽琳合股办这个，自己也得拿五六百吧？哪儿找这些钱去呢？定婚以后，自然就得筹备结婚。办场喜事，起码还不得一千块钱？即使小家庭的布置统归丽琳担任，办事的钱大概不能不由他出吧？至少他得去弄一千五百元，才能办得下来这点事。杨家不会许他穷对付，他自己也不肯穷对付。可是一千五百块钱似乎不会由天上掉下来。他有点后悔了，根本不应当到杨家来找女人，杨家花得起，而自己陪着都费劲哪！哪能不陪着呢，自己既是有了官职，有了固定的薪俸，他几乎有点嫌恶这个差事了；这不是出路，而是逼着他往外拿钱！

退堂鼓是没法打了。他与丽琳的关系已经不是三言两语便可以各奔前程的。再说呢，事情都刚开了头，哪能就为这点困难而前功尽弃呢。反之，只要一过这个难关，他必能一帆风顺的阔起来，一定。看人家卢平福！卢平福若是借着杨家的势力而能跳腾起来，文博士——他叫着自己——怎见得就弱于老卢呢！是的，连老卢现在见了面，也不再提什么制造玩具，请他作个计划了，可见博士的身分已经被大家认清了许多。那么，让他们等着看吧，文博士还有更好的玩艺呢，慢慢的一件件的掏给他们大家，教他们见识见识！

后悔是没用的，也显着太没有勇气。他开始想有效的实际的办法。对于定婚，他可以预支三个月的薪水。六百多块钱总可以支转住场面了。对于结婚，即使能作到与杨家合办，大概也得预备个整数；借债似乎是必不能免的。先借了债，等结婚后再拿丽琳的钱去还上，自己既不吃亏，而又露了脸，这是"思想"，一点也不冒险。就这么办了；不必再思虑，这个办法没什么不妥当的地方。浪漫，排场，实利，都一网打尽！没想到自己会这么聪明！一向就没怀疑过自己的本事，现在可才真明白了自己是绝顶聪明！

把这些决定了，他高高兴兴的去办公。心中藏着一团爱火，与无限的希望，而身体又为国家社会操劳服务，他无时无处不觉出点飘飘然要飞起来的意思；脸上的神气很严重，可是心里老想发笑，自己的庄严似乎已包不住心里那点浮浅的喜气。

委员会已过了唐先生所谓的"听说"的时期，而开始正式的办公，因为已有了负责办事的专员。委员会的名称是"明导会"。文博士是明导专员。委员们没有到会办事的必要，所以会所只暂时将就着借用齐鲁文化学会的地方。文博士恨这个地方，一到这儿来他就想起初到济南来的狼狈情形。为解点气，他一进门就把老楚开除了。老楚几乎要给文老爷跪下，求文老爷可怜可怜；他连回家的路费都筹不出来，而且回到家中就得一家大小张着嘴挨饿；文老爷不可怜老楚，还不可怜可怜小鱼子和小鱼子的妈吗？文博士横了心，为求办事的便利与效率，他没法可怜老楚，老楚越央告，他的心越硬；心越硬，越显出自己的权威。文博士现在是专员了。老楚含着泪把铺盖扛了走。

把老楚赶走，文博士想把文化学会的经费都拿过来，不必再由唐先生管理。可是心中微微觉得不大好意思，既没把建华拉到会中来，又马上把唐先生这点剩头给断绝了，似乎太不大方。暂且搁一两个月再说吧，反正这点事早晚逃不出自己的手心去。好吧，就算再等两个月吧。唐先生应当明白，他想，他是怎样的需要多进一点钱。这不是他厉害，而是被需要所迫。

老楚走了，去了文博士一块心病；不久就可以把文化学会的经费拿过来，手中又多少方便一些。他不再小看这个专员的地位了，同时也更想往上钻营；专员便有这么多好处，何况比专员更大的官职呢？是的，他得往上去巴结，拿专员的资格往上巴结，不久他——凭着自己的学位，眼光，与交际的手腕——就会层楼更上，发展，发展，一直发展到焦委员那样！

他开始去拜见会中那些委员。他的神气表示出来，你们虽是委员，我可是博士，论学问，论见识，你们差得多了！虽然他是想去巴结他们，可是他无心中的露出这个神气来。他自己并不晓得，可是他们看得清清楚楚。文博士吃亏在留过学，留学的资格横在他心里，不知不觉的就发出博士的洋酸味儿来。见了委员们，他不听着他们讲话，而尽量的想发表卖弄自己的意见与知识。可是他的意见都不高明。头一件他愿意和他们讨论的事是明导会的会所问题，他主张把那些零七八碎的团体全都逐开，就留下文化学会。然后里里外外都油饰粉刷一遍，虽然一时不能大加拆改，至少也得换上地板，安上抽水马桶，定打几张写字台与卡片橱等了。这些都是必要的改革与添置，都有美国的办法与排场为证，再其次，就是仆人的制服与训练问题。在美国，连旅馆的"不爱"都穿着顶讲究的礼服或制服，有的还胸前挂着徽章，作事说话，一切都有规矩；美国是民主国，但是规矩必须讲的。规矩与排场的总合便是文化。

委员们都见到了，他这片话越说越熟，连手式与面部的表情都有了一定的时间与尺寸。他自己觉得内容既丰富，说法又动人，既能使他们佩服他的识见，又能看明他的交际的才能，他非常的高兴。委员们心不在焉的听着，有的笑一笑没加可否，有的微微摇一摇头，提出点反对的意见：比如说，那个知音国剧社就没法儿办，因为在会的人都是有钱有势力人家的子弟，便为文博士愿意找钉子碰的话，就去办办试一试。

文博士以为事都好办，只是委员们缺少办事的能力，与不懂得美国的方法，所以把他的话作为耳旁风。他和丽琳说，和方国器说，她与他都觉得博士的主张很对。"你看，是不是？他们没到过外国，"博士热烈的向丽琳与方国器诉说，"根本没有办法，所以我有了办法也没用！我不灰心，我的方法还多着呢，慢慢的他们总有明白过来的那一天，哼！把委员们都送到美国去逛，先不谈留学，只逛上一年半载的，见识见识，倒还真是个办法呢！那个会所，那个会所！好，什么也不用说了，教育的问题！"文博士点着头，赞叹着，心里想好，而没往外说：幸而他们找到我这么个博士，不然的话。……

民　望

的客氣，有的很冷淡，對於事情，有的悲觀，一概沒有下落！他的臉又瘦了下去。他可是並不死心，不敢像慣。到各處去打聽朋友們的工作，關係，奧將來的發展，他總以爲朋友們是各自有了黨派系屬，所以不肯隨便的拉拔他一把；他得抄着根兒，先把路子探清，再下手綫能準確。果然，被他打聽出不少事兒來，這些事又比在美國讀書時所遇到的複雜多了，幾乎使他迷亂，不知所從。事情可是始終沒希望。

他感覺到南邊複雜，於是來到北平。北平是個大學城，至不濟他還能謀個教授。過次他是先去打聽教育界的黨系，關係，聯屬；打聽明白再進行自己的事。跑了不少的路，打聽來不少的事，及至來到謀事上，沒希望。

失敗使他更堅定了信仰——雖然他很善於探聽消息，很會把二與二加在一處，到底他還是沒打進去，想找到事，他得打進一個團體或黨系，死抱住不放，綫能成功。博士，學問，本事，幾乎都可以擱在一邊不管，得先『打進去』一個社會，憑他幾個月的觀察來說，是個大泥塘，只管住下兒。不懂得什麼人才，哪叫博士；只有明眼的綫能一跳，跳到泥塘裏埋藏着的那塊石頭上；一塊一塊的找，一步一步的遇，到最後，泥塘的終點有個美的園林。他不能甘心跳下泥塘去。

最後，他得找出點路子來，指示給他：到濟南去。

（下期續）

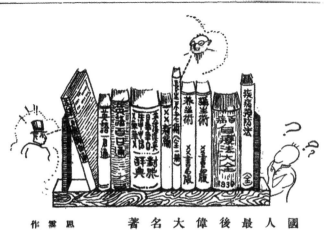

思霉作　　國人最後偉大名著

《选民》（《文博士》）原发表页
1936年10月16日《论语》第98期

[1] 五三惨案，也称"济南惨案"。二次北伐期间，日本深恐中国南北统一而有损于自身利益，竭力阻挠其进程，趁国民革命军路经济南制造事端。1928年5月3日，国民革命军克复济南后的第三天，日军侵入城内，肆意屠杀中国军民近六千余人。惨案发生后，日方否认暴行，要求南京国民政府道歉，并于5月11日全面攻占济南。次年3月，南京国民政府与日本签订《中日济案协定》后，日军方退出济南。

[2] 趵突泉，济南三大名胜之一。见本书第1卷《大明湖》注2。

[3] 大明湖，济南三大名胜之一。见本书第1卷《大明湖》注3。

[4] 千佛山，济南三大名胜之一。见本书第1卷《大明湖》注1。

[5] 颜惠庆（1877～1950），字骏人，上海虹口人，曾任北洋政府总理和外交总长。

[6] 顾维钧（1888～1985），字少川，江苏嘉定（今属上海）人，著名外交家，曾任北洋政府驻美、英公使。1919年至1922年作为中国代表团成员出席巴黎和会，就"青岛问题"（山东问题）据理力争，申明

《文博士》
香港作者书社，1940年

"中国不能放弃山东"如同"基督教徒不能放弃耶路撒冷"，维护了国家主权。1922年起，历任北洋政府外交总长、财政总长和代理国务总理等职。

[7] 莎士比亚，威廉·莎士比亚（William Shakespeare，1564～1616），欧洲文艺复兴时期英国杰出戏剧家和诗人。

[8] 此处"绍兴"指绍兴黄酒，也称花雕酒。

[9] 肥城桃，产于山东肥城，简称肥桃，也名佛桃、寿桃。

[10] 张宗昌（1881～1932），字效坤，山东掖县（今莱州）人，奉系军阀头目。1925年任山东军务督办期间，于当年5月残酷镇压青岛日商纱厂工人大罢工，造成"青岛惨案"。1932年9月3日被山东省政府参议郑继成枪杀于津浦线济南站。

[11] 朱鸪绿，即朱古力（Chocolate），今通称巧克力。

天书代存（未完成）

老舍 赵少侯 合著

得一字一字的说明这四个字：

天——书——代——存。『天』代表牛天赐。『书』是书信的书。『代』当代替讲，即狗拿老鼠多管闲事之意。『存』就是《胡适文存》的存。这么一解释，再把它们加在一起，就颇像个书名，而且是个很不坏的书名。『天书代存』，念起来声音很响；『天书』又满有『推背图』『烧饼歌』等字样所带着的神秘，而『代存』也和『亲善』一样有点鬼鬼祟祟，正自迎时当令。起个书名，有时候比写一大本书还难，特别是在这事事需要漂亮广告的时代。『天书代存』无疑的是个好书名，那么，它的内容如何，几乎可以不必过问了。这是个值得高兴的事。

本篇于1937年1月18日开始在《北平晨报》副刊《文艺》第2期连载，至3月29日中辍。老舍所写的序言早已见载于1936年3月16日《宇宙风》第13期。

这是一部书信体小说，是作为长篇小说《牛天赐传》的续篇而构思和创作的，由老舍与赵少侯合著。《牛天赐传》是老舍1934年夏天写于济南的一部长篇小说，来青岛后当年的9月16日在上海《论语》第49期开始刊露。作品引起山东大学法语教授赵少侯的关注，他成了"牛天赐谜"，老舍来山东大学任教后，两人共事并成为挚友，赵少侯表达了与老舍合写续集的意愿。怎么写呢？赵少侯建议："把你我所存的信都放在一处，然后按着年月的先后与信里的事实排列一番，就这么原封发表，既省得咱们动笔，又是一部很好的材料。"《天书代存》或可言为《牛天赐续传》，"天"指的就是牛天赐。这部书是"牛天赐"寄给两位作者和其他朋友们的信件的汇总。小说构思和创作肇始于1935年，到了1936年春，因山东大学学潮事，赵少侯辞职，暑假期间老舍亦辞职，这是合作中辍的主要原因。对此，老舍说："这个暑假里，我俩的事情大概要有些变动，说不定也许不能再在一块儿了。合写一个长篇不能常常见面商议就未免太困难了，所以我俩打了退堂鼓，虽然每人已经写了几千字。事实所迫，我们俩只好向牛天赐与喜爱他的人们道歉了！以后也许由我，也许由少侯兄，单独去写；不过这是后话，最好不提了。"（老舍：《我怎样写〈天书代存〉》）1937年初，已写好的部分约2万字陆续在梁实秋主持的《北平晨报》副刊《文艺》连载，这是一个未完成的"天书"故事。

《天书代存》序

　　得一字一字的说明这四个字：天——书——代——存。"天"代表牛天赐。"书"是书信的书。"代"当代替讲，即狗拿老鼠多管闲事之意。"存"就是《胡适文存》的存。这么一解释，再把它们加在一起，就颇像个书名，而且是个很不坏的书名。"天书代存"，念起来声音很响；"天书"又满有"推背图"[1]"烧饼歌"[2]等字样所带着的神秘，而"代存"也和"亲善"一样有点鬼鬼祟祟，正自迎时当令。起个书名，有时候比写一大本书还难，特别是在这事事需要漂亮广告的时代。"天书代存"无疑是个好书名，那么，它的内容如何，几乎可以不必过问了。这是个值得高兴的事。

　　不过，到底得说说它的内容，一来表示著者——或编订者——有相当的诚实，二来为是好往下写这篇序。

　　《牛天赐传》在《论语》[3]上登完，陶亢德[4]先生邀我继续往下写，作为《宇宙风》[5]的特约长篇。我很愿意写，并非因为《牛天赐传》有什么惊天动地的地方，也非我对于传记文字特别有拿手，而是为每月进一些稿费。可是，我找不出工夫来写。人虽为稿费而生，但时间捆着我的手，我没法用根草绳把太阳拴住，如放风筝然。

　　有一天，我就跟赵少侯[6]兄这么一发牢骚。敢情他有主意。他原来也是个崇拜牛天赐的，知道的事儿——关于牛天赐的——并不比我少。马上我们有了主意，合作好了。二人各就所知，把事实都搬出来，然后穿贯在一处，岂不只等提起笔来刷刷的一写。可是继而一想，谁去刷刷刷的一写呢？我忙，他没工夫，怎办？一人写一段又不大像话，因为无论我们把事实排列得怎样详密，文字到底是自己的；"风格即人"，我们不能因为要稿费而甘心变成矿物或植物，把"人"字撇开不管。我们不能。这几乎使我们要说：说点别的吧！

　　少侯兄又有了主意："你手里存着有牛天赐的信没有？"

　　"有些封；干吗？"我以为他要买我的呢。

　　"你看，我也有好些封，"他说，"而且存着些与他有关系的人的信。"

　　"还没听说开个铺子，专卖信件的！"我很不客气。

"你听着！"大概他是想好了主意。"把你我所存着的信都放在一处，然后按着年月的先后与信里的事实排列一番，就这么原封儿发表，既省得咱们动笔，又是一部很好的材料。假若将来有别人给他写传，还没法不利用这些封信。咱俩合编，报酬平分，怎样？"

我愿意，我一向以为既能省事又能得钱的办法是最好的办法。可是，"你存的比我多，当然搜集时所费的事也比我多；报酬似乎不应当平分，"这只是为显着我公道大方，完全没有诚意。

"可是牛天赐的第一部传记是你写的，你至少可以说你使这些封信增高了价值，虽然它们原来就有价值。还是平分。"

我不便再说什么，怕作过了火。可是我又想起来个问题："咱们替他发表，他，牛天赐，要是不答应呢？"

"管他呢！"少侯兄很有把握似的："咱俩揍他一个，还有什么可怕的，假若他一定找揍的话。"

"武力就是正义，"我完全赞同他的意见。不幸，牛天赐而找《宇宙风》的编辑先生去捣蛋，我想我们俩是能长期抵抗的，因为我们现在是精诚团结，拥护稿费的。

最后，编订那些信也需要些时间。可是我们相信在暑假前无论如何能竣事；现在顶好先预支些发表费——不过，这是我俩与编辑先生之间的私事了。

---

[1] 推背图，古代预言奇书，唐袁天罡与李淳风著。

[2] 烧饼歌，古代预言奇书，明刘伯温著。

[3] 《论语》，文学期刊。见《文艺的副产品》注8。

[4] 陶亢德，《论语》和《宇宙风》编辑。见《致陶亢德》（其一）注1。

[5] 《宇宙风》，文学期刊。《文艺的副产品》注7。

[6] 赵少侯（1899～1978），满族，浙江杭州人，著名学者、作家和翻译家。1919年北大法文系毕业后留校任教。1930年8月国立青岛大学创建，即应杨振声校长之邀来校任教，1936年春辞职，是贯穿此一时期全程的人物。他在法语翻译上卓有成就，将《羊脂球》《项链》《伪君子》《海的沉默》以及《最后一课》等法语小说译成中文。作为文艺副刊《避暑录话》十二同人之一，赵少侯在副刊上发表了《无题》《旧都避暑记》《傻瓜》《旧都避暑记（续）》等文章。在青岛期间，他与老舍同执山东大学文学院教席，共创《避暑录话》并合著《天书代存》，彼此为府上常客。

赵少侯序

《天书代存》是老舍兄和我在青岛时合作的小玩艺儿。孩子没下地，就有人预备抱去抚养，并且已订好了条件。可是等孩子下了地，老舍兄越看他越不顺眼，便拿定主义不让他成人。那时虽然《宇宙风》已准备好了小床和保姆一再的催索，但是老舍兄老嫌他长的不是样，不愿他到上海去现眼。前两个月老舍来平，把这个孩了装在皮包里带到北平来了。他说："这个孩了天生与我没缘，处死他吧，我下不去手。过继给你吧，你愿意抚养他成人也吧，你愿意他老这么干干儿着，也由你。"

我接过来仔细看了看，孩子虽不怎么好看，却也不算太丑八怪。老舍是看惯了俊模样的小孩儿，并且这几年来，他总是接二连三的养着克家之子，也难怪他怕此子将来为彼盛名之累。

我决定让这孩子活下去。这年头儿，越丑八怪，在社会上越吃香。为什么单不让这孩子享天年呢。不过此子将来成圣成贼当然由我负责，如有在外招摇撞骗遗累家声情事，概由鄙人负责，决与老舍无关。也应在此附带声明。

少　侯
十，一，二十六

牛天赐致王宝斋函

王老师：

这封信恐怕要很长很乱，应该报告给你的正事与愿对您说说的闲事都很多，我简直不知道先由那里说起好。当我一拿起笔来，我的心中就浮起许多可爱的图画，似乎都值得用心的描写下来。可是及至我想把它们排列好，谁先谁后一丝不乱，我又写不出来了。这些景象像美丽的小鸟，当我想过去捉住一两只的时候，她们就都飞去；飞入一片晴空里，使我痴立茫然！

好吧，我就想到什么写什么吧，就热打铁，不必管秩序了。

公寓的生活我觉得很不错，谁也不管着谁，而大家又似乎不能不承认是一家人；随着偶然的事件，大家的关系时时变动：这件事使我与他接近一些，那件事又使我与另一位特别的冷淡。这很有趣，因为在动一点感情之后，我常要想出个理由来：不管想得出与否，这使我心中不至静如死水。

经您的托咐，老板与老板娘对我很客气。老板娘的言语是多而漂亮，这么漂亮，使我有点怕她。我常常躺在床上，低声练习她的语法与音调，或者有那么一天我也会使句句话里带着音乐。"您"字就是新学到的一个字，不过还不像在老板娘口中那么好听。

同伴儿们中，我已与个姓马的交得很熟了。他是个很活泼直爽的人，一天到晚老张着大嘴笑。什么事他都觉得好笑，有时使我觉得他是缺乏一些判断力的；不过他确是个可爱的人，因为他好笑，所以他的脸就显着分外的开展。对于这个人，以后再说，现在我对于他的观察还不大充足。

您走后，我就拿着您给买的那张文凭到健美大学去报名。北平的大学是很多的，我所以单选定这一家者，多半是受了那个姓马的影响，他就在健美大学读书。他既是那么快活爱笑，我想他所在的学校也必是足以使人快乐的，所以我就去报名。

报名处的职员对我很客气：这恐怕就是北平所以可爱的一点，到处人们是和霭客气的。当我还没掏出文凭来，他就笑着问我，似乎为是显着和气："那儿的人哪？那个学校毕业呀？"对于第一问，我自然是有把握的；第二问，可把我问住了，我没有注意文凭上写的是哪个学校。急忙掏出文凭来，我临时参考了一下，这使我的耳朵都发起烧来。接过文凭，他看了看，笑着问我："这个学校在哪里？"又把我问住了！我对北平的地名还是那么生疏，临时去想就觉得更少了，彷佛北平的街道都没名似的。我不能说它是在前门车站，虽然这个地名最先由心中浮上来。心中一难过，我的傻劲上来了，告诉他："这文凭是买来的。"说完，我预备把文凭接过来，到别处去投考，反正此地有的是大学。即使大学不这么方便，反正诚实是个美德，我想。可是，他的态度感动得我几乎落了泪，他还是笑着说："也成！"我赶紧掏出报名费，唯恐他再反悔了。都是新的现洋，他逐一的敲了敲，收起去。然后他让我填表，考那一系。我并不知道要考那一系。他看我迟疑不定，可就又笑了："国文系没有算学！"说也奇怪，他怎么知道我怕算学呢？好吧，我就填上了国文系，心中很高兴，世上的事不像我们所想象的那么难，我所以高兴；但是假若也不像想象的那么容易呢？我不敢细想。

考试了三天，找出了不少的汗。国文卷子我自信作得不坏。历史也将就，虽然有一问是"魏蜀吴的大势"，我抄了不少《三国志演义》[1]。地理交了白卷：江浙的地形如何？山东有何重要的山川？……我没到过江浙，怎能知道呢？再说，即使我生在江或浙，恐怕也不见得有工夫去看地形吧？至于山东的山川，我又不是王老师，管山东的闲事干吗？交了白卷，题目气人！

大前天发了榜，我的名次列得很高，我有点后悔，假如我把您告诉我的那些，什么泰山咧，青岛咧，烟台苹果咧……都写在地理卷子上，还许考第一名呢！

这几天我买了不少的书，没事就翻几页看看。买书的快乐，我以为，就在乎"买"，因为买回来不见得能读，更不见得有一读的价值。把钱换了书，夹在胳膊里，是个无尚的快乐，好像把古人或当代名家擒下马来。带回自己的屋中，随便愿意怎么收拾他们都可以。

不大爱西单牌楼[2]，书少，书少的地方便应当清静，好使人有机会思索一切。"西单"老是那么乱，气味声音颜色使人要浮起来，不能自主！东安市场[3]较比好一些，虽然也乱，可是有不少的书，我可以关上耳朵，把精神集中到眼睛上，看我的书，琉璃厂更好，可是我不常去；我不敢动那些比钞票还贵的老书页，怕给扯碎。老书使人的手不敢使劲；使人脸上的血往下降，因为书纸是那么惨白或焦黄；使人的眼睛懒惰——字那么大，用不着打起精神去看。还有呢，老书使我觉得惆怅，徘徊，忘了前进；老时代的智慧彷佛阻止住我自己的思想。琉璃厂[4]像个巨大的古墓，有些鬼气；晚间就更不敢由那儿走了。这也许有点理，也许完全是想象，我不敢说一定了。

您嘱咐我花钱要小心些，我还牢切的记着。可是这个月大概没法不花过了数儿。

投考与入学交费自然是在预算中，等开学后我定有一笔清帐寄给您看。现在的几项特别开支，趁着我还没忘，告诉您一声：我作了两身洋服，买了一顶草帽，与一双皮鞋。我原有的那身"什样杂耍"本还能将就；北平这个地方，我看出来，没人对穿得特别讲究的注意，也没人对穿得不好的留神；这是个"大"地方，人们的眼睛好似更有涵蓄，我所以必作新衣者，因脱了那身十样锦，便没的替换。假若我把裤子洗了，就得等着它干了才能出门，时间耗费的未免太多。自然穿着湿裤上街去走，也可以把它吹干的；可是这样总有点像裤子管束着人，而非人管束着裤子。所以决定去裁了两身新的。一身白帆布的，一身鸳鸯哔叽的。所谓鸳鸯哔叽者，是近看发绿，远看又有些紫闪，恍忽迷离，若隐若显，倒也有个意思。两身都不贵，布的十元，哔叽的二十五元。对于草帽，我有了经验，不敢再买硬胎的。这次买的是山东草辫的，高顶软沿，只一块二毛钱，而风格颇富丽。皮鞋八元半，我想一定可以穿三年，因为我走路不很快，不大费鞋。

除了这点较大的开支，我的钱差不多都花在书籍上了；这个，就是花多了些，我想您也能原谅我吧？

呕，几乎忘了一笔不小的支出！现在我写这封信用的是真正"派克"[5]笔，十五元半；还有四十多块一支的呢，没敢买。这十五元半的笔已够好使的了，我很怕把它丢了；假如写完此信而把它丢失了，这封信的字就值半分钱一个！我得好好的去学英文或法文，不然简直对不起这枝笔！

似乎还有许多的事该写，可是这已够长的了。再说我还得给虎爷写几句呢，好使他放心。附奉投考时所照像片一张，照得很坏，可是愿意请您看看，以便永远想念着。

您的亲爱的学生牛天赐。（这是由一本翻译的小说中学来的笔法，用"派克"笔写信也许应当带点洋味吧？希望您不至为这个生气！）

牛天赐致虎爷函

虎爷：

咱们哥儿俩老没见了，很想你。可是，凭良心说，我也有时候没想你。怎么呢？因为我是到了北平。北平，哼，就是跟你说十天也说不完。这儿的一个市场就比咱们的城还大，一点也不瞎吹！初来乍到，我觉得事事处处有趣，所以有时候就忘了你。自然，到我以为该想你的时候，还是想你的。我希望你也别忘了我，就是跟虎太太打架的时候，也想着我而少打她两拳。

我现在已穿上真正合身的洋服，与响得幽雅的皮鞋，设若你看见我，恐怕你也得佩服我的英俊。我住的是公寓，公寓里都是有学问的大学学生。我也考上了大学，秋后开学我就可以学洋文了，也许将来一高兴给你寄封洋信，教你莫名其妙。现在未开学，我利用这个机会到处去逛，连金銮殿也看了，你信不信？我没法把逛过的地方都告诉你，有人要问，你就说他逛过皇宫，大概也就够了。不过，你若想证明一些历史，不论是《永庆升平》[6]上的，还是《施公案》[7]上的，自要关乎北平的，我都愿意细细写给你。

王老师已离开北平，他说将来再到云城还要看你们去。

纪妈在哪儿呢？请不要忘了她，能帮忙给她找个事做才好。

虎太太若是生了小老虎，请告诉我一声。到八月节，我想应该给你们寄点礼物去，请时常来信提醒我，万一忘记了怪不合适。

给算卦先生一毛钱，寄封回信。我的住址在信封上写着呢。回信写清楚你干什么呢；设若你不告诉我，我可也就不告诉你了！

祝你们平安！

牛天赐启

马大成致储贯一函

贯一：

　　你不是老抱怨没有新鲜事听见吗？今天可有了新鲜样儿的了。还没起床，我就听说公寓里的五个闲房全住满了人。郭掌柜在我的对面柜房里一劲儿嚷："这不是五个闲房全有了人吗！小三儿就该耍叉啦，你让他往东，他偏往西；让他麻利点干活儿，他倒反没影儿啦。跟今年春天一样，跟今年春天一样。"他的哑嗓虽比平时更显着哑，我也不能再睡了。起来先奔里院上了趟茅房；果然，茅房旁边的小屋里也住了一个又白又胖的长头发的南方人。回到外院，从窗外望了望我左隔壁的房，里边也有了人。右隔壁只放着一个三尺来长的瘦小铺盖卷儿，似乎还没有人住：因为住公寓的人至不济也得有个柳条包，那怕是空的，和一两网篮的破纸烂书；我马上断定掌柜的是有点吹牛：至少这间房是还空着呢，那个铺盖卷多半是伙计或厨子的：那么瘦小，外面包着的线毯那么脏，也像是厨子的。可是我回头一看，柜房里比平日多了个人，正中间八仙桌旁的太师椅上端端正正坐着内掌柜的，抽着烟卷，笑迷迷，圆脸上白粉比上半年似乎还厚着一个铜子。我不能不承认公寓里是真的没有一间闲房了。本着我三个学期的经验，我知道内掌柜的不等公寓住满了客是不会觉得有来公寓帮几天忙的必要的。虽然，天知道，她的帮忙是只限于端坐柜屋里抽烟卷喝浓茶，但是掌柜的干活就透着有劲，算盘也打的更精，给客人吃的木樨肉本有五条肉丝，就会变成了三条。咱们乡里的二大爷哪儿做买卖不是都带着二大娘！就为的是这种精神上的帮助。

　　但是这小铺盖卷儿能有什么样的主人呢？这样不堂皇的铺盖卷儿能有体面的主人吗？公寓里上半年已丢过两次东西了。以后这类事恐怕不会少了。我少吃一碗粥，心里只是盘算配把弹簧锁的事。我心急，你知道；我放下筷就预备上柜房托掌柜的找木匠；哪知抬头隔着玻璃窗一望，柜房里只剩下内掌柜的，喷着烟必恭必敬的坐着，彷佛云端里的菩萨。先去买锁吧，我拿定了主意。

　　拿起帽子，我刚要推门这个工夫，小三儿从二门外喊着进来了："掌柜！掌柜！北屋二号牛先生来了，王掌柜的陪着来。"

北屋二号！不就是我的右隔壁吗？不就是有小铺盖卷儿那屋吗？有多巧！三号住着

"马"，二号就会来个"牛"！

我赌气不走了。我倒要看看这牛是怎样一匹牛。我隔着玻璃窗一望。院子里站着一位大圆眼睛，黑胡子，高身量老头儿；光着秃头在太阳底下照着，闪闪的发光；一手拿着一把足够一尺二长的油纸折扇，一手提着一串大大小小的纸包，蓝串绸大褂也就刚过膝，两双大脚登着一双地盖天的青缎子皂鞋。一口一声直的嚷："姜柜哪去啦？哪去啦？先把门开开。"

旁边站着一位少年，不用说，就是牛先生。好样子！我一看差点儿没乐出来。两只胳膊捧着一座山，一座方的圆的扁的长的红的黄的各色各样的包儿盒儿堆成的山。山尖儿上爬着个脑袋，不，爬着半瓣瓢儿。脸什么样？看不见，全埋在纸包堆里了。他用前脑勺扣着山顶上的一个红纸包，大概是怕它掉下来；两只又黑又瘦的手从底下钓着山脚下的一个大扁盒子，一个手指头上还拌着一个墨水瓶。背往前佝偻着，全身都用着力，两只扁脚的尖儿都往上翻着。再有三分钟不开门，这座山就能爆烈而塌在院里。小三儿见死不救，只从地下拾起了一只平顶硬胎的旧草帽，大概是牛爷的。不过看了牛爷这颗头，可又彷彿不该是他的。然而也不能是老头儿的，大秃头上真要扣上这顶小扁帽，就成了橘子上顶橄榄了。牛爷是学生，只能是他的，虽然脑后足可以塞上两个大鸭蛋。

从大门经过门道，越过二门到我住的院子，也有五六十步，并且大门口有三级台阶，从门道到小院还有往下的三级台阶，这座立着不动都要倒的山怎么移进来的？这使我惊奇而纳闷。更令人不解的是小三，老头儿，两个洋车夫何以不帮着拿点而把所有的东西全堆在牛爷的两条胳膊上？车夫手里提着一个新买的柳条包呢，可让它空着。我揣摸情形，多半是刚一下车，牛爷就先张了臂等着接东西，东西是他的，他不能不管。别人呢，大热的天，谁又愿意拿东西？往他臂上堆吧，便堆成了这座小山。他也没得说的，好人。大概平素就这么受欺侮受惯了的。住在这公寓里，我真替他担着一份心。

掌柜的从里院奔出来了，二号门也开开了。这个工夫老头儿早把折扇夹在腋下，勾出于从袖口里摸出一块蛇皮小毛巾，不住的擦脑门，擦秃顶，擦脖子。

郭掌柜和老头儿大半是熟人，那份儿亲热实在超过了一个公寓主人和来客应有的礼貌。郭掌柜握着老头儿的手连那块汗湿透了的蛇皮手巾一齐进了二号。小三从拉车的手里接过了柳条包也进了屋。那座小山？没人管。郭掌柜一个劲儿打脸水拿吊子让老头儿洗脸喝茶；老头儿一个劲儿嚷嚷热；小三儿忙忙的给了车夫钱，上厨房取水去了。车夫接到了钱，对那座山笑了笑也走了，那座山只好试著小步往屋里走吧，我难过的是始终没看见牛爷的脸。

拍！从南山坡儿掉下一个包儿。十居八九是把茶壶碎了。那座小山跟著也恍摇了两下，可是一声儿也没出，连"啊哟"这么一声都没有，还是往前走，这种镇静工夫真算可以的；大概强盗上他们家抢东西，他也会一声不响看著他们搬而还加欣赏呢。

屋里那两位可没这么镇静。"别动！别动！"两个人一齐嚷，一齐蹿了出来，隔著两层台阶。真没想到老头儿一急会有这样灵便的身段。也就是一眨眼的工夫，四只胳膊圈住了小山。郭掌柜大声叫小三儿。叫吧，等吧。小三儿在厨房等水开呢。十步远柜房里的郭大奶奶又点上了一枝烟，笑迷迷的望著他们。她决不想过来帮一手，掌柜的也决想不起叫她过来。她只是嘱咐掌柜的拢著点西边儿那个小包。

"王老师，再托著点儿我的胳膊吧。"牛爷开始从堆里出了声。微带点颤，彷佛要哭似的嗓子。

小三儿提著壶端著盆来了。他笑著一样一样往里搬，不大的工夫，山去了半座。王老师不再托著牛爷的胳膊，掌柜的不再圈著山。王老师擦了擦汗又让掌柜的进了屋。我看见了半山上歪著的那张脸。不难看，可也绝对不能说好看。世间仅有这种不好看也不难看而不让人讨厌也不让人喜欢，不让人尊敬也不让人轻视的脸，牛爷的脸就属于这一种。两条眉毛稀得出奇，不留神就看不出他有眉毛。眼杪儿虽往下搭拉著，一对小黑眼珠却很有神；大概是眉稀，所以更显著眼珠黑。鼻子不歪，就是尖儿往上翻著点，顶著几颗汗珠。两片薄嘴唇中间露著一排很小很整齐可是很黄的牙。他拧著眉，拧起四条深沟在两眉中间竖著；他眨巴著眼看著小三儿一趟一趟往屋里搬货物，始终一句话不说。不敢说？不屑说？看他两眉中间的四条深沟和上翻著的鼻尖，不像是个很窝囊的人；那末是认定小三儿不会了解他而不屑说了。

这张脸，我一见就觉得是可以和我做朋友的脸。什么缘故？这很难说；人们往往喜爱自己所没有的东西：所以黑人喜爱穿白色的衣服，会说英文的老觉著法文好听。我之喜欢牛爷，也许是因为我的眉毛特别浓，我的鼻尖朝下而不上翻；也许是他爱皱眉而我爱笑；他会受人侮辱而我会侮弄人。还有一个缘故，说来可笑，是我不知从什么地方看出来，他是个从小娘不爱爹不疼的小可怜儿。这并不是说他的爹娘不疼他，便应当我疼他，不，没有这种意思。不过这种少年往往是饱经患难刻苦有为的少年，最易成为知己朋友的人。这当然是我们的幻想，等将来我和他交熟了再向你报告，可是现在我已决定和他交朋友，过"牛马"生活了。此刻牛爷已拐拐著腿慢慢的走进了他的屋子。我两腿也觉得有点酸，退到藤椅上坐著休息。

隔壁房里的声音可乱的不成样子了泚，泚，两声，大概是擤鼻涕；哈，扑，是一口粘痰从嘴里喷出来落在地砖上，花郎花郎，息呼息呼，是两手扑郎著水上往脸上搓；不用过去看，准是王老师干的这手活儿。"姜柜的"，王老师的声音说，"我们这天赐没出过门儿，父亲刚死，没有娘。年轻小伙儿，什么都没经过；你得多给照应着点。我在北平没多日子，就要走，你多费心吧。"

——是，是，没错儿，您自管万安，不用说有您在头里，就是没您，冲着谁，我们也不敢二忽了，您放心吧。

——隔壁住的是谁？咱们得过去拜见拜见，将来短不了见面儿，好有个照应儿。天赐，走，跟我过去！

没听见天赐回答，我的风门已被人拉开。王老师打头，穿着山东绸小裤褂，后面是掌柜的和牛爷；牛爷走的慢，还没上台阶儿，老头儿已开口了："这是我的小东家，牛天赐，哟！还没进来！快点儿！这是牛天赐，先生，你老贵姓？……马先生，你老多费心多照应他，他头次出远门，来考大学，任什么不懂。你老费心，费心。你老坐着吧。"

天赐向我鞠了个躬，我也回了个躬。我过去想拉手，他伸出又黑又瘦的左手让我摸了摸，冰凉汗淋淋，我手里彷佛捏着四条小粘鱼。我刚想说话，王老师已退出去了，又上了隔壁房间。

写到这儿，我也该睡了。下次再谈吧。

大成，北平

虎爷致牛天赐函

（拆字人代书，代价一毛五，原书无标点。）

　　千金家书字奉

牛爷足下台前万福金安

慈颜一别饥渴良深舍间托庇

大小租安伏惟百事如宜

阖第安康快慰之至也本月三日收获

来字言明在北京安身王老师到云城之便之说但不知何日到云城之便近日天气寒热交如

水果买卖甚不好做虎奶奶回乡之便

望看纪妈闻知

足下高升北京好不惨然细思此次王老师代

足下恩重如山

足下该好读洋文保答天恩无用纪念虎爷虎爷早出晚归一日三餐搬水果滩能以度日果局

子一时不能开再者上月老黑喝酒醉与邮差打吵破其头被警士代入狗留所狗留十天始放

回家其患无穷乎此为本地新闻便告附闻东风得便奉求

重珍万千心照不宣不另敬叩

财安

虎爷奉禀

牛天赐致王宝斋函

王老师：

　　老没写信，因为等着开了学上了课好能多闻多见，写得热闹一点。可是从开学到上课中间隔着很久，我给这起了个名儿——"小暑假"。在这个小暑假里，我没什么可报告的，所以屡想写信而没有写。

　　小暑假之后，还有个小小暑假：在布告牌上，我看不见别的，横三竖四的全是教员请假条了。多数请的是病假，可怜的先生们！由同学们的态度我看出来，这些请假的先生都是被大家佩服的。有一天我听见两位同学在那儿讲论一位先生："这个家伙什么也不懂，连请假都不懂！"所以我知道了对请病假的先生们不仅应当觉得可怜，也应当尊敬。假如将来我也去教书，我想我应该常常害点病的；即使学生不佩服我别的，至少他们不能抱怨我不会请假。

　　现在，先生们差不多都来齐了。不过，上课的时候，每点钟还有个"小不点"的假：八点打铃，先生照例是八点十分或十五分到，安安闲闲地也引起学生们的敬意。我上了这么几天的课，已学会了怎样从容不迫，因为学校里事事都是那么慢条斯礼的，使我觉得"紧张"是有害于身心的。

　　我入的是国文系；但因为这是第一年，所以国文课并不多。英文，社会学，党义，中国史，都是必修的，就占去不少时间；关于国文的只有一年级国文和文学史。一年级国文讲的是桐城派[8]的文章，我一点也不感趣味，可是先生说桐城派的文章是唯一的纯正文学，世界到处都是如此。因此，我也非常重视桐城派，虽然觉得一点意思没有。先生还说，桐城派文章除了文字之美还足以正心见道。我这几天时时在那儿找"道"。第一，我先实行"行不由径"，到学校去，我总是绕着单牌楼走，不肯走小路。那天下雨，在大路上被汽车溅得我满身是泥，我似乎见着了一点点"道"。

　　文学史也没有趣味：我知道的，先生不讲；先生讲的，我不知道。我只好静坐听着，有时候替先生怪难过的——他必定知道大家不感兴趣而没法不讲下去。不过呢，这门功课还比桐城派的文章强一些，无论它怎么干燥无味，到底它得源源本本的介绍，不像桐城派文章那样篇篇是笔法与道义。我知道，假如再为寻"道"而溅一身泥，我必定会和桐城文章算帐的！

最有趣味的是英文。它和中文完全不同：咱们的字是一笔一画，单摆浮搁，把哪一笔安错地方都不行，蛮不讲理。英国字就省事的多，字母儿彼此照应着，像很和睦的邻居似的。一看见字，马上想起声儿来；一想起声，马上也能想起字儿来。不像中国字能把人整得胡说八道的。我很愿意多学英文，或者将来就转入英文系也未可知。现在我对英文的认识还少，以后再详谈它吧。

对别的几项功课没有什么可说的，我不管他们的好歹，反正我老去静听；有时候虽然在堂上打盹儿，我想这总是我夜间没睡好的关系。说起来也凑巧，每逢上社会学我总是夜间没睡好，必定打盹。教社会学的先生据说是很有名的教授，他的教书方法是这样的：一上堂来就谈大家都知道的每日新闻，随口加以批评。他的批评有个特点：就是他所能想到的，大家已经想到；大家所能想到的，他永远没想到。谈到半点多钟，他掀开书，一字一字的读，一种完全客观的读法，这就是说他不加任何解释与意见。等他读到一节的末尾，我也就醒了，很后悔昨夜睡得太晚了！

关于功课与教员方面暂时只报告这一点。

学校的建筑很古老。大门像座衙门，很威严。院里的房屋可是很零散，而且都古老。我们国文系上课多是在一个小跨院里，由大门至跨院，颇多曲折，有曲径通幽之妙。课室是三间北房，有黑板，有些把带扶手的椅子，有半个痰盂，有一张讲桌，此外就是学生教员与尘垢，绝对没有光线；当晴天的时候它是暗室，所以我管它叫作"暗室晴天"。

体育场在校外，左界土道，右邻垃圾堆，中有足球门，篮球筐，没人。我去过一次，到如今还不想再去。我们的运动是以乒乓球著名，据说每年在青年会举行的乒乓球赛总由我们得到锦标。

图书馆中有很多的书，可是凡我想看的都没有。我只能抱怨自己为什么不检着馆中所有的去借。在这学校里，我老觉得自己所要求的太多，而显出学校的缺欠。以后我应当先为学校设想，或者就不至不满意于学校了。

对于同学，我还没有什么精细的观察。自然不敢有什么批评，也就一时不敢去择定我的朋友。现在较比熟一点的倒是同公寓的几位，虽然他们不都与我同系同年级。那个姓马的——他叫马大成——和我很说得来，常领我出去逛逛。他第一个好处是心宽，当我对他说学校的缺欠的时候，他总是说"子不嫌母丑"和"天下老鸦一边儿黑"。按着他的意思，我猜，大概北平的大学还有比健美更古老稀松的呢。这么一想，我心中就透亮了些：无论在哪里读书大概也得靠自己，学校不过是个收费与发文凭的地方。这不但使我心中平静，也觉得自己当努力的用功。

对了，我先报告开学时所交的费用吧：

（一）学费 五十五元

（二）讲义费 十五元

（三）图书借用费 五元

（四）体育费 五元

（五）医药费（注一） 五元

（六）注册手续费 三元

（七）预收赔偿费（注二） 五元

（八）保证金（注三） 二十元

（九）学校基金捐（注四） 二十元

（十）制服费（注五） 八元

（十一）徽章费（注六） 五角

注 ：还没看见药与医在哪里。

注二：学年终退还，如未毁坏任何器物。

注三：毕业时退还，中途辍学者没收。

注四：只收一次。

注五：每年一次。

注六：只收一次；徽章遗失，随时另行补买。

以上除七，八，九，十，十一，五项外，均须每半年交纳一次。

徽章我已领来，据说有它可以七扣看电影，我已然试验了一次，果然很灵。制服还没发下来，我希望能早点作来，这两天北平已有点凉了，我的鸳鸯哗叽洋服虽然光闪未灭，可是有点透着单薄了。

我很希望您能匀出点钱来，到北平开一座学校，我想这是个赚钱的买卖，由我的纳费表可以看得出来。教员不难请，学生也容易招，只要有所房子和个有名的人作校长就可以开张的。假若您有意，我想我很可以卖点力气替您办一办的。听您的信儿啦。敬祝

钧吉！

受业牛天赐鞠躬

王宝斋答牛天赐函

　　天赐台鉴敬覆者两信都收到甚为放心所谈之事说谎为屌咱不大明白账目则看清学校甚不要脸好在入大学本为文凭花钱不冤无法而已公寓掌柜我之老友有洗洗作作等事可求老板娘为之不必客气如他不管请提王宝斋三字定有灵验东安市场少去为是妇女太多不老妥当如必须去可到东来顺吃羊肉此处无女招待也少女客饭极便宜天已渐凉应买毛衣一件切别受寒自己小心老师托福诸事顺利尚请放心寄来像片甚好当汝胖时再照一张寄来为盼老师爱汝如父爱子好好读书必有出息再写信时新字少用不要绕弯抹角直言为善八月节快到应给虎爷买一匣月饼寄去前门大街正阳斋白糖馅最为地道正阳斋旁有都一处炸三角出名可去吃几个但应留神三角内热汁烫嘴应捅一窟窿再吃仅此恭祝

　　平安

王宝斋敬启

马大成致储贯一函

贯一:

你对于天赐彷佛不十分关切;来书只贺我得了一个新朋友,并没有要多知道些关于天赐的情形的表示。这使我很失望,很失望。

我与他的交情,前后虽只刚够两个月,却已到了我直呼他"天赐"的程度;他于上个月的某晚也开始把"马先生"的称呼取消,而改呼"大成"。

"大成",他坐在我的床上,皱着眉说,"大成,你一年洗几回澡?"——"一年洗几回? 若不是洗澡要花钱,我怕不一天洗一回。"——"那多伤气呀! 我除了夏天,总不洗澡,一个夏天也就洗上两三回,饶这么,身子骨儿还是不结实呢。刚到北平的那一天,让王老师拉去洗了一回,足足伤了两个星期的风。"

我不敢笑,我知道他的脾气有时是很大的,尤其是你笑得最合理的时候。不过他的脾气也只是对可以发的人才发。别人尽管讥笑他的扁后脑勺与拐子腿,他决不会发脾气,他只是拧着眉,用黄牙咬着薄嘴唇;他心里也许记恨,但是不发出来。可是既作了他的朋友,在理便不应再讥笑他;如果再讥笑他,他便可以发脾气了。所以拿我这么爱笑的人,竟没敢露出点笑容。他也透着高兴,认为得了个可以随意谈话而不致遭讪笑的朋友。临睡的时候,他要求我明天陪他逛北海。

第二日我整天没出去,当然不全是为等候逛北海,可也有这么点儿意思。天赐彷佛一天也没想起这个,一直到吃完晚饭,他似乎忽然记起来了,把我的屋门拉开一条缝,轻轻叫我准备上北海,他回房去换衣服。

因为他去换衣服,我想起了他新置的洋装。对,我应告诉你,天赐从家乡带上来的那套洋装已换了主人,他把这套云城的杰作送了小三儿。他的脾气,就这点说和我的一样:置了新的,旧的就得给人,不然,老觉得心里憋得慌。他现在有了两套新的合身的洋服,也可说是四套:因为虽只两套,一套白帆布,一套鸳鸯哗叽,他会换着样儿穿,比方第一天是全身白帆布;第二天便白帆布裤子配哗叽上身;第三天颠倒一下,上身是白帆布而下身是哗叽;第四天则全身是哗叽。我虽劝过他上身的颜色永远应该比下身的深着些,紫绿色的裤子配白的上衣,实在叫人看了难受,他确总以为两身衣裳穿出四个花样是个艺术。他得维持他这个根据经济原理的新发明。这一天因为是和我一起出去，他总算表示尊重我的意见，决定穿哗叽上身及白帆布下身——第三种式样。我拿起帽子到他屋里去找他，他正从椅背拿起了鸳鸯哗叽的上身，刷，掸，弹，吹之后，翻过来，里子向外对折拢，往左臂上一甩；不戴帽子，合时；拿梳子把发往后拢了拢，向桌上的小镜子里照了照，"去吧"他说。

北平真是宝地，就这么几天，已把天赐培养成一个道地的北平的学生了。除了裤钮还常忘了扣，他的洋装竟穿得很够学生派儿了。所缺欠的是，生发膏虽使得不少，他的发总不大听话。梳子的势力只能达到头顶，到了后脑勺边疆的那个直上直下的陡坡，头发就不大肯拐弯直垂下去，而鸭屁股的扎支着。

到了北海前门，他抢着买票，老远的他就举着两张票，离收票的总还隔着二十多步呢。等他把票交到收票的手中，有三起后来的却都抢过去了。不是人家抢先，是他的腿慢。我心想照这样走法，北海大约有三个钟头好逛。荷花早没有了，荷叶稀得比天赐的眉毛还稀。蓝汪汪的水里已能映出对岸桥边的一株老柳。云高，水清，荷叶稀少，白塔也就显着特别的白，高，孤寂。桥上靠栏站着一对少年夫妇，正和桥下小船里的两个女子说话。天赐站住不走了。他看看天，看看水，望望桥上的一对，再望望桥下的两个女子。他抬头注视着白塔，举起右手掠了掠头发，嘴唇抿了缝，眉更皱的紧了点。他往前挪了几步，到了水边，低头看看蒲草，一弯腿彷佛要坐下，可又没坐下，多半想起了自己的白帆布裤子禁不起揉搓。他欠身在水中照了照自己的脸。小船里的两个女孩儿忽然大笑。他的脖胫儿紫了，大约疑心她们在笑他的后脑勺。其实她们看不见，看得见他的后脑勺的只有在后面站着的我。

他低头上了桥。一句话不响，走了半天，我们到了漪澜堂。我想坐一坐，看看热闹，但是他不准。他嫌这儿太乱，没有意思，拉着我坐船过"海"。在船上他呆呆的看着远处水面上的一对小水鸭。过了海，这一带茶馆的买卖比对岸还好，我知道还是不能坐，大概还得"逛"。我们像逃难似的逃出了人群，他居然也走得快些。"大成，"他说，"咱们上濠濮间坐一会儿，回头起那儿就绕回去，怎么样？"

老远的望见濠濮间人还是不少，我的腿不答应我了，汗也钻出了大褂。天赐也显著热了，把衬衫从裤子里抽出来让它飘摇著，又舒服又凉快，这是现代学生最得意的发明，上课堂都有这么去的。我以为他又不坐，走下去了；他却穿过坐满了男女的茶棚，照直奔了柜房。那知柜房后面却有一处很幽静的所在。由弯弯曲曲的石步爬上了一座小山，迎面是个水阁，阁前有一湾水，上面架着汉白玉的九曲桥。站在桥上一望，四面是山坡，也看不见海，也看不见别处的房屋与电灯，就是柜房外面那些喝茶的人也看不见。坡上散摆着几张茶桌，桥上，阁子里都有座儿，可以喝茶。天赐来半不久，北海的路可比我熟的多，特别是这种幽雅清静便于幻想沉思的地方。

他选中了山坡上一张灯光照不著的桌子，给我倒了碗茶，皱著眉瞪著我。我嗑了颗瓜子，不言语，等他的。我没白等。他一会儿睁开眼，一会儿闭著眼，告诉了我们二十年来的历史，眉可老是拧著。虽没有什么惊天动地的奇迹，然而足够年下我和你围炉谈半天的。我和他相处差不多已有两个月，却还没见他有一次这样有声有色的说过话；我也决没想到这样兰位质朴的少年却生著一颗极富于情感的心。

他告诉我"蜜蜂"，他初恋的对方，是怎样的美，怎样的动人。"她的双眼"，他用极沉著的声调一字一字的咬著说，"必须在这样有诗意的境界，这样临山傍水的美景，才能想象到，只是想象到，不易说出来……"

水阁背后忽然出了嘤嘤的哭声。天赐张开了眼，我停了嗑瓜子。天赐眼尖。"一男一女"，他轻轻告诉我，"女的在那儿哭，女学生打扮。"

我们谁也不再声响。我心里想象著蜜蜂的眼，天赐闭著眼，翻著鼻尖愣著，像是在用心听那边的动静。

"总是爱情不自由吧，"过了一会儿，天赐掏出钱包对我说，"男的也哭了。让他们哭个痛快，咱们走吧。他们好容易找著这样个背静地方。"

在路上，他一个劲低头走，哔叽上身还是在左臂上搭著。我劝他穿上，看冻著，晚风凉，他也不理我。到了公寓，他叫伙计开了门，一直奔床上，就躺下了，连"大成，明儿见"照例的话都没说。我半夜一觉睡醒，听见他似乎又起来了，在地下走蹓儿。

太阳老高的了，他还没起来。一天也没上我屋里来，也不读英文。不读英文是令我最惊异的。英文是他最感兴趣的学课。没等开学，他就买了本英文无师自通一个人研究上了。一个多月的工夫，生字记了六百多。每天下午一至三，我睡觉，他上英文课，拉著云城腔儿用古文的调子朗朗的读"佛印度（Window）[9]，泚爱耳（chair）[10]，涕爱勃耳（Table），那份儿不受听就不用说了。第一次他出声儿读书，我吓了一跳，等到知道是研究英文，我捧了肚子直在床上打滚。可是听惯了也就不大理会，反能引起我的睡意来。

每天我午觉睡醒，他总过来请教一两个英文字，也不知是真不懂还是考我。"大成，'印出大哥熊'是什么意思？'怕里梦涕'怎么讲？"等他写出来一看，原来是introduction[11]和parliment[12]，他的音读的悬虚不是？你可不能给他纠正，他也不能信你，他那本无师自通上就是注的这几个字，书上还能有错吗？

上星期，他进步的更邪啦。我走进他的屋，他摊开一张英文的北京导报正看得起劲。

"哟！天赐，英文报都能看啦！"

"不成，只认得几个字，光为著练习眼睛。"

这家伙有些神魔鬼道的地方。

英文课停了三天。一个多月老是听着古文调的英文不知不觉的睡去，一旦缺了这种音乐赶情和吃惯安眠药片一样，不吃还不行呢。我简直三天没睡好午觉。我又不敢过去劝说或安慰他。他高兴的时候，能追着你整天粘着你，可是赶上他犯牛性的时候，对面他能不理你；你上他屋里去，他都能点完头，自己看书不和你说一句话，把你僵在那儿坐不得走不得的。我已经赶上两次他犯牛性了。

第四天午后，我刚拿了本书在床上歪着，又听见他宣诵英文。我心里一松，睡了个好觉。五点多钟，我冒着险在他门上敲了两下。

"进来，大成！"声音像是挺喜欢的。

我进去一看，这屋子全改了样，我不认识了。三块铺板的床不靠墙了，摆在屋的中央。大红棉被也不见了，上面蒙着一床条子布的被单。床头放着一张小茶几，铺着白布。一个喷银的相片架子，天赐的像，占据了茶几的中心；一个烧料的鸡红血花瓶，插著一把小黄野菊在左边陪著"天赐"。书桌也挪了地方，现在是冲著西南角儿斜放著。桌的左角上是一个画木的小镜框，里面镶著阮玲玉[13]的照片。一张红吃墨纸铺在中间，上边斜放著一支派克自来水笔。右边上立著一排十几册厚的半新旧的西文书。我翻了翻，有康德[14]的哲学，有英文本的《圣经》[15]，有达尔文的《物种原始》[16]，有温德华士的大代数[17]，有一九二一年的 *who's. who*[18]，还有一册法文本的卢骚[19]的《忏悔录》的下集……反正全是天赐再过五年也看不懂的书。这些书大约都是为练习眼睛的。天赐的旧皮鞋，脸盆，牙刷，全看不见了，恐怕全藏在柳条包去了，迎门摆着一把旧藤椅和一把小一号儿的簇新的藤椅，大概是他自己添置的。小黄菊放着香味儿，细一闻却是花露水味儿；把花露水喷在小菊上，在天赐，是很可办出来的，我没问他。我进来的时候，天赐正全副新装坐在新的藤椅上，也没看书，也没看报。大概是收拾好屋子自己赏鉴呢。

我没敢表示一点惊讶的神气，更没敢说什么能够表示惊讶的话。屋子不该收拾吗？莫非平常不这么漂亮？我知道倘若我一显出警异，他必会说这两句话反驳我。我很随便的坐在他的旧藤椅上。他给我倒了碗开水，一定请我换到新的椅上。我们很快活的谈了会儿，可是赶到我无心中提到"北海"，他又不言了。我怕再失言，赶紧回了房。

下星期要正式开课，天赐已望得眼穿了。可是开了课他还不定玩出什么故事，他不定要怎样的失望。你若不腻烦，下回再给你细说。

大 成

马大成致储贯一函

贯一：

　　好几封信没提牛天赐了；并不是没的可说，是怕你听了腻烦。不过近来天赐的生活方面颇有一点新变化，而影响到我的生活；干脆说，我近来很遭了些不如意的事，起根儿可都是因为牛天赐。我今天想痛快的和你谈一谈，出出我的闷气，你可别怪我絮烦。

　　从不知那天起，总之是已有很多的日子，我们两并在一起吃饭了。一边吃饭一边谈天，不知不觉就能多吃一碗饭，这是第一宗好处。分开吃饭是每人一菜一汤，合在一起，经天赐道著王宝斋的字号和郭掌柜交涉，我们可以有两荤一素外加一汤的特殊享受，这是第二宗好处。然而坏处也有，那就是用饭的地点不能尽合理想。我的屋子没有他的屋子摆设多，也没有收拾得那么漂亮利落，所以不但天赐主张在他的屋里开饭，我也认为这是理所当然的；并且免得菜汤肉骨弄污了桌子，天赐肯如此，那真再好没有了。

　　可是谁知道，我的罪就从此开始了。头三天，很像回事，赏鉴著小黄菊花和阮玲玉的像片，坐着新藤椅，和藤椅的主人谈著爱情，吃著三菜一汤倒是很有滋味。但是可惜只这么三天有意思。第四天，我一进屋，就糟了：白床单团成一团，堆在了床脚下，红洋缎面，又脏又油的蓝布里子的被就这么摊在床上，漱口杯，手巾，一块灰不灰白不白的手绢儿和一双袜子全上了书桌和进化论一块儿争地盘。借著太阳光，我只见一粒一粒的小尘屑满屋子雪花似的飞舞着。饭菜一往桌上摆，这些微尘就往上落。不吃吧，饿；吃吧，真恶心。又不便立刻提议改到我屋里去吃，因为他若质问起理由，我能大言不惭的说我屋里没有灰尘吗？其实，我屋里的尘粒洒在菜饭里，我倒是不嫌脏的。可是我不便强迫天赐让他不嫌脏。罪算是受下去了。

　　天赐收拾身体可比收拾屋子有恒心，并且是有了显然的进步。一回来就带上压发帽，也买了雪花膏，并且是顶好的舶来品夏士莲雪花膏。他说别的便宜货往脸上一搓就起粉条子，只有夏士莲能向每个毛孔里钻进去，讲到味气是清雅而不俗。洋装虽只剩了一套可穿——白的过时了——但是一天得刷两次，裤子每晚必叠好了放在褥子底下压着。皮鞋每晚自己刷油，所以老是黑黝黝的光可鉴人。除了衬衫一星期才洗一次，是个缺点，余外竟没什么可挑剔的了。

我们正式上课已快一个月了，我至多听了二小时的课。也有我根本不愿上而旷误的，也有我偶而想上而又赶上教授请假的。去年我不上课还打个电话给注册课请假，现在我知道这层手续实在是多余。教授上堂点名是因为拉长了声密斯特X密斯特N的唱一遍，可以耽误一刻钟而少讲一些书；注册课豫备点名簿，是因为注册课照章总得有点名簿，正如教授总得有个大皮包，学生口袋上总得插支自来水笔；教授的皮包里尽可以装旧报纸或豫备上浴堂替换的裤褂而没有一本参考书一页讲义稿，学生的自来水笔尽管连墨水都不装，甚至于根本就没有笔头，但是教授腋下总得夹着皮包，学生衣袋上总得插自来水笔，否则，彷彿就不大像样儿。我去年旷课的时数，我自己估计，照定章足够被开除三次而有余，但是我哪门功课都够八十分，而谁也没提我旷课的事。

天赐直到现在还没缺过一点钟课，他可不是不知这种情形，他所以勤上课是因为他另有个打算。据他说，王老师给他筹钱，让他入大学，本是为熬资格，只要资格到手，他一切本可以不过问。不过学校把这资格卖的这么贵——四年的费用少说也得两千——他不能花了钱而不去尽量的享受，去捞回一点本来。不是只要他选一门课，学校就得替他请一位教员，替他留个座位吗？那他就得拼命多选课，而永远上课，免得学校拿了他的座位又向别人卖钱。他不能让学校捡这个便宜。他在讲堂里，他自己承认，极少有听懂的时候：南方教员的话，他根本不懂；教员唱他的名，他都不知道答应，因为"牛天赐"在那位浙江黄岩人的教员嘴里，变成了"藕甜丝"，他最近才知道"藕甜丝"就是他，但是点名簿上，他已被记了一个月的旷课了。北方教员的话，他倒是懂，可是讲的太乱太深，他简直摸不着门。甚至于在他最有兴趣的英文课堂里，他也睡觉。英文课本倒是不深，他回家一翻字典能认识好几个字，但是教员一读，他就闹不清是指哪一个字，据他说是因为教员的发音差点儿事。

天赐此外爱做而勤做的事是上西单牌楼。他常上赶着给我带东西，为的是上大街而比较的师出有名。他上大街，我知道，目的就在看女人。我和他已同行过好几次了。在街上，他两眼只是钉着妇人，简直没有闲的时候。可是他有个好处，他从不赶过一个妇人前面去而回头再瞧一眼，他也不追在后面死钉。他心里怎样，我不知道；从表面看，总还算无碍于人。并且一个从云城刚上来的少年，从蜜蜂的脸上会看出三分丰韵的一个任世面没见过的人，似乎也难怪他如此。

别看他这样热心上大街看女人，他见了女同学，却连句整话都说不出，也不敢正脸儿看她们。讲堂里若光有几个女同学，他就不敢进去；总得等来了男同学，他才敢往里走。若有个什么东西，让他传递给女同学，他总摆在桌上或凳上，而不好意思亲手提过去，大概是讲究男女授受不亲的过节儿。可是遇到一过四十的女人，他可就两样了，他也敢说了，也敢传递东西了。比方郭掌柜的夫人虽然粉擦的那么白，他可敢上柜房找她学北平话去。

妇人一过四十大概就不是妇人，他就用不着拘泥了。

我认识的女子当然还没有讨四十的，所以我这屋里若来个女客而让他撞上，他总是"哟"的一声，关上门就跑，怎么让也是不进来，就彷佛我们在屋里有什么不可见人的事而让他捉住似的。吕女士就因为这个立誓不再来了。她说："这不是一次了。这算怎么回事？院子里要是正有人，听这扁脑勺这一声'哟！'，又知道屋里只有我们俩人，你说人家往哪儿猜，你这儿再不能来了。"

贯一，你说我够多冤！因为一个认识不到三个月的牛天赐，会把咱们的中学同给逼得不敢上门了。我对吕女士虽说不上爱情，但是友谊是相当浓厚的。我又不便常到她的宿舍去，她们学校的禁律是出名严的，你说糟不糟？我现在只有和老牛绝交了。但是怎么说呢？搬家吧，我这儿可以欠两月房饭钱，而掌柜的还是那么和气，别处不易得到这样的便利。你给出个主张吧。天赐又上我屋来了，不能再写了。祝你

康健

大成 北平

牛天赐致赵浮萍函

赵老师：

在《文华月刊》上读到您的近作，知道您还在上海。此信托《文华月刊》社转交，恐不致遗失。我一生得力于两位老师，王老师给了我物质的帮助——详情容再谈——您是我精神智识的泉源。没有您的伟大的人格永存在我的脑内，家败人亡的那一幕惨剧，我决无法支持，今天世上就许没有了我这个人。您想得到您的天赐曾沦落到在大街摆水果摊吗？您想得到我曾住过大杂院每天吃窝头吗？那时就全靠了您的教训，我才能把富贵视若浮云。您曾说过"有钱就享受，没了钱也享受，由富而穷，由穷而富，没关系。"这种诗人兼哲人的格言比赠我一万金还可贵。因为，您说过，"钱是为花的，怎能不完？"您若真给我留下一万金，我父亲死的当口，也让我那些虎狼的本家给抢完了。我现在健美大学国文系熬资格，这就是说，我什么益处也得不着。生活单调而枯燥。我只觉得一颗赤心没地方寄托。现在衣食倒是不用愁了，可又感到生活空虚得没个抓弄。公寓里，学校里，这么多人却没有一个人注意到我的存在。在大街上我眼中每天看见并且注意到不知多少人，却没有一个人曾注意过我；我有时几乎愿意有人骂我一顿，那至少表示出我与这群人多少还有点关系。我羡慕讨饭的化子，他还能使人腻烦而得到人的斥责，我羡慕菜市里摆摊的，他可以和任何太太小姐不客气的谈话，我真悔当初不跟您到上海去，也许已变了流浪的诗人，但是醇酒妇人的生活该多么兴奋，该多么使人感到生活的价值啊！我最敬爱的老师，您若接到此信，务必给我一封回信，我愿意永远和从前一样把您当作我的指南针，现在有师母没有，如已有师母，请替我问好。

您的驯顺的学生牛天赐

牛天赐致赵浮萍函

赵老师：

谢谢您的回信。您真会没忘云城的傻学生，并且还记得我为蜜蜂做的诗！不说谎，我真感激得掉了泪。蜜蜂的眼到底黑如墨还是黑如夜，现在不值推敲了。她嫁了一个纸铺的伙计，也许已生了孩子；连穷带操劳，大概和门口换取灯儿的婆子差不了多少。虽说女人是诗的要素，"没有女人没有诗"您从前说过，但是女人到了蜜蜂这个份儿，也不能给予男子们以任何诗意了。

我的生活很苦闷，前信曾约略提起。多谢您，替我想了好几条消除青年人烦闷的道儿。老师，您允许我不客气的说吗？您的记性太坏了：您已把当日少年时候的情绪和需要都给忘了！我只有二十岁，生活的路我还没走一半呢。我看什么都是新鲜的，都是好的，都要尝一尝。我的需要，我的嗜好不能像您看的那么简单而硬把它化为一元：女人。女人我当然也爱，可是除女人以外，我还爱光荣，权势，自由，学问，富贵，一切的一切。我掉头来看看我入的大学，我的讲义，我的教员和我本身的智慧才能，我深切感觉到我决没有能满足我那一大堆欲望的那一天。我连希望也不敢希望，不敢希望。讲到社会，我虽然还不大清楚，可是一想到我入的这个大学会有这么多学生，社会能允许这样一个怪物张着口吃青年，社会能重视在这儿混过四年的资格，我对于社会也不敢有多大的希望了。您替我计划的方法，即使能引起我的兴趣，也只是一时的麻醉剂，醒了以后，现实没有丝毫改变，反给本人添了头痛和疲乏。

我隔壁住的马君倒是一位可做典型的健美大学的学生。每天总是乐嘻嘻无忧无虑的打发日子。说话不讨厌，可也没有多大趣味。你骂他，他也不动气；你和他表示亲近，他也不见得怎样特别起劲。也不大上课也不多念书，可又彷佛挺有学问。对于学校从没有半句闲话，好像大学原应该是这样办的。对于无论什么事总是抱退一步想的主义，饭菜不好，他从不发火，他说这是欠了两月房饭钱的自然结果。早上太阳老高的才起，慢吞吞洗完脸，喝着十个子儿一包的茶叶，冲着院子坐等吃饭，饭后没有女朋友来，他就睡午觉。得四点多才醒。夜晚我若找他谈天，他能谈到十二点不打一个哈欠。没人找他说话，他不到十点就灭了灯。不谈国事，不问政治，也不挂心个人的前途。听说他念书的费用还是每学期都成问题，他可永没着急的时候。您说这个人有多怪？我有时真想学学他的从容不迫的那股劲儿。讲到个人强身养性的工夫，这比您所指示的方法许更有效。可惜，我不能。我不甘这样醉生梦死的活下去。我要由苦闷中挣扎出一条出路来。您听着吧，早晚我必有个好消息报告您。敬祝

安康

学生牛天赐拜启

马大成致储贯一函

贯一：

讨论学问，我不会。北平，你比我认识的清楚。虽说一个月也不准写三封信，你替我想想，我哪儿去找很多的话来和你说？我还是和你谈谈牛天赐吧。这倒现成儿。

大赐现在可改了样儿了。他也不上课了，也不天天上单牌楼看女人了。只有一个多星期就开始期考，他却满不在乎的整天的在学生会里计划这个讨论那个。他成了本校学生会的中坚份了。听说学生会在年假里将开一个个体大会，讨论下半年本校教务方面各种事项的改进和学生缴费的问题。天赐是主动，那是无疑的。他在半个月前就在各方面奔走运动上了。他当然没来运动我，他知道我是向来不出席任何会议的；可是我们吃饭的时候，谈话的题材却早已由女人而转到学校的行政和改进了。每次我总是这样说："天赐，算了吧，你已读了半年，还有三年半，一眨眼就过去了。忍着点就得了。学校也未见得就允许你那一大堆要求，将来第一个受害的是你，为首策动风潮的人没有得到好结果的。"

——"懦夫！弱者！你住口！"天赐现在变得很激烈，我的议论每次都得到这样的回答。——"懦夫！你就顾住你这间小屋内的平安得了。我不能任人宰割，任人鱼肉。我不能老作弱者。这儿不留爷，自有留爷处"——这家伙北平土话学了不少——"并且我也不全为别人，我所有计划中的改革一大半是关于本身切己的问题。我花了钱来上学，我得有书念。一学期我才见过三面的教员，必须开除，不但由学校开除，还得给他登报，不能让他再在教育界混饭。讲书我听不懂的教员，讲书把我讲睡着的教员，开除，永不录用。学校一学期收十五元的讲义费，我这一学期一共没领到一百张讲义，一毛五一张的讲义，快成明版书了。下学期起得按页计算，四大枚一张，多一个蚌子也不成。医药费收五元，请问校医在那儿呢？不错有嘱托医院，可是嘱托医院一瓶红药水要卖你八毛；一条纱布一块棉花收你三毛。拿五元钱上市立医院该看多少次病？基金捐收二十元，没有基金何必开学校？筹基金是我们学生的责任吗？它捐的退回，明年的新生不许再捐。这些事你说要求的不合理吗？你尽等享受吧！全是我的责任。为这事开除也光荣，我豁出去了。我在家乡让本家毁了个够，那是我一生末

263

一次的受牺牲。以后不许人再负我。青年人得有这股刚劲，才能有出息。"

你看，天赐近来说话总是这么带着演说的口气。他大概看出现在演说在社会里的重要性，所以常常的练习。他当然有相当的理由。咱们的同乡王也云这么阔，他凭什么？不就因为他开会程序操练得娴熟，将诸位同志诸位先生叫得山响，两个字一顿三个字一停，把一句话读成三截的演说吗？天赐除了姿势差点儿，已能把一句话分为两截说了。说也怪，我听惯了之后，一句话经他这么分两截说出，的确显得严重的多。比方说"大成你得慢慢的嚼饼"这一句话，你一口气说给我听，我就不大注意。如果你分开说："大成——你——得——慢慢的——嚼——饼，我真会觉得空气透着紧张，而每个字和小石头似的落在我的耳朵里。这个，信不信由你，我是有了实地经验而真十分的相信了。但是你放心，我决不去学，我没有这种耐性，我只是赞美而已。

我现在很替天赐耽心。不但在学校里，他得不到好结果，并且以他现在突然改变的脾气和目下的社会来观测，他的思想方面实有左倾之可能。我一向认为一个人的思想所以左或右，其关键全在个人的脾气。我的脾气无论遇到多大的不平事，只有使我的思想趋于颓废而不会左倾的。天赐的脾气可就不然了。我一向引他为同志，拿他当个甘心为弱者的人，那知他竟有暴怒的时候。弱者不甘受压迫，一旦暴怒是不回头的，我真替他捏着一把冷汗。好在我不久就回家了，我得蒙上眼，不愿看他的结果。你几时回家？祝你

平安

大成 北平

牛天赐致马大成函

大成兄：

　　学校注册照章昨日截止，但是今晨牌示又延长两星期。我怕你老早跑了来瞎混，故此向郭掌柜打听得你的地名，发此信通知你。你可以在府上多享几天福，与幼年的同学们多盘桓儿日，比到这儿来成天睡觉强的多。

　　我以学生会代表的资格，怀中揣了学生会的呈文，从放假那天起足足跑了十一天。董事长，各位董事，校长，教务上任，系主任的公馆，现在我闭着眼都找的到了，但是他们的面孔，我还没见着一回。系主任家来开门的照例是一个龙钟的老婆子，她照例不等我开口，便先说"不在家"，乓的一声关门进去了。可是好几次我看见主任的包车在门道儿搁着，耳边隐隐听得牌声。第一天我们一共是八个人作代表，以后越来越少，赶到第十一天上，只剩了我和外文系的刘作梁两人了。我们俩赌气还是各处去跑了一趟，当然任何人也没见，回来把呈文交给了学校的号房转递。要会有效果，我是个小狗子。我一个月的辛勤跋涉冒险就算白废了。我的皮鞋底跑穿了一个洞，真不知是为什么许的。现在我不能不佩服你有远见，不能不钦慕你的持重老成的态度了。我已打定了主意，以后只要是公益事，就不用打算有我。让我跟着摇旗呐喊，我都嫌费力，更不用想让我出头为首了。谁有钱谁来念书，谁爱缴多少讲义费谁缴，我管不着。我以后只管我个人的事；如果一桩事，除我之外还牵连着另一个人的利益，那我宁可陪着放弃利益或受损害，决不独自出头去傻干而让那一个人坐享其成。举个比喻，郭掌柜的下半年若再把里院那个南方人吃残的菜，加点佐料回回锅给我们端上来，我也决不像去年似的亲自上柜房去和他争吵。残菜不是我一个人吃，你也吃着的，你能退一步想，我何必不顾王宝斋的情面去得罪老郭呢！我那叫热心过火，狗拿耗子，多管闲事。我说这番话，可不是隔着老远的，故意和你怄气，不过是个比喻而已。

　　其实我经过了这次的打击，我彷佛脱皮换骨似的换了人。我瞧什么都能平心气和的观察，真彷佛能事事退一步想了。就说作代表这回事，我也是因为给你写信而顺便这么提起来了，说的时候彷佛还有点牢骚，其实我已差不多把这事全忘了。我从旧历年初三起到现在，几乎每天都得半夜才回公寓。新交了几个朋友，洋装全比我穿得漂亮。我们可以说成天在一起，我可真开了眼。别看你在北平比我住的日子多，你没有我知道的多。等你回来，让我仔细给你说说，够你听好几夜的。再谈。顺颂

　　年安

弟牛天赐拜元宵前夜

马大成致储贯一函

贯一：

托王金堂带回的茵陈酒四瓶和萨其马一匣，想已收到。茵陈酒送给你，你每晚喝一小杯，据说是治湿气的。萨其马请你派人送到舍下，家母家兄都爱吃这种北平点心，我临来的时候，他们再三叮嘱叫给买的。这是北平的特产，又香又甜，别处有仿制的，但是舍不得或不知道用奶油和蜂蜜，味道差的多。你若自己送去，家兄也许拿一块让你尝尝，我可不敢担保，因为他虽很大方，但是他真爱吃萨其马。

我知道你现在要问天赐的消息了。你虽没对我明说，但是我看你读他的信后那种神气，谁也看得出你对他已有相当的关切。我还记得你说的那句话："可惜，一个挺聪明的青年，让环境逼迫得，早晚要走入岐途。"是的，他那封信末尾彷彿透着很达观，但是难保不是一种暂时的表面的客观。你看他前面说的话是多么沉痛而激烈。我心里也存着一个凶多吉少的预兆，尤其是他又新交了几个朋友。我很愿知道都是些什么朋友。在他那种满腹悲愤的时候，能够和他一拍就合的人，那还用问吗？当然是和他一样受过环境压迫而思想激烈的人了。那些人不定把他引到哪儿去呢！我一路在火车上，不瞒你说心中常有一种可笑而幼稚的幻影，就是天赐由两个便衣侦探夹着上汽车，一大堆人在他的屋里乱翻他的书籍和什物。我马上想到一回公寓必须替他检查一下他那堆外国书。那堆不问内容只图好看而便宜收来的旧书里，难保没有一两本可以让他吃不了兜着走的书。

一到公寓，我当然先问牛先生的消息。你猜他们回答我什么，"牛先生三天没回来了。"小三儿说。我立刻铺盖都没心收拾了。

——几个人走的？是不是同了几个你不认识的人走的？

——一个人走的。

——这一个月里，牛先生常有新朋友来看他吗？

——没有，牛先生在这院里，除了您，跟谁也不说话。哪儿来的新朋友？近来可没像先前那么老实，老是在外头跑。脾气也长了。动不动就骂人。

——牛先生在家的时候写文章不写？

——没看他写过。他没事儿老在屋里走蹓儿。晚饭常不在家吃，吃也不正经吃。躺在床上瞪看眼能瞪好几个钟头，可不睡着。到了十二点了，我在外边一拧灯，他就炸，常常的整夜不让止灯，白耗多少电，您说？掌柜的要给王宝斋写信呢。有点了不了了。我先给您打脸水沏茶去吧。

我赶紧到学堂，找他班里的几个同学问问。他们都有几天没见他了。我到注册课打听，知道他也没注册。天赐完全变了！真脱胎换骨的变了！这是不可能的事。一定是出了岔子，被捕了。我决定再等一天，设若明天再不回来，我得报告学校，设法营救。回公寓想找郭掌柜的谈一谈，赶巧他又下乡看望亲戚去了。内掌柜的倒是在柜房坐着抽烟卷儿，但是问她有什么用？她能知道什么？

一下午也没出去，也不想睡午觉，专等牛天赐。让小三儿跟里院南方人借了这一星期的报。我连小广告都看了。也没有什么逮捕学生的新闻，也没有青年自杀的案子。我心里想"天赐的案子也许特别重大，不许各报登载。"到了六点钟，小三儿来问饭开在哪儿，我以为天赐回来了。

——牛先生没回来，年前不是开在他屋里的吗？所以我来请示一声。

——糊涂，他不在家，我干吗上他屋里吃饭去？

我虽很达观，并且牛天赐和我也没有大了不得的交情，然而年前在一桌吃了半年的饭，看他忽而拧著眉掀著鼻尖谈政治，忽而笑嘻嘻的论女人，已彷彿成了一种习惯；今天的情形颇使我伤感。你不用笑，你戒烟卷不还彷彿走了一个良伴而若有所失吗。饭后，我只是坐在桌前发楞，计划着明天怎样去报告学校当局，和怎样替他把书籍检查一番。他在家乡没有关切的人，在北平也没有亲友，他可以说是孤苦一人。他的消逝恐怕还不如一块小石头落在水里。连个水纹也不起，连个顶小的声儿也不出，就这么没影了，似乎太惨一点。

忽然隔壁门响，听见小三儿彷彿告诉人似的说："马先生回来了。"我和触电似的站了起来。刚要迈步，我的门开了，天赐，我们的天赐进来了。我喜欢得话也说不出了，他伸过手来，我也不懂得握。天赐除下他的围脖，便挥手叫小三儿出去。我知道他有重要话要对我说。空气异常的紧张。我顾不得说别的，我先问他。

——你没被捕？

他一阵脸红，眉拧的更深，不言语。我吞吞吐吐的又说：

——咱们是好朋友，读了你的信，我全猜到了，我一到此地，知道你三天没回来，我很着急，我怕你撞着什么意外。现在你回来了，好极了。你气色很难看，休息休息。

他点了点头说"你几时回来的？"拿起围脖儿就预备回房。但是忽然又站住。头低下去，低的很深，他说：

　　——大成，我的事你全知道了。你……可否帮我一个忙？……你的学费要是还没缴，……我想和你借十几块钱……

　　——你有什么用处？我的学费还没筹足……但是十元我还有，我明天给你吧。

　　——不，今天我就要用。

　　他抬起了头，脸上露出一种沉毅之色。我从皮夹里拿了十元钱给他。我正颜对他说：

　　——你不告诉我拿去作什么，我也知道你是拿去作什么用的。你没被捕就算万幸。对于难友帮一点忙，也是人情之常。不过我的钱是预备缴学费的，你款来了可得给我补上。

　　他拿了钱走了。当夜没有回米。这几天他仍是不常在家。无形中我们吃饭就分了家了。我的钱他见面也不提起，我也不好意思讨。得便我得劝劝，但关于思想的事，似乎也很难劝。你看我该当怎么样。祝你

　　安好。

大成　北平

马大成致储贯一函

贯一：

我今天才知道世间只有自己可信托；除去自己，谁的话也不能信，谁的行动，也不能揣测。拿我这么一个自命精明强干的人会让天赐那么一个乡下老憨，一个谁也承认是诚恳朴实的少年给冤得昏天黑地的一个多月老睡在鼓里头。

你听我告诉你是怎么回事。天赐借去十块钱后，就没上我屋里来过，我也不便赶上他屋里去，我怕他错疑我是去要债。我早把我的皮袍和夹袍让小三儿当了十一块钱交上了费。我不指望他还了。觉心里稍有点不痛快的是为十块钱倒疏远了一个朋友。我惦着再过个十天八天的，把事情淡一淡，再说。这已经有一个多月了。有上两个月，话就好说多了。没想到前天下午傍黑的时候，天赐过来了。笑嘻嘻的跟我握了手。马上从口袋里掏出一个很鼓的皮夹，一手抽出一张十元的票子递给我，一面说：

——大成，真对不起，耽误了你交学费。我的款子刚到。我这些天也不好意思见你。

我简直想不出该说什么话，只是唯唯的乱答应。末了，他提议出去吃小馆儿，他做东。我也正想借此恢复感情，并且乘着喝酒劝劝他，别这么老冒险干那过激派的事。我当然一口就答应了。我说：

——走吧！上那儿？

他说："不，等我换套衣裳。"

衣裳足足换了一个钟头。等他在院子里招呼我走，我拿了帽子出去一看，我简直不认识是牛天赐了。他从头到脚全改了样了，古铜色软缎的驼绒袍，配着三个口袋的黑缎背心，表口袋里露出一截银的细表链横挂在第二个纽扣上。蓝色的绸裤还用本色的绸带绑着脚，居然还打了个蝴蝶结。皮鞋脱了，换了一双素缎圆口粉底的皂鞋，配着白丝袜子，黑白分明，透着那么温文儒雅，这家伙真有两下子。我刚不自禁的喊出一声"嚇！"忽然想起了他的脾气，赶紧咽回去下半句话，但是出我意料之外，他说了：

——你瞧着新鲜吧！这都是新置项下。洋装虽好看，但是只宜于在学生堆里混，在某一种地方，我那套洋装，无论怎么挺怎么干净，总带着穷学生味儿。你回头瞧瞧，我们那帮人全这个打扮，确是显着够派儿。

一边说，我们已到了门口。他跳上了一辆新洋车，指定了一辆不大新可是车夫挺结实的车让我坐。他告诉了车夫三个字，我也没听明白是什么，两个车夫撒开腿就跑下去了。到了陕西巷一家小饭馆门前，他也不给车钱拉我进了饭馆。他鼻尖掀得几乎朝了天，对站在柜旁的招待说：——两车，一个车两毛。

——"是是，二爷，您请吧。"那招待哈着腰鼻尖几乎碰了膝。在一片"二爷您来啦"的声中，我们走进了雅座。跑堂的大概跟他很熟。一见他就说："嗻，二爷改装了！"我以为天赐得炸，他没炸，他乐了。"你瞧怎么样？"他问伙计。

——好！好！比西装是样儿。今天就是两位？我给您点对几个菜吧。

等他一出去，我逼不住了。我问他。

——你不是哥儿一个吗？你不是本家亲戚全没有吗？

——是啊，怎么样？

——那你为什么让人管你叫二爷？

——嗳，"大爷"多难听啊，尤其是"牛大爷"，再没这么不受听的了。二爷，三爷，四爷，全显著漂亮。所以我告诉他们我行二。还告诉你说，我听着就是这种几爷几爷的称呼受听，再亲近一点就称老二或老三。什么牛先生马先生或牛老爷马老爷，都透着煞风景。至于米司特牛，米司特马，我听了简直要吐；不知谁兴出来的这种俗不可耐的称呼？大成，你行几？回头见了我那些朋友，我好给你介绍。

我告诉他我很惭愧，我父母只生了我一个，我没法不行大，我也不希望见他那些朋友。他笑了笑，没说什么。他这一笑大概是讥笑我不够派头。

一边吃，他一边说。我也没听他说些什么话，因为我心里的气可就大了。我为他缓交了好几天学费，几乎误期而不准注册；我因为体贴他是为救难友而拉亏空，所以不好意思向他要债而自己当衣服。我以为他是个有志的青年，是个有作为的青年，疏远了这个朋友，我还心里难受。谁知道他三个月的工夫，竟堕落到这一步，并且人有乐而忘返，万劫不复的神气。最可气的是他明明欺骗了我，而我却没法明白责备他。因为他借钱的时候就没对我说他是为救难友，他也没告诉我他要入共产党；一切的情形原是我自己神经过敏虚构想象出来的，全是我自己瞎琢磨出来的。你也应负一部分责任，因为你为什么读他信的时候也说"可惜，一个怪聪明的青年，让环境逼迫得，早晚要走入岐途"？你要不说那话，我也许不至于往这条道儿上想呢。

这顿饭也不知是怎么吃的，我彷彿就没吃什么，而一看桌上，却盘碗都空了。一问天赐，他没吃多少，大概全是我吃的，气得糊里糊涂全不知道了。

——"大成，你慢点吃"天赐给我斟了一盅酒说，"老六马上就来，你回头瞧瞧，小人儿真是个样儿。吃完了饭咱们上他那儿去坐坐。"

——老六是谁？

——你就不用管了。反正你见了就知道。详细情形，改天我们再谈，现在我只告诉你一句话，是此人有小家碧玉的风范而无半点青楼的习气，你还不明白吗？

伙计一掀帘子，进来一个穿蓝丹士林布长衫的女子。

——好，老二，你躲在这儿，你当我找不着你啦。缺德，跟我走吧。

她一伸手就抓住了天赐的耳朵。天赐直嚷有客，她看见了我。"哟，这位贵姓？"天赐如逢大赦，赶紧替我介绍，但是百忙中还忘不了他的派头儿："这是马三爷，我的好朋友。"

——噢，三爷，您多照应点。

我抓起帽子跑了。走出门还听见她骂"缺德"。

贯一，我彷佛做了一场恶梦。下回再谈吧，此祝

近好

大成　北平

[1] 《三国志演义》，见《我这一辈子》注2。

[2] 牌楼，旧京城内城通衢之处所建过街建筑，有东单牌楼、西单牌楼等。

[3] 东安市场，因临近东安门而得名，曾是内城最繁华之商业区。

[4] 琉璃厂，位于北京和平门外，是著名文化街，源于清代。

[5] "派克笔"，创始人派克（Parker），派克公司创立于1888年，名牌钢笔。

[6] 《永庆升平》，即《永庆升平全传》，亦名《康熙侠义传》，清代评书名家哈辅源所作长篇侠义评书，后经贪梦道人整理。

[7] 《施公案》，又称《五女七贞》，晚清民间通俗小说。

[8] 桐城派，清代散文流派，早期重要作家戴名世、方苞、刘大櫆、姚鼐均系安徽桐城人，故有该称。

[9] Window，英语，窗口。

[10] chair，英语，椅子。

[11] introduction，英语，介绍。

[12] parliament，英语，议会。

[13] 阮玲玉（1910~1935），祖籍广东湛山，生于上海，民国四大美女之一，著名影星，出演《野草闲花》《神女》《新女性》等影片。1935年妇女节当日，因不堪舆论诽谤而服安眠药自尽。

[14] 康德，依曼努尔·康德（Immanuel Kant），德国人，著名哲学家。

[15] 《圣经》，犹太教和基督教（包括天主教、东正教和新教）的最高经典。

[16] 《物种原始》，即《物种起源》，是进化论创始人达尔文论述生物进化的著作。

[17] 温德华士的大代数，指屠坤华译《汉译温德华士代数学》，1917年商务印书馆初版，曾作为民国教育部的制定教材而得到广泛使用。

[18] *who's. who*，名人录。

[19] 卢骚，今通译卢梭。让-雅克·卢梭（Jean-Jacques Rousseau，1712~1778），法国18世纪启蒙思想家、哲学家、教育家、文学家，著有《忏悔录》等。

天書代存序

老舍

得一字一字的說明這四個字：天一書一代一存。『天』代表牛天賜。『書』是書信的書。『代』當代替講，即狗拿老鼠多管閒事之意。『存』就是胡適之存的存。這麼一解釋，再把牠們加在一起，就頗像個書名。而且是個很不壞的書名。『天書代存』，念起來聲音很響。『天書』又滿有『推背圖』而『燒餅歌』等字樣所帶着的神秘，而『代存』也和『親善』一樣有點鬼鬼祟祟，正自迎時嘗令。起個書名，有時候比寫一大本書還難，特別是在這事事需要漂亮廣告的時代。『天書代存』無疑的是個好書名，那麼，牠的內容如何，幾乎可以不必過問了。這是個值得高興的事。

不過，到底得說說牠的內容。一來表示著者——或編訂者——有相當的誠實，二來為是好往下寫這篇序。

牛天賜傳在論語上登完，陶亢德先生邀我繼續往下寫，作為宇宙風的特約長篇。我很願意寫，並非因為牛天賜傳有什麼驚天動地的地方，也非我對於傳記文字特別有拿手，而是為每月進一些稿費。可是，我找不出工夫來寫。人雖為稿費而生，但時間絆着我的手，我沒法用根草繩把太陽拴住，如放風箏然。

有一天，我就跟趙少侯兄這麼一發牢騷。敬情他也有主意。他原來也是個崇拜牛天賜的，知道的事比——關于牛天賜的——並不比我少。馬上我們有了主意，合作好了。二人各在一處，豈不只等提起筆來刷刷的一寫呢？我忙，他沒工夫。怎辦？一人寫一段又不大像話，因為無論我們把事實排列得怎樣詳密，文字到底是自己的；甘心變成礦物或植物，把『人』字撇開不管。我們不能。這幾乎使我們要說：說點別的吧！

少侯兄又有了主意：『你手裏存

《天书代存·序》
1936年3月16日《宇宙风》第13期

小人物自述

（前四章）

我一点不能自立：是活下去好呢？还是死了好呢？我还不如那么一只小黄绒鸡。它从蛋壳里一钻出来便会在阳光下抖一抖小翅膀，而后在地上与墙角，寻些可以咽下去的小颗粒。我什么也不会，我生我死须完全听着别人的；饿了，我只知道啼哭，最具体的办法不过是流泪！我只求一饱，可是母亲没有奶给我吃。她的乳房软软的贴在胸前，乳头只是两个不体面而抽抽着的黑葡萄，没有一点浆汁。怎样呢，我饿呀！母亲和小姐姐只去用个小沙锅熬一点浆糊，加上些糕干面，填在我的小红嘴里。代乳粉与鲜牛乳，在那不大文明的时代还都不时兴；就是容易找到，家中也没有那么多的钱为我花。浆糊的力量只足以消极的使我一时不至断气，它不能教我身上那一层红软的皮儿离开骨头。我连哭都哭不出壮烈的声儿来。

本篇自1937年8月1日开始在天津《方舟》第39期连载。由于抗日战争爆发，仅在本期刊载了前4章即告中辍，原稿在战火中遗失。

1937年春夏，海边一幢朴素小楼中，伴着花香和海风，老舍想起了遥远往事，开始追溯自我及家族的渊源，讲一个"小人物"的由来及其苦涩生涯。小说之路缓缓展开，以第一人称叙述"我"来到这个世界以后的经历，在童年苦难与未来命运的交互映现中开启了家族史之门。总体上看，这是一部典型的自传体小说，遗憾的是刚刚开头即受"七七"以后战争环境的制约而未能如约延展下去。可将这部小说与老舍晚年所写的《正红旗下》参照阅读，从中不难对老舍艺术探索的深度和广度有所感知，也不难对不同历史环境下作家的生命状态有所领悟。两者都是自传体小说，在主题、文化内涵与人物形象上表现出异乎寻常的同构性，都是从"我"的诞生开始讲述自我、家庭与族群之渊流的，时代背景和历史地理景观几乎完全一致，主要人物及其情节亦基本相似。不同之处在于，对于同样的故事，叙述主体的心理与艺术表现手法有着明显差异。《小人物自述》的聚焦感很强，始终是围绕着"我"及其一家人的生活来展开的，重在诉说"小人物"的悲苦生涯，有浓郁的家族史韵味，虽然亦不乏小中见大之力度，但笔墨相对收紧；而《正红旗下》的视角打得很开，具有更为宏大的包容力，将触角伸向了社会的各个层面，也不回避"我"的旗人身份。两部作品的异同耐人寻味，体现的是作者在不同人生阶段对自我、家庭和种族"从哪里来？"这一命题的思索，实现了对生命与其祖源的深情回望和理性自觉。

一

假若人类确是由猴子变来的，像一些聪明人有板有眼的那么讲说，我以为在介绍我自己的时候，就无须乎先搬出家谱来了。

干脆的说吧，我姓王，名叫一成。我不敢说我喜欢这个姓，也不敢说一定讨厌它。人既必须有个姓，那么找碰上哪个就是哪个吧。再说呢，张王李赵几乎可以算作四大标准姓，将来政府施行姓氏统制的时候——我相信会有这么一天的——大概我还可以省去改姓的麻烦，这无论怎说也得算一点好处。至于我的名字，我倒常想把成数加高一些，即使不便自居"十成"，反正也须来个六七成吧。不过呢，据说这个名字是父亲给起的，而且我们父子的关系好像只有这一点——因为在我活到十一个月的时候，他便死去了——那么，设若我冒然的改了名字，岂不把这点关系也打断，倒好似我根本没有过父亲么？好吧，假若用好字眼遮掩起坏心眼是件不十分对的事，我便老实的承认自己的藐小，只弄一成生命敷衍过去这一辈子吧。容或父亲，在给我起这个名字的时节，是另有心思的，比如说希望我成个什么专门家，明一经通一史，或有份专门的技艺；可是，我无从去探问这个，他既是死得那么早。我曾屡屡的问过母亲，她，连她，也一点不晓得父亲的心意。这几乎成了宇宙间小小的一个谜。即使我嫌它的成数过少，把生命打了很低的折扣，我也不肯轻易换掉它，唯恐破坏了那点神秘性。

是的，我的确是藐小。就拿我降生时的情形说吧，我没有一点什么主张与宣传，要不是我大姐从婆家赶回来，几乎没人知道王家又多了一个男孩，更不用说增光耀祖什么的了。

那时候，大姐已经出嫁，而且有了个女小孩。我倒不因为生下来便可以作舅舅而感谢大姐，虽然这是件值得自傲的事。我感谢她，因为她是头一个人发现了我，而把我揣在怀中的。要不是她，十之八九我想我是活不成了的，不管我是怎样的贪生怕死。

事实是这样的：父亲在外作生意，哥哥已去学徒，家中只有母亲和小姐姐。东屋的邻居关二大妈是满好而颇肥胖的，但是耳朵聋得像块碌碡似的。已寡的姑母是和我们住在一处的，她白天可不常在家，总到东邻西舍去摸索儿胡，有时候连晚饭也不回来吃。

母亲一定是愿意生个"老"儿子的；可是，大概也想到了长女已经出嫁，生了娃娃，似乎有点怪不好意思，所以谁也不肯惊动，只教小姐姐请了老娘婆来。那是腊月中旬，天冷得好像连空气也冻上了似的——谁要说我缺乏着点热情，应当晓得我初次和世界会面的时节，世界就是那么寒冷无情的。

正是日落的时候，我的细弱啼声在屋中宣读着生命的简单而委屈的小引言。生命的开始是多么寒俭呢！

我哭啼，母亲背过气去。小姐姐的哭声压过了我的去。她不知怎样才好，只双手捂着脸哭。无疑的，她是喜爱小弟弟的，可是在那生死不大分明的黄昏时节，也无疑的她更爱妈妈；所以，她简直没搭理我。我生下来活不活几乎是不成个问题，她只想用眼泪给母亲救活了。我到如今也未曾讥讽过她一句，说她只爱妈妈而不爱弟弟，因为我一到懂得爱妈妈的年纪，我也是老把妈妈当作我一个人的那么爱着。

正在这个时候，关二大妈来到了外间屋，掀开布帘向里间屋打了一眼。不知是怎么一股子巧劲儿，她一口咬定，说母亲是中了煤气。别人的话是没用的，她听不见。因此，她也就不和任何人辩论，而简当的凭着良心该干什么便干什么去。她闹哄着去找酸菜汤，又是去找解毒散；这些都没找到，她只由抽屉里翻出几个干红枣，放在了炉口上，据说这是能吸收煤气的。

这点十分真诚而毫无用处的热心使小姐姐哭得更厉害了。

"没事儿干吗又号丧？！丫头片子！"窗外喝了这么一声，姑母摸够了四五班儿牌，大概还输了几吊铜钱，进门儿便没好脾气。

小姐姐虽然一向怕姑母，可是大胆的迎了出去，一头扎在她的身上："妈妈断了气！"

"啊？干吗无缘无故的断了气？我说今儿个丧气，果不其然的处处出岔子！扣叫儿的么四万会胡不出来，临完还输给人家一把九莲灯！"姑母是我们家中的霸王，除非父亲真急了敢和她顶几句，其余的人对她是连眼皮也不敢往高里翻一翻的。

"妈妈生了小孩！"小姐姐居然敢拉住了姑母的手，往屋里领。

"啊！孩子还不够数儿！添多少才算完呢？"姑母有过两个孩子，据她自己的评判，都是天下最俊秀的娃娃，在哪里再也找不出对儿来。特别是那个名叫拴子的，在一岁半的时候便什么也会说，什么事儿也懂，头上梳着，啊哟，这么长，这么粗的一个大甜锥锥。姑母要是和些老太太们凑索儿胡，拴子就能在炕上玩一天，连口大气也不出。不过，可惜的是有一天拴子一口大气也没出就死了，多么乖呢！拴子没拴住，拴子的妹妹——眼睛就好比两江儿雨水似的！——也没好意思多活几年。所以，姑母老觉得别人的孩子活着有点奇怪，而且对生儿养女的消息得马虎过去就马虎过去，省得又想起那梳着甜锥锥的宝贝儿来。

可也别说，姑母抽冷子也有点热心肠，也能出人意外的落几点同情的泪，教人家在感激她的时候都不大想说她的好话。小姐姐一拉她的手，她的心软了起来："你爸爸呢？"

"没回来！"

"嗯！"姑母一手拉着屋门，一手拉着小姐姐，想了一会儿："去！叫你姐姐去！快！"

小姐姐揉着眼，像疯了似的跑出去。

据关二大妈后来对我说故事似的细批细讲：姑母进到屋中，一个嘴巴把收生婆打到院中去，回手把炉口上的几个红枣全搂在火里，然后掏出些铜钱米摆在桌上算账，大概是细算算一共输了多少钱。她并没有往炕上看一眼！要不然关二大妈也就不会坚持着说母亲是中了煤气了。

大概那时候我要是有什么主意，那一定就是盼着大姐姐快来。她来到，叫了一声"妈"，顺手儿便把我揣了起来，她的眼泪都落在我的拳头大的脸儿上。我几乎要了母亲的命，而姐姐用她的泪给我施了人世的洗礼。

三小时后，母亲才又睁开了眼。

后来，每当大姐姐和小姐姐斗嘴玩的时节，大姐姐总说小姐姐顾妈不顾弟弟，小姐姐却说大姐姐顾弟弟不顾妈。母亲看看她俩，看看我，不说什么，只微微一笑，泪在眼眶里。这时候，姑母必定揪过我去："要不是我出主意找姐姐去，你也活到今儿个？"她说完，看着大家，看明白大家的眼神完全承认她的话，才找补上一声"啊"！然后，右手极快的伸进和白面口袋一样宽的袖子，掏出个铜子儿来，放在我的手心上："臭小子，哼！"

二

　　我一点不能自立：是活下去好呢？还是死了好呢？我还不如那么一只小黄绒鸡。它从蛋壳里一钻出来便会在阳光下抖一抖小翅膀，而后在地上与墙角，寻些可以咽下去的小颗粒。我什么也不会，我生我死须完全听着别人的；饿了，我只知道啼哭，最具体的办法不过是流泪！我只求一饱，可是母亲没有奶给我吃。她的乳房软软的贴在胸前，乳头只是两个不体面而抽抽着的黑葡萄，没有一点浆汁。怎样呢，我饿呀！母亲和小姐姐只去用个小沙锅熬一点浆糊，加上些糕干面，填在我的小红嘴里。代乳粉与鲜牛乳，在那不大文明的时代还都不时兴；就是容易找到，家中也没有那么多的钱为我花。浆糊的力量只足以消极的使我一时不至断气，它不能教我身上那一层红软的皮儿离开骨头。我连哭都哭不出壮烈的声儿来。

　　假如我能自主，我一定不愿意长久这么敷衍下去，虽然有点对不起母亲，可是这样的苟且偷生怎能对得起生命呢？

　　自然母亲是不亏心的。她想尽了方法使我饱暖。至于我到底还是不饱不暖，她比任何人，甚至于比我自己，都更关心着急，可是她想不出好的方法来。她只能偎着我的瘦脸，含着泪向我说："你不会投生到个好地方去吗？"然后她用力的连连吻我，吻得我出不来气，母子的瘦脸上都显出一点很难见到的血色。

　　"七坐八爬"。但是我到七个月不会坐，八个月也不会爬。我很老实，彷佛是我活到七八月之间已经领略透了生命的滋味，已经晓得忍耐与敷衍。除了小姐姐把我扯起来趔趄着的时候，我轻易也不笑一笑。我的青黄的小脸上几乎是带出由隐忍而傲慢的神气，所以也难怪姑母总说我是个"姥姥不疼，舅舅不爱的小东西"。

　　我猜想着，我那个时候一定不会很体面。虽然母亲总是说我小时候怎么俊，怎么白净，可是我始终不敢深信。母亲眼中要是有了丑儿女，人类即使不灭绝，大概也得减少去好多好多吧。当我七八岁的时候，每逢大姐丈来看我们，他必定要看看我的"小蚕"。看完了，他彷佛很放心了似的，咬着舌儿说——他是个很漂亮的人，可惜就是有点咬舌儿——"哼，老二行了；当初，也就是豌豆那么点儿！"我很不爱听这个，就是小一点吧，也不至于与豌豆为伍啊！可是，恐怕这倒比母亲的夸赞更真实一些，我的瘦弱丑陋是无可否认的。

每逢看见一条癞狗，骨头全要支到皮外，皮上很吝啬的附着几根毛，像写意山水上的草儿那么稀疏，我就要问：你干吗活着？你怎样活着？这点关切一定不出于轻蔑，而是出于同病相怜。在这条可怜的活东西身上我看见自己的影子。我当初干吗活着？怎样活着来的？和这条狗一样，得不到任何回答，只是默然的感到一些迷惘，一些恐怖，一些无可形容的忧郁，是的，我的过去——记得的，听说的，似记得又似忘掉的——是那么黑的一片，我不知是怎样摸索着走出来的。走出来，并无可欣喜；想起来，却在悲苦之中稍微有一点爱恋；把这点爱恋设若也减除了去，那简直的连现在的生活也是多余，没有一点意义了。

简单的说吧，我就是那么皮包着骨，懈懈松松的，活起来的，很像个空室里的臭虫，饥寒似乎都失去了杀死生命的能力，无可如何它。这也许就是生命的力量吧？

快到一周年了，我忽然的振作起来。父亲死在了外乡。哥哥太小，不能去接灵；姑母与母亲，一对新旧的寡妇，也没法子出去。路途的遥远，交通的不便，金钱的困难，又把托朋友或亲戚给办理的希望打断。母亲与小姐姐的眼都哭得几乎不能再睁开。就是正在这个时节，我振作起来：穿着件二尺来长的孝袍，我昼夜的啼哭，没有眼泪，只是不住的干嚎。

一两天下去，母亲，姑母，与小姐姐，都顾不得再哭父亲，她们都看着我，抱着我，勉强的笑着逗我玩，似乎必须得先把我逗笑了，她们才好安心的去痛哭父亲。我的啼声使她们心焦，使她们莫名其妙的恐惶不安，好像我若不停住哭声，就必有一些更大的灾难将要来到这个已够阴暗的家庭里。姑母，那么有脾气，好安适，居然在半夜起来抱着我，颠弄着在屋中走遛儿。桌上一盏菜油灯，发着点略带鬼气的光儿，小姐姐披着被子在炕上坐着，呆呆的看着墙上的黑影，看一会，揉一揉红肿着的眼。"妞子，睡吧！"姑母温和的劝说。小姐姐摇了一摇头，发辣的眼睛又湿了一次。姑母抱着我，母亲立在屋角，时时掀起衣襟擦着眼睛。我还是哭，嚎，瘦小的脸儿涨紫，窄胸脯儿似乎要爆炸开，生命彷彿只是一股怨气，要一下儿炸裂，把那细细的几根嫩骨都散碎在姑母的怀中。姑母一会儿耐性的逗我，一会儿焦躁的叫骂，一会儿向我说长道短的讲理，一会儿连我的父亲也骂在内。没有任何效果。最后，她把我扔给母亲，跑回自己的屋中数数唠唠的骂了一阵，而后又擦着泪跑回来："还把他交给我吧！"

小而零碎的方法用尽。而困难依旧在眼前，那就非往大处想一想不可了。舅舅家的二哥，与大姐姐，都被请了来，商议个妥当的办法。二哥是最有热心肠的人，而且是这个场面中唯一的男子，当然他的话最有力量，不管他的意见是怎样的不高明。他主张去接父亲的灵，因为我的不合情理的哭嚎，一定是看见了鬼，小孩眼净，而无所归依的孤魂是不会不找到家中来的。假如能凑出一点钱来，他情愿跑上一趟，哪怕是背着呢，他也愿意把尸身背回来，安葬在祖茔里。

他的理由，他的热烈，都使大家点着头落泪；假若能凑出钱来，他的话是没有一句可驳回的。不过，哪儿凑钱去呢？姑母手里有一点积蓄，而且为这件事也肯拿出来。母亲可是不能接受，把这点钱用了，指着什么还补上呢？即使不用偿还，我们可有养活姑母的能力没有呢？不能这么办，无论姑母是怎样的热诚与义气。大姐姐的家中也还过得去，她愿意向公婆去说。母亲又摇了头：这笔钱，不管是借谁的，是只能用而不能还的；那么，怎能教女儿受公婆一辈子的闲话呢。此外，别无办法，连二哥也是从手到口，现挣现吃的人。谁能狠心的把丈夫的尸身抛在异乡呢，若是但分有主意可想的话。母亲可是横了心，她的泪并没有浸软了她的刚强，她只恨自己是个妇道，不能亲自把丈夫背负了回来；至于为这件事而使别人跟着吃累，说什么她也不能点头。在她的心要碎的时节，她会把牙咬紧。

于是，二哥又出了次好的主意，灵若是可以暂时不接，至少家中得请几个僧人来念一台经，超度超度，世界上没有比这个再好的方法了，因为这能不费很多的周折就办到；大家在凄凉之中感到一点轻松与安慰。据母亲的意思呢，只须请五个和尚——因为这是个起码的数目——接个光头儿三就行了。这就是说，和尚傍天黑的时候来到，打打法器，念上几句，而后随着纸人纸马去到空场；纸东西燃着，法器停响，和尚们就不用再回来；省事省钱，而法器的响动——据母亲看——即使不能安慰孤魂，也总可以镇吓住它不再来惊吓将到周岁的小宝宝。苦人的正气是需要一点狠心维持着的，母亲是想独自办了这件事，不求任何人来帮忙。

姑母与大姐当然是不能赞同的，大姐姐以为糊烧活必定是她的事，以一个出了嫁的女儿来看，这点孝心不但是义务，也是权利，别人是没法抢劫了去的。姑母呢，就着事情自然的程序，把和尚扩充到七名，而且是必须念一整夜的经。死了的是她的弟弟，无论怎样也不能只用法器惊动一下的。

于是，大姐姐给糊来一份儿很体面的车马，二哥七拼八凑的献了一桌祭席，姑母监视着七位僧人念了一台经，母亲给僧人们预备的素菜与柳叶儿汤。当送出烧活的时候，二哥搀领着哥哥，小姐姐抱着我，全胡同的邻居都笑着出来看热闹，而抹着泪走进街门去。

回来，我便睡在小姐姐的怀中，再也不哭嚎了。

到夜里三点多钟，和尚们念到"召请"：正座儿戴起目莲僧式的花帽，一手掐诀，一手摇着集魂铃，然后用掐过诀的手指抓起些小面球向前面扔去，意思是打走那些冤魂怨鬼，而单让父亲平安无阻的去参见阎王。小姐姐哆嗦着，一手捂着眼，一手在地上摸，拾起些这避邪壮胆的小面球，留给我吃。

小面球必定是很灵验的，因为我再也不见神见鬼的瞎闹。直到我二十多岁，这点"坡"派风味的故事还被亲友们记忆着，他们都晓得我能看见鬼，我的眼必是与常人的大不相同，我见了鬼还能不怕，因为曾在幼小的时期尝过那带有佛法的面球儿。有一回，一位在东洋学过化学而善于拘鬼的人，请我去参观他所召集的鬼群，不知怎的，我连个鬼毛儿也没看到。不知是他的法术欠佳，还是因为我的眼睛近视了一些，到如今这还是个值得研究的问题。

三

当母亲与姑母讨论是否去接灵的时候，她们心中都隐藏着一点不愿说出来的话。我们有不动产，就是我们住着的那所破房，房子无论怎么破，契纸总是庄严而完整的，盖着衙门里的大红印。指着这份契纸，无疑的我们是可以借到一些钱的。这个，她们都晓得。

可是，母亲等着姑母先出这个主意，因为在买房的时节，父亲与姑母是合股出的钱，虽然契纸是落在父亲的名下。姑母呢，不愿出这样的绝户主意。她知道，借了款就没法还上，那么到时候人家再找过一点钱来，房子便算人家的了。不错，房子一半是她的，可是自从她一守寡，便吃着弟弟，受弟妇的服侍；她愿意把这点产业留给内侄们，才能在死去的时候心里不至于太不舒服了。所以，她一声没出。

姑母既不言语，母亲就更不便于多嘴。她看得非常的清楚，此后的生活是要仗她自己维持了。怎样去维持？她还没想好。不过，责任是没法不往自己身上叫过来的。那么，先有几间破房住着，哪怕是一家大小挨饿呢，总还不至于马上到街上去出丑。关上两扇破门，墙儿外的人是无从看见我们的泪容的。为教儿女们住在屋里，便只好把丈夫的尸骨扔在异乡，狠辣的手段出自慈善的心肠，寒家是没有什么浪漫史的。

我便在这所破房子里生长起来。这是所敞亮而没有样子的房子，院子东西长，南北窄，地势很洼，每逢下了大雨，院中便积满了水，很像一条运河。北屋三间，有两个门；我们住两间，姑母住一间，各走各的门。东屋两间，租给关二大妈和她的学油漆匠的儿子住着。她的耳朵极聋，她的眼睛很大，也许是因为她老听不见话，所以急得她常瞪着眼吧。东屋的背后是小小的厕所，空气还不算十分坏，因为是露天的；夜晚一边出恭，一边就可以数天上的星星，也还不怎么寂寞。因为院子南北里窄，所以两间南房是在西尽头，北房的西垛子对着南房的东垛子，于是两间的垛子形成了一座关口似的，下雨的时候，这里的积水最深，非放上板凳不能来往。

这所房，通体的看来，是不宜于下雨的。不但院中可以变作运河，而用板凳当作桥，屋子里也不十分干燥，因为没有一间不漏水的。水最多的当然是那两间南房，原因是自从我能记事的时候起，我就没看见它有过屋顶。这是两间很奇怪的屋子。

院里一共有三棵树：南屋外与北屋前是两株枣树，南墙根是一株杏树。两株枣树是非常值得称赞的，当夏初开花的时候，满院都是香的，甜梭梭的那么香。等到长满了叶，它们还会招来几个叫作"花布手巾"的飞虫，红亮的翅儿，上面印着匀妥的黑斑点，极其俊俏。一入秋，我们便有枣子吃了；一直到叶子落净，在枝头上还发着几个深红的圆珠，在那儿诱惑着老鸦与小姐姐。

那棵杏树简直提不得。我不记得它结过杏子，而永远看见它满身都是黑红的小包包，藏着一些什么虫儿。它的叶子永远卷卷着，多毛的绿虫一躬一躬的来往，教谁都害怕。

母亲爱花，可是自从父亲死后，我们的花草只有减无加；买花自然得用钱，而为每月的水钱也少不得要打一打算盘的，我们只剩下一盆很大的粉红双瓣的夹竹桃，与四棵甜石榴。这五株花的年已都比小姐姐还大，它们一定是看见过母亲的青春的。年纪大，它们已好似成为家中人口的一部分，每当小姐姐教给我数算家中都有谁的时候，我们必定也数上夹竹桃与甜石榴。所以，我们谁也不肯断绝了它们的清水。再说呢，这种木本的花儿都很容易养，好歹的经一点心，它们便到时候开些花。到冬天，我们把它搬到屋里来，给夹竹桃用旧纸糊一个大风帽，把叶子都套在里面，省得承受一冬的灰土。石榴入冬没有叶子，所以用不着戴纸帽，反之，我们倒教它们作一些简单易作的事情，比如教它们给拿着筷子笼与小笊篱什么的。一冬都无须浇水，我们只在涮茶壶的时候，把残茶连汁带叶的倒在盆里，据说茶叶中是有些养份的。到了"谷雨"左中，菠菜已有三尺来长的时候，我们把它们搬到院中去，到四五月间，我们总有些照眼明的红花。配上墙根的一些野花，屋瓦上一些小草，这个破院子里也多少有一些生气。及至到了中秋节，我们即使没能力到市上买些鲜果子，也会有自家园的红枣与甜石榴点染着节令。

院子的南墙外，是一家香烛店的后院，极大，为的是好晒香。那边的人，我们隔着墙不能看见，只听见一些人声。可是，在墙这边，我们能看见那边的各色的蜀葵花，与一棵大楮树，树上在夏天结满了鲜红的椹子。我们的老白猫，在夜间，总是到那边去招待朋友，它们的呼号是异常的尖锐而不客气，大概猫的交友与谈话是另有一种方法与规矩的，赶到我们呼唤它的时候，十回倒有八回它是由楮树上跳到墙头，而后再由那棵似乎专为给它作梯子用的杏树跳到地上来。在我的小小的想象里，我彷佛觉得老猫是来自个什么神秘的地域，我常幻想着我有朝一日也会随着它到"那边"去探探险。

过了这个香厂子，便是一家澡堂。这更神秘。我那时候，就是欠起脚来也看不见澡堂子的天棚，可是昼夜不绝的听到打辘轳的声音，晚上听得特别的真；呱嗒，呱……没声了，忽然哗——哗——哗啦哗啦……像追赶着什么东西似的。而后，又翻回头来呱嗒，呱嗒。这样响过半天，忽然尖声的一人喊了句什么，我心里准知道辘轳要停住了，感到非常的寂寞与不安。好多晚上的好梦，都是随着这呱嗒的声音而来到的！好多清早的阳光，是与这呱嗒呱嗒一同颤动到我的脑中的。赶到将快过年，辘轳的声音便与吃点好东西的希望一齐加紧起来！每到除夕，炮声与辘轳是彻夜不断的，我们没钱买炮放，压岁钱也只有姑母所给的那几个，清锅冷灶的一点也不热闹，一家大小就那么无从欢喜，也不便于哭的，静静听着辘轳响，响得有点说不出来的悲哀。

我们的胡同是两头细中间宽的。很像地图上两头有活口的一个湖。胡同的圆肚里有我们六户人家，和两棵大槐树。夏天，槐树的叶影遮满了地，连人家的街门都显着有点绿阴阴的。微风过来，树影轻移，悬空的绿槐虫便来回的打着秋千。在这两株大树下面，小姐姐领着我捡槐虫，编槐花，和别家小孩们玩，或吵嘴；我们不知在这里曾消磨过多少光阴，啼笑过多少回。当我呆呆的向上看着树叶的微动，我总以为它们是向我招手，要告诉我些什么怪亲密和善的言语似的。

这些个记住不记住都没大要紧的图像，并不是我有意记下来的，现在这么述说也并不费什么心力；它们是自自然然的生活在我的心里，永远那么新鲜清楚——一张旧画可以显着模糊，我这张画的颜色可是仿佛渗在我的血里，永不褪色。

因此，我常常有一些几乎是可笑的恐怖：比如说吧，我这个孤儿假若没有这样的一个家庭，或假若我是今天搬到这里明天搬到那里，我想我必不会积存下这些幅可宝贵的图画。私产的应该消灭几乎是个有点头脑的人都能想到，家庭制度的破坏也是一些个思想前进的人所愿主张的。可是据我看，假若私产都是像我们的那所破房与两株枣树，我倒甘心自居一个保守主义者，因为我们所占有的并不帮助我们脱离贫困，可是它给我们的那点安定确乎能使一草一木都活在我们心里，它至少使我自己像一棵宿根的小草，老固定的有个托身的一块儿土。我的一切都由此发生，我的性格是在这里铸成的。假若我是在个最科学化的育婴堂或托儿所长起来的，也许我的身心的发展都能比在家里好上好几倍，可是我很不放心，我是否能有一段幼年的生活，像母亲，小姐姐，和那几株石榴树所给我的。

当我旅行去的时候，我看见高山大川和奇花异草，但是这些只是一些景物，伟丽吧，幽秀吧，一过眼便各不相干了，它们的伟丽或幽秀到不了我的心里来，不能和我混成一个。反之，我若是看见个绿槐虫儿，我便马上看见那两株老槐，听见小姐姐的笑声，我不能把这些搁在一旁而还找到一个完整的自己；那是我的家，我生在那里，长在那里，那里的一草一砖都是我的生活标记。是的，我愿有这种私产，这样的家庭；假若你能明白我的意思——恐怕我是没有说得十分清楚——那么也许我不至于被误会了。不幸我到底是被误会了，被称为私产与家庭制度的拥护者，我也不想多去分辩，因为一想起幼年的生活，我的感情便掐住了我的理智，越说便越不近情理，爽性倒是少说的为是吧。

四

我们的街门门楼是用瓦摆成了一些古钱的，到我能记事的时候，可是，那些古钱已然都歪七扭八的，在钱眼里探出些不十分绿的草叶来。每逢雪后，那可怜的小麻雀在白银世界里饿着肚子，便悬在这些草梗上喙取那不丰满的草粒儿。两扇门的破旧是不易形容得恰到好处的；大概的说，它们是瘦透玲珑，像画中的石头那么处处有孔有缝。自然这一点也无碍于我们天天晚上把它们关好，扣上镣吊儿，钎好插关。并且倚上一块大石头；我们的门的观念反正是齐全的。门框上，有许多年也没贴过对联，只在小姐姐出阁的那一年，曾由我亲自写过一副：我自信是写得很好，可惜被母亲把上下联贴颠倒了。左右门垛上的青灰并没有完全脱落，我确乎记得有那么两三块，像石板似的由水夫画满了鸡爪形的记号，好到月底与我们算账；姑母有时候高兴，便顺手把鸡爪擦去一两组，水夫与我们也都不说什么。

门洞只有二尺多宽，每逢下小雨或刮大风，我和小姐姐便在这里玩耍。那块倚门的大石头归我专用，真不记得我在那里唱过多少次"小小子，坐门墩"。影壁是值不得一提的，它终年的老塌倒半截：渐渐的，它的砖也都被拾去另有任用，于是它也就安于矮短，到秋天还长出一两条瓜蔓儿来，像故意耍点俏似的。

长大成人之后，我逛过一次金銮宝殿。那里，红墙接着红墙，大殿对着大殿，处处碰壁，处处齐整，威严倒也威严，可是我很怀疑，皇太子可曾看见过影壁上长出来的瓜蔓。假若他有意和我换换住处，我还真不喜欢那些死板板的院落呢，对着那些红墙，我想，就是比太白还聪明的人也难得写出诗来吧。反之，我们的破房子，处处萧疏洒脱，凡是那些清癯的诗人们所描画的颓垣败瓦，与什么落叶孤灯，在这里是都能领略到的，我们的院里，在夏日晚间，确是有三五萤火与不少蟋蟀的。

至于我们的那几间屋子，不知怎的说起来倒不如院里这些东西有趣。我最熟习的当然是我们住着的那两间。里间是顺檐的一铺大炕，对着炕是一张长大的"连三"。这张桌子上有一对画着"富贵白头"的帽筒，里面并没有什么东西，外面可有不少的铁锯子。桌头摆着个豆青地蓝花的大撢瓶，样式拙重，只装着一把鸡毛撢子，有些大而无当。炕与连三之间，靠着西墙，是一个大木箱，也兼作凳子，当屋中的座位都被占据了的时节，便得有人上这箱子上去，可是无论怎样坐着不能显出很自然的样子，两只红漆小凳是随便放在哪里都可以的，但是每天早上必定在连三的前边，暂时充当洗脸盆架。我不敢说我不喜爱这些东西，和它们陈列的方法，可是我也不十分迷信它们。大概它们最大的缺陷还不是它们本身的恶劣，而是屋中的空隙太小，所以哪样东西都带出点"逼人太甚"的意味，因而我也就感到一些压迫似的。

外间屋就好得多了：北墙根有张八仙桌，桌面的木板是那么不平正，放点什么也不会安妥的立住，所以上面永远是空的。八仙两旁有两把椅子，是榆木擦漆的；冬天，火炉在里间屋内，没人来坐它们；夏天，一遇到反潮，那些漆皮就偷偷的抽敛起来，出着一些颇有胶性的汗味，也就没人敢去牺牲裤子。空的桌，空的椅，永远有种使人敬而远之的威严，于是我对它们就发生了点有相当距离的爱慕。只有春秋不冷不潮的时节，我才敢爬上椅子去，坐那么一会儿，觉得分外的香甜适意。

东墙根是一张佛爷桌，上面供着灶王龛与财神爷，他们分享着一份儿小号的锡烛台，香炉可是一人一个小的两个。龛头上的旧佛宇被香烟熏的渺茫阴暗，看过去总有些神秘。到新年的时候，便有一只小瓦盆，盛着年饭，饭上摆着几个红枣与一块柿饼；我总是不放心那几个枣子，所以还到不了初五六便都被我偷吃干净；我的肚子，我以为是十分靠得住的地方。佛桌下面横搭着一块板，托着很厚的尘土。尘土，在器物上，是多少有点可怕的，所以我很久就想动一动板子上的东西，可是许多次手到那里又缩了回来。最后，我攒足了胆量去探险，我在那里发现了三本《三侠五义》[1]与好几本《五虎平西》[2]。前者的纸很绵软，字儿很小而秀气，而且有一本全是小人儿。后者极不体面，纸黄、本子小，字儿大而模糊。我把那有小人儿的一本当作了宝贝。姑母虽不识字，可是据说姑父在世的时候是个唱戏的，所以姑母懂得许多戏文，许多故事，闲着的时候也喜欢去听大鼓书词和评讲《包公案》[3]什么的，并且还能评判好坏，因为姑父是地道内行的戏子呀。她看了看那本书，告诉了我哪个是包公，哪个是老陈琳，于是我就开始明白：除了我所认识的人以外，还有些人是生长在书里的。

佛爷桌的对面是一口大缸，缸上横着一块长石板儿，放着个小瓦罐。我看不见缸里的水，可是我会把嘴张在石板儿的一头下，等着一滴滴的水落在我的口中。在夏天，什么地方都是烫手的热，只有这口缸老那么冰凉的，而且在缸肚儿以下出着一层凉汗，摸一摸好像摸到一条鱼似的，又凉又湿。

总之，外间屋是空灵静肃的。每天早上初次由里间走出来，我总感到一些畅快；虽然里外间只是一帘之隔，可是分明的有两样空气与情景。晚饭后，还不到点灯的时候，佛龛前便先有六个安静的火星儿，徐徐的冒着些香烟。灶王与财神是每天享受三炷香的。不过，有时候我只看见一炷香孤立在炉中，我便知道母亲的袋中又没了钱，而分外的老实一些，免得惹她生气。自然，还有时候连一炷香也没有，神们和人们就都静默无言，很早的都睡了觉。

我不常到姑母的屋中去。一来是她白天不常在家，二来是她好闹脾气；所以除非她喊我进去，我是不便自动的跑去讨厌的。况且我还不喜爱那间屋子呢。姑母屋中有我们那么多的东西；不，恐怕是比我们的东西还多呢，比如说，她的大镜子与茶叶罐，便是我们所没有的。母亲与小姐姐梳头，只用一面很小的镜子，每次都会把鼻子照歪了的。姑母的这么些东西都放在一间屋子里，无疑的是彼此挤着，压着，好像谁也喘不出来气。在这里，我觉得憋得慌。还有呢，姑母若是急于出去听鼓书或摸索儿胡，便不顾得收拾房间，盆朝天碗朝地的都那么撂着。母亲不喜爱这项办法，所以小姐姐与我也就不以为然。更使我们看不上眼的，是姑母独自喝茶的时候，总是口对壶嘴，闭住气往下灌。到有客来的时候，她才陪着用一次茶杯。我们很自幸不是她的客人，永远不喝她的茶；我们也暗中为客人们叫苦，可是无法给他们点警告。

脆快的说吧，我对这间屋子的印象欠佳。自然，若是有人强迫着我报告那里都有什么东西，我是不会失败的。不过，我真不愿去细想，因为东西和人一样，一想起便头疼的总是关闭在心中好；过于直爽的人，我看，是不会作诗的。

关二大妈的那两间东屋没有隔断，一拉门便看见屋中的一切，那铺大炕是那么大，好像是无边无岸的，以至于使我想到有朝一日它会再大起来，而把一切的东西都吞并下去。这可也并不很难实现，因为屋中是那么简单，简直没有什么东西可以阻住大炕的野心的。

东西虽然不多，可是屋中，在夏天，非常的热；窄长的院子的阳光与热气彷佛都灌到此处来。关二大妈在屋中老是光着脊背，露着两个极大而会颤动的乳。她的身上，与母亲的大不相同，简直的找不到筋骨，而处处都是肉，我最喜爱用手摸她的脊背，那么柔软，那么凉滑。因而我常劝告母亲也学着点关二大妈。把肉多往外长一长。母亲不说什么，只不像笑的那么笑一下。

关二大妈的可爱战胜了那两间屋子的可憎。我一天倒在那里玩耍半天。我嚷我闹，她都听不见；她总夸奖我老实安稳。有时候我张开大嘴去喊。故意的试试她讨厌我否，我失败了。她便顺手数数我的牙有多少。然后称赞我的牙个个都可爱。当她后来搬走了的时候，我在梦中都哭醒过好几次，口口声声的要二大妈。白天，我偷偷的跑到那空屋去，念念叨叨的："二大妈，给你菠菜，你包饺子吧！"我想象着她坐在炕沿上，向我点头，向我笑；可是我摸不到她的胖手了。急得无法，我便到院中拾一两朵落花，给她送去。因为她是极喜欢戴花的，不管是什么不合体统的花，她总是有机会便往头上插的。落花送到炕沿上，没有那与笑意一同伸出来的手。关二大妈！我绕着墙根儿叫遍，没有任何动静！

有母亲，没父亲；有姑母，没姑父；有关二大妈，没关二大爷：合着我们院中的妇人都是寡妇。所以，我那时候以为这是理当如此的，而看那有父亲的小孩倒有点奇怪。用不着说，我久而久之也有点近乎女性的倾向，对于一切的事都要像妇女们那样细心的管理，安排。而且因此对于那不大会或不大爱管家事的妇女，不管她是怎样的有思想，怎样的有学问，我总是不大看得起的。自然，我决不会帮助谁去喊："妇女们回到厨房里去！"可是我知道，我也不会帮着谁去喊："妇女们，上戏馆子去！"

现在该说那两间破南屋了：有炕的那一间，是完全没有屋顶的。据说，当年我祖母的寿材就放在那里；自然那时候屋顶是还存在一些的。当我大姐姐十六岁的时候，有人来相看她，而且留下一对戒指，她就藏在棺材后面蹲了一天，谁叫她，她也不肯应声，更不用说是出来了。到了晚间，她的眼泪大概已经洒完，而腹中怪空虚，才给了母亲个面子，回到北屋吃了两碗茶泡饭。有这段历史的屋子，后来，只剩了半截儿炕，炕上长着很足壮的青草。没有炕的那　间的的屋顶还留着个大概，里在放着　块满是尘土的案子，案子上横七竖八的堆着一些无用的东西。当我的腿一会迈步的时候，我就想到这里去检阅一下，看看有没有好玩的物件。这间屋子破得既可怜，又可怕，我的怜悯与好奇凝成一股勇气，时时催促着我到里面看看。

那是在何年何月？可惜我已记不甚清了。我到底是钻进了那可怕的屋子里去。按说，这个年月是绝不应忘记的，因为这是值得大书而特书的——我在那里发现了些玩具。我是怎样的贫苦？不大容易说，我只能告诉你：我没有过任何的玩具！当母亲拆洗棉被的时候，我扯下一小块棉花；当家里偶尔吃顿白面的时候，我要求给我一点：揉好了的面，这就是我的玩艺儿。我能把那点棉花或面块翻来覆去的揉搓，捏成我以为形态很正确的小鸡小鱼，与各样的东西。直到我进到这间破屋子里，我才有了真正的玩具：我得到十几个捏泥饽饽的模子，和几个染好颜色的羊拐子。也许是哥哥学徒去的时候，把它们藏在了那里吧？不去管吧，反正我有了好玩的东西，我的生命骤然的阔绰起来！我请求小姐姐给缝了个小布袋，装上那几个羊拐；至于那些模子，便收藏在佛爷桌底下，托灶土爷与灶土奶奶给我看守着；连这么着，我还要一天去看儿十遍。到了春天，调一点黄泥，我造出不少的泥饽饽来，强迫着小姐姐收买；她的钱便是些破磁器儿。我等到我把货都卖净，便把磁瓦儿再交回小姐姐，教她从新再买一次或几次。

方舟月刊，第三十九期，文藝

小人物自述

连载小说　老舍

（一）

假若人類確是由猴子變來的，像一些聰明人有板有眼的那麼辯說，我以爲在介紹我自己的時候，就無須乎先撇出家譜來了。

乾脆的說吧，我姓土，名叫一成。我不敢說我喜歡過個姓，也不敢說一定討厭牠。再說呢，張王李趙幾乎可以算作四大標準姓。人既必須有個姓，那麼找哪個就是那個吧。一天我還可以去改姓的——大概我想，將來政府施行姓氏統制的時候——我相信曾有過這麼一天的——即使不便麻煩，這無論怎說也得算一點好處。至於我的名字，我倒常想把成數加高一些，自居「十成」，反正也須來個六七成吧。不過呢，據說過個名字是父親給起的，而子的關係好像只有這一點——因爲在找活到十一個月的時候，他便死去了——那麼，設若我貿然的改了名字，豈不把這點關係也打斷，拿好字眼遮拖起壞心眼是件不十分對的事，我便老實的承認自己的渺小，只养一成生命敷衍

（67）

《小人物自述》（前四章）原发表页
1937年8月1日《方舟》第39期

---

[1]　《三侠五义》，清朝咸丰年间评书艺人石玉昆口头创作的评书经典，约在清同治以前出版。这是一部在民间影响极大的古典长篇侠义公案小说，是中国第一部完型的武侠小说，被视为中国武侠小说的开山鼻祖。"三侠"指的是指北侠欧阳春、南侠展昭、丁氏双侠丁兆兰、丁兆蕙（两人合为一侠）；"五义"指的是五鼠弟兄，即钻天鼠卢方、彻地鼠韩彰、穿山鼠徐庆、翻江鼠蒋平和锦毛鼠白玉堂。

[2]　《五虎平西》，章回体小说，清代不题撰人著，叙宋仁宗命狄青等五虎将征西事。

[3]　《包公案》，又称《龙图神断公案》，全名《京本通俗演义包龙图百家公案全传》，明代著名的公案小说，安遇时等撰。主要讲述包公破案故事，为中国古代文学中的三大公案小说之一。